익명의 사랑

이광호 비평집
익명의 사랑

펴 낸 날 2009년 6월 30일
지 은 이 이광호
펴 낸 이 홍정선 김수영
펴 낸 곳 ㈜문학과지성사
등록번호 제10-918호(1993. 12. 16)
주   소 121-840 서울 마포구 서교동 395-2
전   화 02)338-7224
팩   스 02)323-4180(편집) 02)338-7221(영업)
전자우편 moonji@moonji.com
홈페이지 www.moonji.com

ⓒ 이광호, 2009. Printed in Seoul, Korea

ISBN 978-89-320-1969-7

::이광호 비평집

익명의 사랑

문학과지성사
2009

> 내가 당신, 하며
> 꽃가루를 공중에 뿌려주면 공기들은 명랑해질 거네.
> 새털 옷은 하늘을 얼마나 기쁘게 할까,
> 사랑인데.
> ──이연주, 「익명의 사랑── 위험한 시절의 진료실 1」

　당신의 사랑에는 이름이 없다. 사랑은 다만 이미지와 리듬으로 다
가왔으며, 그 안에서 더 이상 '나'라는 이름이 존재하지 않았다. 사랑
의 한가운데서 감각의 고통과 전율만이 존재했고, 이름은 사라졌다.
그 '움직임'과 '있음'만이 사랑의 모든 것이었다. 사랑은 익명성으로
의 이행이다. 분별의 의지는 사라지고 가슴 떨리는 혼돈의 에너지로
전환되었다. 사랑은 이름 붙일 수 없는 시간 속에 머무는 사건이다.
갈망의 지겨움과 공허 속에서 문득 명랑해진 사랑은 익명적인 힘들과
만난다. 사랑은 근원적으로 시적이고 음악적이며, 급진적이다.

　동시대의 소설에서 읽은 것은 무심함의 존재 미학과 자기 연출법이
었고, 시에서 읽은 것은 탈현대성의 언어가 익명성의 공간으로 존재
를 이동시키는 장면이었다. 오늘의 시에서 비인칭성의 언어를 읽었
고, 소설에서 초연성의 존재 미학을 읽었다면, 그것은 시가 언어(감
각)의 국면과 관련되고, 소설이 인간(윤리)의 국면과 더 관계되기 때

문일 것이다. 그 둘은 일치하지 않은 것처럼 보이지만, 그것이 현대 이후의 다른 삶의 '정치성'과 관련되어 있다고 생각한다. 혹은, 어떤 젊은 텍스트 속에서는 거꾸로 소설 언어의 비인칭성과 시 언어의 초연성을 읽었다. 동시대 문학의 무심함과 익명성으로부터 다른 사랑의 사건성을 만났다. 놀랍게도 지난 시대의 빛나는 텍스트들 역시, 명사적인 것으로부터 이탈함으로써 동시대성을 보존하고 있다. 다른 삶(인간, 언어)의 가능성을 꿈꾸지 않는 문학은 불온하지 않다. 비평은 저 매혹적인 텍스트들, 그 몸의 일부가 되고 싶다.

사랑이란 집단적 주체화와 가장 먼 거리에 있는 비밀스런 2인 공동체를 생성한다. 그러나 그 2인의 공동체에 어떤 이름과 제도가 주어지면, 그것은 다른 억압적인 공동체와 다르지 않다. 들끓는 사랑은 그래서 사랑의 정체성과 동일성을 지우는 데까지, 자기의 파괴와 혼돈으로 나아가려고 한다. 그것이 사랑의 (불)가능성이다. 문학이 자신의 이름 너머로, 이름의 완전한 소멸을 향해 나아가는 것도 그런 이유이다. 이름 근처에서 머뭇거리는 '나'를, 부디 문학이 용서하지 않기를.

지금 메마른 입술을 닫고 사랑을 말할 때, 그건 누가 말하는 것인가? '그대' 입속의 '내' 검은 입, 복화술의 사랑. 불가능한 사랑이 아니라, 불가능성의 사랑. 이름 너머의 당신에게.

2009년 6월
이광호

차례

제1부 유령의 시간

이토록 잡스러운 문학의 자율성

1. 추문들

2000년대의 한국 문학에는 몇 겹의 추문이 있다. 그 추문들은 '문학의 자율성'이라는 근대 이후 문학의 '최소 가치'를 근저로부터 충격한다('문학의 자율성'이 왜 '최소 가치'인가는 뒤에서 얘기하자). 첫번째 추문은 2000년대의 한국 문학이 사회 현실과 의미 있는 주제들로부터 유리되어 근대 이전의 '환상' 속으로 '퇴행'하고 '자폐적인 유희'에 빠져 있다는 것이다. 또 하나는 한국 문학이 대중과 시장들로부터 고립되어 쇠퇴하고 있다는 것이며, 여기에는 난해한 화법과 시장을 외면하는 평단에 문제가 있다는 것이다. 이 두 가지 추문은 진지한 강론이 뒷받침되어 있다. 이를테면 '인간과 세계에 대한 성찰'이나 '독자와의 소통' 같은 온당한 논리들이다. 그러나 이 강론은 각각 '리얼리즘'이라는 근대문학의 이념과 '시장적 가치'라는 역시 근대문학을 탄생시킨 기본적인 가치 체계에 연원을 두고 있다.

문학이 '퇴행'적이라는 비판은 1990년대에도, 그리고 그 이전에도 '젊은 문학'에 대한 가장 익숙한 야유의 포즈이며, 시장적 가치를 주장하는 논리는 출판 자본의 탄생 이래 반복되는 것이다. 이런 비판의 논리가 '현실'에 굳건히 발을 디디고 있다고 생각할지 모르지만, 그 '현실'이라는 것 역시 재래적인 가치들과 그 이데올로기적 지평 위에 세워진 것이다. 흥미롭게도 리얼리즘이라는 우상과 시장적 가치라는 우상은 구조적으로 닮아 있다. 그럼에도 불구하고 이 두 가지 추문이 한꺼번에 발생하는 것은 어떤 위기의 징후를 반영한다고 볼 수 있다. 물론 한국 문학이 이런 추문으로부터 자유로운 적은 없었지만 말이다.

게다가 이웃 나라의 어떤 비평가가 '근대문학의 종언'이라는 테제를 들고 나오면서 한국 문학의 상황을 그 사례로 내세움으로써 또 하나의 강력한 풍문이 탄생했다. '근대문학'이 끝남으로써 문학이 한낱 '오락'이 되었다는 주장은 근대 이후 문학의 미학적 가능성, 혹은 그 새로운 오락의 내용에 대한 성찰이 누락되어 있다. 만약 '근대문학의 종언'이 그토록 결정적인 것이라면, '근대문학=문학'이라는 등식을 승인하여야 한다. 하지만 '근대문학'을 둘러싼 가치와 조건들이 변화되었다고 하더라도 그것이 '문학의 종언'으로 확정되는 것은 아니다. 문제는 이런 추문들의 틈 사이로 문학이 지닌 다른 가능성을 사유하는 것이다. 다른 가능성? 그게 가능하기나 한 것인가? '퇴행적인 자기 유희'와 '대중적 오락' 이외에는 다른 생성의 가능성은 없는 것인가? 없다면 문학은 어떤 자세로 자기 죽음을 들여다보아야 하는 것인가?

2. 저주의 주문을 풀 수 있을까?

'문학의 자율성'이라는 환상은 현대문학의 최소한의 거점이었다.
왜 최소한의 거점인가? 중세적인 가치 체계부터 문학이 '독립적인 예
술'이 되려는 강력한 욕구는, 다른 사회적 가치들로 수렴되지 않는
'문학의 가치'를 욕망하게 만들었다. 그러나 엄밀한 의미에서 이 가
치는 환상에 기초하고 있다. 문학이 다른 가치들, 이를테면 경제적·
정치적·윤리적 가치들과 전혀 무관할 수 있다는 것은 불가능한 일이
다. 완벽하게 순수한 문학적 가치란, '부재의 가능성'에 속한다. 그러
나, 그럼에도 불구하고 현대의 문학은 그 부재의 가능성을 동력으로
삼아왔다. 한국 문학의 의미 있는 모험들은 많은 경우, 이러한 부재
의 가능성을 극단적으로 시험한 것이다. 그러니까 단순히 문학을 정
치적 수단으로 활용한 것이 아니라, 문학의 자율성을 향한 언어와 상
상의 모험이 강력한 정치적 효과를 생산하는 사례를 의미한다. 이것
이 가능했던 것은 문학의 자율성이 당대의 사회 현실에 대한 비수가
될 수 있었던 한국적인 특수성, 문학의 이름으로 사회에 '복수'하는
것이 정당성을 지녔던 저 정치적으로 불우하고 문학적으로 '좋았던
시절'의 이야기다.
　　그런데 그런 문학의 모험이 어떤 한계에 직면하게 되었다는 것은
부정하기 힘들다. 제도와 시장으로부터 동시에 고립된 문학의 창조적
가능성이란 현실적으로 제한적일 것이다. 문학의 이름으로 사회에
'복수'하는 일의 그 칼날 같은 긴장은 더 이상 축복으로 내려지지 않
는다. 그런 이유로 문학이 자신의 자율성이라는 이념 안으로 침잠하

면 할수록 문학은 자기 죽음 이후의 시간을 예감하게 된다. 그래서 근대적 가치로서 문학의 자율성을 재래적인 방식으로 수호하는 것만으로는 문학에 대한 저 저주의 주문들을 풀 수 없다. 문학의 자율성이 여전히 진리의 이름이라고 생각한다면, 문학은 그 진리의 소멸과 함께 장렬히 산화해야 할 것이다. 불행한 것은 이제 그 자기 소멸의 포즈 역시 그리 '장렬'하지도 못하다는 것이다.

이 시대에 예술의 자율성은 그 태생적인 아이러니의 극단을 시험받고 있다. 시장적 가치와 지배적 이데올로기로부터 예술의 자율성을 보존하려는 투쟁은 스스로를 끊임없이 갱신하지 않으면 자율성을 보장받을 수 없다는 절박한 딜레마를 외면할 수 없다. 예술이 자기 육체를 새롭게 하지 못하면, 낡은 자율성은 결국 예술의 죽음을 의미할 뿐이다. 자기 육체에 새로운 스타일과 문법을 부여하기 위해 문학과 예술은 주변의 '잡스러운' 것들로부터 쇄신의 계기를 찾을 수밖에 없다. 그리하여 예술의 자율성을 확보하기 위해 예술은 '예술이 아닌 것들'과 접속해야 하는 아이러니를 정직하게 응시해야만 한다.

문학이 문화 산업 시장으로부터 '마이너'로 전락한 것은 어쩌면 필연적인 것이다. 그렇다고 해서 그것이 결코 '문학의 죽음'을 의미하지는 않는다. 계몽과 고백의 문법으로 정치적 담론의 영향력을 행사하던 근대 이후의 문학이 끝났다는 것을 말해줄 뿐이다. 그렇다면 이 '마이너'로서의 문학은 무엇을 할 수 있을까? 문학은 재래적인 의미의 예술의 자율성을 갱신하면서 스스로 이 시대의 치명적인 징후가 될 수도 있다. 하위 문화와 하위 장르는 예술과 본격문학의 적대적 이름들이었다. 그러나 적어도 지금 이 시대의 문학은 그 잡스러운 것들로부터 자신의 상상력과 문법을 새롭게 하려고 한다. 이렇게 잡스

러운 방식으로 문학의 자율성을 갱신하는 것은, 문학이 지닌 최후의
미학적 가능성일지도 모른다.

3. 문학과 예술의 '다른 시간'

여전히 문학을 예술의 일부하고 생각한다면, 그 이유 중의 하나는
그것이 '창조'의 영역 속에 있다는 점이다. 그런데 그 창조란 '천지창
조'와 같은 의미의 창조는 더 이상 아닐 것이다. '어떤 문학도 하늘 아
래 새로울 수 없다'는 건조한 논리는 한때 '혼성 모방'의 알리바이가
되어주었지만, 지금이야말로 그 창조의 내용과 방식에 대한 근원적인
질문을 던져야 할 시점이다. 새로워지려는 노력, 혹은 새로워야 한다
는 강박 자체가 전혀 새로울 것이 없는 시대에, 문학과 예술은 무엇
을 창조할 수 있을까?
　우선은 '새로움의 낡음'을 사유할 수 있을 것이다. 새로운 문학과
예술에 대한 이념이 사실은 낡은 것이라는 점을 말할 수도 있다. 그
러나 '새로움의 낡음'에 대한 사유에서 문학의 내일이 열리는 것은 아
니다. 그건 현대문학과 예술에 대한 의미 있는 비판적 성찰이 될 수
는 있지만, 그것이 문학과 예술의 '다른' 가능성을 여는 동력이 될 수
는 없다. 그렇다면 '새로움의 낡음'을 성찰하는 것 너머로 다른 가능
성은 어떻게 열릴까?
　차라리 '새로움의 낡음'을 통과한 뒤의 '낡음들'과 '새로움들'을 다시
생각해야 한다. '복수(複數)의 상상력' 혹은 '혼종성의 미학'은 그래
서 결코 하나의 낡음을 대체하는 하나의 새로움이 아니다. 그것들은

낡음들 사이에서 다시 태어나고 다시 죽어가는 새로움들이다. 더 이상 미학의 변화 양상을 '선조(線彫)적인' 것으로 이해할 수 없다. '낡은 새로움'들과 '새로운 낡음'들이 그렇게 교차하고 엇갈리고 관계 맺는 공간에서 어쩌면 다시 '이상하고 다른' 문학과 예술은 시작될 수 있을지 모른다.

이런 혼종성의 공간을 생성의 공간으로 만들기 위해, 잡스러운 문학들과 예술들은 서로 '링크'되어야 한다. 서로의 시스템을 '링크'시킴으로써 자기의 시스템을 열린 시스템으로 만들어야 한다. 물론 여기서의 '링크'는 인터넷 공간이 그러한 것처럼, 단지 다른 시스템과 프로그램 속으로 '건너간다'는 것을 의미하지 않는다. 잡스러운 예술들의 링크는 접속하는 프로그램과 접속되는 프로그램의 관계를 그 내질로부터 충격한다. '시스템'이란 미학의 메커니즘과 그것을 고착화하는 제도적 규율을 동시에 의미한다. 문학과 예술의 창조성은 이제 그 순결성 안에서 생성되는 것이 아니다. 문학과 예술의 잡종적인 존재가 되었을 때, 그것은 때로 '미학'의 범주를 벗어난 듯 보일 것이다. 생성하는 문학과 예술의 언어는 순결한 언어가 아니라, 잡스러운 언어이기 때문이다. 그러면 마지막으로 이런 질문이 가능할 것이다. 이 세계는 이미 더할 나위 없이 잡스럽고 혼란스러운데, 생성으로서의 잡스러움과 저 소란한 시장의 잡스러움을 어떻게 구별할 수 있는가 하고 말이다. 생성하는 잡스러움은 이 세계를 지탱하는 메커니즘과 상징 질서의 경계들을 허무는 일종의 '정치적 효과'를 발휘하지만, 시장에서 소비되는 잡스러움은 물신화된 상품 미학에 머문다. 상품의 잡스러움은 궁극적으로 '다른 삶'의 가능성과 연계되어 있지 않다.

생성으로서의 잡스러움은 다른 '다른 미래'를 사는 운동이다. 그것은 제도와 시장의 공간이 아니라, '유영자의 시간' 속을 살면서 온갖 잡스러운 것들과 만나고 부딪친다. 그래서 때로 그것은 난해해 보이거나, 위험해 보이거나, 역겨워 보일 수도 있다. 그것은 제도와 시장의 시간과는 다른 시간 속에서 잡스럽기 때문이다. 잡스러운 예술은 기존의 삶과 부재의 삶 사이에서 떠돈다. 그것은 기존 '아방가르드'의 이념이 그러했던 것처럼 단지 속도의 문제가 아니라, 같은 공간과 시대 안에서 다른 시간을 사는 방식의 문제이다. '아방가르드'를 단지 속도의 문제라고 생각한다면, 그것은 상품 미학과의 '차이'를 만들어내기 어렵다. 다른 시간을 만들어내기 위해 문학과 예술은 이질적인 것들의 접속과 이종교배를 통해 지배적인 상징 질서를 위반한다. 섞일 수 없는 것들을 섞고, 하나의 공간에 놓일 수 없는 것들을 만나게 함으로써, 문학과 예술은 상징 질서의 구획들을 흩뜨려놓는다. 그래서 제도의 언어, 시장의 언어, 주류의 언어를 소수자의 언어와 비인칭의 언어와 뒤섞어 자명성의 기호 체계들을 전복한다.

문학과 예술이 새로운 위반과 창조를 실천하는 방식은, 스스로 창조의 주체임을 자임하는 것이 아니다. 이 창조적 주체가 제도와 시장과 상징 권력의 세계 바깥에 있다는 것은 착각이다. 문학과 예술은 주체화의 과정을 끊임없이 유예하면서 무거운 지배 질서의 공간에 다른 생성의 시간을 끼워 넣는다. 그것을 '예술'이나 '창조'라고 부르지 않는다고 해도, 이 잡스러운 생성의 방식은 그렇게 '다른 미래'를 살아간다.

(소수) 문학 공동체는 가능한가?
—다시, 문학 동인 운동을 생각하며

1. 어떤 반시대적 이벤트

그들이 '쇼'를 하기 시작했다. 문지문화원 '사이'에서는 이상한 이벤트가 벌어졌다. 새롭게 결성된 '루'라는 문학 동인 8명의 멤버(김종호, 이준규, 강계숙, 서준환, 송승환, 최하연, 한유주, 김태용)가 전례 없던 방식으로 독자와의 소통을 시작한 것이다. 같은 대본을 8명의 동인이 각기 다른 톤과 속도로 읽어가면서 불협화음을 내거나, 관객을 향해 국어사전의 사전적 의미를 폐기하라고 소리친다. 언어 사용의 제도적 관습을 전복하겠다는 '텍스트 실험집단' 루가 독자와 만나는 자리. 문학적 자율성을 자기 집단 안에서만 나누어 가지던 문학 커뮤니티가 독자와의 소통을 다시 시작한 것은, 문지문화원의 '문학 동인 페스티벌'의 기획을 통해서이다.

밀폐된 자기들만의 공간에서 저주받은 문학성을 공유하는 것이 아니라, '문학적 우정'을 즐거운 소통과 행복한 연대의 표현으로 드러내는 작업. 이 기획에 참여하여 독자들과 만나는 문학 동인들은 '루' '시힘' '21세기 전망' '작업' '불편' '천몽' '인스턴트' '대충' 등의 1980년대로부터 2000년 이후에 걸쳐 결성된 문학 집단들이 망라되어 있다. 이 기획을 통해 문학 동인들이 만나는 독자의 숫자는 제한적일 것이다. 그러나 이 기획에는 2000년대 한국 문학의 상황에 대한 '반시대적' 성찰이 포함되어 있다. 이 성찰이 의미 있는 것은 2000년대 문학을 규정짓는 시장과 문학 제도의 완강한 지배력으로부터 문학 에콜의 자율적인 연대성을 확보하려는 실천적 열정이 개입되어 있기 때문이다.

2000년대 문학 공간에서 시장-제도의 지배력을 문제삼는 것은 새삼스러운 일이 아닐 것이다. 1990년대 이후 문학이 문화 산업의 일부로서 편입되었다는 사실을 다시 환기할 필요도 없을 것이다. 그 과정에서 일어난 사태 중의 하나는 출판 자본이 시장 경쟁력을 갖춘 작가들에 대한 '스타 시스템'을 작동시키면서, '문학 에콜'들의 문학적 정체성은 약화되었다는 것이다. 어떤 출판 자본과 문학 매체가 얼마나 많은 스타 작가를 관리하고 있는가로 그 문학적 헤게모니를 가늠할 수 있는 상황에서, 문학적 색깔을 보존하고 문학적 노선을 고민한다는 것은 의미가 없을지도 모른다. 일부의 오해와는 달리, 지금 한국 문학의 문제는 문학 에콜의 폐쇄성이 아니라, 그 미학적인 의미에서의 문학 에콜의 실질적인 해체이다.

문학 매체가 편집위원 혹은 편집 동인들이 생산적인 비평적 의제를 제출하는 공간이기보다는, 스타 작가들을 관리하는 방편이 되어버린 상황. 1990년대 중반 이후, 문예지의 무게중심이 '비평'이 아니라 '작가' 혹은 '소설'이 되어버린 것 역시 필연적이다. 문학 계간지에서 장편을 연재하고, 스타 작가의 개인적인 사진과 정보들이 문예지의 중요한 읽을거리가 되고, '장편 대망론'에 힘입어 거액의 상금을 건 장편 공모가 줄을 잇는 것 역시 이상할 게 없다. 넓게 보면 이것은 문화 산업의 시스템에서 필연적으로 도래한 출판 마케팅의 일부이며, 문학 매체가 얼마나 적극적으로 문학 시장에 적응하는가를 보여주는 사례일 뿐이다. 문제는 이런 상황에서 몇몇 문학 에콜이 유지해왔던 자율적인 문학적 정체성이 시장의 논리 앞에서 획일화되어갔다는 것이다. 그리고 그것은 결국 한국 문학의 생산 공간에서 창조적 다양성의 죽음으로 귀결될 수밖에 없다. 이런 구조 앞에서 작가들은 자신의 문학적 지향점을 공유하는 특정한 문학 에콜과 문학적으로 연대하기보다는, 유력한 출판 자본을 '순회'하며 자신의 시장적·문학 제도적 생존을 도모해야 하는 기이한 상황에 놓인다.

여기서 출판 자본을 향해 자신의 문학적 정체성을 보존하고 문학적 개성을 창출하라고 요구하는 것은 의미가 없다. 출판 자본이 단기적인 경제적 효율성의 논리로 움직이는 것은 당연하며, 자본 운동의 합리성이란 그 자체로는 '순수'한 것이다. 혹은 문학 매체가 스타 시스템을 통해 상징 권력을 유지하고 확대하는 것 역시, 자신의 헤게모니를 보존하기 위한 선택이다. 그러니까 문제는 물신화된 문학 시장의 바깥에서 혹은 그것의 내부에서 창조적인 균열을 낼 수 있는 문학적 생성이 가능한가 하는 것이다. 이런 기획은 문학의 창작과 소통에 대한 '다른' 모델을 찾아내는 일을 의미한다. 지금 여기서, 문학 동인 운동의 '시대착오적' 열정을 다시 생각하는 것은 이런 맥락에서 문제적이다.

문학 동인이란 문학적 지향점을 공유하는 문학 소집단을 의미한다.

이 소집단은 출판 자본이나 제도화된 권력으로부터 독립되어 문학적 정체성을 소통하는 자연발생적이고 자발적인 소규모의 문학 공동체이다. 이 소집단은 '작가-출판 자본-시장'이라는 소통의 구조와는 다른 문학적 움직임을 만들어낸다. 작가 개인이 출판 자본에 귀속되고, 출판 자본을 통해서만 독자와 만날 수 있는 구조가 아니라, 동인들과의 연대를 통해 작은 소통의 공간을 우선 확보하고, 나아가 독자와의 소통을 도모할 수 있다. 물론 출간과 작품의 소비 과정에서 출판 자본의 개입과 시장의 지배로부터 완전히 자유로울 수는 없지만, 적어도 작가 개인이 단독자로서 시장에 내던져지거나 주류 문학으로부터 소외되는 엄혹한 상황으로부터 문학적 연대의 공간을 만들 수 있다. 이 연대는 시장의 논리 앞에서는 작은 것이지만, 문학의 이름을 갱신하려는 열정에 관해서는 뜨거운 것이다. 그 생성의 강렬도가 시장에서의 규모 문제와는 다른 차원을 만들어내는 지점에서, 문학은 다시 불온한 미지의 가능성이 되려고 한다.

2. 문학 동인 운동의 기념비를 넘어서

문학 동인 운동, 혹은 동인지 문학의 역사는 한국 근대문학의 역사적 변전 과정과 그 궤도를 같이해왔다. 1920년대 이후 한국 근대문학 초기의 계몽적·낭만적 에너지가 동인지 문학을 중심으로 표출되었다는 것은 역사적 사실에 속한다. 근대문학이 제도적으로 형성되는 과정에서 문학 동인 운동이 하나의 중요한 동력이 되었다는 것. 『창조』 『폐허』 등의 동인지 시대를 규정짓는 것은 감정의 해방이라는 낭만주의적 테제와 해외 문학을 통해 제도로서의 문학을 수입한 세대의 계몽주의적 열정이었다. 이 계몽적 기획은 문학, 혹은 문학적인 것의 모더니티를 형성해나가는 과정의 일부였다. 이 동인지 문학을 통해 한국 근대문학에서 문학적인 것의 내부가 만들어졌다고 볼 수 있다.

전후의 모더니즘 운동을 표방한 동인지와 1960~1970년대의 좀 더 '현대적인' 문학을 추구했던 문학 동인지들, 그리고 동인지의 형태로부터 새로운 문학 계간지 시대를 열었던 『창비』와 『문지』의 시대를 거쳐, 동인지 운동의 정치적 의미가 다시 한 번 역사적 동력으로 나타났던 것은 1980년대의 무크지 운동이다. 1980년대의 동인지는 『창작과 비평』『문학과 지성』이라는 양대 문학 계간지가 신군부에 의해 폐간된 상황에서 게릴라적인 방식으로 시대에 대한 비명을 토해내고, 공적인 매스컴의 '반(反)커뮤니케이션'적 상황을 돌파하려는 정치적 의지를 문학화했다. 이런 상황에서는 시 장르가 주도적일 수밖에 없었고, 그리하여 저 '시의·시대'는 엄혹한 시대의 어두운 문학사적 소명에 대한 필연적인 응답이었다. 1980년대의 문학 동인 운동을 주도한 것은, 식민지 시대 동인지들의 계몽주의적·낭만적 열정이 아니라, 모든 불온한 문학을 초토화하려는 신군부의 문화 말살 정책에 대해 저항하는 '문학의 정치화'라는 전략이었다. 무크지 운동은 가장 정치적인 방식으로 당대의 가장 날카로운 문학성을 드러내는 기획이었다. 신군부가 공적인 유력 문학 매체들을 폐간함으로써 오히려 새로운 문학적 에너지가 무크지 형태의 동인지 운동으로 개화하게 되었다는 것은 일종의 아이러니이다.

그런데 이 역사적 아이러니는 여기에서 멈추지 않았다. 1980년대 후반 이후 제도적·절차적 민주주의가 신장되고, 변혁의 열망이 한순간 식어가는 것을 목도할 즈음, 동인지의 시대는 저물어갔다. 그것은 한국 사회가 새로운 문화 소비, 문화 산업의 시대에 진입하게 됨을 의미했다. 정치적인 것의 커뮤니티는 와해되고, 휘황한 상품 미학의 시대가 도래했다. 이런 상황에서 동인지 운동은 시 장르에서의 '아마추어리즘'과 '지역 문학 운동'의 형태를 띠게 되고, 문학 제도의 주류적인 움직임은 출판 시장의 규정력 속에 놓인다. 물론 지상의 모든 문학 동인이 한꺼번에 사라진 것은 아니었고, '21세기 전망'과 같은 의미 있는 동인 활동이 있었지만, 그 전체적인 맥락에서 문학 동인 운동이 지녔던 문학적·정치적 활력은 급격하게 약화되었다. 유력한 계간지들이 복간되고, 1990년대 새로운 문예지들이 '작가' 중심의 편집 방향을 두드러지게 지향하면서 독자에게 다가갔지만, 자발적인 문학 공동체의 에너지는 '희미한 옛사랑의 그림자'가 되어갔다.

한국 문학사의 중요한 역사적 동력을 제공했던 몇 차례의 문학 동인 운동은 당대의 사회적 상황에 대응하는 문학 생산의 방식이었다. 계몽적·낭만적 열정, 혹은 정치적 의지로 충만했던 이 문학 동인 운동을 통해, 한국 문학은 제도적·미학적 모더니티를 형성해나가고, 문학성을 새롭게 형성할 수 있는 계기를 만들어갔다. 1990년대 이후의 문학 동인 운동은 더 이상 역사적 동력으로 작동하지 못하고, 주류 문학 시장과 문학 저널리즘으로부터 소외된 지점에서 자기들만의 소통 공간을 만들어갈 수밖에 없었다. 그런데 주목할 만한 것은 2000년대 이후의 새로운 움직임이다. 2000년대 이후 일군의 젊은 시인들을 중심으로 한 낯선 실험 미학이 폭발적인 집단적 에너지를 분출하기 시작하면서, 이들에게는 주류 문학의 스타 시스템과 다른 창작과 소통의 공간이 필요해졌다. 그 공간은 그러나 출판 자본과 시장이 그

들에게 선물할 수 있는 것이 아니다. 그들의 자발적인 문학의 열정과
소통과 연대 의지가 새로운 문학 커뮤니티를 만들어내어야 했다. 그러
면 지금, 문학 동인 운동이 다시 한 번 문학사적 동력이 될 수 있을까?

3. '문학 공동체'는 가능한가?

 근원적인 질문으로 돌아가자. 문학 공동체는 가능한가? 혹은 더욱
근원적인 의미에서 시장의 권력이 지배하는 시대에 공동체란 가능한
가? 어떤 공동체이건 그것은 공동의 가치 이념과 목적이 전제되어 있
고, 그에 따르는 동일성의 열망이 작동하게 된다. 따라서 그 공동체
가 아무리 작은 것이라고 하더라도, 그것 내부에는 어떤 전체주의적
원리가 개입한다. 그런데 문학이 개체성을 보존하려면, 혹은 그 개체
성을 넘어서는 익명성 혹은 비인칭성을 보유하려면, 그것은 언제나
공동체의 바깥에 위치해야 하는 것은 아닌가? '문학적인 것'과 '공동
체적인 것'은 하나로 묶을 수 없는 상반되는 가치가 아닌가? 문학 혹
은 문학인들을 하나의 이념으로 묶으려는 조직화의 움직임이 언제나
'문학적인 것'에 반하는 것은, 그것이 어떤 동일한 가치와 이념을 전
제로만 타자들을 이해하고 공동체의 구성원들을 조직하기 때문이다.
 그렇다면 문학 공동체는 어떻게 동일적 주체로서 공동체의 조직과
이념과는 다른 공동체를 마련할 수 있을까? 모리스 블랑쇼는 조르주
바타유와 낭시의 대화 속에서 '내재주의와 전체주의를 넘어서 있으며
전체의 고정된 계획을 갖고 있지 않은 공동체의 가능성, 공동체 없는
공동체의 가능성, 기구·조직·이념 바깥의, 동일성 바깥의 공동체 가

능성, 어떤 공동체도 이루지 못한 자들의 공동체 가능성'을 사유한다.[1] '동일성에 근거를 두지 않고 동일자의 억압을 거부하는 공동체, 타자의 발견과 차이의 발견으로 역설적으로 지속되는 밝힐 수 없는 공동체'는 가능한가? '나의 존재로도 타자의 존재로도 환원될 수 없는 공동의 영역을 알리는 우리의 존재'의 사례로서 블랑쇼는 '문학'과 '연인'의 공동체를 말한다. 블랑쇼에게 '문학 공동체'는 글쓰기의 문제가 독서를 통해 타자의 현전과 '우리'의 존재에 대한 긍정으로 이어질 수 있는 가능성과 관계되어 있다. "따라서 진정 중요한 것은 모르는 자와의 관계를 전제하고 있으며 누구도 겨냥하고 있지 않는 책의 익명성이다. 조르주 바타유가 (적어도 한 번은) '부정의 공동체, 어떤 공동체도 이루지 못한 자들의 공동체'라고 부른 공동체를 다시 새로 세우는 책의 익명성이다."[2]

블랑쇼의 문학 공동체는 책의 익명성, 즉 글쓰기와 독서라는 행위로 '문학적 소통을 통해 이루어지는 이상적 공동체'이다. 이런 공동체는 독서 행위에서 생성될 수 있는 미지의 잠재된 문학 공동체일 것이다. 그런데 이런 이상적인 문학 공동체는 글쓰기-독서의 과정에 관여하는 자본과 제도 권력의 지배력 너머에서 가능할 수 있을까? 그것의 (불)가능성을 적극적으로 사유하려고 한다면, '책의 익명성'과는 다른 '문학적 우정'으로 자유롭게 연대하는 작은 글쓰기 공동체의 가능성을 상정할 수는 없을까? 지배적인 문학 제도 바깥에서의 만남을 중요시하지만, 어떤 동일한 문학적 가치와 목적에 서로를 예속하지

---

1) 모리스 블랑쇼, 장-뤽 낭시, 박준상 옮김, 『밝힐 수 없는 공동체/마주한 공동체』, 문학과지성사, pp. 96~98 참조.
2) 모리스 블랑쇼, 위의 책, p. 47.

않는 문학 공동체, 문학적 실존의 나눔과 그 소통의 움직임 그 자체 이외에는 어떤 목적도 지니지 않는 글쓰기 공동체, 그런 문학 공동체를 사유하고, 상상하는 일은 불가능한가?

소집단 문학 동인은 이런 문학 공동체를 꿈꾸는 자리이다. 이런 문학 공동체가 미지의 불가능한 공동체라고 하더라도, 문학 동인은 이런 공동체로의 이행을 문학적으로 시도할 수 있다. 그런 공동체라면, 그곳에서의 집단적 주체의 동일성과 하나의 목적을 위한 조직화는 의미가 없다. 다만 문학적 개체들의 탈중심화된 접촉과 소통 그 자체의 활력, 혹은 문학적 발화 방식의 소집단적 구성이 있을 뿐.

4. (소수) 문학 공동체가 할 수 있(없)는 것들

문학 동인 운동이 이 시대의 문학적 가능성이 될 수 있으려면, 단지 문학적 소집단을 '결성'하는 일만으로 실현되는 것이 아니다. '공동체가 아닌 공동체'의 가능성을 밀고 나가기 위해서는 그 운동 방식에서의 문학적인 (재)전유가 있어야 한다. 좀더 명시적으로 말해야 한다면, 문학 집단이 '공동체 너머의 공동체'로서 존재하려면, '소수'와 '인디'의 문학 생산과 소통 방식을 사유할 필요가 있다. 소수 문학이란 단순히 문학 집단의 규모가 작다거나, 출판 자본과 시장에서 소외된 혹은 다수의 독자층을 확보하지 못한 문학을 의미하는 것이 아니다. '소수 문학'이란 문학 시장의 다수적인 척도와 그 평균성, 획일성으로부터 이탈하는 문학이다. 미학적으로는 당대의 주류 문법으로부터 새로운 균열과 변이의 자리를 만들어내는 문학이며, 스타 시스템의 바깥에서 문학적 소통 방식을 모색하는 문학이다. 이런 맥락에서 소수 문학은 미학적으로 불온하며, 동시에 그 불온성은 정치적인 의미를 띨 수밖에 없다.

'인디'적인 것이라고 말할 때, 그것은 우선 시장과 제도화된 주류 문화로부터의 독립을 의미한다. 그곳에는 문화 산업의 시스템과 문학 제도의 지배적 이데올로기로부터 독립된 문학일 것이다. 그러나 근원적인 의미에서 시장의 바깥은 없으며, 문학 제도의 바깥도 없다. 그래서 '인디적인 것'은 하나의 실체적인 공간이 아니라, 다른 시간을 만들어내려는 움직임 자체이며, 공간을 확보하지 못한 채로 '다른 미래'를 사는 '유령'으로서의 운동 방식이다.[3] 문학 동인 운동의 '인디성'은 그것이 주류적인 공간과 제도로부터 다른 차원의 문학적 삶을 생성하는 것의 문제이다.

이런 맥락에서 문학 동인 운동은 근원적으로 정치적인 행위이다. 이것은 1980년대의 정치 지향적인 무크지 운동보다 근원적으로 정치적이다. 그것은 1980년대의 문학 운동과는 달리 정치성을 지향하는 문학이나 정치적인 문제를 다루는 문학이 아니다. 문학 운동 방식 자체가 제도와 시장의 지배력에 균열을 내는 정치적 수행 효과를 낳는 문학이다. 이 문학 동인 운동을 통해서 만약 주류의 문법과는 다른 소수의 언어, 새로운 변이의 미학을 창출할 수 있다면, 그것은 (소수) 문학 공동체가 새로운 문학적 소통을 이루는 '작은 혁명'이 될 것이다. 결코 권력화되지 않는 문학적 활력을 생성하는 공동체, 공동체의 외부에 있는 공동체로서의 문학 공동체, 영원히 그런 공동체가 불

---

3) 졸고, 「'인디'라는 유령의 시간」, 이 책에 인용, p. 29 참조.

가능하면, 역설적으로 그 불가능성의 공동체는 '문학' 그 자체이다. '불가능한 공동체'가 아니라, 이 '불가능성의 공동체'야말로 문학적인 사건이다. 그러니 그 불가능성을 끝끝내 견디면서, (소수) 문학으로 연대하고 소통하라!

'인디'라는 유령의 시간

1. '인디'라는 시대착오

왜 하필이면 지금 다시 '인디'를 말하는가라고 묻고 싶을 것이다. 신(新)자유주의의 전 지구적 승리 앞에서, 문화 산업의 육성이 국가 정책의 과제가 된 현재, '저항'과 '해방'이 이미 낡은 수사가 된 지금, 주류 문화와 자본으로부터의 '독립 만세'를 외치는 것은 시대착오적이다. 이 시대에 시장과 제도의 피안은 과연 있는가? 자본과 제도화된 문화로부터 완벽하게 자율적인 영역이 존재한다는 것은 착각이거나 기만이다. 시장과 제도에 대해 가장 적대적인 포즈를 취할 때조차 그것들은 이미 거기에 내재한다. 대중문화가 대규모 문화 산업의 형태를 띠기 시작한 1990년대 이후에는 더욱 그렇다. 시장과 제도로부터 상대적으로 독립적인 존재 형태를 띠었던 작업이 어느 날 그것들로부터 호출을 받거나 주류가 되어버리는 낯익은 사례들을 말하는 것이 아니다. 아무리 소규모 '제한 생산의 장'에서 움직인다고 하더라도 그곳이 시장과 제도의 외부는 아닐 것이다. 그러니 시장과 제도의 바깥을 욕망하는 것은 다만 그것들의 중심으로부터의 소외감이거나, '다른 시장'을 향한 꿈일 수도 있다. 시스템의 외부가 없는 세계에서 독립을 외치는 것이 공허하다면, '인디'는 정말 시대착오적인 것이다. 그렇지만 이 '시대착오'라는 말만큼 인디의 존재 방식을 날카롭게 드러내는 용어도 없다. 시대를 잘못 읽는 일, 시대를 잘못 사는 일, 그런데 그런 '잘못 살기'가 어떤 방식으로든 가능하기는 한 것일까?

근본적인 질문으로부터 다시 시작하자. '인디'란 무엇인가? 무엇으로부터의 인디가 인디인가? 단순하게 말하면 인디는 시장과 제도화된 주류 문화로부터의 독립을 의미할 것이다. 주류 문화에는 국가 제도와 지배적 이데올로기와 부모 문화, 유통 권력과 문화 산업의 시스템이 작동한다. 시장과 제도는 문화 산업 시스템의 원인이자 동시에 결과이다. 주류 문화는 시장에서의 주류이면서 국가 제도 안에서의 주류이다. 앞의 논의를 연장하면, 시장의 바깥이 없다는 것은 국가 제도의 바깥이 없다는 문제에 대응한다. 물론 국가 제도와 지배 이데올로기가 문화예술에 개입하는 방식은 그렇게 단순하지 않다. 그러나 반드시 억압과 관리의 방식이 아니더라도, 그 바깥의 공간을 생각하는 것은 쉽지 않다. 그런데도 사람들은 인디를 말해왔다. 어떻게?

우선 그것은 '정신'과 '태도'의 문제였다. 주류적이고 평균적이며 획일적인 주류의 부모 문화에 대한 반역의 움직임이 인디의 정신을 의미했다. 그 정신은 다분히 정치적인 것이지만, 그 정치성은 이른바 '민족·민중' 이념이라는 또 다른 '거대 담론'에 흡수되기도 하고, 자족적인 유희를 목적으로 삼는 아마추어리즘의 공간과 크게 구별되기 쉽지 않았으며, 그 엉뚱한 상품성은 새로운 시장과 거대 자본의 포섭 대상이 되기도 했다. 그래서 인디의 정신은 언제나 모호하고 아슬아슬한 어떤 것이었다. 그것은 1990년대 이후 정신의 문제로부터 '스타일'이라는 '육체'의 문제로 전환되었다.

스타일은 단지 장식의 차원이 아니라, 일상적 공간에서의 심미적인 실천 그 자체이다. 스타일은 사회적 약호이며 의사소통의 방식이고, 육체적 자기 발견의 형식이다. 스타일의 해방은 정신의 해방 이상의 의미를 지닌다. 광고 언어를 빌리면 '스타일이 모든 것을 말해준다!' 스타일의 해방은 계급과 섹슈얼리티의 문제가 뒤엉킨 사회적 억압으로부터 탈주하는 육체적 실천이다. 인디 문화의 반주류적인 스타일은 주류 문화 내부에서 작동하는 문화적 약호와 규칙들을 전복하고 그 상징 질서를 교란한다는 것을 의미한다. 인디는 지배 체계의 정상적인 스타일들의 규범적인 신화에 틈을 만들어낸다. 그런데 이 스타일의 실천은 인디를 더욱 모호한 문화적인 위치에 놓이게 한다. 때로 스타일의 해방은 아무런 내용을 갖지 않은 것 같고, 정치적 자의식과 무관한 것처럼 보이기도 하고, 새로운 상품 미학의 형식 속에 흡수될 운명에 놓인 듯하다.

물론 이런 정신과 스타일의 개념보다는 그것의 현실적인 존재 방식, 그러니까 생산과 유통의 방식을 통해 인디를 규정할 수도 있을 것이다. 이 경우 인디는 거대 문화 산업의 시스템과 유통 권력에 포섭되지 않는 소규모 생산의 장에서 활동하는 것을 의미한다. 대량 생산과 유통을 통해 이윤을 창출하고 자본을 확대해나가는 그런 자본주의적 시스템으로부터 어느 정도 비껴나 있는 작업. 그런데 이 경우 이런 소규모 생산이 과연 의도적인 것인지, 아니면 문화 산업의 시스템에 적응하지 못한 경우인지를 구별하기는 쉽지 않다. 어쩌다가 이런 소규모 생산의 장에서 '대박 상품'이 나온다면? 그건 비난받아 마땅한 일인가? 그러면 그때 인디의 존재 방식은 이제 어디로 가나? 대규모 생산의 장 안에 들어왔는데도 의도적으로 그 바깥으로 달아나려는 움직임이 가능할까? 그렇다면 태도로서의 '마이너'와 소규모 시장으로서의 '마이너'는 사실 엄격하게 구별되지 않는다. 그럼 인디는 실체가 없다는 말인가?

그럼 '하위 문화' '소수 문화'라는 호명의 방식은 어떠한가? 그것은 어쩌면 인디보다 구체적인 명명이 될 수 있지는 않을까? '하위'와 '소수'란 상대적으로 실체적인 존재 방식을 의미할 수 있을 것이기 때문이다. 그런데 그것의 상대적인 실체성은 '상위'와 '다수'라는 대칭 개념을 전제하기 때문에 가능하다. 여기에는 '상위/하위' '다수/소수'라는 이분법적 위계의 논리가 작동한다. 물론 '하위 문화'와 '소수 문화'는 주류 문화에 대한 주변적인 문화로서의 사회적 의미를 적극적으로 부각시키기 위해 마련되었으며, 정치적 이미지가 더 구체적으로 각인되는 효과가 있다. 그러나 결국 그것은 이분법적인 논리 속에서 작동하는 것이기 때문에, 그 위계는 언제든 권력의 척도로 전도될 수 있다. 어떤 관점에서 '하위'와 '소수'는 저항과 탈주의 장소이지만, 다른 관점에서 그것은 단지 '상위'와 '다수'가 되지 못한 어떤 미달의 상태이다.

그러면 '인디'는 그렇지 않은가? 인디 역시 '주류/인디'의 이분법 안에서 설정되는 것은 아닌가? 흥미로운 것은 인디는 '소수'나 '하위'처럼 상태와 현상을 지칭하는 개념이 아니라, '운동'을 지칭하는 개념이라는 점이다. 소수 문화와 하위 문화는 의식적으로 추구된 문화가 아니라 자연발생적으로 형성된 비주류적인 문화를 지칭하는 개념이

다. 반면 인디는 분명하게 의식적인 운동의 양태가 아니더라도 상태
가 아니라, 어떤 움직임을 가리킨다. 그러니까 인디라는 말의 실체
없음은 그것의 운동성에 부합한다. 이를테면 인디라는 용어는 더 이
상, 단지 '독립'으로 번역될 수 있는 그런 말이 아니다. 인디라는 간
명한 시니피앙 속에는 'independent' 혹은 '독립'이라는 단어들의 체
중을 제거해버린 무중력의 공간이 있다. 독립이라는 개념에는 '무엇'
으로부터의 독립, 그러니까 억압적인 실체적 존재가 상정되어야 한
다. 그러나 인디라는 시니피앙에는 그 '예속/해방'이라는 코드 자체의
무게가 휘발되어 있다.

2. 유영자의 시간, 유령의 시간

인디는 부재의 기호이다. 한국의 인디 문화가 실체가 있는가 하는
의문 때문이 아니다. 물론 한국의 인디 문화의 실체적인 사례를 드는
것은 쉬운 일이 아니다. 인디 영화, 인디 레이블, 인디 밴드, 인디 만
화, 전위적인 소수 문학의 사례를 든다고 해도 사정은 마찬가지다.
어떤 경우든 제도와 자본으로부터 완벽한 독립을 구가하는 공간으로
서, '이것이 인디다'라고 부를 만한 자명한 사례는 없다. 그런 공간이
독립성과 자율성의 장소라고 부를 만한 확정적인 근거는 존재하지 않
는다. 그렇다고 해도 그것이 인디를 부재의 기호라고 부르는 이유는
아니다. 인디는 그 근원적인 의미에서 실체가 아니라 기호이며, 실체
적인 자기동일성이 확보되지 않았다는 측면에서 '주체화'로부터 비껴
가는 장소이다. 인디의 주체가 설정되어 있는 것이 아니라, '발화의

집단적 구성'이 있을 뿐이다. 인디는 저항을 위한 집단적 주체를 설정하지 않는다.

어쩌면 인디라는 말이 이미 더 이상 '인디적'이지 않다. 어떻게 '인디'의 '인디적인 성격'을 재문맥화할 것인가? 현실 공간에서 반드시 인디라고 부를 만한 문화적 양상이 또렷하지 않다는 것을 인정한다고 하더라도, 그것이 '인디적인 것'의 무의미를 말하는 것은 아니다. 이 공간 위에서 자기 영토를 확보하지 못하지만, 그러나 인디는 '다른 미래'를 사는 운동이다. 인디는 발 디딜 수 있는 현실 공간을 만드는 대신에 지상의 시간 위를 유영한다. 제도와 시장의 공간이 아니라, '유영자의 시간' 속을 살면서 온갖 잡스러운 것들과 만나고 부딪친다. 그래서 때로 그것은 저급해 보이거나, 조악해 보이거나, 음란해 보이거나, 불결해 보이거나, 난해해 보이거나, 위험해 보이거나, 역겨워 보이거나, 심지어 낡아 보인다. 주류 문화와 시장 공간과는 다른 차원의 시간, 그것을 제도적 일상의 공간을 벗어난다는 의미에서 '유령의 시간'이라고 해두자. 실체와 영토를 갖지 않는 유령은 공간에 거주하는 것이 아니라, 시간 속에서 출몰한다. 유령의 삶은 기존의 삶과 부재의 삶 사이에서 떠돈다. 유령의 시간은 속도의 문제가 아니라, 공간이 없는 시간을 사는 방식의 문제이다. 그것이 인디가 유령의 모습으로 '시대착오'를 사는 방식이며, 그 '시대착오'가 바로 자신의 에너지가 되는 이유다.

유령의 시간, 그 공간 없는 시간을 살기 위해 인디는 기본적으로 공간의 재배치와 변환을 통해 주체화의 장소들을 끊임없이 이탈한다. 공간에 머물지 않기 위해 인디는 언제나 실체적인 공간의 자명성을 위반한다. 인디의 미학적 방식 중의 하나는 제도화된 상징 질서 속에

'제자리'에 속박되어 있는 것들을 '다른 배치'에 놓는 것이다. 가령 인디 록 밴드의 공연에 탱크가 등장하고 군사 물품을 액세서리로 만들어 장식하는 것은 폭력과 물신의 숭배가 아니라, 그 물건을 전혀 다른 배치에 놓이게 함으로써 그 사물의 본래적 의미의 질서를 교란하는 것이다. 사물의 정상적인 사용에 대한 비틀기를 통해 상징 질서를 교란하는 방식. 가령 젊은 시인들은 서정시의 미학에 포섭될 수 없는 불편하고 엽기적인 이미지들을 시 안에 배치함으로써, 이 세계의 지배적인 문법을 분열증적으로 전복한다. 하나의 기호가 놓여 있는 배치의 위치와 맥락을 바꾸어버림으로써 그 기호를 다른 의미화의 과정으로 작용하게 만드는 것이다. 이것은 다른 배치를 통해 그것의 정상적 기능을 적대화한다는 의미에서 '전유'이며, 그런 방식으로 그 대상의 의미 맥락을 변경하고 다른 기호로 작동하게 만든다는 의미에서 '재전유'이다.

자본주의의 식민지가 된 현대 세계에서는 모든 대상은 이미 생산 과정 속에서 차지하는 위치에 따라 규정된 상품 기능을 지니게 된다. 그 상품이 시장에 나온 본래 목적과는 다른 방식으로 사용되고 소비되는 것은 이 자본주의적 질서를 교란하는 일이다. 그것이 인디적인 양식의 중요한 특징인 '혼종성'의 측면에도 해당된다. 인디는 이질적인 것들의 무차별적인 접속과 이종교배를 통해 지배적인 상징 질서를 위반한다. 마치 어린아이나 원시인의 행위처럼 인디적인 스타일은 잡다한 사물들을 모으는 브리콜라주의 과정을 통해 다른 스타일의 공간을 만들어낸다. 섞일 수 없는 것들을 섞고, 하나의 공간에 놓일 수 없는 것들을 만나게 함으로써, 인디는 이 혼종적인 실천들을 통해 상징 질서의 구획들을 흩뜨려놓는다. 그래서 제도의 언어, 인간의 언어를 비주류와 동물의 언어와 뒤섞어 자명성의 기호 체계들을 전복한다. '배치의 변환'과 '혼종성'은 인디적인 양식의 반미학주의적 스타일의 첨예한 사례가 될 것이다. 그런데 과연 이런 심미적 행위들이 진정한 저항일까? 그것은 단지 언제 주류 문화 속에 편입될지도 모르는 기이한 '저항의 스타일'만을 의미하지는 않을까?

다시 처음의 의문으로 돌아가자. 왜 지금 '인디'인가? 1990년대 이후의 한국 사회는 외형적인 정치적 폭압이 사라진 이후, 규율적인 권력의 메커니즘이 일상 공간을 관리하는 세계로 진입했다. 이런 세계에서 순수한 저항적 주체를 구성하기는 어렵다. 저항은 개별화되고 고립되며 '스타일'의 문제로 변환되므로 억압에 대항하는 진정한 저항의 동일성을 만들기 어렵다. 엄밀한 의미에서 모든 저항적 포즈는 스스로 이미 권력 관계의 일부임을 인정해야만 할 것이다. 단순히 억압과 저항의 코드로 한국 사회의 현실과 문화적 실천을 규정하는 것은 왜곡을 동반한다. 인디가 지배 체제의 질서에 저항하는 방식은, 스스로 저항의 주체임을 자임하는 것이 아니다. 실체적으로 하나의 스타일이 저항의 효과를 산출한다고 하더라도 그것이 저항적 주체의 의식적 소산이라고 말할 수는 없다. 정치적 저항이 새로운 권력의 게임이 되는 세계에서, 인디는 다른 배치를 통해 주류 질서 전체를 야유하는 스타일의 탈주를 실현한다. 주체화의 과정을 끊임없이 유예하면서 무거운 지배 질서의 공간에 우습고도 엽기적인 방식으로 무중력 시간을 끼워 넣는다. 재래적인 저항의 패러다임을 벗어나는 이런 움직임은 식민화된 세계에서 유령처럼 '다른 미래'를 사는 방식이다. 이제 그 몇 개의 담론 속에서 인디를 둘러싼 사회·문화적 조건과 인디라는 유령의 존재 가능성을 더듬어보자.

3. 인디 주변의 담론들 1—마이너 쿼터?

　미국이 한국에 FTA협약이라는 이름뿐인 불공정 거래를 명령하고 있다면, 한국 영화 부흥의 수혜자였던 투자사, 제작자, 배급사가 스태프들의 노동 조건이나 임금을 그동안 현실적 수준으로 개선하지 않은 것은 현재 할리우드의 독과점에 대항하는 최소한의 공정한 장치인 스크린쿼터의 사회적 공정성, 그 자체의 존립 근거를 의심받게 하고 있다. 영화사들이 다른 기업이나 연예 기획사와 합병해 코스닥 상장으로 금융 투기를 시도하는 것도, 문화적 주권 장치로서의 스크린쿼터에 회의적인 시선을 보내게 하는 데 일조하고 있다. 큰손 투자사들이 영화 기획, 시나리오와 캐스팅을 좌지우지해 문화적 다양성에 일조한다는 스크린쿼터의 취지에 어긋나는 범박하고 균질한 영화들만 투자를 받고 있는 풍토도 문제로 보인다.

　그러나 좀더 중요한 것은 위에 산재한 문제들은 일단 한국 영화계가 존재해야 비로소 문제로 존재하는 것들이며, 그래서 해결해나갈 수도 있는 것들이다. 스크린쿼터 없이는 한국 영화만이 아니라 이 정도 규모의 내셔널 시네마 단위는 생존하기 힘들다. 생존이 확인되면 나도 거론하고 싶은 것이 있다. 스크린쿼터를 대규모 예산 영화가 포함된 한국 영화가 아닌 전 세계를 대상으로 한 마이너 영화 쿼터로 바꾸자는 것이다. 그러나 역시 이 논의도 한국 영화가 생존해야 가능한 것이다.[1]

---

1) 김소영, 「전 세계 대상 마이너 영화 쿼터로 바꾸자」, 『씨네 21』 2006년 3월 1일자.

'스크린쿼터'를 유지하기 위한 한국 영화계의 저항은 한국 영화의 생존 그 자체를 향한 몸부림이지만, 다른 방식으로 '마이너'의 문제를 환기시켰다. 스크린쿼터가 한국 영화의 생존권을 지키기 위한 최소한의 장치라는 영화계의 주장은 당연한 것이다. 그러나 여기에서도 스크린쿼터가 정작 지켜내야 하는 것이 무엇인가에 대한 질문은 누락되어서는 안 된다. 국가가 경제적인 '국익'을 내세우는 것과 대결하기 위해 영화계는 '문화적인 국익'을 내세우고 '내셔널 시네마'의 생존을 말한다. 그러나 이 두 가지 논리는 그것이 '국가' 단위의 산업의 생존을 문제삼고 있다는 측면에서는 사실 같은 차원의 것이다. 앞의 글에 조심스럽게 드러나는 것처럼, 몇몇 대규모 영화 자본이 영화 제작과 배급 시스템을 독점화하고 영화 기획 등에 개입하는 시스템을 국가가 지켜준다는 것의 의미는 무엇인가? '범박하고 균질한 영화'만이 살아남는 시스템을 국가는 어떻게 보호해주어야 하는 것일까? 물론 한국 내부의 거대 영화 자본의 문제가 있다고 하더라도 한국 영화계 자체의 생존이 더욱 절박하다는 논리는 인정된다. 그런데 이런 상황에서도 어떻게 인디의 활력을 재생산할 수 있는가 하는 것 역시 논의를 유예할 수 없는 중요한 문제이다.

문제는 간단하지 않을 것이다. 할리우드 영화에 비하면 한국 영화 전체가 일종의 '마이너' 공간일 것이다. 그런 이유로 할리우드 영화로부터 한국 영화의 '독립'은 전 세계적인 차원에서 제국에 대한 '인디'의 의미를 갖는다고 볼 수도 있다. 하지만 국가적인 차원의 영화 산업의 보존이라는 문제 설정은, 인디를 둘러싼 새로운 영화의 가능성과 반드시 일치하지는 않는다. 국가가 시장을 제도적으로 보장해줌으로써 한국 상업 영화가 자국 시장에서 높은 시장 점유율을 가지는 것과, 인디 영화의 활성화가 절대적인 상관성이 있는가 하는 것은 단언하기 힘들다. 지난 몇 년간 한국 영화 시장의 외형적인 부흥과 영화 산업의 비대화는 새로운 인디 영화의 생산을 촉발하기보다는, 인디 영화적인 에너지의 주류 시장과 거대 자본으로의 편입을 보여준 것이 아닐까? 가령 「왕의 남자」를 비롯한 한국 영화들이 1천만 관객 시대를 돌파했다는 뉴스가 한국 영화의 자부심이 되고 저널리즘을 통해 끊임없이 상찬되지만, 한국처럼 작은 영화 시장에서 한 편의 영화를 '1천만 명'이 보는 것이 단지 축복인가? 할리우드 영화 산업과 자국 영화 산업의 대결이라는 이 강력하고 선명한 전선의 틈새에서 새로운 문법과 존재 방식을 실험하는 영화들의 가능성을 어떻게 사유할 수 있을까? 인디 영화의 시간은 이제 멈춘 것일까?

4. 인디 주변의 담론들 2—홍대 문화의 잡종성?

MBC 음악 프로그램 「생방송 음악캠프」에서 벌어졌던 펑크 밴드 '카우치'의 충격적인 알몸 노출 사건 이후 한국 인디 문화의 메카라고 할 수 있는 홍대 문화를 바라보는 일반인의 태도는 카우치의 음란한 행동을 바라보는 태도와 크게 다르지 않았다. 홍대 문화는 카우치적인 행동이 일상적으로 벌어지는 더럽고 불결하고 음란하고 퇴폐적인 문화로 일반 대중에게 낙인찍히면서 이번 기회에 정화되어야만 할 곳으로 지탄받기도 했다. 이른바 '홍대 문화 죽이기'는 일반인의 정서만은 아니다. 이명박 서울 시장은 '펑크'는 모두 한통속'이라는 신념하에 음란한 펑크 밴드 색출 작전에 나서기도 했다. 또 주류 미디어와 기성 세대는 카우치 공연 중에 한 멤버가 일본 군국주의를 상징하는 '욱일승천기'가 그려진 티셔츠를 입고 나온 것을 지적하며, 이들의 음란함과 반민족성에 개탄을 금치 못했다. 한 보수 언론은 이 사건을 시청률 지상주의가 부른 인재로 몰고 가면서 사건의 정세를 예의 특정 방송사 죽이기용으로 활용하는 '센스'를 발휘했다.

그러나 홍대 문화가 모두 '카우치적'인 것은 아니다. 홍대 문화는 카우치적인 행동도 나타날 수 있는 다양하고 이질적인 문화 정체성을 가지고 있을 뿐이다. 카우치의 우발적인 행동을 홍대 문화의 전체와 동일시하는 것은 카우치가 지상파 방송사를 상대로 그랬던 것처럼 홍대 문화에 대해 정서적 폭력을 가하는 것이다. 홍대 문화에는 급진적인 펑크족, 일렉트로닉한 음악을 즐기는 레이브족, 단순히 다양한 음악을 좋아하는 마니아 등 다양한 문화가 공존하고 있다.[2]

'카우치 사건'은 주류 대중문화를 재생산하는 지상파 방송에서 펑크 밴드의 일탈적인 스타일이 출현했을 때 생길 수 있는 가장 극단적인 장면을 연출했다. 그 장면의 극단성 때문에, 홍대의 인디밴드들 전체가 매도당하는 사태에는 부모 문화의 이데올로기가 작동했다고 볼 수 있다. 물론 이 펑크 밴드가 주류 문화를 야유하기 위해 등장시킨 것이 하필 남성 성기인가에 대해서는 엄밀한 비판적 논의가 필요하다. 가령 스타일의 해방이라는 이름으로 등장하는 일탈적인 모든 행위는 그 정치적인 내용과 관계없이 변호될 수 있는가? 이는 한국 사회에서 남근의 노출이 갖는 정치적·상징적 폭력성과 육체적 스타일의

---

2) 이동연, 『문화부족의 사회—히피에서 폐인까지』, 책세상, 2005, pp. 263~64.

저항을 구별하지 못하게 한다는 측면에서 '인디적인 행위'라고 의미화할 수 없다. 저항 행위자의 저항 의식과 저항의 실제적인 효과가 반드시 맞아떨어지지는 않는 것이 인디적인 문화를 둘러싼 상황이다.

문제는 그것이 홍대 인디 문화에 대한 혐오의 담론들을 과장되게 생산했다는 점이며, 실제로 홍대 문화 자체가 더 이상 인디 문화의 순수한 형태로 보기는 어려워졌다는 점이다. 이미 주류 상업화가 빠른 속도로 진행되는 상황에서 홍대 문화가 더 이상 인디 문화의 게토로 존재하는가는 의문이다. 인디·라이브 문화에서 레이브·댄스 문화로 전환되는 과정에서 홍대 문화의 인디적인 정체성을 유지하고 있다고 보기는 어렵다. 위의 글에서 지적한 바대로 이 두 문화 사이의 '소통의 단절'도 문제이고, "홍대만의 문화 정체성을 구성했던 소수자들의 문화 자본 형식은 갈수록 공식화하고 대량화하려는 외부 유혹이 굴복해 상당 부분 자신들의 공간을 허탈하게 분양해주고 있다"는 우려가 등장하는 것이 현실이다. 이 우려는 당연한 것이지만, 인디 문화 공간이 일정한 상업성을 갖게 되면 그것을 상품 형식으로 전환하려는 외부 거대 문화 자본이 유입되는 것은 필연적이다. 홍대 문화의 '변질'은 어쩌면 이 시대의 인디 문화의 운명과 위치를 상징적으로 보여준다. 중요한 것은 이렇게 외부적인 문화 자본의 유입으로 형성된 홍대 문화의 잡종성으로부터 내재적인 인디 문화를 지키는 작업이 아니라(그것이 가능할까?), 그 타율적인 잡종성을 새로운 생성의 잡종성으로 전환하는 운동이다. 다양성이 신자유주의적 시장의 원리라면, 그것을 어떻게 다원성 생성의 자리로 변환시킬 수 있을까? 홍대 문화는 그 내부에서 경계를 허무는 새로운 잡종의 시간을 살아갈 수 있을까?

5. 인디 주변의 담론들 3—1만 부의 기적?

동인문학상, 대산문학상 등 국내의 대표적인 문학상을 휩쓴 소설가 김연수의 소박한 꿈 역시 '안정적인 1만 부 작가'다. 『굳빠이 이상』(1만 1000부, 2001), 『내가 아직 아이였을 때』(1만 6000부, 2002)는 1만 부를 넘겼지만, 지난해 8월 출간된 그의 최근작 『나는 유령 작가입니다』는 아직 8,000부 수준. 오락 상품처럼 수십만 부가 팔려나가는 상업 소설도 없는 건 아니지만, 순수 문학 작가에게 1만 부는 쉽게 넘기 힘든 고지(高地).

지난해 문학동네, 문학과지성사, 창비 등 3대 순수 문학 전문 출판사들이 출간한 35종의 소설(장편·단편집 포함) 중에서 '1만 명의 기적'을 이뤄낸 책은 1/3에 불과한 12편이었다. 영화건 소설이건 '1만 명'이라는 의미가 상업적으로 대단한 의미를 가지는 것은 아니다. 관객 1만 명이 든다고 해봤자 영화사에 돌아가는 총 수입액은 3,000만 원 정도이고, 1만 부의 인세(10%) 수입은 1,000만 원에 불과하다. 동숭아트센터의 정유정 대리는 "1만 명은 홍보에 거의 돈을 들이지 않고 수입 외화를 개봉했을 때, 손익분기점을 겨우 맞추는 스코어"라고 했다.

이런 현실에서 창작자들에게 '1만 명'이라는 숫자는 예술적 자존심이며, 그들의 작업이 '지적 마스터베이션'이 아니라는 것을 증명하는 '최소한의 마지노선'이다. 소설가 김연수는 "1만 부를 넘어선다는 것은 그 작가의 독자가 문학 내부의 이너서클을 벗어나 문학 바깥의 독자들에게도 소비되기 시작했다는 의미"라면서 "개인적으로는 다른 직업을

갖지 않고 글을 재생산할 수 있는 작가들의 최저생계비 수준이라고 생각한다"고 했다.[3]

'1만 부의 기적'이 한국 문학작품의 목표가 된 것은 이미 오래다. 문학 시장의 위축은 이제 일시적인 현상이 아니라, 문화사적인 필연처럼 보인다. 더욱이 이른바 '순문학'은 대규모 시장 자체가 아예 존재하지 않는다고 보아야 한다. 이런 상황에서 문학에서 인디를 말하는 것 자체가 민망한 일이다. 문학이라는 매체 자체가 이미 '소수'적인 것이 된 지금, 이른바 모든 '순문학'을 일종의 '소수 문학'이라고 말할 수밖에 없는 지금, 문학에서 인디적인 것은 무엇을 의미하나? 시장으로부터의 소외로 주어진 문학의 독립은 사실, 엄밀한 의미에서의 '인디'적인 맥락으로 의미화하기 힘들다. 국가가 '문학 회생 프로그램'을 추진해야 할 정도로 문학이 고사의 위기에 놓여 있다면, 시장으로부터의 타율적인 소외는 일종의 병적 증상을 의미한다. 시장으로부터의 '독립'이 이미 기이한 방식으로 주어진 상황에서, 문제는 문학이 제도 속에서 어떤 방식으로 생존하는가 하는 것이다.

한국 문학이 반드시 살아남아야 한다는 논리는, 한국 영화가 반드시 살아남아야 한다는 논리만큼 절박할 것이다. 하지만 이제는 더 근원적으로 '한국 문학'이라는 개념과 이를 둘러싼 이념 자체를 비판적으로 사유해야 할 시점이 도래하고 있다. 시장에서 그 영역이 극도로 축소되었다고 하더라도 학교와 저널리즘의 영역 등에서 '한국 문학' 혹은 '국문학'이라는 제도화된 공간은 여전히 확보되어 있다. 여전히

---

3) 『조선일보』 2006년 2월 3일자.

문학은 끊임없이 생산되고, 한국 문학을 둘러싼 담론들로 아직도 웅성거린다. 그런데 이 제도화된 공간은 문학 시장의 축소를 새로운 문학의 가능성을 여는 기회로 삼지는 않을 것이다. 오히려 문학이 시장으로부터 타율적으로 소외되는 상황이 문학 내 보수적인 제도와 이념을 공고하게 만들 수도 있다. 이런 상황에서 '인디적인' 문학을 한다는 것은 단지 '1만 부의 기적'에 목말라하는 일이 더 이상 아닐 것이다. 그 언술 형식과 존재 방식에서 더 이상 '한국 문학'이라고 부를 수 없는 그런 글쓰기를 밀고 나가는 것, 그것은 타율적인 소외의 공간에서 다른 인디의 시간을 사는 방식이다. 시장이라는 공간 없이 문학의 시간을 살아가는 것은 가능한가? 다만 이 '다른 미래의 글쓰기'가 '다른 시장'을 생성할 가능성 역시 열어두자. 인디적인 문학은 이제 시장으로부터가 아니라 '한국 문학'의 공간 자체로부터 '인디'한다. 그런 글쓰기를 더 이상 문학이라고, 혹은 인디라고 부르지 않는다고 하더라도.

'2000년대 문학 논쟁'을 넘어서

1. 새로운 논쟁의 시대

다시 논쟁의 시대가 시작되었다. 저 1990년대가 그러했던 것처럼, 모든 논쟁이 생산적인 것은 아니다. 어떤 논쟁은 추상적이고 이념적인 의제를 재생산하여 소통 불능의 상황을 가중시키고 문단 집단들 사이의 피해의식을 증폭시킨다. 그 결과 문학을 오히려 주변화하는 희비극을 연출한다. 그러나 '2000년대 문학'을 둘러싼 논쟁적 상황은 최소한의 생산성을 보장받고 있다. 이것은 우선 텍스트가 있는 논쟁이며, 미학에 관한 논쟁이다. 텍스트가 없는 논쟁, 미학의 문제를 동반하지 않은 논쟁은 엄밀한 의미에서의 '문학 논쟁'이 아닐 것이다. 문학 텍스트에 대한 내재 분석과 그 맥락화 방식을 놓고 벌어지는 논쟁적 비평은, 문학을 다시 무대의 중심에 놓이게 만들지도 모른다.

'2000년대 문학 논쟁'은 또한 한국 문학의 새로운 움직임에 관한 논쟁이다. 그것은 과거의 해석을 둘러싼 논쟁이 아니라, 새로운 작가들과 한국 문학의 미래를 향한 논쟁이다. 이것은 문학 텍스트의 역사적인 맥락을 고려하는 논쟁이면서, 문학의 운명을 규정하는 '필연의 역사'를 비판적으로 바라보는 논쟁이다. 모든 필연의 역사는 궁극적으로는 '죽음'을 향해 있다는 명제를 상기한다면, 이 논쟁은 예고된 문학의 죽음을 돌파하는 논쟁이 될 수도 있다. 이런 맥락에서 이 논쟁은 생성의 가능성을 포함한다.

대체 무슨 논쟁이 시작된 것인가? 라고 반문할 수도 있다. 2000년대 중반에 접어들면서 1990년대 문학과 변별되는 '다른 문학'의 징후와 증상들에 대한 비평적 탐색이 시작되었다. 그 탐색들은 21세기 한국 문학의 구체적인 전개 과정에 대한 관심의 반영이었고, 이것은 이질적인 문학 텍스트들이 한국 문학에 새로운 활력을 선사했기 때문에 가능했던 것이다. 새로운 작가들이 다른 문학을 쏟아내었기 때문에, 그것을 둘러싼 '독법'의 문제가 제기될 수 있었다. 특정의 문학 이념과 시대 규정이 먼저 주어진 것이 아니라, 낯선 문학 텍스트들의 발견이 2000년대 문학 공간에 대한 관심을 불러일으켰다는 측면에서 이 논쟁의 발생 의의가 있다. 몇몇 비평가는 독법을 넘어서 어떤 지형도를 그려보고 싶어 했고, 그 과정에서 2000년대 문학의 동력이 무엇인가 혹은 그것을 어떻게 의미화할 것인가 하는 문제들이 불거져 나왔다. 물론 2000년대 문학 공간을 특화하려는 성급한 욕구가 가상의 새로움에 탐닉하고 한국 문학의 지속성이라는 부분을 무시하고 있다는 비판이 가능할 수 있다. 하지만 동시대를 탐구하는 비평적 상상력은 언제나 '전위'에 관심을 가지고, '차이의 문학사'를 사유한다. 비평은 동시대에 새로운 공기를 주입하는 문학 텍스트의 육체를 통해 '다른 역사'의 감각과 정신을 사유할 수 있다.

물론 이 논쟁이 완강한 이데올로기적 테제를 재생산하는 소모적이고 퇴행적인 논의가 될 가능성이 없는 것은 아니다. 이를테면 이 논쟁을 저 낡디낡은 '순수/참여' 문학 논쟁의 재현이나 '리얼리즘/모더니즘/포스트모더니즘'의 구도로 획일화하는 것은 이 논쟁의 내용에 대한 기본적인 이해를 결여하고 있다. 그리고 이 논쟁의 내부에서도 이런 이데올로기적 구도로 2000년대 문학을 둘러싼 비평 담론들을 '정리'하려는 단순한 시도가 있는 것은 불행한 일이다.

이 논쟁에 관해 전제되어야 할 것은, 2000년대 문학 공간이란 객관적 실재가 아니라는 것이다. 그 누구도 결코 2000년대 문학이라는 '실재'에 도달할 수 없다. 정신분석의 용어를 빌리면 우리가 알고 있다고 여겨지는 2000년대 문학이라는 것은, '상징계'에 매개된 세계일 뿐이다. 따라서 어떤 비평적 주체가 그 이데올로기적 지평 외부에서 그것을 '객관적'으로 밝힐 수 있다고 생각하는 것, 허위적인 이데올로기와 진리로서의 현실을 정확하게 구분할 수 있다고 믿는 것은 착각이다. (물론 그 구분이 원천적으로 무의미한 것은 아니다.) 그러니까 2000년대 문학 공간을 둘러싼 논쟁은 엄밀하게 말하면, 어떤 비평 개념이 유력한 담론의 지위를 지니는가를 놓고 벌이는 투쟁이다. 이 투쟁이 의미 있는 투쟁이 되려면, 자신의 비평 개념 역시 이데올로기의 바깥에 있는 것이 아니라는 점을 인정해야 한다. 또한 2000년대 문학 텍스트라는 '물질'과의 밀착력을 끊임없이 검증함으로써, 비평 개념의 의미 자질을 활성화하고 이데올로기적 교리와의 틈을 확보해야 한다. 이것이 이데올로기적 구획들로부터 자기 비평의 개별적인 자립성을 유지할 수 있는 방책이다. 이 글은 오랜만에 발생한 한국 문학의 현장을 둘러싼 문학 논쟁이 자명한 이데올로기적 교리들로 수렴되지 않는 최소한의 비평 공간을 확보하려는 노력이다.

2. 무중력이라는 금기어와 자발적 무지의 독심술

필자를 향한 몇 가지 문제 제기에 대해 대답하는 것으로부터 논의를 시작하려고 한다. 2000년대 문학의 새로움을 탐색하고 그 지형도를 그려보고자 했던 일련의 글들, 「굿바이! 휴먼—탈내향적 일인칭 화자의 정치성」(2002), 「혼종적 글쓰기, 혹은 무중력 공간의 탄생」(2005) 등에 대한 몇몇 평자의 관심, 그리고 그 글들을 묶은 평론집 출간 이후의 '기대 이상의' 이러저러한 비판적 관심에 대해서는 고마움을 표해야 할 것 같다. 물론 필자의 비평에 대한 오해와 오독은 늘 그렇듯이 상존했다. 그러나 넓은 의미에서 오독을 동반하지 않는 비판적 독서는 없을 것이다. 문제는 텍스트의 숨은 의미 자질과 맥락을 풍요롭게 하는 창조적인 오독과, 특정의 이데올로기적 거점에 기초하여 텍스트를 재단하는 오독을 구별하는 일이다. 중요한 것은 필자의 텍스트 내부에 존재하는 그 오독의 가능성으로부터 생산적인 비평 담론을 이끌어내는 일이다.

필자의 비평 가운데 비판적 관심의 대상이 된 것은 '혼종성' '무중력' '사소한 정치성' 등의 개념과 2000년대 문학 텍스트와의 상관성에 관한 것이다. 가장 많은 비판적 관심의 표적이 된 '무중력'이라는 개념부터 먼저 말해보자. 어떤 문학 텍스트로부터 무중력의 공간을 발견한다는 것은, 그 이전 '중력'의 텍스트들과의 차별성을 부각시키기 위한 비유적·비평적인 수사이다. 필자의 비평집 전체를 관통하는 더 큰 문제의식과 관련된 '사소한 정치성'이나 '혼종성'이라는 개념보다, 상대적으로 단편적이고 짧게 언급된 무중력이라는 개념이 집중적인 비판의 표적이 된 것은, 그것이 '손쉬운' 비판의 고리로 보였기 때문인지도 모르겠다. 과연 그럴까?

무중력이라는 비평적 수사는 김중혁, 편혜영, 한유주 같은 젊은 작가들이 보여주는 글쓰기에서 탈국적의 탈역사적·탈현실적 감각과 상상력으로부터 착안한 것이다. 이들의 소설은 역사적 죄의식이나 역사적으로 특권화된 세대 경험을 질료로 하지 않는 글쓰기가 가능하다는 것을 보여주었다. '창비' 그룹의 비평적 관심의 중심 대상이 된 박민규와 김애란조차도 나는 이 범주와 연관되어 있다고 생각한다. 박민규의 우주로 솟아오르는 만화적 상상력과 김애란의 지구를 유목하는 희극적인 아비의 상상력이 또한 그러하다.[1] 황병승, 이민하, 김민정, 김행숙, 장석원 등 젊은 시인들의 시에서도 상징화된 현실과 규범 문법의 중력을 거슬러 분출되는 탈경계적인 분열증적인 언어가 흘러넘치고 있다는 것은 더 말할 필요가 없다. 이들은 '1980년대 문학/1990년대 문학' '리얼리즘/모더니즘' 등의 이분법적인 틀로 설명될

---

1) 한기욱은 김애란의 소설을 예로 들어 필자의 무중력의 "발상이 전혀 들어맞지 않는 작가임을 지적"한다. 김애란이 "'역사적 현실의 중력'을 온몸으로 느끼면서 그 압박에 주눅들지 않는 상상력을 보여준"다는 것이다(한기욱, 「2000년대 문학의 현실 읽기」, 『창작과비평』 2006년 여름호, p. 214). 그런데 가령 「달려라 아비」에서 김애란 소설의 개성은 해설을 쓴 김동식이 적절하게 지적한 것처럼, '정신적 상처의 기원(아버지)을 유목시키는 독특한 상상력'에 있다. '나'는 아버지라는 정신적 상처의 기원과 거점으로부터 유영하는 '즐거운 긍정'에 이르고 그 아버지조차 지구를 떠돈다. 김애란 이전의 선배 작가들에게 아버지는 '상징화된 역사 현실'로 작용한다. 그러나 김애란에게 아버지라는 상처는 나의 실존적 중력으로 작용하지 않을 뿐만 아니라, 아버지 스스로도 세계를 유목하며 달린다. 이것이 김애란의 아비의 상상력이 지니는 2000년대적인 유니크함이다.

수 없는 글쓰기의 새로운 모험을 보여주었다.

그런데 이들의 감각과 상상력을 무중력의 미학으로 호명하는 것과, 이들의 텍스트와 사회 현실의 관련성을 비평적으로 질문하는 것은 차원이 다른 문제이다. 전자가 이들 텍스트의 미학적 차별성에 대한 호명 방식이라면, 후자는 그것에 대한 사회적인 분석과 해석의 문제이다. 사회 현실과 무관해 보이는 탈현실적인 텍스트라고 해도 그 텍스트의 심층과 주변으로부터 그것의 사회·문화적 문맥을 읽어낼 수 있다는 것은 비평의 기본 명제에 속한다.[2] 그리고 어떤 텍스트를 객관적으로 실재한다고 여겨지는 사회 현실의 반영으로 읽는 작업과, 그 언술 방식의 심층으로부터 정치적·이데올로기적 무의식과 그 효과를 분석하는 비평적 실천 역시 구별될 필요가 있다. '이토록 사소한 정치성'이라는 필자의 비평 기획은 문학 텍스트에 대한 고답적인 반영론의 태도를 넘어서, 언술 양식의 내부에 기저한 그 정치성을 사유하려는 것이다. 그런데 비평에 대한 이러한 기본 명제를 필자가 모르고 있거나 거부하고 있다고 '믿으면서' 벌어지는 극심한 오독의 사태는 다음과 같다.

1) 2000년대에 와서 공식적인 글쓰기를 시작한 작가들은, 상대적으

---

2) 김명환 역시 나의 비평집을 비판하면서 "문학은 그것이 처한 사회적·역사적 조건으로부터 자유로울 수 없다는 상식적인 일반론을 존중해달라고 주문하고 싶다. 작가들이 현실의 구속을 정면으로 부정하거나 등 돌리고 탈출하려는 일은 얼마든지 가능하지만, 그럴수록 그들의 창조적 세계에 의연히 작용하는 역사적 규정력을 분석하고 규명하는 것은 '정치성'을 파고드는 비평의 본령이 아닐까"라고 지적하고 있는데, 필자는 이와 같은 '상식적인 일반론'의 전제를 인정하며, 오히려 그런 기본적인 반영론을 넘어서는 '사소하고 심층적인 정치성'을 분석하려고 했다(김명환, 「대타의식을 넘어설 비평 작업의 어려움」, 『창작과비평』 2006년 겨울호, p. 327).

로 정치적 죄의식과 역사적 현실의 중력과는 무관한 자리로부터 글쓰기의 존재를 설정할 수 있게 된 것으로 보인다. 가령 이런 글쓰기의 공간을 '무중력 공간'이라고 부를 수 있겠는데, 이때 '무중력 공간'은 1990년대 문학의 주체들이 문화적으로 투쟁했던 것과 같은 방식의 '무엇으로부터'의 환멸과 저항의 전선을 설정하지 않는다. 〔……〕 그러나 오해하지는 말자. 무중력 공간의 글쓰기가 단지 '가벼운 문학'의 추구를 의미한다고 생각한다면 그것은 오해이다. 무중력 공간의 글쓰기는 '무엇으로부터 자유로워야 한다'는 관념이 있을 수 없고, 따라서 '가벼워야 한다'는 강박도 의미가 없다. 다만 자기 미학의 자립성과 개체의 모럴을 스스로 구축하는 글쓰기가 있을 뿐이다. 다른 방식으로 말한다면, 이들은 '모럴'이 없는 세대가 아니다. 한국 사회의 역사적 인력(引力)에서 벗어난 자리에서 이들은 탈국가주의적인 문명적 차원의 개체적 비전을 모색한다.[3]

2) 사회적 현실이나 그런 경험의 의미는 이제 필요한 만큼으로 부차적이게 되거나 아니면 문학의 영역에서 완전히 배제되기에 이른다. 아울러 세대론의 특권화가 마침내 '무중력 신화'를 창안하기에 이르게 된 것이다.[4]

3) 이것이 2000년대에 등단한 상당수 작가의 내면 성향이나 심리 상태를 기술한 것이라면 설득력이 있는 이야기다. 그런데 '글쓰기의 존재를 설정'한다는 이상한 논법에서 감지되듯 이 발언의 요지는 그게 아니다. '무중력 공간'이란 2000년대 등단 작가들의 심리적 공간에 그

---

3) 졸고, 「혼종적 글쓰기, 혹은 무중력 공간의 탄생」, 『이토록 사소한 정치성』, 문학과지성사, 2006, p. 101.
4) 임규찬, 「비평의 윤리성과 최근의 비평」, 『창작과비평』 2006년 겨울호, p. 264.

치지 않고 '2000년대 문학 공간'이라는 (그의 표현을 따르면) '담론적 현실'이라는 것이다. 이렇게 2000년대 작가들의 세대론적 심리 경향을 어물쩍 2000년대 문학의 특성으로 차용하는 방식은 편리하기는 하겠지만 작품 읽기에서 상당한 선입관으로 작용할 수 있다. 2000년대 문학 작품을 실제 이상으로 탈현실적이고 탈역사적인 맥락에서 읽기 쉽다는 것이다.[5]

1)은 '무중력'이라는 개념을 설명했던 필자의 글 대부분이다. 무중력 개념을 정의하는 첫번째 문장과 두번째 문장에서 반복되어 나타나는 것은 '설정'이라는 용어이다. 한국어 '설정'의 뜻을 모를 리는 없을 것이다. 그러니까 '무중력 공간'이란 2000년대 문학 공간 속의 작가들이 자신의 글쓰기 주체를 '설정'하는 방식에 관련된 개념이며, 글쓰기의 감각과 전략, 상상력에 관련된 개념이다. 그러니까 이 문장들 속에서 '설정하다'의 주어는 분명하게 2000년대 작가들이다. 또한 '설정하다'라는 표현이 말해주는 것처럼, 그것은 작가 자신이 그러하기보다는, 텍스트 속에 설정된 글쓰기의 주체가 그런 공간 속에 있다는 의미이다. 그런데 2)의 임규찬의 문장으로 건너가면, 그 무중력 '창안'의 주체가 '필자-비평가'가 되어버린다. 첫번째 문장에서 '사회 현실을 배제'하는 주체는 생략되어 모호하게 처리되어 있지만, 두번째 문장의 주어는 필자임이 분명해 보인다. 작가가 글쓰기의 존재를 '설정'하는 문제와 그 안에서 비평가가 정치적인 혹은 사회·문화적인 맥락을 '읽어내는 것'과 혹은 '읽어내지 않는 것'은 다른 층위의 문

5) 한기욱 , 앞의 글, p. 214.

제이다. 3)에서 한기욱은 필자의 '무중력' 개념이 2000년대 작가들의 '내면 성향'이나 '심리 상태'를 말하고 있다는 상대적으로 있을 법한 독해를 한사코 외면하고, 필자가 그 개념을 '2000년대 문학의 특성'으로 '차용'한다고 '어물쩍' 뒤집어씌우며 비판한다. 과연 필자가 2000년대 문학 텍스트를 분석할 때, 무중력이라는 개념을 탈정치적·탈사회적인 비평적 가치 척도로 동원했을까?

'무중력' 개념은 2000년대 문학 공간에서 가장 젊은 세대들의 글쓰기를 부각시키려는 세대론의 일환으로 제기된 것이다. 2000년대에 와서 공식적인 글쓰기를 시작한 작가에게 해당되는 것이며, 1990년대와 2000년대를 이어오면서 창작을 진행했던 더 많은 작가의 경우는 '혼종성'이라는 개념이 상대적으로 유용하다는 것이 필자의 논지였다. 무중력의 개념과 연관되는 필자의 세대론은 기본적으로 사회적인 맥락 위에 구성된 것이며, 그것은 새로운 문학 세대의 사회 존재론을 의미한다. 필자는 같은 글의 서두에서 긴 지면을 할애하여 새로운 문학 세대의 사회적 등장의 맥락을 점검한 바 있다. '문화적으로 진보적이고 다원주의적인' '포스트 386세대'의 존재를 먼저 조명한 것은 이 때문이다. 그러니까 무중력 개념은 2000년대 문학 전체를 전일적으로 규정하는 것이 아니라, 그 안에서 새로운 문학 세대의 글쓰기 특징과 그 사회적 맥락을 성찰하려는 세대론의 일부이다.

또한 무중력의 글쓰기와 관련된 실제비평에서 김중혁의 무국적의 상상력이 포함하는 환경과 문명과 인간존재에 대한 진지한 주제의식들, 편혜영 소설의 '시체-되기'가 인간 주체성의 신화를 전복하는 소설적 효과, 그리고 한유주 소설의 '역사적이고 정치적인, 그리고 동시에 시적이고 묵시록적인 상상력'을 지적한 바 있다. 문학 텍스트가 한국 사회의 특정한 역사적 경험을 질료로 하지 않고, 그것이 포함하는 역사적 인력과 무관한 글쓰기를 보여준다고 해도, 그것 자체는 이미 '새로운 정치성'을 함유하고 있는 것이다. 그럼에도 불구하고 '설정된 글쓰기 주체의 무중력'을 '비평가의 무중력' '독해 방식으로서의 무중력'으로 왜곡하는 논법은 놀랍다. 무중력이라는 용어로부터 사회 현실과 전혀 매개되지 않았고, 그렇게 해석될 수도 없는 그런 텍스트의 존재, 그러니까 임규찬이 '무중력의 신화'라고 명명한 어떤 문학을 필자가 주창한 것처럼 '상상'하고 '오독'하는 것은 난해한 사태이다.

이 오독의 근저에는 '심리적인 동인'이 있다고 생각한다. 무중력이라는 개념이 발생하게 된 전체적인 글의 맥락을 '괄호 치는' 오독은, 타자의 논리를 단순하고 평면적인 것으로 요약함으로써 자기 논리의 상대적 복합성과 정당성을 부각시키는 '게임의 전략' 때문일 것이다. 그런데 이 전략의 심층에는 타자의 텍스트가 포함하는 복합성을 애써 외면하려는 '자발적인 무지'의 욕망이 작동한다. 그러니까 '모르는 것'이 문제가 아니라, '짐짓 모르려고 하는' 혹은 '자신이 모르려고 한다는 것' 자체를 감추고 억압하는 무의식의 차원이 있을 수 있다. 더 나아가 이 자발적 무지의 욕망은 필자의 비평 텍스트의 기본 논지는 '모르려고 하면서', 필자가 '의도'하는 것은 전부 알고 있다고 착각하게 만든다. 이런 오만한 독해력이야말로 텍스트의 언어 내용 자체를 훨씬 넘어서는 '독심술'에 해당한다.

문제는 이 자발적인 무지가 필자의 비평에뿐만 아니라 2000년대 문학에서 벌어지는 사태 전체를 향하고 있다는 점이다. 이것은 2000년대 문학에 대한 '(실재적인) 앎과 (상징적인) 믿음 사이의 간격'에 기인한다. 여기에는 문학에 대한 재래적인 '(상징적인) 믿음의 차원'

이 관계하고 있으며, 그 믿음이 2000년대 문학 텍스트에 대한 '다른 앏'의 가능성을 억압한다. 자신은 '현실'의 자리에 위치하고 그로부터 비판당하는 타자의 '관념'은 이데올로기의 자리에 있다는 전제가 숨어 있는 것이다. 그러나 다시 말하지만, 2000년대 문학을 둘러싼 '현실'이란 '실재계'의 영역이 아니며, 이데올로기적 지평의 외부에서 타자의 개념을 비판한다는 것은 불가능하다.

또 하나는 한국 문학사의 가장 오래된 '금기어'를 필자가 발설했기 때문이다. 문학이 현실에 발을 디디고 있어야 한다는 강령은 한국 문학의 비평교사들이 작가와 텍스트에 주문하는 교과목의 제1과 제1장에 속한다. 이런 요구는 리얼리즘을 텍스트 분석의 방법론이 아니라, 지도 이념의 권위적 담론으로 만들어주었다. 의미 있는 문학은 '상징화된 현실'이 아니라 등기되지 않은 '새로운 현실'과 '다른 앏'을 상상하고 언표하고 생산한다. 그리고 이 새롭게 상상된 삶과 현실이야말로 사회·문화적 맥락에서 혹은 '정치적'으로 분석될 수 있다. 그리고 바로 이러한 요구야말로 필자가 제기한 또 하나의 개념 '이토록 사소한 정치성'의 문제의식과 깊게 연관된다.

3. 무중력과 혼종성 그리고 사소한 정치성

1) 이 젊은 작가들의 소설에 심심치 않게 등장하는 탈현실의 포즈 역시 적어도 지금 이 세계의 바깥은 없다는 사실에 대한, 그리고 발랄하지만 무기력한 공상이나 방어적 판타지 말고는 그에 실제로 저항할 수 있는 의식과 현실의 견고한 거점이란 어디에도 없다는 사실에 대한

생래적인 감각에서 비롯되는 것이다. 아니면 많은 작가의 경우, 거꾸로 말해 그런 사실에 대한 자의식조차 결여되어 있다는 것 자체가 그 거점의 상실을 역으로 보여준다고 할 수도 있을 것이다.[6]

2) 2000년대 문학은 제도적 억압과 폭력에 대한 나름대로의 방식—이광호가 말하는 미학적인 방식—으로 실천해왔다는 점에서 여전히 '정치적'이지만 그 실천의 공간이 공적 범주에서 사적 일상생활의 공간으로 이동했다는 점에서 '사소한' 것이라고 부를 수밖에 없다는 점이다. 그러니까 이분법적인 논리의 해체를 주장하는 이광호에게 그가 2000년대 문학을 '탈정치적' 또는 '탈현실적'이라고 규정했다고 비판하는 것은 해체의 어느 한 면만을 염두에 둔 비판이기 쉽다. 2000년대 문학은 공적인 담론의 범주에서 보면 탈현실을 지향하는 것처럼 보이지만, 일상성과 미학적인 차원에서 보면 현실과의 대결의식을 구현하고 있기 때문이다.[7]

3) 2000년대 젊은 작가들은 대체로 좁은 의미의 현실에 얽매이기보다는 오히려 그로부터 점점 멀어지려고 하는 경향이 있다. 그들의 작품에 현실이 있다면, 그것은 환상, 망상, 거짓말을 통해서 간접적이고 우회적인 방식으로 겨우 드러나는 어떤 것이다. 그러나 그것이 현실이 아니라고 말할 수는 없다. 그것이야말로 그들이 경험한 절실한 현실이며, 각자의 방식으로 가공하고 재현한 현실이기 때문이다. 이처럼 상상은 현실을 경험하고 재현하는 방식들에 의해 재구성된다. 그런 의미

---

6) 김영찬, 「2000년대 한국 문학을 위한 비판적 단상」, 『비평극장의 유령들』, 창비, 2006, p. 74.
7) 박성창, 「비평적 자의식과 2000년대 문학의 지형도 그리기」, 『세계의 문학』 2006년 여름호, p. 791.

에서 이제는 사회적 상상력이 아니라, 상상력의 사회학을 본격적으로 논의해야 할지도 모른다.[8]

　필자의 비평집에서 드러나는 문제의식의 맥락을 살펴본 독자라면, '무중력' '혼종성' 등의 개념들이 '사소한 정치성'이라는 일관된 비평적 분석 방법론과 깊게 관련되어 있다는 점을 이해할 수 있을 것이다. 그런데 이 문제에 대해서 박성창과 진정석의 비평, 그리고 무중력 개념을 비판한 김영찬의 비평조차도 필자의 논리와 근접해 있는 것은 흥미로운 일이다.

　김영찬은 무중력의 개념이 2000년대 문학에 대한 지적으로 정확한 것은 아니라고 비판한 바 있다.[9] 그런데 2000년대 문학에 대한 그의 실제 분석들은, 새로운 세대의 글쓰기와 무중력이라는 개념을 둘러싼 필자의 분석 논리와 동떨어져 있지 않다. 그래서 김영찬의 1)의 글은 무중력에 대한 그의 비판에도 불구하고, 오히려 무중력의 글쓰기에 대한 또 다른 '해석'처럼 보인다. "실제로 저항할 수 있는 의식과 현실의 견고한 거점이란 어디에도 없다"는 지적이야말로 중력의 글쓰기

---

8) 진정석, 「사회적 상상력과 상상력의 사회학」, 『창작과비평』 2006년 겨울호, pp. 221~22.
9) "그렇게 볼 때, 2000년대 문학이 한국적 현실 경험의 중력에서 자유로운 '무중력의 문학'이라는 지적은 정확하지 않다. 가령 김중혁과 편혜영, 서준환, 김애란, 한유주 등의 언뜻 그런 듯 보이는 젊은 작가들의 소설만 하더라도, 조금만 들여다보면 그들 소설 곳곳에 숨어 있는 부재 원인으로서의 현실을, 이 시대의 상상을 지탱하는 무력한 정신의 공통 감각을 알아차리기는 어렵지 않다. 어찌 보면 지금 2000년대의 문학은 그렇게 개인을 압박하는 현실 (큰) 타자의 견딜 수 없는 중력을 나름대로의 포즈와 어법으로 받아내고 처리하는 가운데 형성되고 있다고 할 수 있을 것이다. 2000년대 문학의 상상력이 항간의 억측과 통념과는 달리 그 근원에서 '사회(학)적 상상력과 결코 무관한 것이 아니라는 점은 이런 맥락에서 충분히 이해할 수 있을 터이다(김영찬, 「2000년대 한국 소설의 상상 지도」, 앞의 책, p. 82).

와 상반되는 2000년대 소설 쓰기의 감각과 성격을 적절하게 말해준다. 또 다른 좌담에서 2000년대 소설의 특징을 "현실이 주는 상처와 무게를 분산시켜버리는" 소설, "인간주의적 시선을 배제하는" 소설, "현실에 아예 무관심한 자족적인" 소설이라고 분류한 김영찬의 논리 역시, 필자의 무중력과 '탈내향성'의 개념에 근접한 논리처럼 보인다.[10] 그런데도 무중력 개념을 2000년대 문학에 대한 "항간의 억측과 통념"과 동일시하는 것은 의아한 일이다.

2)에서 '사소한 정치성'의 주제를 분석한 박성창의 글은, 무중력을 둘러싼 김영찬과 같은 수준의 '항간의 억측과 통념'에 대한 답변의 일부가 되어줄 것이다. 3)의 진정석의 글은 필자의 '사소한 정치성'에 대한 언급은 없지만, 결과적으로 '상상력의 사회학'의 필요성을 드러내고 있다는 측면에서 논리적으로 멀지 않다. 사회적 상상력이 분화된 시대에 오히려 '상상력의 사회학'이 필요하다는 지적은, 무중력과 혼종성의 미학에서 '사소한 정치성'을 발견할 수 있다는 필자의 기본 논지와 다르지 않다.[11] 이렇게 다른 비평 집단에 속해 있는 비평가들이 2000년대 문학 공간에 대한 근접한 분석과 의미화에 이르고 있다

---

10) 좌담 「우리 문학의 현장에서 진로를 묻다」(『창작과비평』 2006년 겨울호, p. 170). 또한 '탈내면'의 주제를 중심으로 2000년대 문학의 특성을 부각시키는 김영찬의 최근 논리 역시, 필자가 「굿바이! 휴먼—탈내향적 일인칭 화자의 정치성」(2002)이라는 글에서 '내면이 없는 것처럼 보이는 1인칭 화자'의 문제를 중심으로 2000년대 문학 공간에서의 '탈내향성'을 문제를 드러내려고 했던 것과 그 기본적인 착안점을 공유하는 것처럼 보인다. 물론 분석 대상 텍스트와 의미 내용이 구별될 수 있지만, 2000년대 문학 속에서 주체의 탈내면화와 혹은 '왜소화'의 문제를 부각시키고 그것이 지니는 사회·정치적 맥락을 탐색했다는 측면에서 그러하다.

11) '사소한 정치성'은 사회적인 맥락과 무관해 보이는 텍스트에서 그 정치성을 읽어내는 작업과, 정치적으로 진보적인 것처럼 언표된 텍스트에서 다른 정치적 층위에서의 보수성을 발견하는 비평 작업을 동시에 의미한다. 필자는 「시선과 관음증의 정치학」에서 민중

58

는 것은, '진영의 논리'를 넘어서 2000년대 문학의 가능성을 대화적으로 사유할 수 있는 비평 공간이 확보되었다는 것을 의미한다.

2000년대 문학은 어떤 개념으로도 단일한 공간으로 규정될 수 없다. 2000년대 문학은 단수의 사건이 아니다. 무중력이라는 개념 역시 2000년대 문학을 전일적으로 설명해준다고 생각하지 않는다. 그렇기 때문에, 무중력의 글쓰기를 분석하기 위해 사소한 정치성의 문제가 중요하고 혼종성의 미학 역시 함께 논의될 필요가 있다. 혼종성은 새로운 문학 세대의 글쓰기와 관련된 개념이지만, 넓게 보면 2000년대 문학 공간 자체를 이해하는 데 필요한 개념이다. 무중력의 글쓰기는 그것이 특정한 역사적 현실의 거점과 장르적 문법의 순결성으로부터 탈주한다는 측면에서 미학적인 혼종성을 갖는 것이다. 문제는 2000년대 문학의 그 혼종성이 박성창의 지적처럼 어떻게 '미학적 전복의 에너지'가 될 수 있는가를 분석해내는 것인데,[12] 이것은 필자를 포함한 비평가들이 개별 텍스트에 대한 실제비평을 통해 채워나가야 할 구체적인 과제로 남아 있다.

시에서의 남성 주체의 시각적 특권을 관철하는 미학적 메커니즘의 한 사례로서 이미 한국 문학 정전의 반열에 올라 있는 신경림의 「농무」를 비판적으로 분석한 바 있다. 김명환은 이것이 "비판 대상을 무조건 격하하는 자세"라고 비판하고 있다(「대타의식을 넘어설 비평 작업의 아쉬움」, 『창작과비평』 2006년 겨울호, p. 329). 나는 신경림의 「농무」가 보여주는 표면적이고 공식적인 차원의 민중성과 다른 차원에서 그 시선의 체계가 갖고 있는 남성 주체의 시선 권력이 '처녀애들'을 타자화하는 사소한 정치성의 맥락을 드러낸 것이다.

12) 박성창, 앞의 글, p. 792.

4. '6·15시대 문학'이라는 거대 담론과 '무중력의 비평'

민족문학론은 2000년대 문학의 새로운 텍스트들 앞에서 그것들을 포괄하기 위한 논리적 유연성을 확보하면서, 새로운 문학 운동의 동력을 모색하고 있는 것처럼 보인다. 그런데 1990년대에도 그러했던 것처럼, 문제는 '이름'과 이름을 둘러싼 상징 질서를 포기하지 않으면서, 다양한 텍스트들을 포섭하려고 할 때 필연적으로 대두될 수밖에 없는 비평적 딜레마이다. 이 딜레마는 해소되지 않는 채로 역사적으로 반복되고 재생산된다. 필자는 민족문학론 내부의 모든 논리가 소박한 반영론에 머물러 있다고 생각하지 않으며, 민족문학이라는 이름에 연연하지 않는 비평적 실천을 도모하는 비평가들의 성찰적 노력 역시 인정한다.[13] 그러나 문제는 이들 내부의 논의 차이나 민족문학론의 역사적인 변천에도 불구하고, 여전히 민족문학이라는 이름의 기득권과 상징 권력을 포기하지 않고, '6·15시대'나 '통일시대' 같은 거대 담론적 시대 규정을 앞세워 개별 문학 텍스트들을 규율하려는 태도가 민족문학론의 주류로 자리 잡고 있다는 것이다. 최근에 2000년대 문학을 향한 새로운 거대 담론화의 시도들은 그래서 또 다른 지도 이념을 재생산하려는 노력으로 읽힌다. 우선 '통일시대' '6·15시대' '분단 체제 극복을 위한 문학'을 주창하면서 한편으로 그것을 문학 생산의 현장과 관련지으려는 욕구 사이의 논리적 간격을 말할 수 있다.

---

13) 한기욱, 김명환, 유희석처럼 '분단 체제론'과 '통일시대'에 대한 백낙청의 상위 테제를 충실하게 적용하려는 비평과 상대적으로 민족문학이라는 이름에 거리를 두면서 2000년대 문학의 맥락을 성찰하는 진정석, 이장욱, 김영찬 등의 입장은 비평적 차이를 산출한다.

이 결론대로라면 오늘날 한국 문학의 역사적 임무는 당연히 분단 체제 극복에 문학 나름으로 이바지하는 일이다. '문학 나름으로'—이 단서는 1970년대 이래로 민족문학론에서 생략된 적이 없지만 반독재 운동에 대중을 직접 동원하는 임무가 사라진 현 시점에서는 더욱 긴요해졌다. 특히 창작 현장에서는 '역사적 임무'를 의식하지 않는 것이 도리어 '문학 나름'의 더 큰 이바지를 가능하게 한다는 명제도 가벼이 넘길 일이 아니다. 실제로 분단 체제의 극복은 어떤 식으로든 분단을 극복하고 통일만 이룩하면 된다는 단순 논리가 아니라 분단 체제 아래서의 삶보다 한결 낫고 멋진 삶이 가능해진 사회를 한반도에서 건설한다는 뜻이니만큼, 문학이 그 본연의 모습으로 꽃피는 것 자체가 분단 체제 극복에 기여한다고 말할 수도 있다.[14]

여전히 2000년대 문학 공간에서도 백낙청의 테제를 비판적으로 의식하지 않을 수 없는 것은, 그의 지도적 강령이 미치는 정치적 영향력 때문이다. 우선 위의 글에서 '한국 문학의 역사적 임무가 분단 체제 극복'이라는 명제와 '문학이 본연의 모습으로 꽃피는 것 자체가 분단 체제 극복에 기여한다'는 명제 사이에는 논리적 허방이 있다. 물론 '분단 체제 극복'이나 '6·15시대'와 같은 사회과학적 테제 자체도 냉정한 이론적 검증이 필요할 것이다. 그런데 여기서 문제되는 것은 그 거대 논리가 문학비평의 이념적 틀로 작동할 때 생기는 사태이다. '문학 본연의 모습'이라는 관념의 추상성과 모호함은 말할 것도 없지

14) 백낙청, 「민족문학, 세계문학, 한국문학」, 『통일시대 한국 문학의 보람』, 창비, 2006, p. 15.

만, 좋은 문학이 모두 '분단 체제를 극복하는 문학'이라는 논리는 민족문학을 유연하게 만드는 것이기보다는, 2000년대 문학 공간에서 생산되는 '모든 좋은 문학'을 하나의 지도 이념 아래 편입시키려는 시도로 읽힌다. 개별 문학 텍스트에 대한 분석적 비평을 통해 그것이 어떻게 '분단 체제 극복'에 기여하는가 하는 그 매개의 과정을 설명해 주지 않은 채, '좋은 문학은 모두 분단 체제 극복에 기여한다'라고 선언하는 것은 이데올로기적인 '선문답'이다. 이런 이념적인 '잠언'이야말로 문학 텍스트의 '현실성'에 발을 디디고 있지 않는, 다시 말하면 2000년대 문학의 최소한의 '물질성'에 기초하지 않은 '무중력의 비평'이다. 그리고 이런 상위 논리가 실제 2000년대 문학 텍스트에 대한 해석에 적용되면서 그 비평적 왜곡이 동반된다.

이를테면 "비평 담론의 관건도 남북의 역량을 결집하는 통일시대의 다양한 문학적 징후들과 참다운 실험의식을 창의적으로 읽고 북돋는 데 있다"[15]고 주장하게 된다. '통일시대의 징후가 아닌 도래를 증언하는' 문학을 갈망하는 것은, 2000년대 문학 공간에서 '통일시대'라는 이념을 실현하는 문학 텍스트의 생산을 '주문'하는 논리이고, 이것은 2000년대 문학 창작자를 겨냥한 새로운 지도 이념이 장착된 것을 의미한다.

이런 상위적인 시대 규정을 충실히 반영하면서 텍스트 분석에 적용할 수 있는 매개적인 비평 개념을 구성하려는 노력을 보여주는 사람은 한기욱이다. 한기욱은 '경계 넘기'라는 개념을 통해 '6·15시대'와 2000년대 문학 텍스트 사이에 있는 그 아득한 거리를 채우려고 한다.

---

15) 유희석, 「통일시대를 위하여」, 『창작과비평』 2006년 겨울호, p. 228.

6·15를 '2000년대 문학의 기점'으로 삼고, 그 경계에 대한 사유와 상상력으로 2000년대 문학을 설명하려고 시도한다. 이런 이념적 시대구분을 통해 2000년대 문학을 규정하고 더 나아가 텍스트 분석의 원리로 삼는 것 자체의 문제를 지적하는 것은 어려운 일이 아니다. 이미 진정석이 적절하게 비판하고 있듯이 " '6·15시대'는 현실 자체가 아니라 현실을 보는 하나의 관점이며, 어떤 의미에서 하나의 이념이기도 하다. 때문에 '6·15시대의 관점'에서 2000년대 문학에 접근하는 것은 6·15를 하나의 '최종 심급'으로 전제하고 그 기준에 적합한 경향과 작품을 선별하는 연역적인 독해가 되기 쉬우며," "2000년대 문학 텍스트 안에서 6·15의 흔적, 영향, 발자취를 찾아내려는 무의식적인 강박이 될 수도 있다."[16]

그런데 더욱 문제가 되는 것은 그 '경계 넘기'라는 개념의 '경계'이다. 6·15의 시대정신을 경계 넘기로 해석하는 것은, 그것이 분단이라는 한국 현대사의 경계를 넘었다는 의미에서만 납득할 수 있다. 그런데 한기욱은 이 경계라는 기표의 의미 영역을 무차별적으로 확대하여 "경계에 대한 사유와 상상력의 단련은 한국 사회 내부의 온갖 경계를 극복하는 데 관건이 된다고 본다. 이주 노동자가 늘어나면서 생겨나는 인종주의적 경계, 남녀 차별을 지속시키고 은폐하는 가부장제나 주류 문화와 하위 문화를 가르는 문화적 경계를 넘는 일에도 그 나름의 상상력과 사유의 단련이 요구된다"라고 주장한다.[17] 분단의 경계를 넘는 일과, 인종주의적·국가주의적 경계를 넘는 일, 그리고 가부장제나 문화적 장르와 스타일의 경계를 넘는 일은 다른 층위의

16) 진정석, 앞의 글, p. 211.
17) 한기욱, 앞의 글, p. 211.

문제이다. 가령 민족적 동일성의 이념이 국가주의 이데올로기, 인종적 순수성, 가부장적인 전통, 재래적 문학 형식의 순결성에 더 깊게 관계될 수 있다. "다층적 경계를 제대로 넘는 일이 장차 통일한국의 국가적·민족적 성격을 결정하는 중요한 요소가 된다는 점에서 6·15 시대의 각별한 의미를 띤다"[18]라는 문장에서 그 모순점이 드러나는 것처럼, '통일한국'의 이데올로기와 '다층적 경계'를 인정하고 또한 넘어서는 문화적 실천은 정치적으로 일치되지 않을 수 있다. 통일한국의 이데올로기는 민족적 동일성의 관념에 기초한 단일한 민족국가의 성립을 목표로 한다는 맥락에서, 민족이라는 선명한 경계선의 이념이 작동하고 있다. 이렇게 서로 모순될 수 있는 이질적인 경계들을 '6·15'의 거대 이념에 동일화하려는 무리한 시도는, 모든 의미 있는 경계 넘기가 6·15라는 상위의 경계 넘기에 수렴된다는 논리이다. 그것은 '모든 좋은 문학은 분단 체제 극복에 기여한다'라는 백낙청의 상위 테제에 대한 충실한 주석일 뿐이다.

한기욱이 실제비평을 통해 이 경계 넘기의 텍스트를 분석하는 것은 그래서 필연적인 왜곡이 동반된다. 전성태와 김연수의 텍스트는 민족과 국가의 경계 넘기와 관련될 수 있지만, 박민규·김애란·황병승 등 2000년대 문학의 특성을 두드러지게 보여주는 작가들의 경계 넘기는 이와의 매개를 찾기가 불가능하다. 이 작가들의 텍스트를 경계라는 개념에 굳이 연관지어야 한다면, 필자가 제기한 '탈경계적 글쓰기'로서의 혼종성 미학에 좀더 가까울 것이다. 사실 한기욱이 공들여 분석한 전성태와 김연수의 텍스트조차도 경계 넘기라는 소재주의적 관점

---

18) 한기욱, 앞의 글, p. 213.

과 연관되며, 더욱이 이들 텍스트의 시선은 민족적 동일성과 공적인 역사의 관념에 대한 반성적인 사유를 보여준다. '경계'라는 소재를 다루었다는 일치점을 인정한다고 하더라도, 이들 텍스트가 '6·15'로 상징되는 민족이념과 공적인 역사의 테제에 동의했다는 근거를 찾기는 어렵다.

결국 '경계 넘기'의 매개적 개념을 동원한 한기욱의 비평은, '6·15 시대'라는 거대 담론을 2000년대 문학의 개별 텍스트를 지배하는 상위 이념으로 설정함으로써, 그 생산적인 혼종성을 억압한다. 문학적 '차이'를 산출하는 2000년대 문학의 탈경계적인 움직임을 거대 이념의 동일성으로 환원하는 것이다. 그것은 경계 넘기의 비평적 실천이 아니라, 민족이념의 경계를 확장하고 더욱 공고히 하는 이데올로기적 결과를 낳는다. 그러나 한기욱의 좌절된 시도는 민족문학론 내부에서 2000년대 문학 텍스트에 적용 가능한 매개적 비평 기획을 개발하려는 적극적인 노력과 연관되어 있다는 것은 의미 있는 일이다. 어쩌면 더욱 불행한 것은 민족문학론 내부의 소극적인 피해의식이다.

그런데 대개 '이론'의 죽음에 동의하는 이들에게서는 더 이상 거대 이론의 개념에 시달리지 않고, 오히려 거대 이론 없이 특수한 문제들을 더 잘해나갈 수 있다는 일종의 자신감이 느껴진다. 특히 '이론 자체에 대한 불신'을 전제로 하면서 대개 중간 수준에서의 경험적으로 검증 가능한 비평 프로그램을 염두에 두는 것이 아닌지 의문이 든다. 민족문학 '진영'에 '현재 생산되는 한국 문학작품과 밀착된 독해가 가능한' 비평적 방법론을 요구하는 주문에서 보이듯이, 현재의 문학 지형이나 변화 양상에 어느 것이 잘 밀착하여 발 빠르게 해석해내는지를 중시하

는 경쟁적 실용주의가 팽배하다.[19]

민족문학론을 둘러싼 일부 논자들의 추상적인 자신감에 비교되는 임규찬의 비평적 피해의식의 근거를 정확하게 알 수는 없다. 하지만 민족문학론에도 동시대의 한국 문학 텍스트와 밀착된 독해가 가능한 비평 방법론이 필요하다는 그야말로 필자의 '상식적인' 주장을 '경쟁적 실용주의'로 번역하는 것은 놀라운 바가 있다. 임규찬은 김형중과 필자의 글에서 나타나는 '자신감'에 대해 몇 차례에 걸쳐 지적하고 있는데, 오히려 상대적으로 임규찬은 왜 민족문학론에 대해 '자신감'을 갖지 못하는지 묻고 싶다.

민족문학 혹은 6·15시대와 같은 거대 이념의 상징 질서로부터 자유로워지지 않으면, 2000년대 문학에 대한 최소한의 독해력을 확보하는 노력은 험난할 수밖에 없다. 그 매개적 비평 개념을 찾아내는 데 필연적인 한계가 따를 뿐만 아니라, 그 매개적 개념이 역으로 민족문학이나 6·15시대의 이념을 배반할 가능성도 있기 때문이다. '민족문학 진영'은 이데올로기적인 상위 교리에 편승하여 문학 텍스트의 '위'를 떠돌 것이 아니라, 2000년대 한국 문학 텍스트의 '내부'에 발을 디디고 있는 '중력의 비평'을 모색하고 실천해야 할 시점에 놓여 있다.

중요한 것은 '6·15시대'라는 이념을 최종 심급에서 시대를 규정하는 객관적 사회 현실로 상정하는 그런 전도된 논법이, 2000년대 문학 텍스트가 분출하는 창조적 혼종성을 규율할 수 없다는 사실이다. 그

---

19) 임규찬, 앞의 글, p. 269 .

리고 이것이야말로 2000년대 문학의 통제할 수 없는 탈경계적인 에너지를 증명하는 것이다. 2000년대 문학의 지형을 그려내고, 나아가 상징 질서를 부여하려는 어떤 비평적 시도도 이 개별적인 텍스트들의 활동성을 전일적으로 규정할 수 없다. 그러니까 어떤 비평적 기획으로부터도 2000년대 문학이 탈주할 것이라는 것, 그 탈주가 끊임없이 다른 문학적 호명을 요구하고 있다는 것을 인식하는 것은, '비평의 우울'[20]을 넘어선, 비평의 시작을 의미한다.

---

20) "'고립과 자폐'를 피하는 '교란과 전복'은 어떻게 가능하며, '호명'과 '다른 호명'은 어떻게 구별될 수 있는가. 우리 시대의 누구에게라도 이 질문에 대한 답변이 쉽지 않다는 것, 비평의 우울은 이 사실에 대한 냉철한 인식에서 시작된 것이 아니겠는가"라는 필자의 비평에 대한 소영현의 지적에 공감하며, 이 글과 동시대의 비평이 그런 질문에 대한 비평적 실천이 되어야 한다고 생각한다(소영현, 「비평의 우울을 고백하다」, 『문학과사회』 2006년 가을호, p. 403).

제2부 우주 지리학

'광장,' 탈주의 정치학

─최인훈 『광장』을 다시 읽기

왜 여전히 『광장』인가? 『광장』은 하나의 뜨거운 역사이다. 분단 상황을 외면하고 한국 현대사를 성찰할 수 없다면, 『광장』과 같은 문제의식의 규모와 치열성을 보유한 한국 문학은 아직 태어나지 않았다고 할 수 있다. 국가와 개인의 관계에서 진정한 '광장'을 발견하기 힘들었던 이명준의 고뇌는, 외세에 의한 해방과 단독정부 수립, 한국전쟁, 분단 체제의 심화로 이어지는 한국 현대사의 태생적 질곡과 구조적으로 일치한다. 『광장』을 통해 표현된 작가 최인훈의 역사에 대한 서늘한 직관은 아직 유효하다. 그것은 『광장』에 대한 축복이면서, 한국 현대사의 불행이기도 하다. 그런데 『광장』의 위대성은 그것이 단지 분단 현실에 대한 의미 있는 문학적 증언이기 때문이 아니다. 『광장』은 완료형으로서의 역사를 기술하기보다는 역사의 고고학적 심층을 사유하고, '다른 역사'를 꿈꾸는 힘으로서의 정치적 상상력을 보여준다. 작가는 좋은 정치소설의 요건으로 "국민적 규모의 소설이면서 정치적 유토피아로의 개방성과 공상을 잃지 않는 소설의 공간"[1]을 제시하고 있는데, 『광장』을 떠받치고 있는 정치적 (무)의식과 상상력은 그 문제의식의 깊이와 열림에서 분단의 사유를 넘어서 있다.

이런 이유로, 『광장』이 역사에 대한 비관적 전망을 보여준다는 지적은 일면적인 것이다. 먼저 주인공의 행동 양식만으로 소설의 정치적 상상력을 재단하는 오류를 말할 수 있다. 또한 이명준의 망명과 자살은 단순히 현실로부터의 좌절이나 도피를 의미하는 것이 아니라, 다른 역사와 다른 미래를 향한 상징적인 투신으로 볼 수 있다. 이명준의 상징적 선택이 보여주는 바의, 국토와 국가 체제를 넘어서는 곳에서 부재로서의 유토피아를 꿈꾸는 행위는, 날카로운 정치적 상상력에 해당한다.

『광장』에 대한 리얼리즘 이론의 가장 상투적인 오해 중의 하나는, '관념적'이라는 것이다. 물론 소설 『광장』에는 주인공 이명준의 사변이 직접적으로 진술되는 부분이 적지 않으며, 그것은 일종의 관념적 성찰을 동반한다. 분단시대를 온몸으로 관통한 한 젊은 지식인의 내적 의식이 서사적 동력이 되는 이 소설에서, 주인공이 관념의 틀로서 세계를 이해하는 것은 당연하다. 그러나 '관념 철학자의 달걀'이라고 명명되는 이명준의 관념성이 그대로 이 소설 전체의 관념성을 규정한다고 볼 수는 없다. 또한 이명준의 관념성에 대해서만 말한다고 해도, 그것은 철저하게 자신의 실존적·정치적 문제와 부딪친 사유의 결과이다. 작가의 말을 빌리면, "어떤 인간이 자기 인생의 문제를 가장 철저하게 해결하려고 하면 할수록 그는 관념적이 된다."[2] 그것은

---

1) 최인훈, 「이명준, 좌절과 고뇌의 회고」, 『광장』(발간 40주년 기념 한정본), 문학과지성사, 2001, p. 64.
2) 최인훈, 위의 글, p. 62.

이명준이 자신에게 닥친 현실적 문제의 근원적 구조를 성찰하고 개인적 경험을 넘어서는 보편적인 문제의식을 발견해나가는 과정이다.

『광장』을 떠받치고 있는 가장 중요한 관념인 '광장/밀실'의 대위법 역시, 이러한 사유의 결과이다. 그는 남한과 북한의 정치 현실을 경험하면서, "밀실과 광장이 갈라지던 날부터, 괴로움이 비롯했다. 그 속에 목숨을 묻고 싶은 광장을 끝내 찾지 못할 때, 사람은 어떻게 해야 하는가?"[3]라는 질문을 만들어낸다. 자신에게 부닥친 현실 문제의 내적 구조를 사유하려는 인간에게 관념적 성찰의 과정은 필연적이다. 이 소설에는 여러 가지 다양한 이항대립, 이를테면 '현실/이념' '집단/개인' '여성/남성' '현실/이데올로기' '마음의 길/몸의 길'과 같은 추상적인 것들로부터, '남/북' '자유주의/공산주의' '국토/바다' '인간/짐승' '윤애/은혜'와 같은 상대적으로 구체적인 상호 대립적인 이름의 쌍들이 존재한다. 이명준은 이 대립적인 이름들 사이에서 명명할 수 없는 진실을 찾아 끊임없이 탐색한다. 이 대립적 요소들 사이에서 부재하는 진실, 혹은 부재로서의 진실을 찾아가는 사유의 모험이 『광장』의 팽팽한 소설적 긴장을 만들어낸다.

이와 같은 관념들의 체계를 다른 방식으로 말하면 표상 체계라고 말할 수도 있다. 표상 체계는 세계를 말할 수 있는 것과 없는 것, 인식할 수 있는 것과 없는 것으로 분할하는 체계이다. 중요한 것은 『광장』의 소설적 모험이 이런 표상 체계들의 틀 속에서 이루어지는 것이면서, 한편으로는 그 틀을 허물어가는 과정을 보여준다는 것이다.[4]

---

3) 최인훈, 『광장/구운몽』, 문학과지성사, 2008, p. 92. 이하 동일 작품의 해당 면수만을 본문에 표기한다.
4) 『광장』에서 이항대립의 구조를 적절하게 설명한 김욱동의 경우, 그 구조에 대한 이해의

정신분석의 개념으로 말한다면, 이명준의 투쟁은 이 세계의 상징 질서에 대한 싸움을 의미하는 것인데, 그가 결코 실재계에 도달할 수 없다는 측면에서 실패를 예정한 것이다. 그는 결코 세계를 구성하는 완강한 인식의 질서를 바꿀 수 없을지 모른다. 그러나 이 실패의 과정을 통해 그는 현실에 대한 이데올로기적 구성을 폭로한다. 상징계는 언제나 불충분하며, 언어의 세계와 사물의 세계는 결코 일치할 수 없다. 문제는 그 어긋남을 철저하게 살아내는 일이다. 『광장』은 한 지식인이 관념적 틀을 통해 현실의 문제를 극복하려는 치열한 사유의 궤적을 담고 있으면서, 그 사유의 끝간 데서, 그 틀 자체를 허물고 창조적 혼돈에 진입하는 과정을 보여준다. 『광장』은 표상들과 이름들 사이에서 그 정치적 아이러니를 발견해나가면서, 그 관념의 단면들을 가로지르는 '횡단'의 모험을 감행한다.

이명준이 '밀실/광장'의 문제 틀로서 '남/북'의 정치 체제와 사회 현실을 비판하고 있다는 것은 주지의 사실이다. 그리고 그 비판의 예리함과 균형 감각에서 『광장』이 이룬 성취 역시 기념비적인 것이다. 그러나 지금 이 시점에서 이런 측면만으로 『광장』의 현재성을 설명하기는 힘들다. 그 고뇌의 진정한 국면은 '밀실/광장'이 상호 소통하는 이상적인 체제에 대한 좌절뿐만이 아니라, 이런 개념의 틀로서 인간

적절성에도 불구하고, "최인훈은 '이것이냐 저것이냐'의 선택적 태도 대신에 '모두 둘다'라는 포용적 태도를 취하거나 그렇지 않으면 '이것도 저것도'라는 배타적 태도를 취한다"라고 분석하는 것은 일면적이다. 『광장』은 '균형과 조화'를 모색하는 '회색'의 사유를 보여주는 것이 아니라, 그 이항대립의 틀 자체에 대한 근원적인 회의와 창조적인 혼돈을 심화시키는 과정을 드러낸다(김욱동, 『광장을 읽는 일곱 가지 방법』, 문학과지성사, 1996, p. 385 참조).

과 현실이 다 설명되지 못한다는 것을 깨달아가는 자의 고뇌이다. '광장/밀실'의 경계는 평면적인 차원에 있는 것이 아니다. 최인훈은 이미 1961년판의 「서문」에서 "광장은 대중의 밀실이며 밀실은 개인의 광장이다"라는 의미심장한 선언을 한다. 이것은 '광장/밀실'의 이항대립이 사실은 '광장(밀실)/ 밀실(광장)'의 관계일 수 있다는 것을 암시한다. 표상과 관념의 체계에 대해 정밀하게 사유할수록, 사물의 질서와 언어의 질서의 간격에 대해 날카로워질수록, 이항대립의 체계는 정교해지면서 안으로부터 붕괴된다. 그리하여 다시 그것이 '광장〔밀실(광장)〕/ 밀실〔밀실(광장)〕'의 관계로 더 중층적인 것이 되어갈수록, 최초의 이항대립의 단순성은 무너지게 된다. 그러니까 최초의 이항대립적 관념 체계는 현실 속에서 끊임없이 유예된다.

이 작품에서 나타나는 체제에 대한 비판은 북한 사회가 '광장'만이 있다거나, 남한 사회가 '밀실'만이 보장되어 있다는 단순한 차원의 것이 아니다. 가령 북한 사회에서 이명준이 본 것은, "혁명과 인민의 탈을 쓴 여전한 부르주아 사회. 스노브들의 활보"(p. 140)이다. '남/북'의 사회 현실은 '광장/밀실'의 대립과 일치하지 않는다. 이 점과 연관하여 이 소설에서 문제적인 인물은 이명준의 아버지 이형도와 친구 변태식이다. 아버지 이형도는 좌익 활동을 했던 혁명가이고, 변태식은 자신을 거두어준 아버지 친구의 아들로서 전형적인 부르주아 자유주의자이다. 월북해서 만난 아버지는 '민주주의민족통일전선' 중앙 선전 책임자라는 고위 직책을 가지고 있었지만, 모란봉 극장 가까운 적산집에서 이명준을 '도련님 받들 듯이 하는 조선의 딸'과 살고 있다. "일류 코뮈니스트의 집에서, 중류 부르주아의 그것 같은 차분함이 도사리고 있는 바에야, 혁명의 싱싱한 서슬이 어디 있단 말일까?"

(p. 131) 북한의 혁명가인 아버지는 더 이상 혁명가가 아니라, 부르주아 사회의 관료와 마찬가지의 삶을 살고 있었다. 이 정치적 아이러니는 이명준으로 하여금 심각한 혼란과 회의에 빠지게 만든다. 따라서 아버지라는 이름의 '역사'와 '이데올로기'의 허명을 깨닫는 순간, 이명준은 관념과 현실의 낙차를 다시 한 번 확인하게 된다. 그것은 이명준으로 하여금 아버지의 이름으로부터 자신을 해방시키는 계기가 되기도 한다.

좀더 흥미로운 인물은 변태식이다. 남한에 있을 때, 그는 단순한 바람둥이 부르주아 자유주의자에 불과했다. 물론 그는 혼자 운동하는 권투선수의 모습을 보고 그것을 고독과 결합시키는 통찰을 가진 인물이었다. 그런데 전쟁이 터지고 정치보위부원으로 서울에 입성했을 때, 그곳에서 만난 태식은 정치적 가치를 위해 자신을 던지는 자의 모습을 보여준다. 북한군 군사시설을 몰래 촬영하다 체포된 태식에게 이명준은 "자네가 이처럼 고생할 만한 값이 남조선에 있었던가?"라고 묻고, 태식은 "값을 만들어내기 위해서도 행동할 수도 있어"라고 대답한다(p. 168). 부르주아 자유주의자의 밀실에 갇혀 있는 것 같았던 태식은 당장 실현되지 않는 가치를 위해 몸을 던지는 투사가 되어 있다. 이런 태식의 변화 역시 이명준에게는 깊은 혼돈의 경험이 된다.

이념과 현실의 낙차 때문에 남북한 모두에 대해 회의적일 수밖에 없었던 이명준과는 다른 방식으로, 태식은 사유와 판단을 정지하고 내일의 가치를 위해 헌신한다. 책 속에서 관념의 길을 탐색했던 이명준과는 달리 태식은 책 읽기를 싫어하는 존재였고, '여자들 몸에서 배운 길'을 찾던 인물이다. 이명준의 관념의 세계 저편에서 태식은 이미 '행동'을 준비하고 있는 인물이었다. 이 변화된 태식을 보고, 이명준이 태식의 처가 된 옛 애인 윤애를 짓밟으려고 하면서 스스로 악마가 되려고 하는 것은 의미심장하다. 이명준의 관념이 통렬하게 패배하는 순간, 그에게 남아 있는 선택은 악마의 길이었다. 그러나 사람을 고문하면서도 이명준이 그들을 지배할 수 없는 자신을 발견한다. "이명준은, 고문에서도 졌다. 그리고 그 무렵, '역사'를 앞지르는가 싶던 '어른'들의 '밖'의 움직임도 '역사'의 느린 걸음걸이에 져가고 있었다"(p. 180). 이명준의 패배는 자신의 관념으로 인간과 현실이 설명되지 않기 때문에 예정된 필연적인 패배이다. 그러나 패배 그 자체가 중요한 것은 아니다. 문제는 이명준의 패배가 관념과 이데올로기의 틈새에서 다른 삶의 가능성을 치열하게 사유하게 만든다는 것이다. 다른 관점에서 말한다면, 이명준의 정치적 유토피아는 남과 북의 국가 체제 내에서는 성립될 수 없는 것으로 판명되며, 그 정치적 상상력의 끝에서 그는 '남/북'으로 표상되는 국가주의적 관념으로부터 탈주한다.

이 소설에서 또 하나의 중요한 대립적 요소를 이루는 것이 이명준의 '남한/북한'의 체험과 구체적으로 연관된 '윤애/은혜'라는 두 여성 캐릭터이다. 다소 상반된 이 두 여성의 캐릭터 때문에, 이들이 각기 상이한 관념을 표상한다는 가설 또한 가능할 수 있다. 그러나 반드시 이 두 여성 캐릭터가 대조적인 관념을 의미한다고 보기 힘들 뿐만 아니라, 이들은 모두 이명준의 '여성'에 대한 어떤 관념을 '배반'하는 인물이라는 측면에서 동일성을 공유한다. 윤애가 '순결 콤플렉스' 때문에 자신과의 성적인 소통에 장애가 있었다면, 은혜는 온전히 자신을 받아주었음에도 불구하고 자신에게 거짓말을 하고 모스크바로 떠나는 배반감을 안겨준다. 사실 이들의 배반은 그에게 여성이라는 이름에 대한 편견을 확인하는 계기가 되기도 하지만, 한편으로는 여성이라는 존재를 더욱 알 수 없게 만드는 경험이 된다.

『광장』에는 이명준이 여성에 대한 남성 중심적인 편견을 가지고 있다고 판단되는 부분이 여러 차례에 걸쳐 나온다. 이를테면 "사랑의 말에서는, 남자는 얼간이고 여자가 재치 있게 마련이었다. 남자가 고지식하고 여자가 교활하다는 말일까. 남자는 따지고 여자는 믿는다는 까닭에서일까?"(p. 151)와 같은 질문들이 등장한다. "여자란 자기가 무엇인지를 알지 못하는 짐승과 같다. 남들이 사랑하니까 사랑한다는 식의 허영을 그녀들의 지나가는 조잘거림에서 깨닫는 수가 적지 않다"(p. 58)라는 여성에 대한 단정적인 표현도 등장한다. 그러나 이 문장은 다시 "50킬로 남짓한 그녀 자신의 뼈와 살로 이루어진, 한 마리 이름 모를 짐승이었다. 그것은 여자란 이름의 사람이 아니었다. 무어라 이름 붙일 수 없는 짐승이었다"(p. 125)라는 진술로 변주된다. 여자가 자신이 누군지 모르는 짐승이라는 명제와, 여자는 무엇인지 알 수 없는 짐승이다, 라는 명제는 다르다. '모른다'라는 것의 주어가 앞의 문장에서는 여자이고, 뒤의 문장에서는 이명준이다. 앞의 명제가 여성에 대한 이명준 특유의 편견과 관련된 것이라면, 뒤의 명제는 여성이 어떤 관념으로부터도 빠져나가는 텅 빈 존재라는 것을 암시한다. 이명준의 여성관은 이 둘 사이에서 흔들린다. 이를테면 자신을 속이고 모스크바로 떠난 은혜에 대해 그가 "마지막까지 좋은 말만 하다가 그녀는 떠나버린 것이었다. 믿을 수 없는 가슴들. 이 희고, 반드르르한, 풍성한 거짓말"(p. 175)이라고 표현할 때, 여성을 '가슴'이라는 사물화된 존재로 대상화함에도 불구하고, 여성을 '풍성한 거짓말'의 존재로 규정하는 것은 이 소설에서 섹슈얼리티의 복합성을 말해준다.

주목할 것은, '남성/여성'에 대한 이명준의 서사적 모험은 그 이름의 경계를 넘어서고 있다는 것이다. "남자란 씩씩해야 된다? 여자는 상냥스러워야 한다? 시시한 소리다. 아득한 옛날 수풀에서, 돌도끼로 짐승의 이마빡을 치던 때 얘기다. 씩씩하려야 씩씩할 거리가 없다. 어찌 보면 문화란 말은 턱없는 믿음의 범벅이다. 남자는 씩씩하다고들 한다. 이미 씩씩하다는 이야기는, 스포츠에서나 보이는 몸놀림의 깨끗함이라는 값밖에는 매길 수가 없는 시대에, 아직도 이런 믿음이 남아 있다. 남자들은 씩씩한 체하려고 한다. 애인들 앞에서, 굳센 수컷의 맛을 보여주려고 애쓴다"(pp. 90~91)와 같은 부분에서, 이명준은 '남성/여성'에 대한 이분법을 넘어 '젠더'의 관점에서 '남성성/여성성'의 구분이 '문화의 턱없는 믿음'에 불과하다는 자각을 한다. '남성/여성'의 상징 체계는 성적 차이의 실재에 대한 실패한 상징화 방식이다. 여성에 대한 이명준의 이러한 모순적이고 복합적인 태도와 섹슈얼리티의 측면은 『광장』의 또 다른 문제적 요소이다.

이 소설에서 여성적 존재들이 단지 주인공의 성적 대상으로 의미화되는 것이 아니라, 그가 세계를 인식하고, 다른 삶의 가능성을 탐색하게 하는 계기로서 작동하고 있다. 여성적 존재를 통해 이명준은 관념의 체계와 이데올로기적 질서를 스스로 무너뜨리는 과정에 돌입하게 된다. 그것은 순결 콤플렉스라는 가부장적 상징 체계의 내부에 있다고 볼 수 있는 윤애와 그보다는 더욱 활달한 모성적 존재로서의 은혜 모두에 해당한다. 몸의 거부와 소통, 여성적 존재에 대한 믿음과 배반의 과정 속에서, 이명준은 세계에 대한 살아 있는 실감과 절망의 시간에 도달한다. 그리고 이 주제는 『광장』의 또 하나의 중요한 주제인 몸의 존재론과 정치학에 연결된다.

『광장』의 섹슈얼리티와 연관해서 중요한 국면 중의 하나는 이른바 '몸의 길/마음의 길'에 관한 이명준의 관념이다. 이 소설은 한편으로 보면, 관념 철학자의 달걀로서의 이명준이 유물론적인 맥락에서의 '몸의 길'을 자각하게 되는 과정, '몸/마음'의 표상 체계를 해체하게 되는 과정으로 이해할 수 있다. 처음에 관념 철학자 이명준의 세계에 대한 태도는, "철학의 탑 속에서 사람을 풍경처럼 바라보았다"(p. 106)라는 문장으로 집약된다. 그는 다만 관념의 틀에서 사람을 '풍경'으로 이해하는 청년 지식인이었다. "자기라는 낱말 속에는 밥이며, 신발, 양말, 옷, 이불, 잠자리, 납부금, 담배, 우산…… 그런 물건이 들어 있지 않았다. 오히려 어떤 물건에서 그것들 모두를 빼버리고 남는 게 자기였다. 모든 것을 드러낸 다음까지, 덩그렇게 남는 의심할 수 없는 마지막 것. 관념 철학자의 달걀 이명준에게 뜻있고, 실속 있는 자기란 그런 것이다"(pp. 73~74). 이명준에게 '자기'란 어렇게 주위의 타자들과의 관계나 사물들과는 상관없는 순수하고 절대적인 주체로서의 자기이다.

그러나 이런 '자기'에 대한 관념이 붕괴되기 시작하는 것은 그가 '몸의 길'을 경험하기 시작하면서부터이다. 그 첫번째 장면을 이루는 것은, 북한에 있는 아버지로 인해 취조실에서 형사에게 구타당하는 장면에서부터이다. 그는 이 장면에서 "아, 이거구나, 혁명가들도 이런 식으로 당하는 모양이지. 그런 다짐조차 어렴풋이 떠오른다. 몸의 길은, 으뜸 잘 보이는 삶의 길이다. 아버지도? 처음 아버지를 몸으로 느낀다"(p. 77)라고 고백한다. 그는 형사의 구타를 통해서 혁명가의 몸과 아버지의 몸과 연결된 자신의 몸을 지각한다. 그것은 순수한 정신적 주체라는 관념으로서의 '자기' 이데올로기가 변화되는 첫번째 계기가 된다. 폭력을 통해 확인하는 '몸의 길'은 후에 이명준이 가해자가 되어 태식에게 폭력을 행사할 때도 반복되어 나타난다. "제 몸에 그 형사가 옮겨 앉은 것 같은 환각이 있었다. 사람이 사람의 몸을 짓이기는 버릇은 이처럼 몸에서 몸으로 옮겨가는 것이구나. 몸의 길. 그는 발을 들어, 마루에 엎어진 태식의 아랫배를 차질렀다"(p. 171). 몸에 새겨진 타자의 폭력은, 몸에 새겨진 이데올로기처럼, 이렇게 똑같은 방식으로 귀환한다.

이명준은 윤애와의 연애를 통해 몸의 진실에 도달한다. "그녀의 마음을 그동안 눈치 채지 못한 것은 아니었지만, 그녀의 몸 한군데를 내받은 지금에야 마음 놓고 믿을 수 있었다. 마음은 몸을 따른다. 몸이 없었던들, 무얼 가지고, 사람은 사람을 믿을 수 있을까. 눈에 보이지 않는 신을 보고지라는 소원이, 우상을 만들었다면, 보고 만질 수 없는 '사랑'을, 볼 수 있고 만질 수 있게 하고 싶은 외로움이, 사람의 몸을 만들어낸 것인지도 모른다"(p. 100). 사랑이라는 보이지 않는 관념이 결국 육체라는 소통 방식을 통해 실현된다는 것을 자각하면서, 이명준의 사유는 더 몸의 길에 접근한다. 그러나 윤애에게 성적인 소통을 거부당했을 때, 이명준은 그녀에 대한 믿음을 접고 월북한다. 그래서 이명준에게 윤애는 거부당한 몸과 도망친 자신에 대한 일종의 죄의식으로 작동한다. 그래서 "스스로 몸을 얽어오던 그리운 사람들의 사무치는 마음이 그리웠다. 마음이 몸이었다. 그는 꿈속에서 윤애에게 말하는 것이었다. 윤애, 난 사랑했어. 방법이야 아무리

서툴렀을망정, 난 사랑했기 때문에 윤앨 버리고 도망한 거야"(p. 119)라고 스스로에게 고백한다. 이명준에게 '마음이 몸이었다'라는 명제는 점점 자명한 것이 되어간다.

  은혜라는 모성적 존재를 통해 이명준의 몸의 소통은 거의 완벽한 차원에 진입한다. 그는 스스로에게 다음과 같이 선언한다. "이 여자를 죽도록 사랑하는 수컷이면 그만이다. 이 햇빛, 저 여름의 풀, 뜨거운 땅, 네 개의 다리와 네 개의 팔이 굳세게 꼬인, 원시의 작은 광장"(p. 188)에 그는 도달한 것이다. 특히 이명준은 은혜의 '다리'에 집착하는데, 그것이 지닌 모성적 함의와 에로티시즘의 상징성은 절대적인 것이다. "이 다리를 위해서라면, 유럽과 아시아에 걸쳐 모든 소비에트를 팔기라도 하리라. 팔 수만 있다면. 세상에 태어나서 지금 이 자리에서 처음으로 진리의 벽을 더듬은 듯이 느꼈다. 그는 손을 뻗쳐 다리를 만져보았다. 이것이야말로 확실한 진리다. 이 매끄러운 닿음새. 따뜻함. 사랑스러운 튕김. 이것을 아니랄 수 있나. 모든 광장이 빈터로 돌아가도 이 벽만은 남는다. 이 벽에 기대어 사람은, 새로운 해가 솟는 아침까지 풋잠을 잘 수 있다. 이 살아 있는 두 개의 기둥. 몸의 길은 몸이 안다"(p. 149). 여기서 다리의 페티시즘은 여성을 신체의 일부로 사물화하는 차원에 머물지 않고, 이념과 관념으로부터 배반당한 존재가 타자의 몸을 통해 '진리의 벽'을 만나게 되는 것을 의미한다. 그래서 이명준은 "순례자가 일생에 몇 번이고 성지를 찾아 의심을 죽이고 믿음을 다짐하듯이, 손에 닿고 만져지는 참에만 진리는 미더웠다. 남자가 정말로 믿을 수 있는 진리는, 한 여자의 몸뚱어리가 차지하는 부피쯤에 있는 것인가"(p. 150)라고 단언한다. 은혜와의 육체적 소통은 이명준으로 하여금 에로티시즘적 차원에서의 유물론에 도달하는 계기가 된다.

은혜라는 존재를 통해 몸의 길이 완성된 그즈음, 은혜는 '풍성한 거짓말'의 존재로 드러난다. 전쟁의 와중에서 해후한 뒤, 동굴에서의 처절한 육체적 소통은 그들에게 '마지막 광장'의 공간을 허락한다. "접은 지름 3미터의 반달꼴 광장. 이명준과 은혜가 서로 가슴과 다리를 더듬고 얽으면서, 살아 있음을 다짐하는 마지막 광장"(p. 189)이다. 이제 '광장/밀실'의 이항대립은 몸의 길의 절정에서 완전하게 해체된다. 그들에게 동굴은 '밀실'이 아니라, 마지막 '광장'의 의미였던 것. 동굴의 이미지가 지니는 '자궁'으로서의 여성적 상징성을 상기한다면, 이 마지막 광장의 공간은, 생명의 탄생 자리이면서, 죽음의 자리이다. 이 최후의 광장에서 그들이 도달한 절정의 순간은, 끝내 은혜의 죽음으로 소멸된다. 이명준이 자신의 욕망으로 완전히 귀환할 때, 그것을 가능하게 해준 여성적 존재는 죽는다.

은혜의 죽음 이후, 이 소설의 하나의 시간 축을 이루는 바다 위 타고르호에서 이명준의 의식은 착란의 상태로 접어든다. 몸의 길조차 은혜의 죽음으로 배반당한 상황에서 이명준의 자기의식은 근원적인 해체의 길에 가까워진다. 여기서 중요한 양상은 배와 바다 위에서 이명준이 보는 '환상'들이다. '자기를 따라오는 그림자'와 '갈매기'로 상징화된 이 환상들은 몸의 길 이후에 이명준이 만난 다른 차원의 '몸'이다. 그 몸은 자기와의 완벽한 소통을 이루었던 '그 몸'의 대체물로서의 환상이다. 그 환상의 몸이 그의 무의식으로부터 바다 위로 솟아오른 것이다. 작가가 집중적으로 개작한 이 마지막 부분에서 이명준의 자기 해체 과정은 더 명료해진다. 이명준에게 처음 그 환상의 몸들은 섬뜩하고 불길한 존재였으나, 그는 은혜와의 마지막 기억을 상기하면서, 그 존재가 누구인가를 깨닫게 된다.

큰 새와 꼬마 새는 바다를 향하여 미끄러지듯 내려오고 있다. 바다. 그녀들이 마음껏 날아다니는 광장을 명준은 처음 알아본다. 부채꼴 사북까지 뒷걸음질친 그는 지금 빙그르 뒤로 돌아선다. 제정신이 든 눈에 비친 푸른 광장이 거기 있다.
자기가 무엇에 홀려 있음을 깨닫는다. 그 넉넉한 뱃길에 여태껏 알아보지 못하고, 숨바꼭질을 하고, 피하려 하고 총으로 쏘려고까지 한 일을 생각하면, 무엇에 씌웠던 게 틀림없다. 큰일 날 뻔했다. 큰 새 작은 새는 좋아서 미칠 듯이, 물속에 가라앉을 듯, 탁 스치고 지나가는가 하면, 되돌아오면서 그렇다고 한다. 무덤을 이기고 온, 못 잊을 고운 각시들이, 손짓해 부른다(pp. 216~17).

여기서 이명준의 의식은 완전히 신들린 상태, '신내림'의 상태에 도달한다. 관념 철학자의 달걀 이명준은 이제 어디에도 없다. 착란의 상태에서 그는 갈매기에서 은혜와 자신의 딸을 본다. 이명준의 의식이 완전히 해체적인 지점에 도달했다는 것을 보여주는 이 부분에서 흥미로운 것은, "처음 알아 본다" "제정신이 든 눈에 비친 푸른 광장" "홀려 있음을 깨닫는다" "무엇에 씌웠던 게 틀림없다"와 같은 문장들의 전도된 표현법이다. 이명준이 이 장면에서 갈매기를 은혜와 자신의 딸로 보는 것이야말로 착란임에도 불구하고, 이 문장들은 그것을 뒤집어 표현한다. 갈매기에서 은혜와 딸을 보는 것을 '제정신'으로 보고, 갈매기를 갈매기로 보거나, 그것을 불길한 존재로 보았던 것을 '무엇에 씌웠던 것'으로 설명한다.[5] 이 전도는 이명준의 의식이 도달한 최후의 지점이며, 그 지점은 이명준의 무의식이 어둠 속에서 귀환하는 장소이며, 의식의 완전한 죽음이 가까웠음을 암시하는 시간이다. "거울 속에 비친 남자는 활짝 웃고 있다"(p. 217)라는 문장에서 드러난 것처럼, 이명준은 '거울 속의 남자'라는 익명적이고 비인칭적인 존재로 분열된다. 이명준은 마침내, 자기 자신에 대해 외재화된다.

그러나 이명준의 의식의 탈각, 그리고 육체의 투신은 다른 삶의 가능성과 연계되어 있다. 은혜의 성기를 '바다로 통하는 굴'이라고 표현하는 데서 명확해지는 것처럼, '바다'는 '동굴'이라는 최후의 광장을 넘어선 곳에 있는 '푸른 광장'이다. 동굴이 여성적 몸의 자궁을 의미한다면, 바다는 그보다 더욱 근원적인 차원의 모성적 공간이다. 그것은 최후의 광장 이후에 있는, 미래의 광장에 해당한다. 엄밀하게 말한다면, '사랑'이라는 관념 역시 이데올로기와 무관하지 않다. 사랑이라는 관념은 성적 차이의 실재가 결코 상징화될 수 없다는 사실을 은폐한다. '남성'과 '여성'의 완벽한 일치가 불가능하다는 것을 또한 은폐한다. 그럼에도 불구하고 이명준의 사랑은 죽음으로의 투신이라는 방식으로, 그 어긋남을 넘어서려고 한다. 그는 이데올로기의 유령에 대항하여, 자신이 유령이 되는 것을 선택한다. 그 유령은 기존의 삶과 미지의 삶 사이에서 다른 생성의 시간을 살 것이다.

이명준의 탈주는 그가 남한에서 북한으로 망명했다거나, 전쟁이 끝난 후 다시 중립국으로의 망명을 선택했다거나, 결국 바다에 투신하

---

5) 졸고, 「몽유의 형식과 의식의 고고학」, 『환멸의 신화』, 민음사, 1995 참조.

여 죽음의 세계로 망명했다는 사건의 층위에만 해당되는 문제가 아니다. 『광장』의 탈주에는 이와는 또 다른 심층적 층위가 있다. 이명준은 관념 철학자의 달걀로서 자신의 삶과 정치적 문제를 해결하기 위해 치열하게 사유했으나, 그는 그 관념의 틀이 몸의 현실과 일치하지 않는 것을 계속적으로 경험한다. 그는, 여성적 존재를 통해 황홀한 몸의 길을 경험하게 되고, 관념과 이데올로기를 넘어서는 몸을 통한 사랑의 진리에 접근한다. 그러나 격렬하게 사랑하던 하나의 몸이 죽음에 직면하게 되었을 때, 그는 '자기'를 근원적으로 해체하는 다른 삶의 시간에 도달한다. 그것은 모든 사유와 관념의 중지이며, 자기 존재의 완전한 탈각이고, 동시에 다른 삶의 가능성에 대한 암시이기도 하다. 그래서 죽음 이후에도 '광장'을 둘러싼 이명준의 망명과 탈주는 지속될 수밖에 없다. 이명준의 유목은 한국 문학 사상 가장 기나긴 혁명의 과정에 속한다.

'광장/밀실' '사랑/이데올로기' '몸/마음'의 관념적 구조에 대한 이명준의 횡단적 모험은 이로써 탁월한 탈주의 정치성을 획득하게 된다. 정치가 결국 삶의 방식을 변화시키는 것에 관한 문제라면, 이명준의 탈주는 날카롭게 정치적인 것이다. 그래서 『광장』은 최고의 관념소설이면서, 최고의 탈관념소설이 되었다. 다른 방식으로 말한다면, 투철한 자아의 서사이면서, 자아라는 관념에 대한 근원적인 회의의 서사, '탈존'의 서사가 된다. 이명준의 정치적 유토피아는 남과 북의 국가 체제 내에서는 성립될 수 없었고, 그 정치적 상상력의 끝에서 그는 '남/북'으로 표상되는 국가주의적 관념으로부터 탈주한다. 그는 자신을 상징적 질서에 종속시키는 과정에 저항하면서 자기 존재를 끊임없이 바꾼다. 이명준은 자신의 바깥으로 나와서, 그 관념 철학자의 달걀로부터 나와서, 더 이상 존재하지 않는 것과 아직 존재하지 않는 것으로 나아간다. 이로써 그는 한국 문학사에 가장 문제적인 망명자, 유목민, 그리고 '탈주 기계'가 되었다. 4·19를 통해『광장』이 극적으로 정치적·미학적 '현대성'을 획득했다면, 주체화에 대한 근원적인 회의와 창조적인 혼돈의 모험을 통해『광장』은 다시 '현대'를 넘어선다. 이것이『광장』이라는 문학사적 사건이 분단 시대의 기념비를 넘어서, 다른 미래에 닿는 이유이다.

그녀 몸 안에, 깊은 물의 시간들

─오정희의 1990년대 소설

1. 오정희에 사로잡힌다는 것

오정희에 사로잡힌 적이 없이 문학을 한다는 것은 가능한가? 한국에서 문학에 대한 치명적인 열정에 붙들린다는 것은 '오정희'의 세계에 매혹당한다는 것을 의미한다. '오정희'라는 이름은 '문학' 그 자체와 동의어이다. 오정희 소설의 정밀하고 비밀스럽고 무서운 아름다움에 대해 말한다는 것은, 이제 아무런 발견의 감동도 주지 못한다. 그것은 한국 현대문학이 보유한 살아 있는 신화에 속하기 때문이다. 하지만 그렇다고 해서 오정희라는 텍스트의 전모가 드러났다고 말할 수는 없다. 오정희라는 텍스트는 그 바닥을 알 수 없는 수원(水源)과 같아서, 그 물줄기의 근원을 전면적으로 탐사한다는 것은 불가능하다. 시간의 우기와 건기를 거치면서 그곳은 다른 형태와 깊이로 움직인다.

오정희의 초기 소설들이 보여준 폭발적인 강렬함과, 그리고 그녀가 집중적인 창작 활동을 전개했던 1970~1980년대 작품에 대한 관심 때문에, 1990년대 이후의 오정희 문학에 대한 비평적 관심은 상대적으로 높지 않았다. 「옛 우물」(1994)과 『새』(1995)의 놀라운 문학적 성취에 대한 관심이 없었던 것은 아니지만, 이 소설들이 지니는 개별적 문학성과 1970~1980년대 소설의 관계가 적극적으로 맥락화된 적은 많지 않았다. '1990년대' 이후의 오정희를 읽는 것은 그래서 넓게 보면 오정희 문학의 현재성을 재문맥화하는 작업이 될 수 있다. 1990년대의 오정희는 그 이전의 오정희와의 내밀한 교섭 속에서 자기 문학의 공간을 심화하면서 확장했다. 그리고 오정희는 여전히 '활동하는' 작가라는 측면에서 1990년대의 오정희를 읽는 것은 오정희 문학의 현재와 미래에 대한 의미 있는 탐색이 될 수 있다.

1990년대의 오정희 소설은 초기 작품에서 빈번히 등장하는 강렬한 '불'의 이미지들이 조금씩 잦아들고 '물'의 상상적 기억이 부각되면서, '시간'에 대한 새로운 서사적 모험에 돌입한다. 시간에 대한 서사는 단지 유년에 대한 회상이라는 모티프에 한정되지 않는다. 오정희는 개인의 실존적 기억의 복원이라는 차원을 넘어, 신화적인 차원에 육박하는 '깊은 과거'를 호출한다. 개인적 시간의 구획이 탄생에서 죽음으로 이르는 자전(自傳)의 시간대에 한정되어 있다면, 신화적 기억 속의 깊은 과거는 원형적인 장면을 우주적 순환성 위에 위치시킨다. 그리하여 삶의 공허와 치욕과 공포를 견디는 지금 여기의 시간은, 깊은 시간성을 호출하는 상기anamnesis의 작용 위에서 다른 우주적 차원을 열게 된다. 개인의 실존적 시간은 역사적 시간의 제약으로부터 불러내어 초시간적 기억으로, 개인의 내밀한 사건들은 동재적(同在的)인 맥락으로 재배치된다.

그래서 한 개인의 은밀한 기억은, 깊은 과거에 참여하는 더 열린 시간성 속에서 그 의미를 확장한다. 중요한 것은 이러한 시간과 기억의 재인식이라는 맥락에 '물'의 이미지와 '여성적 몸'의 경험과 감각이 중요한 작동의 원리가 된다는 점. 오정희 문학은 제도화된 차원의 모성을 넘어, 더 원초적인 시간 감각을 일깨우는 여성성의 시간 감각을 서사화한다. 그래서 하나의 원인에서 하나의 결과로, 혹은 하나의 탄생에서 하나의 죽음으로 마감되는 가부장적인 시간의 서사적 중력으로부터 해방되어, 그 깊은 차원의 미결정적이고 순환적인 여성적 시간을 만날 수 있게 한다. 이 시간 속에서는 죽음조차 살아 있다. 사로잡히지 않은 채, 그 텍스트들의 내부로 내려가는 것은 가능할까?

2. 깊은 물의 기억들

「옛 우물」은 작가가 5년이라는 오랜 침묵을 뚫고 써낸 소설이다. 여기에는 소설 쓰기를 둘러싼 작가의 침묵에 대한 안간힘이 고스란히 담겨 있을 것이다. 이것은 단지 이 소설을 둘러싼 작가의 자전적인 정보와 관련된 문제를 넘어서 있다. 이 소설 속의 중년 여성은 그 나이의 공허와 부재감을 넘어 자기 실존의 기억을 깊은 시간 속에서 상상하는 공간을 발견한다. 마흔다섯번째 생일을 맞이한 여자에게는 그 시간만큼의 개인적 서사가 있을 것이다. 그 시간은 "부자와 가난뱅이도 될 수 있고 마술사도 될 수 있는 시간" 혹은 "죽어서 물과 불과 바람으로 흩어져"버릴 수도 있는 시간이었지만, 어쨌든 그녀는 그 시간을 견뎠다. 그리고 지금 "나는 지금 작은 지방 도시에서, 만성적인 편두통과 임신 중의 변비로 인한 치질에 시달리는 중년의 주부로 살아가고 있다." 그러나 그녀의 일상적인 시간 안에는 '텅 빈 공허, 사라짐의 공포'가 도사리고 있고, "이제는 영원히 과거 시제로 말해질 수밖에 없는 비인칭의 명제, 그러나 나로서는 간신히 온 힘을 다해 '그'라고 부르는" 뼈아픈 부재의 감각이 자리 잡고 있다.

공허와 상실의 감각은 그녀가 경험한 죽음들과 연관될 수도 있다. "모든 죽음은 사람들이, 그들에 대한 기억이 소멸한 뒤에서 그들이 남아 살아 있는 유전자 속에 깃들어" 있다고 아버지의 죽음을 재인식하는 장면, 혹은 '그'의 죽음 뒤에서 자신의 "잘못 당겨진 천처럼 좌우 대칭이 깨진 얼굴"을 발견하는 장면에서, "그가 죽고 내 안의 무엇인가가 죽었다"는 진술 속에서 그들의 죽음은 그녀의 몸 속에 새겨져 있다. 그 죽음의 감각을 기억하는 공간. '나'는 '나 혼자만의 공간'이 필요했기 때문에 사람이 살지 않는 텅 빈 아파트를 찾아든다. 그 창밖으로 보이는 쇠락해가는 '연당집'의 이미지는, '자기만의 방'으로서의 여성적 공간과 그 공간에서 바라보는 '다른 시간'에 대한 감각을 호출한다. 자기만의 방에서 여성적인 실존은 죽음을 둘러싼 다른 층위의 기억과 만날 수 있다. "사라진 뒤에야 비로소 드러나는 존재의 흔적"이란 기억의 차원을 넘어서는 깊은 시간의 발견을 의미한다.

그 다른 시간의 감각이란 이런 것이다. 남편이 사다 준 러시아 민속 인형처럼 "앙상한 뼈 위로 남루하고 커다란 덧옷을 걸친 듯 살가죽이 늘어진 한 늙은 여자 속에 얼마나 많은 여자들이 들어 있는 것일까. 보다 덜 늙은 여자, 늙어가는 여자, 젊은 여자, 파과기의 소녀, 이윽고 누군가, 무엇인가가 눈 틔워주기를 기다리는 씨앗으로, 열매의 비밀로 조그맣게 존재하는 어린 여자 아이."[1] 그것은 "인생의 중첩된 이미지"에 대한 은유로서 충분하다. 하나의 존재 안에 켜켜이 쌓여 있는 다른 시간의 존재들. 혹은 동재적(同在的)인 시간 속의 존재들. 하나의 시간의 껍질을 둘러쓴 다른 시간들. 또 하나의 이미지는 그 시간의 무상감을 다시 환기시킨다. "물속에서 갖가지 빛깔로 아름답던 것들도 물에서 건져내면 평범한 무늬와 결을 내보이며 삭막하게 말라가는 하나의 돌일 뿐. 우리가 종내 무덤 속의 흰 뼈로 남듯. 돌에게 찬란한 무늬를 입히는 것은 물과 시간의 흐름일 뿐이라는 것을 안다"(p. 43). 물과 시간의 흐름이 없다면 어떤 존재도 참담한 소멸의 시간밖에 남지 않는다는 것. 그러나 이 소설에서 그 깊은 과거를 표현하는 가장 강력한 이미지는 '옛 우물'의 이미지일 수밖에 없다.

　오동의 보랏빛 꽃이 어둠 속에서 나울나울 피고 있었다. 별과 꽃이 난만한 밤에 그는 죽었다. 내가 존재하지 않을 어느 시간대에도 이 나무에는 꽃이 피고 잎이 피고 새가 깃들이겠다
　나는 나의 생보다 오랠 산과 나무 별들을 바라보았다. 비로소 먼 옛날 증조할머니가 내게 해준 말을 정확히 기억해내었다. 옛날 어느 각시가 옛 우물에 금비녀를 빠뜨렸는데, 각시는 상심해서 죽고 금비녀는 금빛 잉어로 변해……(p. 52)

옛 우물이란 유년의 기억과 친구의 죽음이 도사린 어떤 부재, 그 서늘한 시간의 감각을 일깨운다. 그러나 신화적 시간을 기억해냄으로써 옛 우물의 이미지는 불우와 허무의 표상 이상이 된다. 우물 속의

---

1) 오정희, 『불꽃놀이』, 문학과지성사, 1995, p. 35. 이하 동일 작품의 해당 면수만을 본문에 표기한다.

금빛 잉어와 이무기의 이야기는 역사적 시간성을 초월하는 어떤 원형의 자리를 열어준다. 그래서 나의 실존이 감당해야 하는 뼈아픈 공허와 상실은 그렇게 "내가 존재하지 않을 어느 시간대" "나의 생보다 오랜 산과 나무 별들"의 우주적 시간을 향해 몸을 연다. 그 우주적 시간을 만나게 하는 것은 물론 '옛 우물' 속의 깊은 물과 같이 움직이는 '나'의 여성적 몸과 실존이다. 그 몸은 '모성'의 윤리 너머를 향해 열리기도 한다.

그 여름, 나를 찾아온 그의 전화를 받았을 때 나는 아이에게 젖을 먹이고 있었다. 허둥대는 어미의 기색을 본능적으로 느낀 아이는 필사적으로 젖꼭지를 물고 놓지 않았다. 진저리를 치며 물어뜯었다. 이가 돋기 시작한 아이의 무는 힘은 무서웠다. 아 앗, 나도 모르게 비명을 지르며 아이의 뺨을 후려쳤다. 불에 댄 듯 울어대는 아이를 떼어놓자 젖꼭지가 잘려나간 듯한 아픔과 함께 피가 흘러내렸다. 아이의 입에도 피가 묻어 있었다. 브래지어 속에 거즈를 넣어 흐르는 피를 막으며 나는 절박한 불안에 우는 아이를 이웃집에 맡기고 그에게 달려나갔다. 그와 함께 강을 건너 깊은 계곡을 타고 오래된 절을 찾아갔다(pp. 47~48).

젖꼭지를 깨무는 아이의 필사적인 몸짓과 젖꼭지의 피를 막으며 '그'에게 '깊은 계곡의 오래된 절'을 찾아가는 '나'의 절박한 욕망은 그렇게, 모성의 윤리를 넘어선 생명의 충동, 그 원초적인 장면을 만난다. 가부장적인 이데올로기에서 이 장면은 모성의 도덕을 위반하는 것이지만, 이 장면이 드러내는 것은 남성 중심적인 휴머니즘의 한계를 벗어난 여성적 실존의 욕망이다. 그녀의 젖꼭지에서 흐르는 '피'란 그 제도적·인습적 모성의 위반으로부터 몸 밖으로 터져나오는 액체이며, 제도화된 모성이 죄의식의 이름으로 여성의 몸에 가하는 상처 그 자체이다. 인습적인 모성의 이념에 포획된 생식과 양육의 도구로서의 여성의 몸이 아니라, 근원적인 욕망을 표현하고 탈주하는 주체로서 여성의 몸. 욕망의 동사(動詞)와 연결된 몸. 그 몸은 그러나 언제나 어떤 부재를 견뎌야 하고, 그 몸 자체가 부재의 공간이다. 그러나 그 부재로부터 여자는 자기 몸의 생성 운동을 시작한다.

이런 원초적인 장면들은 가령 소설 「파로호」에서 여자가 "끊임없이 물 마시고 소금 집어 먹는 행위로 무엇으로부터 사면받기를 바라"는 장면을 만나게 한다. 알 수 없는 불안감으로 야기되는 물에 대한 갈증과 물로부터 정화되려는 욕망은 그녀의 실존적 상황을 암시한다. "병듦보다 병들어가는 자신을 바라보는 잔인한 쾌감" "자기 자신을 복수의 대상으로 삼고 있는 자기 안의 낯설음"에 그녀는 사로잡히곤 한다. 황폐하고 황량한 외국 생활을 등지고 그녀는 소설을 쓰기 위해 혼자 귀국한다. 그녀의 소설 쓰기란 물의 갈증으로 상징되는 근원적인 불안으로부터 여성적 욕망을 드러내는 매개이다. 그녀가 글을 쓰고 싶어 한다는 것은 말의 무력감을 넘어, "태어나지 못하고 어둠 속에서 사라져버린 말들," 그 여성의 언어를 발설하려는 절실한 욕망이다.

그녀가 찾아간 물을 뺀 퇴수지(退水地)의 선사시대 문화층은 '텅 빈 충만함'의 느낌을 자아낸다. 그 거대한 텅 빈 자리에서 만난 돌에 새겨진 여자의 얼굴. "단순히 갸름한 흰 돌에 날카로운 돌로 세 개의 구멍을 쪼았을 뿐인데 그것이 어우러져 만드는 표정은 놀랄 만치 깊고 풍부했다." "옛 여인의 얼굴에서 깊은 슬픔, 지극한 그리움과 간절함을 보았다고 한다면 그것을 그렇게 보고자 하는 그녀의 마음일 것이다"(pp. 95~96). 물에 대한 갈증과 그 정화를 갈망하던 그녀가 퇴수지라는 가장 황량한 자리에서 발견한 것은 역설적으로 시간의 지층 아래의 여자 얼굴이다. 그 얼굴은 불안과 갈증에 사로잡힌 그녀의 실존적 시간과는 다른 깊은 시간대로 그녀를 안내한다. 그래서 그녀는 "수만 년의 세월 뒤 흙을 털고 일어난 여인의 눈으로 물이 사라진 호수, 영원한 화두인 양 웅웅대며 떠도는 바람을 보려 애를 썼다"(p. 96). 그 여인의 눈이란 무엇인가? 남편과 유학생들의 모습이 보여주는 허위적인 남성적 명분의 세계로부터 월경하는 근원적인 기억을 상기해내는 눈. 물에 대한 갈증으로 상징되는 불모의 시간들을 넘어서 여성적 신화의 시간을 상상하는 눈.

3. 부재로서의 모성

『새』는 버려진 두 남매의 궁핍하고도 척박한 삶의 내부를 어린 소녀의 내면적 시점에서 그려낸다. 두 남매의 비극적 상황과 그로테스크한 이미지들은 소녀의 내적 성장을 둘러싼 엄혹한 조건을 말해주는 것이지만, 이 소설에서도 이 불모성의 시간 너머의 다른 시간의 감각을 만날 수 있다. 소녀가 이 세상과 대면하면서 만나는 것은 우선 '닫힌 것'에 대한 궁금증이다. "닫힌 것은 항상 우리를 궁금하게 했다. 큰집에서, 아무도 없을 때면 우일이와 나는 지하실로부터 다락까지 오르내리며 잠긴 것을 열고 묶은 것들을 모조리 풀어보곤 했었다."[2]

2) 오정희, 『새』, 문학과지성사, 1996, p. 25. 이하 동일 작품의 해당 면수만을 본문에 표기한다.

큰집의 다락방에 몰래 들어간 남매는 "모든 오래된 것들의 안도감이 우리를 사로잡았다. 어둠과 먼지, 오래된 시간, 이제는 쓰일 일이 없이 버려지고 잊혀진 물건들 사이에서, 그 슬픔과 아늑함 속에서 우리는 둥지 속의 알처럼 안전했다"(p. 26). 닫힌 것에 대한 궁금증은 어른들의 세계에 대한 남매의 호기심을 매개한다. 가령 아버지의 여자에 대해 "그 여자의 가방에는 무엇이 들었나?"가 가장 먼저 궁금한 것처럼, 같이 세들어 사는 이씨 아저씨 방 안의 새소리가 궁금한 것처럼, 공장집 아저씨가 혹시 여자가 아닌지 궁금한 것처럼. 심지어 남매는 학교 교실에 놓여 있던 인형 곰순이의 배를 갈라봄으로써, 선생님으로 상징되는 어른들의 가치로부터 질책을 당한다.

그리고 남매는 자신들의 닫힌 방을 갖게 된다. "자물쇠를 사서 부엌문에 달았을 때, 이제 우리 외에 누구든 벌컥 문을 열거나 함부로 드나들 수 없는 방이 생긴 것이다. 제 손으로 잠그고 열 수 있는 열쇠를 갖는 것은 어른이 된다는 뜻이라고 공장집 아저씨가 말해주었다" (p. 62). 아이들은 어른들의 닫힌 곳에 대한 호기심으로부터 이제 스스로 자기 공간을 닫을 수 있는 열쇠를 가짐으로써 어른들의 세계에 진입한다. "우일이와 내가 각각 하나씩 나눠 가진 열쇠로 문을 잠그거나 열 때 나는 남이 엿볼 수 없는, 마음속에 소중하고 아름다운 상자를 간직한 것 같은 느낌을 맛본다"(p. 65). 하지만 그 유폐가 의미하는 것이 은밀한 행복이 아니라, 타인과 나눌 수 없는 참혹이라는 것을 소녀는 알게 된다. 아버지의 여자가 "우리는 지금 모두 매일매일 무엇인가가 되어가는 중이지. 너는 지금의 내가 되기 전의 나야. 아니면 내가 되어가는 중인 너라고 말해야 하나? 그래서 나는 너희들을 보는 게 무서워 견딜 수가 없어"(p. 74)라고 말해줄 때, 남매가 어른이 된다는 것의 의미는 그 참혹한 반복의 시간 속에 붙들린다는 것을 의미한다.

그 유폐된 방에서 "보이지 않는 아버지의 손이 내 티셔츠를 가슴팍까지 걷어올"리는 꿈속 같은 일이 일어나고, 동생은 '개에게 물린 탓으로' '개처럼 변해간다.' 남매를 둘러싼 어른들의 세계는 점점 더 참혹한 상황으로 변해간다. '정씨 아저씨'가 도망 다니는 살인자라는 것이 발각되고 그의 '무덤 같은' 방의 내부가 발견되는 것과 같이, 밀폐된 방 안에서 어른들의 무서운 비밀이 하나씩 드러난다. 그리고 이 남매의 방에서 어느 날 동생은 잠에서 아주 일어나지 않고, 끊임없이 말을 내뱉는다. 돌이킬 수 없이 악화된 악몽과 같은 시간의 끝에서, 새장의 새를 들고 밖으로 나오는 '내'게 들리는 소리가 있다. "우주에서 가장 예쁜 사람이 되라고 우미라고 이름 짓고 우주에서 제일 멋진 남자가 되라고 우일이라고 이름 지어 그렇게 부르던 목소리가 있었다. 그렇게 부르던 마음은 이제서 내게로 와 들리는가 보다"(p. 154). 그 소리는 아마도 현실 속에서 존재하지 않았던 지극한 모성의 소리일 것이다. 이 소설에서 남매의 척박한 현실을 규정짓는 것은 '부재로서의 모성'이다.

모성이 부재하는 세계는 이 남매가 엄마 없이 자라는 과정, 아버지의 여자나 '상담 엄마'라는 '가짜 엄마'의 세계 속에 살아가야 하는 가혹한 현실을 말해주는 것이다. 그래서 모성은 꿈과 환각 속에서 언뜻 그림자처럼 그렇게 부재로서 존재한다. 그런데 이 모성의 부재에는 더욱 근원적인 차원이 있다. 가부장적 질서 속에서 제도화된 이데올로기로서의 양육을 책임지는 모성을 제외한다면, 모성은 그 근원적인 의미에서 부재의 가능성이다. 남매의 가족 현실에서 보는 것처럼, 가부장적인 폭력은 모성의 원초적인 에너지를 박탈한다. 제도적인 의미에서 모성은 생물학적인 어머니의 이미지에 가부장적인 휴머니즘을 덧씌울 뿐이다. 그래서 모성은 하나의 꿈으로, 혹은 부재의 방식으로 존재할 수밖에 없다. 이 꿈으로서의 모성은 깊은 우주적 시간의 흐름으로 움직인다.

세상에 한 번 생긴 것은 절대로 없어지지 않는다고 말해준 것은 연숙 아줌마다. 아주 먼 옛날의 별빛을 이제야 우리가 보는 것처럼 모든 있었던 것, 지나간 자취는 아주 훗날에라도 아름다운 결과 무늬로, 그것을 기다리는 사람에게 나타난다. 부드럽고 둥글게 닳아지는 돌들, 지난해의 나뭇잎 그 위에 애벌레가 기어간 희미한 자국, 꽃 지는 나무, 그것을 사랑이라고 부르고 그 외로움이 우리를 살아가게 하는 것이라고 그래서 바람은 나무에 사무치고 노래는 마음에 사무치는 것이라고 말했다. 밤새 고이고 흐르던 세상의 물기가 해가 떠오르면 안개가 되고 구름이 되고 비가 되어 다시 내려서 땅속 깊이 뿌리 적시는 맑은 물로 흐르고 강이 되고 바다가 된다고. 강물이, 바닷물이 나뭇잎의 향기로 뿜어지고 어느 날의 기쁨과 한숨과 눈물이 먼 훗날의 구름이 되는 거라고 말했다(p. 75).

그러므로 가혹한 현실의 시간에서 물의 끝없는 순환으로 은유되는 깊은 시간의 움직임을 감각하는 것은 '우주적 모성'의 발견을 의미한다. '나-소녀'가 처한 가장 참담한 현실 앞에서 차라리 그 무서운 상황을 환각처럼 받아들여야 할 때, 마지막으로 듣게 되는 목소리는 그 우주적 모성을 닮아 있다. 이런 어머니의 존재를 유적 생명specieslife의 공간으로 설정한다면, 그곳은 자연의 흐름처럼 무한의 연속성을 가지고 움직이면서도 그 안에 인간적인 실존을 포함하는 그런 장소이다. 그래서 소설은 '모성의 부재'가 야기하는 끔찍한 성장의 장면들 속에서 '부재로서의 모성'의 그 깊은 시간의 이미지를 섬광처럼 드러낸다. 그것은 현실의 시간을 대신할 수는 없지만, 참혹을 다시 살게 하거나, 참혹 속에 깃든 깊은 시간의 아름다움을 수락하게 한다. 그러니 어떻게 오정희에 사로잡히지 않을 수 있을까?

나만의 방, 그 우주 지리학

― 김애란의 『침이 고인다』

1. 김애란이라는 방

다시, 김애란이다. 김애란이라는 이름의 '특선'이 예기치 않은 선물처럼, 2000년대 문학에 당도했을 때의 매혹과 열광을 기억한다. 그 매혹은 가족사적 결핍과 도시 변두리의 누추한 생을 상상적 공간으로 전이하는 투명한 감성, 위트 넘치는 문체, 그리고 일상의 비루함을 지상 위로 띄우는 청신한 상상력 때문이었을 것이다. 그 매혹이 추억이 아니라 한국 문학의 현재로서 살아 있는 지금, 김애란은 다시 새로운 특선을 선물한다. 기대와 조바심으로 그 특선을 열어보면, 거기에는 당신과 내가 살았던, 살고 있는 이 도시의 그 작은 '방'들이 숨어 있다.

'방'이라니? 동시대의 젊은 작가들이 탈현실적인 상상력으로 재무장하고 있는 것과는 달리, 이 작가는 더 낮고 누추한 자리에서부터 다시 소설적 상상력을 가동시킨다. 등단작 「노크하지 않는 집」에서부터 그 단초를 보여주었던 것처럼, '방'을 둘러싼 유폐와 소통의 위상학을 심화시키면서, 그것을 새로운 '우주 지리학' 위에 위치시킨다. 그녀의 방들은 '신림동 고시원'(「기도」) '4인용 독서실'(「자오선을 지나갈 때」)이나, '반지하 방'(「도도한 생활」)처럼, 좁고 누추한 공간 속에 자리하거나, '지상의 방 한 칸'을 구하는 일 자체가 절실한 고투가 되는 상황(「성탄특선」) 속에 놓여 있다. 중요한 것은 방이라는 공간에 관련되어 있는 개인 서사, 그 개인 서사의 상상적 지리학이다. 이제 김애란의 서사는 가족 로망스의 변주에서 방의 지형학에 대한 동시대적인 탐색으로 성큼 나아간다.

'집'과 달리 '방'은 개인의 혹은 개별성의 상징 공간이다. '내' 방은 휴식, 내밀성, 은밀하고 사소한 행복의 의미 작용을 가진다. 방은 개인에게 비밀스러운 닫힌 공간인 것이다. 집에 관한 바슐라르의 명제를 변형한다면, '방은 인간존재 최초의 세계'라고 할 수 있다. 그런데 김애란의 '자기만의 방'은 이보다 더 절실한 사회적 차원이 개입되어 있다. 그곳은 '신빈곤' 시대의 20대들이 청년 실업과 비정규직 양산이라는 엄혹한 시대 상황 속에서 처절하게 입사식(入社式)을 준비하는 공간이다. 이들이 잠시 머무르는 '노량진'과 '신림동' 혹은 서울 변두리의 지명들은 이들의 시대적인 존재 위치를 말해준다. 불안정한 사회적 지위를 가진 '취업 준비생' '재수생' '아르바이트생' 혹은 '변두리 학원 강사'의 신분을 가진 인물들은 제도권 정규 사회 진입의 지난함을 그 공간에서 감내해야 한다. 그들은 '계급'조차 갖지 못한 존재들. 제도권에서 사회적인 성인으로 공인해주지 않는 존재들이다. 그래서 이들의 사회적 진입과 그 입사의 '성인식'은 끊임없이 유예된다. 이들의 방은 창백한 청춘들이 자신의 신체적·정신적 개별성과 자존을 보존하기 위해 확보해야만 하는 최소 공간, 혹은 깊은 곳으로부터 타자와의 소통과 연대를 꿈꾸는, 혹은 그 꿈이 배반당하는 공간이다.

그러나 김애란의 방이 동시대의 젊은 세대들이 처한 사회적 상황을 확인시켜주는 공간으로만 해석된다면 안타까운 일이다. 김애란 소설의 문학적 성취는 동시대 젊은 세대의 사회·문화적인 궁핍을 사실적으로 드러내면서, 그 개인성의 균열과 심연을 탐사하고, 그 안에서 실존의 지리학과 그 우주적 공간을 발견하는 상상적 모험을 펼쳐 보인다는 데 있다. 그리하여 김애란의 방들은, 방의 사회학에서 방의 지형학으로, 혹은 방의 기호학에서 방의 우주 지리학으로 움직인다. 김애란의 방은 2000년대 문학의 한 주제인 작고 고립된 주체들의 몸이 거처하는 최소 공간이고, 그곳에서 꾸는 꿈들의 표지이다. 혹은 그 작은 주체들의 몸 그 자체이거나, 그 몸이 간직한 우주이다. 세상의 모든 몸이 조금씩 상처 나 있는 것처럼, 그래서 그 방들은 조금씩 아프다. 그 방들의 우주 속으로 들어갈 준비가 되어 있다면, 이제 김애란의 방들을 엿볼 수 있다.

2. 여자들의 방

버지니아 울프는 『자기만의 방』에서 여성이 픽션을 쓰기 위해서는 '돈'과 '자기만의 방'이 있어야 한다고 말한다. 여성 작가가 '자유의 문'을 열기 위해서는 고정적인 소득과 자기만의 방이 필요하다는 이 전언은 물론 매우 정치적인 것이다. 이것은 여성의 사회적 생존에 대한 조건을 명시적으로 드러낸다. 하지만 이 조건은 '픽션을 쓰는 여자'에게만 해당되는 것은 아니다. 픽션을 쓰는 여자란 넓은 의미에서 말한다면, '여성'이 되려는 여자, 혹은 글을 쓰려는 여자, 혹은 무엇인가를 창조하려는 여자일 것이다. 김애란의 소설 속 여자들은 여성 정체성에 대한 날카로운 자의식을 가졌다기보다는 다만 최소한의 자존을 위한 공간을 확보하려고 한다. 하지만 그 공간을 확보하는 것은 언제나, 여러 장애에 직면하게 된다. 그들은 아직 '계급'과 '제도'에 소속되지 못한, '비정규적 여자들'이기 때문이다.

「도도한 생활」에서 '나'에게 피아노는 내 자존의 상징이다. 만두 가게를 했던 엄마는 '나'에게 피아노를 가르침으로써 '보통의 기준' 속에서 딸을 교육시키려고 했다. 피아노는 '거실'이 아닌, 엄마의 만두 가게 안에 놓인다. 엄마의 '만두'와 '나'의 피아노는 그렇게 생존의 공간과, 중산층의 표준 교육 프로그램이라는 허영의 자리에서 마주 보고 있는데, 그것들이 한 공간 안에 위치한다는 사실이 더 근원적인 '현실'을 보여준다. 피아노는 '나'와 엄마의 사회적 '구별 짓기'의 욕망을 상징한다. "체르니란 말은 이국에서 불어오는 바람 같아서, 돼지비계나 단무지란 말과는 다른 울림을 주었다. 나는 체르니를 배우고 싶기보단 체르니라는 말을 갖고 싶었다."[1] 문제는 '체르니'라는 시니피앙이 주는 감각과 취향의 울림이다.

성장하면서 '나'는 더 이상 피아노를 치지 않게 되었지만, "세상 사람들은 가끔 아무도 모르게 도―도― 하고 우는 것이 아닐까 하고, 사람들 저마다 자기도 모르게 까닭 없이 낼 수 있는 음 하나 정도는

---

1) 김애란, 『침이 고인다』, 문학과지성사, 2007, p. 15. 이하 동일 작품의 해당 면수만을 본문에 표기한다.

가지고 태어나는 게 아닐까 하고"(p. 19) 생각하게 된다. 피아노는 개인이 지닌 최소한의 자존의 상징이며, 동시에 채울 수 없는 것들에 대한 저마다의 슬픔이다. 어느 날 갑자기 집이 망하고, 집에서 값나가는 물건을 팔아버려야 할 상황에서 엄마는 피아노를 서울의 반지하 자취방에 가져가도록 한다. 반지하 자취방의 피아노란 마치 만두 가게의 피아노처럼, 궁핍한 생활과 심미적 취향의 낙차를 드러내준다. 주인은 피아노를 치지 못하게 했고, 아무 쓸모없는, 치지도 못할 피아노는 그렇게 서울 반지하 방에 입성한다. "계급을 나누는 건 집이나 자동차 이런 게 아니라 피부하고 치아"(p. 26)인 시대. 이미지와 스타일과 취향이 계급을 결정하는 세계 속에 피아노는 불편하게 그렇게 놓여 있는 것이다. 그건 마치 언니가 고른 투박한 컴퓨터 본체 케이스의 느낌과 비슷하다. "언니는 가장 21세기적인 컴퓨터와 함께 반지하에 살게 되었다. 21세기가 얼마나 '슬림'한 것인지를 알게 되는 데는 많은 시간이 필요하지 않았겠지만, 그것은 방 한쪽에 불룩하게 자리 잡았다"(p. 29).

반지하의 공간은 "어쩐지 여기 서울 같지 않아"(p. 28)라고 말하게 만드는 곳이다. 그 눅눅한 공간에 비가 쏟아져 들어오는 마지막 장면, "검은 비가 출렁이는 반지하에서" 피아노를 치는 '나.' 이 장면은 주인집의 금기를 어기는 행위라는 차원을 넘어, 반지하 공간으로 상징되는 사회적 궁핍의 공간을 다른 상상적 차원으로 이동시킨다. 이 강렬한 장면에서 만나는 것은 차라리 불우와 불행에 대한 투명한 심미적인 대응 방식이다. 불행을 극복하기 위해 적극적으로 노력하거나, '피아노'라는 취향의 세계에 탐닉하는 것과는 조금 다른 차원의 투명한 체념의 미학. 불행에 대해 주인공은 이렇게 말한다. "다만 그것이 아주 투명한 불행처럼 느껴진다고, 실감이 안 난다고 덧붙였다. 그것이 당장 내가 내일부터 아르바이트를 하고, 어마어마한 피로감을 느낀다 해도, 저 너머 도미노의 끝을 상상할 수 없고, 원망할 수도 없는 것과 비슷한 느낌이었다"(pp. 25~26). 이 소설의 제목인 '도도한 생활'의 절묘한 아이러니를 빌려, 이런 투명한 체념의 미학을 도도함의 미학이라고 부르면 어떨까? 사람들이 저마다의 '도—도—' 하고 울고 있다는 것을 알고 있는 자의 쓸쓸한 '도도함.' 체념의 방식으로 자존을 유지하는 그 무심하고 투명한 '도도함.'

이 반지하의 공간은 자매가 생활하는 공간이다. 자매는 "구인 광고란에 적힌 '준수한 외모'라는 말의 진정한 뜻을" 알아야만 하는 사회를 함께 견뎌야만 한다. 그녀들의 삶의 태도와 대비되는 것은 이 소설 속의 남자들이다. 김애란의 다른 소설에서 나타나는 것처럼, 아버지는 여전히 무능하고 즉흥적이고 대책이 없다. "내가 집을 떠나던 날, 아빠는 오토바이 '쇼바'를 잔뜩 올린 채, 도로 위를 달리며 울고 있었다. 아빠는 오토바이 속도가 최절정에 다다랐을 때, 앞바퀴를 들며 '얘들아 너흰 절대 보증 서지 마!'라고 오열했고, 비닐하우스 옆에서 머리를 조아리며 속도위반 딱지를 뗐다고 했다"(p. 22). 김애란 특유의 유머가 돋보이는 이 에피소드에서 집안의 경제적 붕괴의 원인을 제공했던 아버지는 그런 상황에 대한 슬픔의 표출마저 즉흥적인 방식으로 '스타일'을 만든다. 물론 그것의 수습은 또다시 엄마의 몫이다. 마지막 장면, 물이 들어찬 반지하 방에 찾아온 언니의 옛 애인 역시 "누르스름하고 고르지 않고, 작고 오래된 이들"을 가진, "조그만 체구에 순한 얼굴을 가진," 술에 취해 옛 애인의 집을 찾아와 몸을 가누지 못하는 그런 종류의 남자이다. 언니처럼 '나' 역시 그 사내의 이를 보고 싶다는 충동을 느끼는 것도 이들의 여성성이 엄마의 그것처럼, '결핍'으로서의 남성을 수습해줄 수밖에 없는 그런 실존적 상황에 처해 있기 때문이 아닐까? 투명한 체념의 미학은, 그래서 어떤 '여성적'인 수행 방식의 하나를 드러내는 것이 아닐까?

여자들의 방이라는 공간에 대한 풍요로운 소설적 시선을 드러내고 있는 작품은 「침이 고인다」이다. 학원 강사로 일하며 혼자 살고 있는 그녀에게 어머니에게 버림받은 기억을 가진 후배가 찾아온다. 후배의 엄마는 도서관에서 딸에게 껌 한 통을 쥐어준 뒤 사라진다. 후배는 압도적인 외상적 장면을 그녀에게 말해버린 뒤, 그때 남은 껌 하나를 쪼개서 그녀에게 주는 '상징적 제의'를 제안한다. "그녀는 혼란스러웠다. 모든 게 거짓말 같고 또 정말인 것 같았다. 그녀는 후배의 존재가 허구처럼 느껴졌다"(p. 63). 하지만 후배가 "한없이 투명한 표정으로," "지금도 입에 침이 고여요"라고 말했을 때, 그녀는 그 한마디 때문에 후배를 받아들인다. 타인의 깊은 외상적 기억을 공유한다는 것은 이중적이다. 그것은 타인과의 깊은 소통과 유대의 계기를 만드는 일이지만, 한편으로는 그 외상적 기억을 공유해야 한다는 책무감, 혹은 자신도 그 사람에게 그런 외상적 기억을 말해야 한다는 부채감이 작동할 것이다.

그녀는 후배의 언변과 살가움에 위로받고, "유통 기한이 정해진 안전한 우정이 그녀를 여유롭게 만들어"(p. 57)준다고 잠깐 생각한다. 하지만 여자들의 '안전한 우정'은 없다. "그녀가 퇴근 후 현관에 서서 '지금 저 안에 후배가 없었으면 좋겠다'라는 생각을" 하게 되면서, "그녀는 주인공의 죽음을 기다리는 독자처럼, 후배가 저지르는 작은 실수들을 숨죽여 기다리게 되었다"(p. 68). 후배는 그녀의 취향과 닮기 위해 노력했지만, 그것은 오히려 그녀를 당황하게 만든다. 타인의 외상적 기억을 공유하는 것 못지않게, 취향을 공유한다는 것도 불편한 어떤 것이니까.

그녀는 불편한 감정을 후배에게 털어놓고 후배가 이불에 생리혈을 묻힌 것을 타박한다. 그녀가 가장 여성적인 생리 현상인 생리혈을 핑계로 후배를 타박하게 되는 것은, '고독'에 대한 그녀의 욕망 때문이다. "그녀는 어서, 고독해지고 싶다. 푹신푹신한 고독감 속에 파묻혀 휴일이면 온종일 인터넷을 하거나 영화를 보고, 아무렇게 입은 채, 아무 때나 일어나 아무거나 먹어버리고 싶다"(p. 77). 고독의 욕망은 소통의 욕망처럼 강렬하다. 후배가 떠나고 다시 혼자가 된 그녀는 후배가 건네준 껌을 씹는다. 이 행위는 고독의 욕망이 소통의 욕망을 배제한 상황에서, 개인이 그 결핍을 보충하려는 상징적인 행위로 볼 수 있다. '침이 고인다'라는 생리 현상은 상실에서 오는 외상에 대한 신체적 반응이지만, 원초적 결핍으로 인해 '껌'과 '침'이 상징하는 '구강적 인성'이 고착화된 것으로도 설명될 수 있다.

문제적인 것은 '껌'이라는 사물이 상징하는 바의 충족되지 않는 구강기적 욕망이다. 마지막 장면을 주목하자. "입 안 가득 달콤 쌉싸래한 인삼껌의 맛이 침과 함께 괴었다 사라지고 사라졌다 괸다. 그녀는 웅크린 채 질겅질겅 껌을 씹으며, 단물이 빠질 때까지 드라마의 '전송 완료'를 기다린다. 어스름한 모니터의 불빛 때문인지 쌉싸래한 인삼 맛 때문인지 껌 씹는 그녀의 표정은 울상인 듯 그렇지 않은 듯 퍽 기괴해 보인다"(p. 83). 껌은 결코 충족될 수 없는 기호품이다. 껌은 배를 부르게 하지도 않으며, 그 반복되는 행위는 '단물이 빠질 때까지'에 한정된 것이고, 다만 침을 나오게 할 뿐이다. 껌 씹는 행위의 이런 성격은, 다시 "푹신푹신한 고독" 속에 남은 그녀의 '기괴한' 표정과 동궤를 이룬다. 이 달콤하고도 공허한 행위. 고독의 욕망과 소통의 욕망의 교차는 영원히 채워지지 않는 껌 씹기와 같다. 그녀들의 동거가 실패한 것은 타인 속에서 자기 욕망을 재현하고 실현하는 것에 대한 실패이다. 여기서 여자들의 방은 여자들의 '연대'를 가능하게 하는 공간이 아니라, 타인의 외상과 고독을 공유하는 것에 대한 내적 장애를 발견하는 자리이다. 그러나 그녀들은 그 방의 시간들을 함께 살았다. 그리고 결핍은 사라지지 않는다. 그래서 그녀들은 '침이 고이거나' 혹은 '목이 마르다.'

4인용 독서실 공간에서도 여자들이 살고 있다(「자오선을 지나갈 때」). '나'는 지금 학원 강사 자리를 알아보기 위해 서울을 돌아다니다 전철을 타고 집으로 돌아가는 중이다. 입사 시험에 서른번째 낙방을 하면서 '나'는 "정말 나는 괴물이 아닐까?"(p. 120)라고 생각했다. "여자는 얼굴이 인성"이고 '콘텐츠는 돈으로 만드는' 시대의 괴물. 열차가 노량진 역 근처에 왔을 때, '나'는 1999년의 노량진에서 보낸 시절로 돌아간다. '나'는 'IMF' 때문에 "갑자기 교대 지원하는 학생이 많아" 대학에 떨어졌다. 재수를 하면서 입성한 '노량진'은 '약속의 땅'처럼 느껴졌고, 그곳에서 학원 근처 '여성 전용 독서실'을 계약한다. 임용 고사 재수생, 5급 공무원 시험 준비생인 언니들과 함께 쓰는 이 공간은 제도권에 진입하려고 안간힘을 다해 '준비'하는 여자들의 방이다. "4인실은 너무 좁아, 네 명 모두 책상 위에 의자를 올린 뒤, 연필처럼 자야 했다"(p. 128). 제도 사회에 진입하지 못한 여자들이 자신의 몸을 연필처럼 눕혀야 하는 공간, 서로의 궁핍과 결핍을 짐작하고 있지만, 아무것도 서로에게 해줄 게 없는 시간.

'노량진'이라는 지명과 여성 전용 독서실이라는 공간은 이 소설의
서사적 이미지의 핵심을 이룬다. "노량진에는 머무는 사람보다 지나
가는 사람이 많았다. 혹은 오래 머물더라도 사람들은 그곳을 '잠시
지나가고 있는 중'이라고 생각했다. 그것은 나도, 재수생 언니도, 민
식이도, 총무 오빠도 마찬가지였다. 사람들은 알고 있었다. 그렇게
'지나가는' 곳의 생활, 관계가 어떤 것인지를"(p. 138). 노량진은 떠
나기 위해 잠시 머무는 자들의 지명이며, 그곳에서 '생활'과 '관계'는
다만 '임시적'인 것이다. 남자 친구가 대학 가서도 연락하자고 말할
때, "나는 우리가 대학 가서 연락하지 않을 거라는 걸 알고 있었다.
왜냐하면 노량진은 모든 것이 '지나가는 곳'이기 때문이었다"(p.
144). 문제는 그곳을 떠나온 지금 2005년의 시점에도 여전히 '나'는
그곳을 '지나가는 중'이라는 사실이다. "1999년 내가 지나가는 곳이
라고 믿었던 곳. 모든 사람이 지나가는 곳. 하지만 그곳이 '지나가기
만' 하는 곳이었다면 얼마나 좋았을까. 7년이 지난 2005년 지금도 나
는 왜 여전히 그곳을 '지나가고 있는 중'인 걸까"(p. 148). 여성 전용
4인용 독서실과 노량진은 생의 '지나가는 곳'이다. 그만큼 내일을 위
해 불편과 궁핍을 감내해야 하는 불안정한 곳이었다. 그런데 그 이후
에도 그곳의 시간이 지속된다는 것, 여전히 생은 막막하고 불안정하
고, 노량진 독서실의 공간은 '현재'에 속한다는 것. 혹은 서울이라는
우주를 돌아다니는 지하철 칸들처럼 서울의 방들은 다만 '지나가는
곳'이라는 이 서늘한 감각.
　신림동이라는 공간(「기도」)은 또 어떤가? 신림동 역시 노량진처럼
정규적인 사회 공간에 진입하지 못한 사람들의 '방'이 있는 곳이다.
막내와 작은 원룸에 살고 있는 '나'와 달리, 언니는 교육행정직 시험

을 준비하기 위해 고시촌에 들어간다. '언니의 방'을 찾아가기 위한 '나'의 하루 여정은 서울이라는 공간에 대한 탐사의 시간이기도 하다. "거리는 지방 소도시 몇 개를 기워놓은 듯하다. 낡고 일관성 없고 잡지처럼 산만하다. 그리고 왠지 시간이 고여 있는 느낌이다. 신림동뿐만 아니라 서울 대부분의 거리가 그랬다는 기억이 난다. 이것저것을 오려다 마구 붙여놓은 느낌, [……] 어쩐지 이 도시가 하나의 거대한 풍문처럼 느껴진다"(pp. 194~95). 그래서 "'수도(首都)가 이래도 되나?' 수도니까, 그런 것도 같다"(p. 203)라는 이상한 생각을 하게 만든다. 노량진과 신림동은 '연령대'가 다른 사람들 때문에 '분위기'가 다르지만, 그러나 정주할 수 없는 곳이라는 측면에서는 동일하다. "언니의 방은 3층 복도 끝에 있다. 수십 개의 똑같은 문이 잔혹 동화처럼 펼쳐져 있다"(p. 200). 얼마 안 되는 보상을 바라고 노동부에서 실시하는 취업에 관한 설문 조사를 하는 '나' 역시 내일을 알 수 없는 '잔혹 동화' 속에 있다. 제도권 사회에 진입하지 못한 사회적 '미성년'들이 불확실한 '내일'을 살아내야 하는 서울의 방들은 그 잔혹 동화의 한가운데 있다.

3. 연인들의 방, 그리고 엄마의 방

연인들에게는 '방'이 필요하다. 제도 영역에 진입하지 못한 연인들의 가장 큰 현실적인 장애는 아마도 '방'이 없다는 것이다. 물론 돈이 있다면, 방을 구할 수도 있지만, 그렇다고 해서 '완전한 방'의 강박으로부터 자유로울 수는 없다. 이를테면 성탄 전야의 연인들에게 '지상에 방 한 칸'은 얼마나 절실한 대상인가(「성탄특선」). 성탄절 새벽의 "서울은 고장 난 멜로디 카드처럼 조용하기만 하"고, "오늘 밤, 세계에는 많은 '사람의 아이들'이 생겨날 것이다." 그리고 "오늘 밤 지구의 연인들이 최선을 다해 소리 지르고 있을 것"이다. 궁핍한 사정으로 여동생과 한 방을 쓰고 있는 사내는 자신이 보냈던 무기력한 성탄절을 떠올리며, "나는 왜 이렇게 빤한가……"라고 중얼거리지만, 매년 똑같은 '성탄특선' 영화처럼 서울의 성탄절은 너무 빤하다.

사내는 '방'에 대한 상처를 가지고 있다. "사내는 모텔과 여관 창문을 올려다보며 '부러움'을 느꼈다. 그 많은 방 중 진짜 자기 방은 없다는 불안 때문이었다"(p. 85). 어떤 외부의 방해나 "누군가 올 것 같은 느낌, 나가야 될 것 같은 느낌" 없이 온전하게 사랑을 나눌 수 있는 연인의 방은 그에게 주어지지 않았다. 사내가 온전한 방 한 칸을 얻기 위해 '서울살이 10여 년' 간 방을 옮기며 살아가는 동안 "방에 따라 달라졌던 포옹과 약속"과 "어느 곳이든 따라다녔던 초조에 대해서도" 연인은 알고 있었다. 그리고 어느 날 연인은 떠나갔고, 가파른 계단을 올라야 했던 조립식 건물에 살았던 그는 "그녀가 떠난 건 마음이 변했기 때문이 아니라고, 단지 조금 다리가 아팠던 것뿐일 거라고"(p. 88) 생각할 뿐이다.

사내의 여동생인 여자 역시 남자 친구와 네번째 크리스마스를 맞지만, 한 번도 연인들의 '정상적인' 성탄절을 보낸 적이 없다. 로맨틱한 데이트와 근사한 섹스 같은 크리스마스의 프로그램은 언제나 이 연인들의 것이 아니었다. '옷이 없어서' '돈이 없어서' '시시한 이별 때문에' 이들은 온전한 성탄절의 연인일 수 없었다. "둘만의 온전한 크리스마스"를 보낼 수 있는 조건이 생긴 지금은 어떨까? "이제 남자에겐 번듯한 직장이 있고, 여자에게도 깔끔한 구두와 소박한 정장이 있다"
(p. 95). 그러나 연인들의 '방'은 여전히 먼 곳에 있다. 값비싼 비용
을 지불한 데이트 코스를 마친 뒤, 정작 연인들의 방을 구하러 갔을
때, 성탄절의 서울은 이들에게 방을 허락하지 않는다. 마지막으로 들
어간 지독하게 허름한 여인숙은 낯선 이주 노동자들이 주인의 눈을
피해 성탄절 파티를 여는 공간이다. 이제는 보통의 기준으로 성탄절
데이트를 즐길 수 있게 된 이 연인들에게도 서울은 방을 내어주지 않
는다. 성탄절은 방 없는 연인들을 더욱 가난하게 만들고, '근사한 데
이트와 섹스'라는 성탄절 연인들의 매뉴얼은 이미 그들에게 강박과
상처가 되었다. '좀 사는 것처럼 살기 위해' 산다는 것은 얼마나 빤한
가? 하지만 또 얼마나 어려운가? 성탄절 머리 위에 있던 선물이 TV
에서처럼 근사하게 포장되어 있지 않고 "항상 까만 봉다리 속에 들어
있"었던 것처럼, '역병'처럼 돌아온 크리스마스는 '방'을 둘러싼 생의
비루함을 더욱 날카롭게 만든다. 연인들의 방은 그곳에 없다.
　「네모난 자리들」에 나오는 연인의 방은 이미 '부재'의 자리이다. 엄
마가 '나'를 낳았던 그 방이 부재의 자리인 것처럼, 그리워했던 선배
의 방 역시 부재로 남아 있다. 엄마와 함께 힘겹게 찾아갔던 유년의
'그 방.' "내가 그렇게 힘들게 찾아간 곳이, 애쓰며 보고자 했던 것
이, 고작 어느 작은 방, 어두운 '빈방'이었다는 것을 깨달았다. 저기
꼭대기에 떠 있는 빈 곳. 사각의 텅 빔을 찾아 그렇게 길고 굽이진 길
을 헤매 올라갔구나 하고. 나는 그 '네모난 부재'가 지금도 섬처럼 떠
있지 않을까 생각해보곤 한다"(pp. 219~20). '네모난 부재'로서의
'그 방'은 "사라진 말과 사라진 기억, 끝끝내 알 수 없거나 애초에 가
져본 적 없는 장면, 그러면서도 오래전부터 알고 있었던 것같이 느껴

지는 풍경"(p. 220)이다. 언제나 불이 켜져 있는 '그 사람'의 방 역시 "그의 부재나 존재에 대해 아무것도 알려주지 않는" 공간이다. 엄마의 방이 부재의 방식으로 존재하는 것처럼, 불 켜진 선배의 방 역시 부재의 방식으로 남아 있다. 불 켜진 선배의 방에 몰래 들어갔다가 불을 끄고, 다시 불을 켜고 나오는 마지막 장면은 그렇게 대상의 부재 앞에서 가짜로 실연되는 부재와 현존의 놀이를 연상시킨다.

이 소설에서 흥미로운 것은 '미로'의 이미지다. 선배와 함께 골목길을 헤매일 때, "지구는 돌고, 지하철도 돌고돌아 굽이쳐, 우리들 마음속에 살고 있는 골목 역시 그날 밤 몹시 어그러져 있었는지 모른다. 우리 앞에 펼쳐진 골목은, 글자 사이로 의도를 잔뜩 숨긴 연애편지처럼 명백하면서도 모호했고, 시시한 듯 아름다웠다. 선배는 바지런히 이쪽으로 갔다 저쪽으로 갔다, 오르내렸다 나타났다 사라지길 반복하며 미로 같은 길을 더듬어 갔다. 〔……〕 선배의 뒷모습은 오래된 이야기 속으로 뚜벅뚜벅 걸어가는 사람의 실루엣처럼 황홀하고 위태로워 보였다"(pp. 228~29). 서울이라는 공간의 뒷골목에서 '그 사람'과 함께 미로를 헤매는 장면은, '네모난 부재의 자리'를 둘러싼 지형을 탐사하는 장면으로 부각된다. 그 미로를 헤매는 일은 '위태롭고 황홀하다.'

미로를 헤매던 선배의 이미지와 선명하게 대비되는 것은 엄마의 이미지다. "어머니의 플레어스커트가 분 냄새와 함께 펄럭거렸다. 치마 사이로 판탈롱 스타킹의 살색 밴드가 함부로 보였다. 나는 그 옆에서 잠자코 앉아, 어머니의 어깨에 내 조그마한 머리통을 기댔다"(p. 218). 강인한 모성의 이미지를 지닌 엄마가 '내'게 길을 안내하는 장면은 선배의 그것과는 사뭇 다르다. "나는 세상에서 가장 건강한 서른

몇 살의 촌부, 어머니를 따라 계단을 오르기 시작했다. 마을은 폐활량을 늘리기 위해 허파꽈리처럼 구겨져 있었다. [……] 어머니는 10년 전에 오른 길을 하나도 까먹지 않았는지, 오른쪽으로 갔다 왼쪽으로 갔다, 오르내렸다 나타났다 사라지길 반복하며 미로 같은 길을 더듬어 갔다"(p. 216). 김애란 특유의 지질학적 상상이 돋보이는 이 문장들에서 모성은 그 '네모난 부재의 자리'로 거침없이 인도하는 '세상에서 가장 건강한' 힘이다. 엄마는 그 자체로 '네모난 부재의 방'이다.

또 하나의 강인한 모성은 한 손에 '칼'을 들고 있다(「칼자국」). "어머니의 칼끝에는, 평생 누군가를 거둬 먹인 사람의 무심함이 서려 있다. 어머니는 내게 우는 여자도, 화장하는 여자도, 순종하는 여자도 아닌, 칼을 쥔 여자였다"(p. 151). '칼'이란 권위와 용기라는 남성적 상징과 관련되어 있지만, 상처를 내는 힘으로서 자유의 힘, 그리고 악한 것을 퇴치하는 마법적인 힘을 연상시킨다. 김애란은 이 마법적인 칼의 힘에 강인한 모성의 권능을 겹쳐놓는다. 엄마가 들고 있는 칼은 칼국수를 자를 때 쓰는 칼이다. 억척스러운 모성은 "사소한 따뜻함을 받아보지 못한 여자," "손안에 반지의 반짝임이 아닌 식칼의 번뜩임을 쥐고 살았"던 여자의 이미지로부터 나온다. 엄마의 칼은 기본적으로 무언가를 해 먹이기는 칼이다. 썰고, 가르고, 다지는 동안 칼은 종이처럼 얇아졌다. 씹고, 삼키고, 우물거리는 동안 내 창자와 내 간, 심장과 콩팥은 무럭무럭 자라났다. 나는 어머니가 해주는 음식과 함께 그 재료에 난 칼자국도 함께 삼켰다. 어두운 내 몸속에는 실로 무수한 칼자국이 새겨져 있다. 그것은 혈관을 타고 다니며 나를 건드린다. 내게 어미가 아픈 것은 그 때문이다"(pp. 151~52). 어머니의 칼은 '내' 육체를 만든 칼이고, 내 육체는 칼자국들로 구성되어 있다. 칼은 '내 몸'을 만든, '내 몸'에 깃들인 모성의 힘이자 상처이다.

그것은 또한 '사랑'이나 '희생' 따위의 차원과는 다른 원초적이고 야생적인 '어미'의 힘이다. "어머니의 칼에서 사랑이나 희생을 보려고 한 건 아니었다. 나는 거기서 그냥 '어미'를 봤다. 그리고 그때 나는 자식이 아니라 새끼가 됐다"(p. 153). 어머니의 칼은 어린 시절 시커먼 개를 쫓아주던 칼이며, '난감한 사람'인 아버지의 일탈에도 여전히 '밥 짓는 일'을 지속하는 칼이다. 이를테면 김치를 담그는 어머니의 모습을 보고, "어머니는 '다라이'로 통하는 저 지하 세계에 빠져들지 않으려 버둥대는 것처럼 보였다"(p. 154)고 비유할 때, 어머니의 생은 죽음과 싸우는 원초적인 투쟁이다. 그래서 '나'는 중얼거리는 것이다. "어머니는 좋은 어미다. 어머니는 좋은 여자다. 어머니는 좋은 칼이다. 어머니는 좋은 말[言]이다"(p. 170).

음식 간을 보다가 뇌졸중으로 돌아가신 어머니의 장례 도중 다시 '엄마의 방'으로 들어온 '나'는 어머니의 칼을 보고 이상한 식욕을 느낀다. 그 칼로 사과를 깎을 때, "사과는 내 손에서 둥글게 자전하며 자신의 우주를 보여주고 있었다." 그리고 나는 "사과 조각은 우주 멀리 날아가는 운석처럼 뱅글뱅글 돌며 내 안의 어둠을 여행하게 될"(p. 180)거라는 '예감'을 한다. '내 순수한 허기' '내 순수한 식욕'을 감당했던 어머니의 칼은, 이미 하나의 우주였던 것.

「플라이데이터리코드」라는 소설에서 그 모성은 블랙박스라는 금속성의 물질 속에 담겨 있다. 플라이데이터리코드라는 이름의 섬에 살고 있는 엄마 없는 소년은 섬에 추락한 비행기의 블랙박스를 우연히 발견하게 되는데, 소년의 삼촌은 그 블랙박스를 엄마라고 둘러댄다. 이 사태는 예기치 않은 문제를 야기한다. 비행기와 블랙박스는 할아버지와 삼촌만으로 구성된 남성적인 가족 공간에 틈입한, 내용을 알수 없는 여성적인 에너지이다. 아이는 실제로 그것을 엄마라고 믿게되며, 블랙박스를 찾기 위한 외부 정보원들이 섬에 진입한다. 드물게설화적이고도 신화적인 공간을 설정한 이 소설에서 엄마의 부재라는공간에 침입한 블랙박스는, 낯선 여성성의 이미지를 발산한다. 사라진 여성성의 재림은 이 섬의 전설적인 '고대 상형 문자'와 같은 해독할 수 없는 아름다움을 지닌다. 그것은 "우주에서 고장 난 우주선 조각 같은 게 우주를 떠다니다가, 지구를 끌어당기는 힘에 잡혀서, 그주위를 영원히 돌게 되는 경우"(p. 276)처럼 우주적인 신비에 싸여있다.

4. 다시 나만의 방, 혹은 우주적 자기의 발명

열차는 눈먼 물고기처럼 인천을 빠져나와 북쪽으로 달려갔다. 나는노선도를 올려다보며, 역사(驛舍)의 수를 꼽아보았다. 인천에서 의정부까지 50여 개의 역이 있고, 영등포와 신길, 종로를 지나면 서울 북쪽 어딘가에 내 방이 있다. 〔……〕 도시의 이름을 가진 점들과 그 사이를 잇는 직선. 나는 그것이 카시오페이아나 페르세우스, 안드로메다라고 불리는 이국 말로 된 성좌처럼 어렵고 낯설었다. 내가 모르는 도시의 별자리. 서울의 손금. 서울에 온 지 7년이 다 돼가는데, 그중에는 내가 한 번도 가보지 못한 동네가 많다. 땅속에서 바람을 맞으며 안내 방송을 들을 때마다 나는 구파발에도, 수색에도 한번 가보고 싶었다. 하지만 그러지 못한 것은 서울의 크기가 넓은 탓이 아니라, 내 삶의 크기가 작았던 탓이리라. 하지만 모든 별자리에 깃든 이야기처럼, 그 이름처럼, 내 좁은 동선 안에도—나의 이야기가 있을 것이다(pp. 117~18).

김애란적인 상상력의 움직임을 전형적으로 보여주는 이 문장들처럼, 그녀의 소설은 '내 방'과 '나의 이야기'를 둘러싸고 구축된다. 중요한 것은 김애란이 1990년대 여성 작가들이 그랬던 것처럼, '내 방'을 사회적 유폐와 1인칭 내면성의 상징으로 전경화하지 않는다는 점이다. 화자는 내 방의 도시적 지리학을 탐색한다. 서울이라는 공간에서 '내 방'이 놓인 위치를 생각한다. 물론 상상은 여기서 멈추지 않는다. 서울 지하철의 노선도는 은하계의 별자리 지도로 전환되며, 가보지 못한 지명, 가보지 못한 별자리를 생각하게 한다. 그 우주적 상상은 그러나 우주의 무한궤도 속에서 먼지처럼 사라지는 것이 아니라, 다시 '나의 동선' '나의 이야기'로 되돌아온다. 이렇게 서울에서 우주로 다시 '내 이야기'로 돌아오는 원환적인 상상적 움직임이 김애란의 서사적 동선이다. 그래서 '내 방' 안에 깃든 '내 이야기'는 '내 좁은 동선'의 이야기일 뿐만 아니라, 상상적 동선이 뻗어간 무한 공간 속을 돌아 다시 '내 삶'을 만들어낸다.

김애란의 서사는 이와 같은 상상적 지도 속에 자기 자신을 '재배치'한다. 이런 '나만의 방'을 둘러싼 지도 그리기를 타인과의 연대와 소통에 대한 열망, 혹은 자신의 사회·문화적 억압과 궁핍을 돌파할 의지의 소산이라고 단순화할 수 없다. 오히려 그 '우주적 지도 그리기'는 '나'라는 자아의 심미적 재정립에 가깝다. 이 '심미적 개인'은 타인에게 함부로 손을 내밀 수는 없지만, '내 고독'처럼 "우주 먼 곳

아직 이름을 가져본 적 없는 항성 하나가 반짝"(p. 148) 한다는 것, 그 우주적 존재감을 만나는 자아이다. 그것을 비루한 도시 공간 속에 내던져진 개인의 자기 방어 기제라고 말할 수도 있으리라. 그러나 자립적인 개별성을 확보하기 힘든 이 도시의 연약한 개인들은 이런 방식으로 또 다른 역동적인 자기 운동의 공간을 만든다.

푸코의 후기 저작에서의 개념을 변형하여, 그것을 객체화된 주체로부터 스스로 '자기'를 형성하는 자율적 자아의 재형성, 혹은 '자기의 배려'로 읽을 수 있을까? 원망과 분노 혹은 현실적 의지를 상실한 듯 무심해 보이는 인물들, 세상과 타인에 대한 적대감 혹은 소통의 욕구를 '절제'함으로써 자기의 개별성을 보존하려는 인물들, 상징 질서의 도덕률보다는 최소한의 자기 윤리를 형성하려는 인물들, 불행의 근원을 외부나 타자에게 돌리지 않음으로써 역설적인 자립성을 유지하려는 인물들의 저 투명한 체념의 미학은, 차라리 '자기의 테크놀로지'라는 존재 미학으로 읽을 수 있지 않을까? 계급조차 갖지 못한 왜소한 개인들이 '나'의 자존이 위치하는 우주적 이미지를 상상하는 것은, '새로운 미적 개인'의 가능성을 탐문하는 일이 아닐까? 이 '나-방의 우주 지리학'은 신빈곤 시대의 축소된 개인을 '우주적 자기'로 재탄생시키는 서사적 모험이다.

그것은 입사의 '성인식'을 끊임없이 유예당하는 이 시대의 청춘들에게 바치는 애틋한 송가이기도 하다. 김애란의 '우주적 자기의 발명' 혹은 '미학적 자존의 가능성'은 2000년대 문학의 단 하나의 결론은 아닐 것이다. 그러나 적어도 2000년대 문학에 대한 그 모든 무거운 풍문, '소통'과 '탈현실'의 문제를 포함한 그 모든 풍문을 다시 돌아보게 만든다. 동시대의 궁핍한 시간들을 우주적 공간 위에서 사유하고 상상하는 것은, 지금 이곳에서 다른 시간, 다른 삶을 경험하는 심미적 사건이다. 비속한 현실 공간에서 자기에 대한 존재 미학을 재발견함으로써 '나'는 그렇게 스스로 자전하고 '당신'의 주위를 공전하며 '자기 이야기'를 만들어낸다. 그 자전과 공전의 존재감 때문에 '나'는 '내 존재'의 개별성을 살 수 있다. 이것이 '김애란이라는 특선'을 다시 읽어야 하는 어떤 이유이다. 조금 남루하고 희극적이어서 아프고, 무심한 듯 투명하게 아름답지만……

이야기의 무덤 속에서 글쓰기

—한유주의 소설 언어

　지난 2003년, 2000년대 문학의 수상한 에너지가 한 시대에 새로운 공기를 주입하기 시작하던 무렵, 한국 문학은 상상할 수 없었던 한 명의 작가를 발견한다. 그의 소설은 매혹적이고, 모호했으며, 돌연변이적이었다. 그의 소설은 어떤 언어로도 요약될 수 없었으며, '원 소스 멀티 유즈'가 될 수 없는 호환 불가능의 문장들을 뿜어내었다. 작가는 지나치게 젊었으며, 그의 놀라운 등단작이 첫 습작에 해당한다는 사실 등은, 하나의 신화가 만들어지는 극적인 조건들을 만족시켰다. 사람들은 오래되고 상투적인 불면 속에서 얼핏 이상한 나라의 그림자를 본 것처럼, 그 존재의 이질성에 놀랐다. 6년이 지난 후, 이 작가가 신화가 된 것은 아니었다. 1990년대 이후 한국 문학의 모든 신화는 문학 시장과 무관하지 않았으며, 이 작가의 소설이 대중적 열광의 대상이 되지는 않았다. 그럼에도 불구하고 여전히 이 작가는 한국소설에서 독창적인 어떤 언어를 상징한다. 그 이질성은 물론 현대소설의 장르적 관습으로부터 배반과 관련되어 있다. 그 배반의 내용에 대해서는 '독백의 다성성'(우찬제), '서사시적 성격과 현대적 영성'(허윤진), '시적인 것의 현현'(강계숙)이라는 분석이 내려졌다. 2006년 첫번째 소설집 출간 이후, 이 작가는 소설 언어 자체의 자기 분석을 극한으로 밀고 나가면서, '부정문의 글쓰기'를 구축한다. 이 작가는 예민하고 미학적 자의식이 강한 예술가들이 그러했던 것처럼, 소설 언어 자체가 소설적 탐구의 대상이 되는, 또 다른 변이의 공간을 생성한다. 한국 소설의 유전자 구조로부터 이탈하는 그녀의 소설적 실험은 진행 중이다. 그녀의 이름은 한유주다.

복화술과 이야기의 존재론

등단작 「달로」는 1인칭의 고백적 서술자가 이야기의 근원을 찾아가면서, 동시에 그 근원을 신화적 익명성의 차원으로 밀어 올리는 기이한 소설 쓰기를 보여준다. 이 소설은, 소설이라는 과거 시제형 장르가 전통적으로 그런 것처럼, '기억'에 의존하는 글쓰기를 보여주는 것처럼 보인다. 기억이란, 혹은 이야기된 기억이란 무엇인가? 이야기된 기억이란 서술자가 과거적 시간의 이미지들 속에 서사적 동일성을 부여하는 것을 의미한다. 서사는 기억에 인과관계와 완결성을 부여함으로써 그 기억을 소유한 주체의 동일성을 보장한다. 이야기된 기억에는, 삶과 사회와 시대에 대해 하나의 서사를 부여하려는 인식론적 발견의 욕망이 작동한다. 이 소설에서 "달로 간 사람의 이야기"는 1인칭 서술자가 구성한 이야기로서의 기억에 해당한다. 이 원체험적인 기억이야말로 이 소설 서술자의 존재 근거이자 의미가 될 수 있다. 그렇다면 기억이 서사적으로 구축되는 과정은 파편화된 기억의 조각에 인과성을 부여함으로써 실체적이며 완결된 서사로 변형되는 것이어야 한다. 그런데 「달로」는 어떠한가?

나는 달로 간 사람의 이야기를 알고 있다. 그는 어느 날 달 속으로 홀연히, 잠겨버렸다. 그 광경에 너무나 놀라서, 나는 그만 주저앉지도, 반사적으로 두 손을 치켜들지도 못한 채 그 자리에 붙박여버리고 말았다. 놀랐던 것은 나뿐만이 아니었던지. 그가 늘어뜨리고 간 무게의 흔적까지 고스란히 남아 있었고, 시간은 그때 이후로 손톱만큼도 움직이지 않았다. 다만 그가 지나간 궤적만이 허공에서 길게 몸을 떨고 있을 뿐이다.

달은 아마도 차가울 것이다. 달의 뒷면에는 앞면보다 아름다울 무수한 바다가 있고, 많은 시인과 소년들이 그곳에 발을 담그고 싶어 했지만, 발아한 문장들은 너무 무거웠고, 소년들은 너무 어렸으며 나이를 먹은 후에는 어느 순간 노인이 되어 있었다. 그 다음부터는 모든 일들이 타박이기만 했다.

예전에도 달에 간 사람은 있었다. 그들 중 몇 사람의 이야기를 나는 어디선가 전해 들었는데, 그들은 달에 잠시 들렀다가, 길을 되짚어 돌아왔다. 달에 들렀던 아이들 중에는 어린아이도 있었다. 아이는 외로웠고, 그래서 달로 갔지만 달에 도착했을 때 달은 삭아버린 나무토막 한 조각이었을 뿐이다. 쓸쓸한 이야기다.[1]

---

1) 한유주, 『달로』, 문학과지성사, 2006, pp. 8~9. 이하 동일 작품의 해당 면수만을 본문에 표기한다.

이 소설의 화자는 계속해서 '전해 들은 이야기'를 옮기는 중이다. 첫번째 장면에서 "달 속으로 홀연히, 잠겨버"린 사람을 화자는 직접 목격한 것처럼 말한다. 그렇다면 이 소설은 그 목격담에 대한 현실적 해명이 되어야 할 것이다. 그런데 이후의 진술은 전혀 다른 방향으로 진행된다. 달이 지닌 신화적인 이미지들, 달에 대해 '전해 들은 이야기'들이 병치된다. 그래서 '나는 어디선가 전해 들었다'라는 문장이 강박적으로 반복된다. 작가는 현대소설이 이야기를 시작하는 방식과는 다른 방식으로 이야기를 출발시키고 있는 것이다. 제시된 사건의 현실적 맥락을 짚어나가는 것이 아니라, 그것을 신화적 공간 속으로 자꾸 밀어 올린다. 그래서 하나의 사건이 지니는 현실적인 인과적 맥락은 드러나지 않고, 그 사건을 둘러싼 현실 관계에 대한 발견은 끊임없이 유예된다. 소설의 시간은 자꾸 현실의 맥락을 거슬러 신화적이고 구비적인 공간으로 옮겨간다.

화자가 말하는 이야기는 '어디선가 전해 들은 이야기'이기 때문에, 화자 역시 그 실체를 알 수 없다. 이를테면 그 이야기는 공유의 기억이며, 그 기억은 단순히 개인적 회상의 문제가 아니라, 공동체의 원초적인 기억을 '상기'하는 문제이다. "몸에서 몸으로 많은 이야기를 전해준 입, 입들, 입, 입이 탐했던 몸, 몸이 탐했던 입, 입들, 입과 몸, 몸, 몸들에게서 나는 많은 이야기를 전해 들었다"(pp. 13~14). 소설의 화자는 그 전해 들은 이야기들 속에 묻힌 자이다. 화자는 그 '전해 들은 이야기' 외에 개인적인 이야기, 이를테면 "모든 사람들은 자신만이 기억하는 장면들을 몇 개씩 가지고 있었다. 그것들은 뇌의 한 주름 속에 곱게 개켜져 있다가, 어느 순간마다 틈을 비집고 나와 사람들의 눈앞에 재생되고는 했다"(p. 12)라는 사적인 기억 역시 진실의 무게를 두지 않는다. "사람들이 사진첩을 갖고 있는 것이 아니라, 사진첩이 사람들을 소유한다는 사실"(p. 19) 때문이다. 사람들이 기억을 소유하는 것이 아니라, 보존된 기억이 사람들을 소유한다는 역설. 그래서 "세월에도 빛바래지 않은 누군가의 최초의 기억들을 찾아"(p. 23)간다는 것은 일종의 모험이다. 이 소설에서 반복적으로 등장하는 달과 강의 이미지들은 그 최초의 이미지와 연관된다. "사람들을 매혹시킨 가장 오래된 이야기였던 달은 강의 어느 저편에 흐린 얼굴로 잠겨 있었다"(p. 26). 소설의 후반부에 가면, '달로 간 그'의 이야기는 "끊임없이 자신을 훔치는 물의 흐름에도 그 자리에 붙박여 있던 달은, 잠시 창백한 몸을 열고, 달로, 달로, 뛰어든 그를 조용히 받아들이고는, 다시 올 것 같은 얼굴로 돌아갔다"(pp. 28~29)라는 이미지로 구체화된다. 그 이미지 속에서 달로 간 사람은 달이 비치는 강물 속에 몸을 던진 사람일 수도 있다. 그러나 이 역시 소설이 제시한 최초의 사건에 대한 서사적 해명과는 거리가 멀다.

앞의 인용문에서 "시간은 그때 이후로 손톱만큼도 움직이지 않았다"라는 문장에 주목해보자. 서사적 양식이 시적 양식과 변별되는 가장 중요한 특성은, 시간과 행위의 진행 혹은 사건의 인과적 연쇄가 있다는 것이다. 그런데 텍스트 내부에서 시간의 톱니바퀴가 굴러가지 않는 문학적 구조란 '순간의 형식' 혹은 '영원한 현재'를 지향하는 서정시적 세계이다. 이것은 소설의 마지막 부분에 등장하는 "검은 테가 둘러진 액자"의 이미지와 관련된다. 그 이미지는 이 소설의 기억이 붙박인 신화적 기억이고, 그 기억을 둘러싼 사건의 인과적 관계에 대한 인식은 이 소설에서 중요하지 않음을 의미한다. 이 소설 속에는 달의 신화와 관련된 수많은 우화와 이미지들이 등장한다. 그러나 그것은 다만 떠도는 기억일 뿐, 이 소설의 내부에서 진행되는 현재적인 사건들은 아니다. 그러니까 이 소설은 "달로 간 사람의 이야기"라는 최초의 이야기에 대해, 달을 둘러싼 다른 이야기들이 '병치적'으로 은유하는 구조를 갖고 있다. '병치 은유'란 치환 은유처럼 하나의 보조 관념이 하나의 원관념에 치환되는 관계가 아니라, 의미론적으로 예속되지 않는 이질적인 이미지들이 나열됨으로써 존재론적 은유를 발생시키는 것이다. 이야기를 은유하는 이야기? 최초의 개인적 이야기와 공유된 이야기들 사이의 병치 은유적 관계는, 이 소설의 시적인 묘사 문장들이 구축하는 이미지들의 병치 은유적 관계와 구조적인 상동성을 갖는다.

중요한 것은 화자의 존재 방식이다. 화자는 마치 구비문학 시대의 구술자처럼 전해 들은 이야기를 옮기는 존재이다. 화자는 경험을 관찰하는 보고자 혹은 사건의 합리적 인과성을 탐색하는 자가 아니라, 단지 이야기를 전하는 자로서의 구술자이다. 이 1인칭 화자는 소설이 진행되는 과정에서 최초의 개인적 이야기에 집중하거나, 자신의 실존적 리얼리티를 구축해나가는 작업을 진행하지 않는다. 개인적 기억이 인과적 관계를 구축하게 되면, 그 기억은 1인칭의 실존적 정체성을 실체화하게 된다. 그러나 소설 쓰기는 정반대로 그 기억을 지속적으로 익명화한다. 최초의 기억이 지극히 개인적인 기억처럼 등장했지만, 그 기억의 개인적 내용을 파악하기는 점점 더 불가능해진다. 다만 '어디선가 전해 들은' 이야기들이 끊임없이 병치될 뿐이다. 이 소설은 복수의 이야기들을 통해 이야기를 지우고, 화자의 입을 통해 화자를 익명화한다.

또 다른 소설 「죽음의 푸가」에 등장하는 화자는 1942년 이후의 반세기의 세계사적 시간을 이야기한다. 화자는 인류 역사의 증언자이며 예언가와 같은 목소리를 들려준다. 개인적인 경험의 차원을 넘어서 있기 때문에, 화자의 인격적 실체성은 완벽하게 지워져 있다. 세계사적인 규모의 이야기를 다루지만, 이 소설은 중심인물이 없고 역사적 사실들은 공식적인 대문자의 역사 뒤편에서 틈새의 기억들을 몽환적인 우화처럼 호출한다. '사람들은~했다'라는 문장들은 복수의 행위 주체들을 끊임없이 등장시키는데, 그것은 이 소설의 이야기의 복수성(複數性)에 대응한다. 화자는 세계사적 기억을 호출하는 자이지만, 그 기억을 인과적 관계로 설명하지 않고, 복수의 이야기들을 병치시킴으로써 대문자의 공식적 서사를 허무는 자이다. 그래서 역사는 결국 하나의 죽음, 하나의 망각 속으로 사그라진다. 한유주 소설들의 화자를 '복화술사'라고 부를 수 있다면, 그것은 그녀가 수많은 이야기를 옮기고 있지만, 계속 입술을 움직이지 않고 말하는 것처럼, 자신의 목소리와 얼굴을 지워나간다는 의미에서이다. 그는 세상의 떠도는 이야기들을 호출하는 존재이지만, 정작 자신과 세계에 대한 단 하나의 서사적 인과성도 구축하지 않는다. 이 소설들 속에서 독자는, 이야기를 통한 경험의 인식론적 확대에 이르는 대신에, 이야기 자체의 존재론, 그러니까 그런 이야기가 '있다'라는 가장 원초적인 이야기의 존재론을 만나게 된다. 복화술사는 다만, 그 이야기의 존재론 안에서만 살아 있다.

부정문의 글쓰기, 무덤 속의 세헤라자데

첫 창작집 이후 발표한 작품들에서 한유주는 소설 언어에 대한 좀 더 투철한 자기 분석에 집중한다. 이야기의 선조적 인과성을 버리고, 화자의 정서적 개입을 철저하게 제거하고, 이야기를 통한 인식론적 발견을 완전히 포기한 다음에도 '서사'는 남아 있는가? 이 질문 속에서 이야기의 존재론은 글쓰기의 존재론으로 전환된다. 예를 들면 「허구」[2]라는 제목의 소설은 글쓰기의 과정을 기록해나가는 메타적인 방식의 소설처럼 보이는데, 일상적 시간 자체에 대한 사소한 기록을 통해 1인칭의 생각과 행위를 철저하게 무미건조하게 묘사함으로써 그 내면성을 소거한다. 1인칭 주인공의 일상을 세밀하게 다루고 있음에도 불구하고, 그 1인칭의 인격성은 구축되지 않고 오히려 익명화된다. "모든 문장의 주어에서 나를 삭제하고, 그 자리에 당신을 넣고 싶다"(p. 14)라는 문장의 반복, 그리고 "이 글의 주어는 나이거나 너이거나, 우리든 당신이든, 그이거나 그녀이거나, (그녀라는 인칭을 나는 좋아하지 않지만, 아니야 또 설명을 붙이고 있군) 아무래도 좋을 것이다. 페이지를…… 넘기고 싶지 않았지만, 이 글에서 주어를 모조리 삭제해도 좋을 것이다"(p. 33)라는 문장 속에서 화자는 이 소설의 '주어'를 특권화하지 않는 글쓰기의 가능성을 시도한다. 이 소설의 주어들이 '나'가 아니라 '당신'이나, '그'이거나 '그녀'여도 상관없다는 것은, 소설 공간에서의 인칭성을 제거해나가는 글쓰기의 가능성을 암

---

2) 한유주, 『얼음의 책』, 문학과지성사, 2009. 이하 동일 작품의 해당 면수만을 본문에 표기한다.

시한다. 소설은 '나'의 일상과 감정을 시간대별로 꼼꼼하게 보고하는 형식으로 짜여 있지만, '나'의 내면적 존재감은 오히려 감소한다. 괄호 안의 문장에서처럼 '설명을 덧붙이는 것'에 대한 서술자의 자기혐오는 어떤 정서적 개입 없이 '나'의 일상과 글쓰기의 순간들을 보고하는 글쓰기를 밀고 나가게 한다. 이 소설은 일종의 '소설론'으로서의 글쓰기를 보여준다. (사실 첫 창작집 이후의 한유주 작품들은 소설론이다.)

  1) 나는 시간의 유속과 싸우지 않는다. 때때로 시간을 잊으면서, 시간과 같이, 앞으로 나아간다. 어쩌면 그것이, 우리가 현대적 운명이라 부르는 것일지도 모른다. 그저, 시간 안에 있다. 1초를 1분처럼, 1시간을 1분처럼, 반복하면서 착각하면서, 어리석게도. 지금 나는, 무엇과도 싸우지 않는다. 내가 나를 부르지 않고, 당신이라는 호칭을 사용한다면 나는, 당신은, 당신들은, 서로를 영원처럼 반복할 수 있을까?(pp. 36~37)
  2) 세상에 존재하는 모든 이야기들은 이야기되는 것만으로도 가치가 있다고 생각한다. 그런데 내가 지금 쓰고 있는 문장들은 하나의 이야기를 구성하지 않는다. 그저 글자들의 총합인 것은 아니라고 여겨진다. 그러나 일기도 아니다. 여행기도 아니다. 원예서적은 더더욱 아니다. 상품 카탈로그도 아니다. 소설로는 가능할까? 불가능하지는 않다고 생각하지만 여전히, 확신할 수는 없다(p. 39).

  1)은 이 소설의 시간 구조에 대해서, 2)는 이런 글쓰기의 장르적 의미에 대해서 스스로 질문한다. 그 질문의 방식이 이 소설의 육체이다. 근대 이후 소설의 시간 구조는 무의미한 시간들의 마디에 서사적

인과성을 부여하는 것을 의미했다. 그런데 무의미한 일상적 시간들을 분절해서 그 세부를 나열한다는 것은 일상적 시간의 반복성을 드러내는 일일 뿐, 그것이 시대와 인간에 대한 서사의 발견과는 거리가 멀다. 현대적 시간은 인과적 관련 속에서 파악되기 힘든 것이다. '나'와 '너'는 시간을 장악할 수 있는 것이 아니라, 다만 '시간 안에 있다.' 그 시간 안에 있는 감각의 반복성, 그 안에서 '나'와 '너'는 "서로를 영원처럼 반복"한다. 그러면 이러한 글쓰기는 무슨 의미가 있는가? "이야기를 구성하지 않는" 글쓰기는 도대체 무엇인가? "일기" "여행기" "원예서적" "상품 카탈로그"도 아닌 것으로서의 '이야기를 구성하지 않는 소설'은 가능한가? 이 질문은 한유주의 소설 세계 전체를 관통하는 질문이다.

이를테면 이런 문장들. "이 글의 제목에 대해 생각해야 한다. 소설이라는 단어를 넣고 싶지만 적절한 선택은 아닌 것 같다"(p. 54). "무의미한 글쓰기를 반복하고 있다. 아무래도 좋을 것이다"(p. 55). "소설이라는 단어"와 "무의미한 글쓰기" 사이에서 이런 글쓰기가 반복된다. "그러나 반복되는 행위에는 의미가 없지 않다"(p. 55). 소설의 후반부는 '~한다면'이라는 가정법적 문장들로 채워져 있다. '가정법'이란 기억의 서사 반대편에 있는 것이다. 가정법으로는 서사를 구축할 수 없다. 이 소설에서 "생각할 시간이 더 필요하다고 생각한다 혹은, 생각하지 않는다"(p. 12)와 같이 '혹은'으로 연결된 문장들이 끊임없이 반복되는 것도 같은 맥락이다. '~하거나, 혹은 ~하지 않는다'라는 문장은 두 가지 상황을 모두 말함으로써 의미론적으로는 아무것도 말하지 않은 효과에 이른다. 그것은 '가정법'과 마찬가지로 말함으로써 실제로는 말하지 않는 결과에 도달한다. 비슷한 음성적 요소를 가진 낱말들을 연상하면서 진술을 진행하는 것 역시, 단어의 의미론적 맥락보다는 그 음성적 우연성에 기대는 것이다. 그런 문장들은 '사실'과 '사실의 인과성'에 대해서는 무의미하고 무책임한 것들이다. 그러나 글쓰기는 끝나지 않고, '쓴다'라는 행위의 반복성은, 사실과 이야기의 세계 너머에서 글쓰기의 근원적인 존재론과 만난다.

서간체 형식으로 2인칭 '당신'을 청자로 설정한 소설 「K에게」에서도 결국 문제는 글쓰기의 존재론이다. 서간체적 글쓰기란 2인칭과 1인칭 사이의 개인적 친밀성의 공간을 설정하고, 그 안에서 1인칭의 내면성을 한껏 드러내는 형식을 의미한다. 그런데 1인칭은 자신에 대해 끊임없이 말하고 있지만, 그 실존적 실체감은 익명적인 공간 속을 부유한다. 1인칭의 실존적 정체성을 둘러싼 개인 서사가 구축되지 않기 때문이다. 더구나 이 글에서 당신은 '이미 죽은 사람'이다. 이 글쓰기의 과정 속에서 '당신'의 문장과 '나'의 문장은 뒤섞인다. 그곳에는 '나'를 바라보는 것으로서의 '나'의 글쓰기만 있을 뿐, '나'를 둘러싼 서사의 구성은 없다. "쓰는 것, 쓰고 있는 것, 그것만이 중요하죠. 나를 봐요. 이게 나예요. 내가 나를 바라보지 않는다면 누가 나를 볼 수 있을까요?"(p. 99)

인칭성과 시점을 둘러싼 한유주의 소설적 모험은 전통적인 소설 규율을 간단없이 넘어서는 비인칭적 글쓰기를 실현한다. "(나는) 이 이야기를 가능한 차명으로 하고 싶었다"(p. 293)라는 문장은 이 소설집의 화자들이 모두 '차명'의 성격을 띠고 있음을 암시한다. 이를테면 「흑백 사진사」에서는 1인칭의 시점을 구사하고 있지만, 유괴된 아이인 1인칭은 동시에 3인칭 관찰자 혹은 전지적 시점에서 사건을 묘사한다. 화자는 사건 속의 주인공이면서 서술자인데, '이 이야기를 시작하기 위해서는 ~명의 인물이 필요하다'라는 문장이 반복적으로 보여주는 것은, 1인칭 화자가 사건의 피해자이면서, 이야기의 구성 주체가 되는 이중적 상황이다. 후반부에 등장하는 "이 이야기를 시작하기 위해서는 내가 필요하다. 사람들은 욕망에 따라 움직인다. 이야기가 지속되기 위해서는 욕망이 필요하다"(p. 125)라는 문장은, 이야기 구성자이면서 사건의 피해자인 1인칭이 처한 지독한 아이러니를 말해준다. 이야기의 내용을 이루는 사람들의 욕망과 이야기를 구성하고 싶은 욕망 사이에서 이 소설의 이중적 화법은 진행된다. 마찬가지로 「육식 식물」「되살아나다」에서는 1인칭과 2인칭의 경계는 의미가 없고, 「재의 수요일」에서 3인칭 전지적 시점은 1인칭의 관찰자적 시점과 겹쳐 있다.

「재의 수요일」의 마지막 문단은 "그리고 나는 이 이야기를 쓰지 않았다"(p. 207)라는 진술로 시작된다. 이 진술은 이 소설의 화자가 자신의 주체성과 이야기를 지워나가는 글쓰기를 시도하고 있음을 드러낸다. 이러한 시도의 극단은 「장면의 단면」이라는 소설이다. 이 소설의 거의 모든 문장은 부정문으로 구성되어 있다. 부정문의 문장들은 어떤 묘사, 어떤 진술도 행하지 않는 것이나 마찬가지다. 앞의 가정법적 문장들이나, '~하거나 ~하지 않는다'라는 문장과 같이, 의미론적 차원에서 이 부정문의 문장들은 아무런 의미를 '축적'하지 않는다. 근대적인 소설 건축물의 기본 구조는 '건축'이라는 은유에서 나타나는 것처럼, '축적'의 원리가 작용한다. 하나의 문장, 하나의 행위, 하나의 장면, 하나의 사건들이 유기적으로 쌓여가면서, 소설은 그 인과적 전체성을 구성한다. 그런데 소설의 모든 문장이 부정문이라면, 소설은 아무것도 쌓아가는 것이 없다. 축적의 작동 원리는 제거되고,

다만 '부정한다'라는 글쓰기의 흔적들만이 폐허처럼 남는다. 그것은 불타고 남은 문장들이 재가 되어 쌓여가는 것에 비유될 수 있다. 소설의 전체가 문장들의 무덤이다. 그러나 그것은 단지 아무것도 쓰지 않았다거나 침묵하고 있다는 것과는 다르다. "아무것도 쓰지 않는다" (p. 241), 혹은 "구술하지 않을 것이다. 진술하지 않을 것이다. 서술하지 않을 것이다. 기술하지 않을 것이다"(p. 253)라는 문장은, 그런 문장을 애초에 쓰지 않은 것과는 다르다. 인과율과 의미론이 사라진 자리에도 글쓰기의 존재론은 여전히 남아 있기 때문이다. 그것은 '장면의 단면'이라는 이 소설의 제목(이것을 '소설'이라고 부를 수 있다면)과도 연관된다. 소설은 장면의 구성물이고, 장면의 인과적 배치와 축적의 산물이다. 그런데 그 장면들의 묘사가 모두 부정문으로 구성되어 있다면, 장면 자체가 구축되지 않는다. 장면은 부정문의 잔해들로만 흔적처럼 존재한다. 장면은 구성되지 않고, '단면'만이 존재한다. 다른 방식으로 말하면, 이 소설은 '단면의 장면,' '단면'으로만 존재하는 텅 빈 장면이다.

1) 진실을 진술하지 않을 것이다. 사실을 서술하지 않을 것이다. 내일은 없다. 오늘과 내일은 어떠한 접속사로도 연결되지 않는다. 시간에는 문법이 없다. 시간에는 문장이 없다. 시간에는 단어가 없다. 시간에는 방점이 찍히지 않는다. 시간을 설득할 방법이 없다(p. 252).
2) 사건의 배후를 파헤치지 않겠다. 사건의 내막을 캐내지 않겠다. 사건의 전말을 알리지 않겠다. 그것이 가능하다면. 그것은 가능하지 않았다. 그러나 불가능하지 않을 것이다. 모든 사건들에서 주어는 삭제되고 없었다. 모든 장면들에서 인물은 지워지고 없었다. 모든 풍경

들에서 사물들이, 사물들이 범람하지 않았다(pp. 263~64).

이야기의 인과성이란 시간과 시간 사이의 매듭과 논리적 연결에 의해 구성된다. 하지만 물리적인 시간 자체는 무의미하며, 그 안에는 '문법'과 '문장'과 '단어'가 없다. 장면을 구성하지 않는 것은, 이런 시간 자체의 '자연성' 그 본래적인 무의미성으로 돌아가는 일이다. 그것은 사건의 '배후' '내막' '전말'을 탐구하지 않는 것을 의미한다. 사건의 맥락과 인과성을 밝히지 않을 때, 사건의 인물과 주어들은 지워진다. 이 소설의 거의 유일한 긍정문의 문장은 "이게 뭔가요, 대체. 유령이에요……!"(p. 265)이다. 유령의 화자, 유령의 글쓰기란 무엇인가? 그것은 움직임으로 가지고 있지만, 내용을 가지고 있지 않은 것. 흔적을 가지고 있지만, 형태를 갖고 있지 않은 것이다.

한유주의 소설적 모험은 이야기의 주체화를 끊임없이 저지하는 것이다. 이야기를 구성하지 않고, 이야기의 주체를 비인칭화한다. 아무것도 이야기하지 않기 위해 끊임없이 지껄이는 사람처럼, 감정의 개입과 의미의 맥락과 장면의 구성을 지워나가는 글쓰기를 밀고 나간다. 궁극적으로는 말하는 자뿐만 아니라, 보는 자의 시선 프레임마저 지우려고 한다. 이야기를 구성하는 주체, 혹은 시선의 주체는 모두 '교활한' 권력을 소유한다. 기차 속의 시간과 공간을 묘사하는 「막」이라는 소설에서, 묘사의 주체화를 거부하는 글쓰기를 시험하는 것도 이와 같은 이유다. 보는 자와 보이는 자의 경계, 보는 자가 구성하는 이야기와 보이는 자가 겪는 사건의 경계를 무너뜨린다. "사물들과 사람들은 시간을 딛고 이동한다. 그들이 견디는 것은 시간이지만, 그들이 맞닥뜨리는 것은 장소이다. 그들이 지나쳐 온 궤적들이 무화되는 지점에서, 그들 역시도 말끔히 지워진다"(p. 322). 시간과 공간의 궤적을 지워버리면, 그 안에 거주하는 인간들 역시 지워진다. 이야기를 지워버리면, 인간의 얼굴도 지워진다.

한유주는 "그저 일어나는 사건들을 끝없이 지연시키고 싶었다. 목숨을 담보로 천 일 동안 이야기를 계속했던 어느 왕비의 운명 위에, 나는 없는 이야기들을 이야기하지 않는 것, 사건을 야기하지 않는 것, 아무것도 예기치 않는 것에 대한 욕망을 덧입힌다"(p. 270)라고 쓴다. 그녀는 이야기를 만드는 것이 아니라, 이야기를 지워나가는 세헤라자데이다. 혹은 이야기의 무덤 속에서 '나'와 '너'의 얼굴을 지우는 유령으로서의 세헤라자데이다. 이야기를 생산함으로써 죽음을 연기하는 것이 아니라, '이야기의 죽음' 자체를 낳는다. 이야기의 무덤 속에서 세헤라자데는 익명의 글쓰기를 통해 자기 죽음을 살아간다. 그녀의 책은 언제 이야기가 녹아내릴지 모르는, 혹은 이미 이야기가 녹아내리고 있는 '얼음의 책'이다.

한유주는 소설을 쓰거나, 소설을 쓰지 않았다. 나는 한유주의 소설을 읽거나, 읽지 않았다. 나는 한유주에 대해 알거나, 알지 못한다. 나는 한유주의 '소설'에 관해 쓰지 않았다. 나는 한유주의 소설을 덮지 않았다. 당신은 아직 한유주를 읽지 않았다.

최소 낙원의 고독과 은폐 기억의 서사

—김미월의 『서울 동굴 가이드』

1. 개인 낙원의 외톨이들

외톨이는 자기만의 낙원에서 살아간다. 타인과의 소통을 통해 자기 실존의 정체성과 생의 의미를 찾지 못한다. 관계 맺기의 좌절은 그를 유폐된 '오타쿠'가 되게 한다. 타인들의 지옥과 악몽 속에서, 그는 자신의 가상 낙원을 만들어 다른 존재로 살아가려고 한다. 그 공간은 자신이 만들어낸, 자기 내부의 다른 삶의 가능성이다. 여기에는 집단적인 유토피아 메타포로서의 낙원은 없다. 그의 낙원은 사물화된 개인 공간이다. 개인 낙원으로서의 가상공간은 가짜의 세계가 아니라, 삶의 '다른 내부'이다. 사람과 사람의 접속 영역이 아니라, 의사소통 자체가 기호화되는 세계이다. 실제를 모방하는 자리라기보다는, 오히려 현실을 구성하고 추동하는 기호의 세계이다. 그러면, 그 공간 속에서 그는 고독하지 않았을까? 어쩌면 그 공간은, 그의 고독이 결코 해소될 수 없음을 드러내주는, 그 고독을 더욱 투명하게 만드는 공간이 아닐까?

김미월의 소설 속에 등장하는 개인들은 유폐된 존재들이다. (그들은 독신 여성이거나 혹은 심각한 결손 가정에서 성장했다.) 고립된 존재들의 내면을 과밀하게 그리는 것은 이미 1990년대 여성소설들에서 충분하게 보여준 세계이다. 김미월의 소설이 그 세계로의 회귀를 보여준다고 예단하는 것은 그러나, 오류이다. 김미월의 개인들은 일상적인 영역에서 내성으로 침잠하는 존재가 아니다. 그들은 1990년대적 개인과는 다른 방식으로 자신의 가상 낙원을 만들어낸다. 그 공간은 현실의 알레고리가 아니며, 현실 저편의 유토피아도 아니다. 그는 타인과의 소통을 대체할 사물화된 의사소통 방식을 찾기에 몰두한다. 그래서 자기 내부의 다른 삶을 경험하고, 사물들과 이상한 방식으로 관계 맺는다. 그리하여 김미월 소설이 그려내는 것은 내면의 복원이 아니라, 출구 없는 생을 개인 낙원의 세계로 대체하여 살아가는 '새로운 개인'들이다.

엄마와의 나이 차이가 열여섯 살밖에 나지 않는 '나'는 그래서 어린 시절 엄마로부터 버려지고, 외할머니로부터 폭력을 당한다(「너클」). 이제 늙어 반신불수의 상태로 병실에 누워 있는 할머니를 간병인에게 맡겨놓고 PC방의 아르바이트 일을 하는 '나'는 '신시아'라는 롤플레잉 게임에 몰두한다. PC방이라는 공간과 롤플레잉 게임은 '내'가 처한 실존적 상황을 함축한다. PC방은 그런 곳이다. "이곳에 오는 사람들은 모니터 밖의 세상에는, 칸막이 너머의 인간에게는 관심을 가질 여유도 이유도 없었다. 네트워크 세상에서 그들은 저마다 왕이고 전사(戰士)며 공주이고 요정이었다. 악의 무리를 응징하고 제국을 건설하고 이웃나라 왕자들의 구혼도 받아주어야 했다. 할 일이 너무 많았으므로 남에게 신경 쓸 겨를이 없었다. 타인에 대한 무관심이 당연한 것으로 간주되는 이 PC방 특유의 생리는 나와 잘 맞았다. 게다가 신시아를 만나고 있노라면 시간도 빨리 갔다."[1] 그곳에서 사람들은 하나의 공간에 있지만 서로가 무관심한 타인으로 익명화되고, 자신만의 가상공간에 몰두한다.

'내'가 가상공간의 '신시아'의 존재에 몰입하는 것은 현실로부터 당한 폭력의 기억과 관련 있다. 외할머니가 '나'에게 가한 물리적인 폭력뿐만 아니라, 엄마에게 버려짐과 같은 정신적 외상들이 그것이다. '신시아'는 '나'보다 이쁘고 착한, 완벽한 여성적 존재이다. "신시아는 자리보전하는 노인에게 밥을 먹여주었다. 기저귀도 갈아주었다. 청소도 하고 빨래도 했다. 양로원에서 몸이 불편한 노인을 돌보는 것은 자립심과 봉사 정신 두 항목의 게이지를 동시에 획득할 수 있는 아르바이트였다. 그녀는 성실하고 꼼꼼했다. 부모의 사랑을 듬뿍 받고 자란, 살아오면서 한 번도 매를 맞아본 적 없는 소녀다운 천진함과 스스럼없음이 온몸에서 배어나왔다"(p. 16). '신시아'는 '나'의 분신이지만, 현실 속의 '나'를 닮지 않았으며, '내'가 처한 악몽의 기억이 저편 가상의 낙원 속에서 완벽하게 존재한다.

세상의 폭력에 대한 '나'의 피해의식은 '너클'이라는 무기에 대한 집착으로 상징된다. 격투만화와 게임에 등장하는 이 무기는 "자기 몸은 스스로 지켜야 해. 세상에 믿을 건 자기 주먹밖에 없어"라는 엄마의 훈육에 따른 것이다. 외톨이에게는 세상의 폭력으로부터 자신을 보호할 무기가 필요했다. '나'는 PC방에 드나드는 중년 남자에게 가

---

1) 김미월, 『서울 동굴 가이드』, 문학과지성사, 2007, p. 12. 이하 동일 작품의 해당 면수만을 본문에 표기한다.

짜 보석을 선물 받고 그것을 진짜인 줄 알고 있는 여자애에게 자신의 '너클'을 주려고 한다. 그러나 여자애는 오지 않고, '나'의 '신시아'는 무도회에 참석하여 멋진 사랑을 만나는 시간을 미루면서 계속해서 잠을 자고 있다.

'너클'이 세상에 대한 '나'의 피해의식과 적의를 함축하고 있다면, '신시아'가 있는 가상공간은 악몽의 현실을 대신할 '나'의 개인 낙원을 의미한다. 그러나 '나'는 한 번도 '너클'을 사용할 수 없다는 것을 잘 알고 있으며, 가상공간에서 느낄 수 있는 행복의 절정은 계속해서 미루어진다. 그래서 '너클'과 '신시아'는 실현되지 않는 욕망의 매개물이다. 그 욕망이 실현되지 않고 연기되는 방식으로 어쩌면 '나'의 '꿈/악몽'은 지속된다. 악몽을 완벽한 꿈으로 대체할 수 없다면, 악몽을 팔아버릴 수 없다면, 차라리 꿈이 유예되는 시간을 견디는 방식으로 악몽과 더불어 살아가야 한다.

또 다른 외톨이 고아인 '나'는 타인의 글을 대신 써주는 일을 한다 (「정원에 길을 묻다」). '해결사 사이트'를 운영하는 '나'는 그런 방식으로 타인의 삶을 대신 산다. "남의 이름으로 글을 쓰는 일은 즐겁다. 글 속에서 나는 긴 머리 아가씨를 짝사랑하는 순정파 청년이 되었다가 수채화를 즐겨 그리는 미대생이 되기도 하고, 박애 정신을 가진 사회복지사가 되는가 하면 교수님께 졸업 학점을 구걸하는 만년 복학생이 되기도 한다"(p. 245). 그래서 "글 밖에 있을 때보다 글 속에 있을 때 나는 더 행복하다. 그것이 문제라고 생각하지는 않는다. 어디서든 행복하기만 하면 되는 것 아니겠는가"(p. 246)라고 말하는 나에게 대필은 일종의 개인 낙원인 셈이다. 대필을 통해 '나'는 다른 존재의 삶을 경험한다.

그런데 은둔형 외톨이인 '나'의 일상 역시 불행한 것은 아니다. "글 밖에서도 나는 충분히 행복하다. 잠자리와 밥과 옷이 있고, 인터넷이 연결된 컴퓨터와 무협지가 가득 꽂힌 책장이 있다. 게다가 나는 충분히 강하다. 무협지의 주인공들처럼, 어머니도 없고 아버지도 없지만 풍운에 몸을 맡기고 살아가는 사나이들처럼. 고독한 삶이지만 그게 나의 운명이다. 나는 결코 약하지 않다. 그뿐인가. 나에겐 나를 사랑해주는 사람이 있고 내가 사랑하는 사람도 있다. 그 두 사람이 한 인물이므로 인간관계 때문에 피곤할 일도 없다. 그리고 무엇보다, 내게는 나만의 정원이 있다. 행복하지 않을 이유가 없는 것이다"(p. 246). 현실 속의 '나'를 다른 삶으로 살게 해주는 '컴퓨터'와 '무협지'가 있고, 그곳에서 '나'는 충분히 강한 사람이다. 다른 사람과의 피곤한 관계는 필요 없고, '내'가 '나'와 관계 맺으면 된다. 그리고 무엇보다 '나'에게는 '나만의 정원'이 있는 것이다. '나'에게 가장 소중한 행복을 주는 것은 주인집 옥상의 '공중 정원'을 비밀스럽게 가꾸는 일이다. "허공에 떠 있는 오직 나만을 위한 공중 정원"은 '나'만의 낙원인 셈이다. 그곳은 '내'가 스스로에게 베푸는 자기 사랑의 공간이다.

　그런데 그 공중 정원에 다른 사람이 침입한다. 실연당한 남자가 그것을 이기기 위한 상징적인 행위로 작은 폭탄의 모형을 이 정원에 우연히 뿌리게 된 것이다. 그 남자와의 대화를 통해서 사랑을 잃은 그의 고통의 내부를 알게 되지만, 그와 진정한 소통에 이르게 되지 않는다. "난 누구죠? 당신은 누구예요? 당신은 당신이 당신 자신이라는 걸 어떻게 알 수 있나요?"라는 의문은 여전히 남는다. 더 깊은 혼돈에 빠진 '나'는 사이트를 통해 주문 받은 다른 사람의 '자기소개서'를 완성하지 못하고, 그것을 포기한다. 그리고 '나'는 정원에서 '나'

만의 폭탄을 터뜨린다. 이 행위는 고통스러운 것을 잊기 위한 개인적 제의이지만, 다른 '나'의 길을 찾기 위한 제의이기도 하다. 정원은 '길이 아닌 길'이지만, 그 개인 낙원 안에서만 '나'는 '나'와 사랑하고 '나'와 이별하고 '나'를 찾아갈 수 있다. 타인과의 소통이 봉쇄된 상황에서 개인은 그렇게 사물화된 낙원의 공간에서 '길'을 탐문할 수밖에 없다. 문제적인 것은 김미월의 서사가 그 낙원의 매혹을 드러내면서, 동시에 그 낙원의 '길 아님' 혹은 '길 없음'을 드러내준다는 것. 외톨이는 '길'이 아닌 그곳에서만, 자신의 길을 '물을' 수밖에 없고, 길을 '묻을' 수밖에 없다.

2. 최소 낙원, 혹은 동굴과 골방

김미월 소설은 개인 낙원을 향한 집착을 보여주면서 그것이 현실의 탈출구가 아님을 역설적으로 드러내는 서사이다. 그런 의미에서 그 낙원의 공간들은 유토피아로서의 최대 낙원이 아니라, 개인의 사물화된 최소의 자기 영역이다. 역설적인 의미에서 나는 그것을 '최소 낙원'으로 부르고 싶다. 최소 낙원은 타인과의 사회적 관계를 통해 집단적 유토피아를 실현할 가능성을 좌절당한 세대의 개인 낙원이다. 다시 말하면 상징적 아버지가 건설하는 유토피아적 공간이 아니라, 아버지 없는 세계에서 자기 내부에 구성하는 가상 세계이다. 김미월의 최소 낙원은 일상 속에 숨어 있는 가상 낙원의 공간이면서, 동시에 일상 세계에 작동하는 폭력과 허위의 시스템 바깥에 있는 공간이 아니다. 그 공간은 공적인 행복의 상징도 아니며, 전면적인 디스토피아의 공간도 아니다. 그곳은 일상적 시간 속에서 개인의 기억과 몸이 서식하는 공간, 기억과 현실의 '내부 안의 외부'이다. 그것이 낙원의 의미를 포함하는 것은 개인적 욕망이 실현될 수 있는 최소한의 계기를 갖기 때문이지만, 그러나 그것은 몸과 기억이 거주하는 '지금 여기'의 바깥은 아니다.

여기 '동굴'이라는 또 다른 가상공간이 등장한다. 또 한 명의 외톨이 여자는 서울 고시원 203호에 살고 있다(「서울 동굴 가이드」). 고시원은 "마흔 명이 넘는 사람이 갈고리 꿸 자로 누워 있는" 비좁은 공간, '도떼기시장'이며, 가끔 어두운 복도는 '미개방의 동굴'과 같다. '내'가 일하는 직장은 '인공 동굴'이다. '서울 동굴 탐험관'의 가이드인 나는 탐험복을 착용하고 조잡한 가짜 동굴 속으로 초등학생들을 안내하는 일을 한다. 고시원의 동굴과도 같은 구조와 그녀가 일하는 '서울 동굴'은 그렇게 닮아 있다.

숨이 막히고 소화가 잘 되지 않는 '나'의 증상은 두 가지 기억과 연관되어 있다. 바닷가 모래밭에서 여자 아이를 안고 죽어 있는 여자의 시체를 본 것이 하나라면, 다른 하나는 대학 시절 동굴 탐사 도중에 길을 잃어 "완벽하다고밖에 할 수 없는 어둠"의 공포를 경험한 것이 다른 하나이다. 그러나 그 기억의 밑바닥에 숨어 있는 것은 사실 다른 아이를 구하려다 죽은 엄마의 이미지다.

자신에게 소화제를 파는 약사 보조인 옆방의 여자는 밤마다 '마요네즈가 범벅된' 신음 소리를 들려주었지만, 그녀와의 짧은 접촉을 통해 그녀의 진실 일부를 알게 된다. 타인들의 오해와는 달리 그녀가 누군가를 닮은 남자가 나오는 비디오를 밤마다 보았으며, 신음 소리는 비디오에서 나오는 소리였던 것이다. 결국 그녀는 수면제를 훔쳤다는 이유로 약국에서 쫓겨나 고시원에 나타나지 않는다. 얇은 칸막이로 다닥다닥 붙어 있는 공간이지만, 이렇게 고시원은 타인과의 소통이 닫힌 공간이다.

이 서울이라는 동굴에서 '나'는 어떻게 살아갈 수 있을까? 어떻게 유폐와 길 잃음의 공포로부터 벗어날 수 있을까? 가짜 동굴의 구조는 입구와 출구가 같고, 그래서 출발지와 도착지가 같다. 고시원의 출입구 역시 하나의 유리문으로 되어 있다. 그렇다면 이런 공간에서 탈출이란 가능한 것인가? 소설의 마지막 장면에서 '나'는 "신호등의 빨간불 파란불이 모두 꺼져 있을 때는 어떻게 해야 할까?"(p. 89)를 스스로에게 물어본다. 그것은 소설의 서두에서 "신호등의 적색등 녹색등이 모두 켜져 있다면 어떻게 해야 할까?"(p. 65)라는 질문과 만난다. 그러나 물론 답은 "1) 그냥 건넌다. 2) 건너지 않는다" 중의 하나일 뿐이다. 어떤 상황이라도 '건너거나 건너지 않거나' 외의 선택 항이 없다는 것. 그것이 서울이라는 동굴의 구조이다. 출구가 입구인 공간에서 '길'이란 의미가 없다. 결국 단 하나의 길만이 존재하기 때문이다. 그러니 이런 닫힌 공간에서의 길 찾기란 의미가 없으며, '길을 안내해주는 사람'의 역할이란 허위이다. 서울 동굴 탐험관에서 '나'의 가이드 행위가 기만인 것처럼. 길 찾기라는 문제의식 자체의 허위를 대면하는 장면에서 소설은, 서울이라는 공간에서의 삶이 갖는 한계 상황을 담담하고 서늘한 방식으로 드러낸다. 동굴은 내포, 폐쇄, 은닉의 상징이지만, 이 소설은 그 동굴에 '가상 세계'와 '현대 서울'의 이미지를 겹쳐놓음으로써 그것을 '길' 없는 현대성의 이미지로 구성한다.

그렇다면 「골방」의 공간은 또 어떠한가? 신문 보급소에서 일하며 골방에서 살아가는 '기환'은 배달된 신문이 자꾸 없어지는 사건을 확인하기 위해 잠복하다가, 신문을 훔치는 여자를 목격한다. 그 여자의 지하 원룸에 초대된 기환은 그곳이 "소형 장물(臟物)의 박람회장"임을 알게 된다. "그녀에겐 뭔가를 훔칠 수 있는 상황에서 안 훔치면, 특히 주머니 안에 들어가는 크기의 물건을 보고 안 훔치면 못 배기는 병이 있단다"(p. 213). 그런데 이 장물로 가득 찬 공간에서 그는 포근함을 느낀다. "좁다란 반지하의 원룸은 깨고 싶지 않은 꿈처럼 따스하고 포근했다"(p. 213). 여자는 아침마다 자신의 문 앞에 훔친 물건인 선물을 걸어둔다. "기환은 바닥의 냉기가 얇은 요를 뚫고 올라오는 골방에 쪼그리고 앉아 여자의 마술 같은 선물들을 떠올리며 히죽거렸다." 그녀의 공간은 그에게 어떤 마법적인 낙원인 셈이다. 그러나 그에게 여자와의 소통은 쉽지 않았다. 그녀가 '아빠'로부터 어떤 심각한 폭력을 당했다는 징후를 발견하지만, 그녀의 진실을 다 알 수는 없다.

기환 역시 가족에게 버려진 존재이다. 재혼한 어머니는 신문 배달을 하는 기환의 존재를 부끄럽고 못마땅해하지만, 그는 새아버지의 다른 아들들처럼 훌륭한 자식이 되지 못하는 자신에 대한 죄책감과 그로 인한 분노를 안고 있다. 사실 옆집 아저씨였던 그의 새아버지는 어린 시절 자신을 성추행한 사람이다. 그는 그 아저씨의 골방에서 치명적인 치욕을 경험한다. "중풍으로 전신이 마비된 옆집 아줌마가 누운 방 뒤의 골방에서 그는 옆집 아저씨와 그 집의 두 아들과 함께 잤다. 새벽녘이면 아저씨의 길쭉하고 뜨거운 손가락들이 독거미처럼 슬금슬금 그의 바지 속으로 기어 들어왔다"(pp. 223~24).

이렇게 기억 속의 '골방'은 치명적인 치욕의 공간이다. 아저씨의 두

아들이 자신을 향해 가래침을 뱉기 시작하면서 그의 얼굴에는 검붉은 여드름이 돋기 시작한다. 그는 새아버지의 생일에 비싼 순금 담배 케이스를 보내고, 신문에 보도된 '63괴물'이라는 버스 안의 성추행범 목소리를 내고 있는 자신을 발견한다. 그는 스스로 '괴물'이 됨으로써 사회로부터 자신을 또 한 번 격리시킨다. 장물로 가득 찬 그 여자의 원룸이 치욕적인 골방의 기억에 사로잡힌 그를 탈출시켜줄 수 있는 최소 낙원이었을까? 그러나 그 여자의 원룸 역시 그와 온전하게 소통하지 못한다. 그의 진실을 아무도 알 수 없는 것처럼, 여자의 진실을 그 역시 알 수 없다. 그 여자의 원룸은 그의 과거와 현재의 골방처럼 또 하나의 '타인의 골방'에 불과했다. 타인의 골방이 '나'의 낙원이 되려면 억압 없는 소통이 전제되어야 하겠지만, 그것은 불가능하다. 골방의 기억으로부터 진정한 탈출이 봉쇄된 상황에서 그가 할 수 있는 일은 기꺼이 '버스'라는 다른 '움직이는 골방' 안의 괴물이 되는 일이다.

3. '업둥이-사생아' 되기의 글쓰기

김미월의 소설을 가족 로맨스의 일부로 읽는 것은 어려운 일이 아니다. 그녀의 소설 속에는 대부분 결손 가정 출신의 주인공이 등장한다. 제도적으로 '정상적인' 부모 아래 성장한 인물이 드물다. 왜 그럴까? 이 문제를 작가의 실존적인 문제와 연관짓는 것 대신에 (텍스트의 유일한 기원이 '작가'라고 말할 수 있을까?) 그런 주인공의 기억과 시선이 만들어내는 소설 공간의 효과에 대해 질문할 필요가 있다. 김미월의 고아들은 부모와 가족과 관련된 깊은 상실의 기억을 지문처럼 갖고 있다. 그들은 부모에게 버림받은 존재이거나, 가족적 비극을 경험한 주인공들이다. 그들은 대부분 상실과 유폐라는 실존적 경험을 갖고 있으며, 현재 소통 장애를 앓고 있다.

마르트 로베르는 정신분석의 이론과 문학작품의 사례들을 결합하여 작가들을 '업둥이'와 '사생아'의 범주로 분류한다. 낭만주의적 작가는 오이디푸스 이전의 잃어버린 낙원으로 돌아가기를 소망하면서 부모를 모두 부정하는 '업둥이'이고, 사실주의 작가는 오이디푸스의 현실을 수락하며 아버지와 맞서 투쟁하는 '사생아'이다.[2] 김미월 소설들이 물론 '업둥이'와 '사생아'의 범주로 정확하게 분류되는 것은 아니다. 그들은 유폐된 고아이거나, 혹은 이복형제 사이의 죄의식을 경험한다. 부모에게 버림받은 그녀의 주인공들이 부모를 모두 부정한다는 측면에서 '업둥이'이기도 하고, 아버지에 대한 투쟁을 실천한다는 측면에서 '사생아'이기도 하다. 그런데 여기서 더욱 중요한 것은 주인공의 가족사적 이력이 아니라, 소설 쓰기 차원에서의 문제이다. 김미월 소설의 인물들 혹은 서술자들은 한편으로는 아버지의 억압과 투쟁해야 하는 현실을 수락하지만, 다른 한편으로는 개인의 최소 낙원을 건설함으로써 그로부터 내적 상황을 견디려고 한다. 이런 맥락에서 김미월의 소설은 '업둥이-사생아 되기'의 글쓰기에 가깝다. '업둥이-사생아'는 가족 내적 억압의 기억을 현실로 받아들이고 그것을 재구성하는 자기 공간을 탐색한다. 이런 글쓰기는 '가족 로망스'의 연장이 아니라, 그것이 안으로부터 균열되는 서사 공간이다. 현실의 부모를 부정함으로써 상상적 아버지를 높이고 자기 정체성을 구성하는 것이

---

2) 마르트 로베르, 김치수·이윤옥 옮김, 『기원의 소설, 소설의 기원』, 문학과지성사, 1999.

'가족 로망스'의 기본 구조라면, 김미월은 그 구조를 거꾸로 세운다. 그녀의 주인공들은 아버지와 가족의 참혹한 기억을 탐사함으로써 자기 실존의 균열을 현재로서 받아들인다.

이를테면 「(주) 해피데이」의 주인공 종구의 부모는 어린 시절 부모가 모두 사고를 당해 죽었는데, 그 이후 아버지의 또 다른 여자와 그의 이복동생 딸이 찾아온다. 그는 아버지에 대한 혐오감 때문에, 좀 모자랐던 여동생 종희를 증오했다. 어린 시절 종희가 자기 대신 나쁜 친구들 곁에 남겨졌지만, 그는 그것을 외면했고 결국 동생을 영영 찾지 못한다. 동생에 대한 그의 죄의식은, 동생처럼 노란 나비 머리 핀을 한 여자를 우연히 만나 그녀의 뒤를 밟고, 그녀를 곤경에서 구해주는 사건을 만들어낸다. 지나친 결벽증을 앓고 있는 그의 '히스테리'는 이런 어린 시절의 기억과 관련된 증상일 수 있다. 하지만 끝내 그는 우연히 만난 동생에게 진실을 말하지 못하고, 이 이야기를 해주고 싶은 여자와는 통화가 되지 않는다. 그는 끝내 자신의 기억과 타인 사이에서 온전하게 소통하지 못한다.

이복동생의 이야기는 「가을 팬터마임」에도 등장한다. 사회적으로 인정받는 '온화하고 기품 있는' 아버지와 살았던 '진선미'라는 이름의 그녀는, 새엄마의 딸인 '안선미'와 이메일의 비밀번호를 서로에게 알려줄 정도로 친해진다. 어느 날 이복동생의 부탁으로 대신 침대에 누워 있던 그녀는 아버지의 성추행을 직접 경험하게 된다. 그 일로 가정은 무너지고 아버지는 사회적으로 몰락한다. 그 이후 그녀는 여전히 쾌활하게 살아가는 이복동생의 비밀번호를 이용하여 동생이 가입한 모든 웹사이트에서 동생을 탈퇴시킨다. 아버지를 외면하며 살아가는 그녀는, 아버지를 찾아가는 대신에 우연히 얻게 된 불에 타다 만 타인의 편지──딸에게 용서를 구하는 어떤 아버지의 편지──에 적혀 있는 발신자의 주소를 찾아간다. 가족의 기억으로부터 발원한 그녀의 정신적 외상은 '거짓말'의 방식으로만 자신의 나쁜 기억을 고백하게 만든다. 김미월의 소설에 나오는 이복동생에 대한 죄의식과 복수심은 물론 가족사적 상처에서 발원하는 것이다. 이복동생이란 가족이면서, 가족이 아닌 존재. 일부일처제의 근대적인 가족 구성의 이념 자체를 불편하게 만드는 존재이다. 그 존재에 대한 날카로운 자의식은 근대 이후 가족의 위치와 이데올로기에 대한 균열을 대면하게 한다. 다른 맥락에서 말한다면 이복동생은 내 기억 속에서 억압된 존재로서의 '쌍둥이' 혹은 '도플갱어'의 이미지를 포함한다. 그들은 '나'의 내부에서 스스로 봉쇄하고 있는 기억을 상징하는 존재이다. 그들은 가족 내적 관계에서 내 삶의 상징적 정체성을 뿌리째 흔든다.

4. '은폐 기억'의 서사를 넘어서

엄마에게 버림받았거나, 혹은 어린 나이에 엄마의 죽음을 경험한 아이의 기억 역시 김미월의 주인공들이 공유하는 실존적 요소이다. 「소풍」의 '나'는 어린 시절 전단지 붙이는 일로 생계를 이어가던 엄마와 둘이 어렵게 살아갔는데, '나'의 유일한 행복은 사창가의 '예쁘고 상냥한 이모들'과 노는 것. 특히 점순이라는 별명을 지닌 '누나'와 '어른들의 흉내 내기' 놀이를 하며 보내던 시간이다. 엄마가 자신을 버린 뒤 누나는 엄마가 '소풍'을 갔다고 말해준다. 이제 스물세 살의 '나'는 정신 연령이 세 살에 불과한 동갑내기 '병식'을 돌봐주면서,

그와 함께 자신의 고향 춘천으로 기이한 '소풍'을 간다. 유명 가수로서 주가를 날리는 A가 '점순이' 누나일 것이라고 믿고 메일을 보내지만, 바라는 답장은 오지 않는다. 자신의 육체적 욕구를 해결하지 못해 울부짖는 '병식'과 캄캄한 기억을 해소할 길이 없는 '나'는 어쩌면 몸과 기억의 억압으로부터 자유로울 수 없는, 거울과 같이 마주 보는 존재일 것이다.

「유통기한」의 '경수'는 아버지에게서 배신당한 엄마로부터 인정받기 위해 어린 시절 놀라운 재능을 선보였지만, "엄마가 죽어버렸으면 얼마나 편할까"라는 혼잣말이 현실화된 뒤에는 다른 삶을 선택한다. 명문대에 입학했지만, 그곳에서 자신이 좋아하던 여자는 자기와 어울리지 않는 사람이었다. 과거를 잊기 위해 외국으로 떠난 여자 선배의 부탁으로 일본군 위안부 출신의 할머니들을 돌보게 된 그는, 그 할머니들이 "이 땅의 흔하디흔한 할머니들"이라는 점을 알게 된다. 그러나 할머니들과 함께 장충단 공원에 가보았을 때, 그곳에서 그 할머니들의 기억과 고통의 뿌리를 직면하게 된다. 한때 일하던 마트의 주인 요구로 햄의 유통기한을 조작하는 작업을 해본 적이 있지만, "유통기한에는 과거가 없"고, "과거는 힘이 없다. 현재가 인간이라면 과거는 귀신이다"라고 생각했다. 하지만 할머니들과 그의 기억에는 유통기한이 없다. "사람이 살아가는 데에는 유통기한이 없는 것도 있는" 것이니까.

김미월의 모든 서사의 뿌리가 가족 내적인 기원에 속해 있는 것은 아니다. 이를테면 「수리수리 마하수리」의 주인공 '강' 역시 자신을 친딸처럼 아껴준 친구의 부모가 이민을 가버리고 역시 외톨이로 남는다. 그녀에게 가족사적 상처보다 큰 것은, 미친 남자의 칼에 찔려 죽은 친구 '란'의 기억이다. '강'은 죽은 친구를 만나기 위해 절로 가다 가 암자와 같은 작은 절에 머물게 된다. 친구에 대한 그녀의 질투 때 문에 일부러 나쁜 아이가 되어야 했던 기억과 위험으로부터 친구를 데리고 도망가지 못한 죄의식은 그녀의 현재 삶에도 생생하게 개입한 다. 그 사찰에서 그녀가 옛날처럼 본드를 흡입하고 의식을 잃는 사건 은 기억으로의 재진입이면서, 그 기억으로부터의 미끄러짐을 동시에 의미한다. '본드'라는 개인 낙원의 공간은 자기의 억압된 기억으로 들 어가는 통로이면서, 한편으로 그 기억의 균열을 경험하는 계기이다.

김미월의 서사는 주인공이 처한 '소통 좌절'의 현재적 상황과, 자신 의 어두운 기억을 재구성해나가는 과정을 그려낸다. 마치 '남의 이야 기'처럼 시작되는 그 기억의 편린들은, 결국 주인공의 상처가 된 근원 이었음이 구체적으로 드러나게 된다. 그런데 기억이란 무엇인가? 김 미월의 소설은 단지 억압된 기억의 근원을 찾아가는 개인의 서사로 이야기하면 그만일까? 기억의 근원을 찾아간다는 것이 그 진정한 의 미에서 억압을 해소하고 '주체'를 회복함으로써 실존적 정체성을 확 보하는 일일까? 물론 서사의 표면 위에서 김미월의 인물들이 처한 소 통의 봉쇄는 그들의 억압된 기억과 어떤 인과적 관계를 형성한다고 볼 수 있다. 그런 의미에서 김미월의 소설은 근대 이후의 정통적인 서사 양식에 가까울 수 있다. 그러나 문제적인 것은 그 기억의 실체성을 인 물들의 실존적 동일성의 유일한 동기로 구축하지 않는다는 점이다.

프로이트는 심리역학적 갈등의 결과로서, 용납할 수 없는 생각이나 충동을 숨김과 동시에 표현하는 기능을 하는 신경증적(히스테리성) 증상들이 나타날 수 있다는 것을 발견한다. '은폐 기억'은 중요한 것 들의 회상을 억제하는 유년기의 기억 특징을 말한다. 그것은 겉보기에는 감정적인 중요성을 띠지 않지만, 실제로는 연상적인 연관에 의한 더 깊은 갈등의 기억을 대체하는 기억이다. 어린 시절의 기억이란 결코 진짜 기억이 아닐 수도 있으며 나중에 재구성된 것일 수도 있다. 기억의 과정은 꿈과 허구의 창작과 과정처럼 주관적인 활동이다. 이 흥미로운 주장들에 기대어 역설적으로 말한다면, 기억이란 개인의 정체성을 확실하게 재발견하는 매개가 아니라, 오히려 자아의 불확실성을 드러내주는 요소일 수 있다.[3)]

김미월의 기억의 서사가 문제적인 것은 그것이 개인들의 현재를 결정하는 유일한 인과적 근원으로 제기되었기 때문이 아니다. 소통의 좌절은 물론 상실과 유폐의 경험과 관련되어 있지만, '기억의 복원'이 그들의 실존적 동일성을 보장해주지 않는다. 기억의 탐구는 오히려 그들의 현재를 더욱 불확실한 실존적 상황 속으로 밀어 넣는다. 그들은 그 혼돈과 균열의 상태를 수락하면서 개인의 최소 낙원을 탐사한다. 결과적으로 억압된 기억으로부터의 어떤 화해도 불가능해진다. 기억을 복원함으로써 혹은 집단적 유토피아를 꿈꿈으로써, 해방의 가능성이 주어지지 않는다. '업둥이-사생아'로서의 그들은 가족제도와 사회 시스템으로부터 버려진 탈영자들이지만, 이 탈영자들은 아이러니하게도 '탈영'의 근원적 불가능성을 보여준다.

이제, 2000년대 후반 이후의 젊은 소설은 어떤 움직임을 보여줄 수 있을까? 김미월의 사례는 현대 소설이 어떻게 '현대적인 것들'을 매개로 '현대'를 관통해서 나아가는가를 매력적으로 드러낸다. 그는 현대 소설의 낯익은 모티프와 주제들을 담담하고 역설적인 방식으로

---

3) 필 멀런, 김숙진 옮김, 『프로이트와 거짓기억 증후군』, 이제이북스, 2004; 지그문트 프로이트, 이한우 옮김, 『일상생활의 정신 병리학』, 열린책들, 2003 참조.

재구축한다. 가족과 개인의 기억에 대한 익숙한 질문법들을 무대 위에 다시 올려놓고는 짐짓 천진스러운 화법으로 그 질문들의 기반을 무너뜨린다. 그것들을 무대에서 끌어내리는 방식이 아니라 그 무대 자체의 균열을 드러내는 방식으로, 김미월은 '가족 이야기'를 허물고 아버지의 유토피아를 외로운 개인들의 최소 낙원으로 대체한다. 김미월의 개인들은 그리하여 지금 여기의 당신과 내가 '최소 낙원을 욕망하는 업둥이-사생아'라는 것을 체험하게 한다. 최소 낙원은 고독을 위무하는 곳이 아니라, 그것이 결코 해소될 수 없음을 '살게 한다.' 고독은 태도가 아닌 생의 현실이며, 고독은 그토록 투명하다.

달과 룸미러, 사이의 서사 광학

─이홍과 정한아의 소설

1. 변신술과 위장술을 넘어

2000년대 소설은 무엇으로 살았는가? 완결되지 않는 문학 공간에 대해 발언한다는 것은 위험한 일이다. 어쩌면 동시대 문학에 대한 모든 비평적 발언은 원천적으로 무모하고 위험하다. 그 무모한 방식으로 말하자면, 2000년대 소설의 주요 코드는 '환상'과 '세태'였다. 그런데 이상하지 않은가? '환상'과 '세태'는 우주 공간과 지하 세계만큼이나 멀지 않은가? 그것들이 어떻게 하나의 연대기 속에 공존할 수 있는가? 이를테면 2000년대 문학 공간에서의 '무중력'을 말했을 때, 그것은 특권화된 역사적 경험과 등기된 현실에 예속되지 않는 글쓰기를 의미하는 것이었다.[1] 그것은 '현실'이라는 이름의 형이상학적 위력으로부터 벗어난 글쓰기이다. 거대하고 공적인 의미의 역사적 현실이

---

1) 졸고, 「혼종적 글쓰기, 혹은 무중력 공간의 탄생」, 『이토록 사소한 정치성』, 문학과지성사, 2006; 「'2000년대 문학 논쟁'을 넘어서」, 이 책에 인용, p. 45 참조.

라는 프레임으로부터 자유로워지자, 소설은 다양한 방식으로 '다른 현실'을 게워내기 시작했다. '환상의 서사'는 리얼리즘 문법의 규율로부터 벗어나, 서사적 인과율로부터 자유로운 '탈(脫)휴먼'의 엽기적인 상상적 모험을 시도했다. '세태의 서사'는 등기되지 않았던 제도적 일상과 소비 문화의 세부에 대한 동시대의 보고서를 제출했다. '환상의 서사'에서 하나의 존재는 인과관계의 제약 없이 다른 사물로 '변신'함으로써 인간적인 것의 너머로 날아갔고, '세태의 서사'에서 제도적 현실 속의 상징 질서를 살아내야 하는 개인은 '위장'의 생존 방식을 선택한다. 이 둘 사이에는 건널 수 없는 미학적 거점의 거리가 있지만, 이념적 상징 체계로서의 역사적 현실의 프레임을 벗어나 있다는 측면에서는 닮아 있다. 그런데 지금, 2000년대 문학 공간의 후반기에 접어들면서, 그 환상과 세태 사이에서 무슨 일이 벌어지고 있는가?

이홍과 정한아는 미학의 극단에 서 있는 작가들이 아니다. 그들은 엽기적인 환상의 모험을 추구하지도 않으며, 세태소설적인 냉소를 답습하지도 않는다. 그런데도 그들의 소설은 분명히 다른 미학적 전회의 물결 속에 있다. 하나의 극단을 추구하지 않으면서, 그 틈새에서 다른 서사적 가능성을 열어 보인다. 어떤 방식으로? 장편 『걸프렌즈』로 등단한 이홍에 대해 문학 저널리즘은 또 하나의 '칙릿'이라는 이름을 부여하고 싶어 했지만, 이 소설의 불온한 발상은 칙릿 장르의 대중적 판타지를 배반하는 것이었다. 이어서 보여준 「50번 도로의 룸미러」를 비롯한 단편들에서 그는 상류사회에 대한 새로운 욕망의 고현학과 '네오-나르시시즘'의 인간학을 보여주었다. 정한아는 장편 『달의 바다』를 통해 환상과 성장이라는 두 가지 모티프를 결합시키는 서사를 선보였다. 낯선 곳에 대한 동경을 매개로 한 이국적인 환상이 비루한 현실의 악몽을 넘어서 타인과 현실을 긍정하는 동경과 연민의 미학이 되는 일련의 여행-성장 서사를 구축한다.

정한아의 소설에서 '달'로 상징되는 (『달의 바다』) 세계는 비루하고 팍팍한 일상적 현실 저편의 '고모'의 세계로서, 미지에 대한 동경을 상징한다. 그 미지의 세계가 '거짓말'로 판명된다고 하더라도, 그것이 주는 동경과 연민의 에너지가 소진되는 것은 아니다. 그 동경은 지금의 상황을 바꾸지는 못하지만, 타인들의 현실을 수락하게 만든다. 그런 맥락에는 어떤 '변신술'이 없이도 '달'의 빛이 존재한다는 이유만으로 비루한 생은 긍정의 힘을 부여받는다. 이홍의 '룸미러'(「50번 도로의 룸미러」)는 자동차의 후방을 비추어 볼 수도 있고, 뒷자석의 아이를 볼 수도 있으며, 운전자 자신을 얼굴을 들여다볼 수도 있다. 문제는 룸미러의 각도이며, 각도에 대한 선택이다. 각도는 운전자 자신의 욕망과 그 욕망의 기획으로 설정된다. 여기서 문제는 타인의 시선이 아니라, 자기 욕망의 자율성과 그 연출법이다. 달빛과 룸미러의 빛 사이에서 한국 소설의 서사 광학이 또 다른 모색을 하고 있다면, 2000년대의 한국 소설의 다시 살기가 가능할까?

2. 이홍—패션인의 자기 연출법과 네오-나르시시즘의 탄생

이홍의 인물들은 타인의 감옥에 살지 않는다. 그들은 다른 사람처럼 되고 싶거나, 다른 사람의 취향을 따라가지 않는다. 역으로 타인과의 차별성을 중시하지도 않는다. 타인과 같아지고 싶거나, 타인과 구별되고 싶은 것은, 모두 타인의 감옥 속에서 욕망한다는 것을 의미한다. 중요한 것은 타인들의 기준과 관계없이 자발적으로 욕망하는 것이다. 그들은 타인들의 시선과 인준으로부터 자유로운 자기 욕망의 자율성을 추구한다. '세태의 서사'에서 개인은 사회적 생존을 위해 상징 질서 안의 정상적 기준에 맞추어 자신을 위장한다. 하지만 이홍의 인물들은 그 시선의 감옥에서 과감하게 탈출한다. 그들은 왜 개인적 자율성의 세계에 몰입하는가?

이홍의 인물들은 아이러니하게도 '공유'의 문제에 직면해 있다. 남자 친구를 공유해야 하거나(『걸프렌즈』), 유일하다고 믿었던 드레스를 공유해야 하거나, 죽은 엄마와 한 남자를 공유하거나(「드레스 코드」), 세일즈를 위해 상류 가정의 며느리와 그 시어머니에게 모두 접근해야 하거나(「미스터 탬버린」), 몰래 입양한 아이를 시부모와 공유해야 한다(「50번 도로의 룸미러」). 누군가를 혹은 무엇인가를 공유해야 하는 제도적 현실은 '나만의 것' 혹은 '나만의 삶'에 대한 치명적인 제약이다. 그런데 이 공유의 비극은 현대 세계의 제도적 공간에서 피할 수 없는 조건이다. 이 공유의 비극을 돌파하기 위해, 그들은 자율적 삶을 확보하기 위한 음모를 실행하며, 소설은 그 실행의 시작과 함께 끝난다. 그것은 실패와 파국의 위험성을 껴안고 있지만, 현대 세계에 대한 새로운 고현학의 의미를 얻는다.

『걸프렌즈』에 대해, 2000년대 문학 시장의 우세 종 가운데 하나였던 '칙릿' 서사의 버전으로 읽는 독법이 있다. 그러나 이런 분류 방식으로 이 소설의 불온성을 설명하는 것은 거의 불가능하다. 『걸프렌즈』의 주인공도 직업 세계 속에서의 성공과 감미로운 로맨스를 꿈꾼다. 키스의 테크닉에 반해 사내 커플로 발전한 남성에게는 비밀이 있다. 그녀는 그가 다른 두 명의 여성과도 한꺼번에 사귀고 있는 것을 눈치 챈다. 문제는 그의 분망한 연애 생활을 알아챈 다음에도 그녀는 그의 '걸프렌즈'와 함께 일종의 자매애적 연대를 맺게 되고 심지어 사업을 공유한다는 것이다. 이런 도발적인 서사는 '평범하고' 인간적인 결핍을 가진 젊은 여성에게 다수의 '멋진' 남성들과의 연애의 기회가 찾아온다는 로맨스 판타지를 거꾸로 세운다. 장르로서의 '멜로드라마'가 '장애가 있는 연애 서사'라고 한다면, 이 소설은 그 장애 자체를 무화시키는 방식으로 멜로 장르의 관습을 배반한다. 그 전복의 효과는 대중적인 칙릿 서사의 기대를 무너뜨리는 것이지만, 그 문화적·정치적 함의는 더 복합적이다. 남자 친구의 여자들과 모종의 연대를 구축함으로써, 남자는 음모 주체가 아니라, 거꾸로 '자매들'의 음모 대상이 된다. 이 자매애적 음모는 그녀들을 남자의 로맨스에 농락당하는 희생자로 만들지 않고, 그녀들이 남자를 몰래 '공유'하는 은밀한 '취향의 공동체'를 구성하게 만든다. 단순히 타인과의 취향의 차별성이 중요하다면, 남자를 포기하거나 남자의 여자들과 싸워야 하겠지만, '나'는 그런 선택을 하지 않는다. 남자를 공유해야 하는 비극을 자율적인 욕망의 음모로 바꾸어놓음으로써, 역설적인 방식으로 자기 욕망의 자율성을 보존한다.

이런 자매애적 연대가 현실적으로 가능할까? 그러나 현대 소설의 세계는 있을 법한 확률의 세계가 아니다. 이 문제보다 중요한 것은, 이런 연대가 남성 판타지의 일부로 편입되지 않는가 하는 것이다. 소설의 마지막 부분에서, 그녀들과 함께 남자 친구의 비밀을 모두 알았다고 판단했던 '나'는, 그의 또 다른 비밀을 발견하고 당혹한다. 남자가 입고 있던 '엠프리오 아르마니' 니트를 선물한 사람이 이 세 명의 여자 가운데 없음을 알게 된다. 이 장면은 그 남자의 숨겨둔 연인의 존재와 남자의 놀랄 만한 로맨스의 능력을 말해주는 것이 아니다. 그것은 이 자매애적 연대가 남성적 지배 질서 안에서 지니는 근원적인 한계를 암시한다.

가벼운 거짓말로 남자와 약속했던 장소인 남산 타워를 '걸프렌즈'와 함께 올라갔을 때, 남산 타워로 은유되는 것은 거대한 남근적 권력 체계이다. 이 소설의 마지막 문장에서 "거대한 남산 타워"는 "능청스럽게 빛깔을 바꾸는" 능력을 가지고 있다.[2] 자매애적 연대가 거대하고 능청스러운 남성적 질서를 무너뜨린다는 것은 또 하나의 환상일 것이다. 그러면 무엇을 할 수 있을까? "새로 돋아나는 빛깔을 두려"워하지 않으면서, "오늘, 여기에 서 있"다는 것을 실감하는 일. 그것은 다른 방식으로 말하면, 남산 타워의 거대함과 능청스러움에 대해, 또 다른 여성적 능청스러움을 개발하는 일이다. 놀라운 속도감을 보유한 이 소설의 1인칭 문체가 가진 시치미와 능청은 그래서 하나의 무기이다. 이 지점에서 이 소설은 가부장적인 상징 질서에 대한 피해 의식과 비열한 남자들에 대한 냉소로 무장한 '여성소설'들과 변별된다.

이 소설에서 여성 인물은 타인의 시선보다는 자기 욕망의 자율성을 의식화한다. 흔히 남성의 성적 판타지를 상징하는 오럴 섹스의 장면에서, 1인칭 화자는 이렇게 진술한다. "그의 혀 끝에 장악되어 여기까지 온 거라면 이젠 내가 그를 장악해야 할 시점이다. 나에게도 혀는 있으니까. 내가 무릎을 굽히고 있는 자세인데도 굴욕적인 느낌이 전혀 들지 않는다. 그의 상기된 얼굴을 슬쩍 올려다보니 야릇한 정복 감마저 든다."[3] 여기서 남자가 로맨스의 세계에서 '나'를 유혹하고 지

---

2) 이홍, 『걸프렌즈』, 민음사, 2007, p. 302.
3) 이홍, 앞의 책, p. 231.

배했던 무기로서의 '혀'는 이제 '내'가 그 남자의 성욕을 지배하는 무기로 역전된다. 거기서 '나'는 '여성'을 연기하는 것이 아니라, 욕망의 연출자로서 여성이 된다.

  단편 「드레스 코드」는 패션의 욕망이란 무엇인가에 대한 문제의식을 보여준다. 패션의 세계는 취향의 자율성과 타인의 시선에 의한 인준 사이에서 선택과 배제가 이루어진다. 상류사회에서 패션의 세계는 개인의 정체성과 자율성을 획득하는 데 중요한 물신적 가치의 전쟁터이다. 상류사회에서 욕망의 기준이란, 중산층적인의 평균성과 정상성에 편입되는 것이 아니라, 자신을 특별하고 유일한 존재로 확인하고 싶은 것이다. 이 패션 전쟁의 규칙은 상류사회의 패션쇼 파티에서 있는 규약처럼 "약속된 코드 안에서 어떤 방식으로 최대한 자신을 드러내는지가 관건이다. 그들만의 코드 안에서 그들은 유일한 자신만의 코드를 찾으려고 한다."[4] 국내에 단 한 벌만 들어왔다는 '발렌티노 이브닝드레스'는 그 개인적 자율성의 기호적 가치를 암시한다. 그런데 똑같은 드레스를 입은 사람 때문에 웃음거리가 되고 심지어 다른 여자로 오인한 낯선 남자에게서 봉변을 당했을 때, 이 패션 세계에서 '나'의 유일한 정체성은 진창으로 추락한다. 그것은 이 기호의 전쟁에서 인간의 욕구가 차별성의 문제로 압축된다는 것을 정확하게 보여준다. 그러나 패션을 통한 취향의 자립성을 추구하면 할수록, 역설적으로 그것은 사회적 차이화의 물신적 지배 속에 갇힌다. 타인과의 차별성을 통한 취향의 우월성은 아이러니하게도 주체의 패배와 소외로 결과된다.

---

4) 이홍, 「드레스 코드」, 『세계의 문학』 2007년 겨울호, p. 261.

그런데 이 소설의 주인공은 그 소외의 세계에서 자신을 보존하는 자기 규율을 갖고 있다. "나는 발렌티노를 입을 때 내가 입은 브랜드를 알아봐주기를 원치 않았다. 발렌티노인 것을 나만 알면 되었으니까."[5] '발렌티노'의 '은밀한 자부심'은 그렇게 타인의 시선과 인준으로부터 자유로운 개인의 자율성을 설정한다. 그것은 자기 결정과 자기만족을 중시하는 '네오-나르시시즘적'인 개인주의, 혹은 타인으로부터 독립된 자신을 무한히 긍정하는 '사적인 개인성'의 등장을 의미한다.[6] 그러나 그렇다고 해서, 취향의 자율성은 정말 독립적인 것이 될 수 있는가? 그래서 '쇼핑은 결국 외로운 선택이다.'

이 단편의 또 다른 문제성은, 명품 브랜드의 로고들이 패션 세계의 정보로서 진열되는 것이 아니라, 등장인물의 실존적 삶의 기호로 이미지화된다는 것이다. 샤넬 로고의 C자는 남자의 '휘어진 허리'이고, 같은 방식으로 '트루릴리전 진'의 로고는 '손안에 부드럽게 잡히는 남자의 음낭'이며, '발렌티노'의 로고는 '남자 허벅지의 팽팽한 뒤태'이다. 명품 브랜드 로고는 남성적인 육체의 이미지로 충격된다. 소비 주체로서의 여성적 존재를 설정하고, 소비 대상으로서의 명품 브랜드를 남성 육체의 이미지로 설정하는 방식은 도발적이다. 그것은 죽은 엄마의 실존을 '샤넬'의 자기 과시적인 이미지와 일치시키고, 엄마의 옛 남자와 관계를 이어가는 '나'의 독특한 성적 취향만큼이나 불온한 것이다. 그 불온성 때문에 이 소설은 명품 세계의 이미지들과 정보들을 전시하는 '소비의 서사'가 아니라, 개인의 자율성을 둘러싼 소비의 진짜 욕망이란 무엇인가를 물어보는 서사가 될 수 있다. 패션의 세계

---

5) 이홍, 「드레스 코드」, 앞의 책, p. 267.
6) 질 리포베츠키, 이득재 옮김, 『패션의 제국』, 문예출판사, 1999 참조.

가 단순히 옷을 소비하는 문제가 아니라, 문화적 의미화와 행동 양식에 관한 문제라면, 이 소설에서 패션을 삶의 선택과 의미화의 중요한 요소로 내면화한 인물을 '패션인'이라고 부를 수 있다.[7] 패션인에게 패션은 장식과 포장의 문제가 아니라, 삶의 디자인과 연출에 관계된 문제이다.

「미스터 탬버린」에서 외제차 딜러인 주인공 남자는 기러기 아빠로 살아가는 직장인이다. 어릴 적 그는 명문 사립 초등학교를 나올 정도로 상류 출신이었으나, 지금은 상류사회의 사람들을 상대로 세일즈를 해야 하는 입장이다. 그가 고객들을 상대하면서 비장의 무기로 개발한 것은 탬버린 연주이다. 탬버린 연주는 고객들에 대한 특별 서비스로서 시작되었지만, 주인공은 점점 더 그 악기 자체의 매혹에 빠진다. 그러나 탬버린은 '악보에도 등장하지 않는 악기'이고, '공명 없는' 악기이다. 좀더 많이 팔아야 살아남는 세일즈의 세계로 상징되는 소비자본주의 사회에서 '탬버린 연주법'이 의미하는 것은 무엇인가? 도구로서의 예술과 자율적 욕망으로서의 예술 사이의 간격 사이에서 '나'의 탬버린 연주법은 블랙코미디와 같은 아이러니를 드러낸다. 소설의 마지막 장면에서는 상류사회의 멤버 앞에서 '나'의 탬버린은 자기만의 연주를 시험한다. 이 순간에 비로소 주인공은 타인들의 시선으로부터 자유로운 탬버린만의 연주를 시도하는데, 그것은 또 다른 파국을 예비하는 것이다. "나는 탬버린만을 위한 연주를 하겠다. 세

---

7) 질 리포베츠키, 앞의 책 참조. 이 책에서 패션인은 '덧없음의 유혹이 자극하는 대로 움직이는 현대인의 모습'을 포괄적으로 지칭하는 것이지만, 이 글에서는 삶의 디자인과 자기 연출을 통해 개인의 자율성을 최대한 추구하는 현대인의 새로운 유형을 지칭하는 용어로 의미화한다.

상의 모든 음악은 결국 자기만의 고독을 소진하는 것이니까."⁸⁾ 흥미
로운 예술론으로 읽을 수 있는 이 소설에서 탬버린은 시장적 가치와
미적 자율성의 욕망 사이에서 대중적 예술의 위치를 암시한다. "누구
나 자기만의 악기가 있고 자기만의 연주가 있다." 그러나 자기만의
연주를 찾는 것은 얼마나 어려운 일인가?

「50번 도로의 룸미러」는 미스터리적 요소를 가미한 팽팽한 단편 미
학을 통해, 작가의 서사 능력에 대한 새로운 가능성을 확인시켜준다.
이 소설의 문체는, 마치 유리 조각처럼 투명하지만 어느 순간 날카로
워진다. 아나운서 출신의 주인공 여자는 결혼을 통해 상류사회에 진
입한 인물이다. '여자'는 '50번 도로'를 달리면서, 뒷좌석의 아들이
'룸미러' 속에서 사라지는 경험을 한다. 남편이 의문의 죽음을 당한
이후 방송인으로서의 새 삶을 시작하려는 '나'에게 시부모 몰래 입양
한 아이는 치명적인 장애물이다. 여자는 입양 당시의 범죄 사건들을
검색하면서 아이가 흉악범의 아들일 거라고 근거 없이 확신하기 시작
한다. 소설은 '50번 도로' 위를 아이와 함께 차로 달리는 장면에서 시
작하여 여자가 아이의 실종을 신고하는 장면으로 끝난다. 그사이에
여자는 어떤 '선택'을 한 것일까?

여자의 '50번 도로'는 그녀의 삶의 진로에 대한 은유로 읽을 수 있
고, '룸미러'는 자기의 후방을 내다보거나 자기 공간의 내부를 들여다
볼 수 있는 시각적 장치이다. 룸미러에 사각이 있거나 갑자기 뒷자리
의 아이가 보이지 않는 것은, 사실은 룸미러의 문제가 아니다. 룸미
러는 보고 싶은 것만을 본다. 길 위에서 여자는 어떤 선택을 해야 하

---

8) 이홍, 「미스터 탬버린」, 『한국문학』 2008년 가을호. p. 179.

고, 그 선택이 때로 입양한 아이를 죽이거나 유기하는 극단적 범죄라고 하더라도, 그것은 그녀가 룸미러를 통해 스스로 기획하고 연출한 삶의 진로이다. 그녀는 그 선택의 행위를 통해 '행위 주체'로서의 자신이 된다. '50번 도로'에서 '에버랜드' 톨게이트의 우회 도로로 진입한 8시 45분과 톨게이트를 빠져나간 9시 50분 사이는 여자가 자신의 아이를 유기한 시간이다. 소설은 그 시간의 내부를 묘사하지 않는다. 그 시간은 "간절한 마음으로 의식에서 지워야 하는 순간"이고, "기억하기 싫은 일은 기억할 수 없는 일이 되어야만 한다."[9] 여자는 자신의 기억마저 삭제하는 자기 연출을 실행한다. 기억은 인간적 동일성의 근거가 아니라, 욕망의 기획을 위해 스스로 조작되어야 하는 어떤 것이다.

이 소설에서 마지막 장면의 이미지는 강렬하다. "룸미러에 점 박힌 흰자위가 사라지지 않는다. 뒤따라 오는 전조등인가 싶었지만, 그것은 사람의 눈이다. 아무리 먹어도 채워지지 않을 굶주린 새하얀 눈자위, 영원히 감기지 못할 두 눈, 바로 자신의 눈."[10] 여자가 룸미러에서 마지막으로 본 것은 영원히 감지 못하는 자신의 눈이다. 여자는 자기 욕망의 무서운 심연을 들여다본다. 그것은 단순히 자신의 모습에 매료된다는 의미의 자기애적 나르시시즘이 아니라, 타인의 인준과는 관계없는 자기 욕망의 자율성에 탐닉한다는 측면에서의 새로운 나르시시즘이다.

이홍 소설은 상류사회 욕망의 고현학을 세밀하게 드러내면서, 현대적 개인성의 다른 층위를 서사화한다. 그의 소설들은 삶에 대한 다른

---

9) 이홍, 「50번 도로의 룸미러」, 『문학과사회』 2008년 겨울호, p. 164.
10) 이홍, 「50번 도로의 룸미러」, 위의 책, pp. 164~65.

기획과 연출을 통해 개인의 자율성을 획득하려는 개인의 모험을 다룬다. 이홍의 고현학은 유행의 세계를 다룬다는 의미에서가 아니라, 자기 삶을 스스로 연출하고 디자인하려는 '패션인' 욕망의 심층을 드러낸다는 맥락에서 욕망의 고현학이다. 이홍은 타인의 인준으로부터 독립된 절대적인 '나,' 자율적인 '나'를 구축하려는 욕망, 그 '사적인 개인성'의 세계를 문제화한다. 그것은 동시대의 한국 소설에서 탐구되지 않았던 첨예하고 현대적인 인간학을 열어준다. 그것을 패션인의 등장, 네오-나르시시즘의 탄생이라고 부를 수 있을까?

3. 정한아—동경의 지리학, 환상이 현실을 수락하는 방식

정한아의 장편 『달의 바다』의 매력은 우주 비행사로 자신을 설정한 고모가 보내는 가짜 편지의 환상적 아름다움에서 비롯된다. 우주 여행의 경험을 할 수 없는 작가가 학습한 정보와 상상력을 동원해 구축한 이미지들은 서정적인 매혹을 선사한다. 물론 이 편지들의 아름다운 이미지가 이 소설의 플롯상 서사적 동력이 되어 유기적으로 작동하는 것인가라는 질문은 던져볼 수 있다. 이 환상적 이미지의 다른 한편에 기자 시험에 계속 낙방하는 '나'의 현실과 할아버지와 아버지의 '이대 갈비'의 공간이 있다. 그것은 단순하게 말하면 꿈과 현실의 낙차이고, 그 낙차야말로 성장 서사의 기본 조건을 이룬다. 이 소설의 특징은 그 환상이 가짜로 드러나는 순간에조차 그것이 환멸의 서사로 귀착되지 않고, 삶의 남루함에 대한 긍정과 연민의 서사로 마감된다는 점이다.

"꿈꿔왔던 것에 가까이 가본 적 있어요? 그건 사실 끔찍하리만치 실망스러운 일이에요"[11]라는 이 소설의 첫 문장과 "생각하면 엄마의 마음이 즐거워지는 곳으로, 아, 그래요, 다이아몬드처럼 반짝반짝 빛나는 달의 바닷가에 제가 있다고 생각하세요. 그렇게 마음을 정하고 밤하늘의 저 먼 데를 쳐다보면 아름답고 둥근 행성 한구석에서 엄마의 딸이 반짝, 하고 빛나는 것을 찾을 수 있을 거예요, 그때부터 진짜 이야기가 시작되는 거죠. 진짜 이야기는 긍정으로부터 시작된다고, 언제나 엄마가 말씀해주셨잖아요?"[12]라는 이 소설의 마지막 문장들 사이에서, 꿈의 소멸은 덧없음과 환멸이 아닌 긍정의 에너지로 다시 태어나는 마술이 일어난다. 환상이 실현되지 않는다고 하더라도 그렇게 "생각하면 즐거워지는" 곳을 설정하는 것, 모든 것은 "그렇게 생각하면" 된다는 것, 이 꿈의 우위성이야말로 정한아의 인물들이 '원치 않는' 인생, 팍팍한 현실을 수락하게 되는 근거이다. 우주 비행사의 환상을 선물한 존재가 '이모'가 아닌 '고모'인 이유도 이와 연관된다. 친가의 계보이면서 여성적 존재인 고모의 이중성은 삶의 비참함과 환상을 동시에 껴안고 있는 양면적 존재이다.

"만약에 우리가 원치 않는 인생을 살아갈 수밖에 없는 거라면, 그런 작은 위안도 누리지 못할 이유는 없잖니"[13]라는 고모의 명제는 원하지 않는 삶을 견딜 '작은 위로'가 필요하다는 수준에서는 설득력이 있는 것이다. 그러나 이런 방식으로 현실을 수락하는 것은 현실에 대한 첨예한 질문의 방식이기보다는, 일종의 낭만적 해결의 방식이다.

---

11) 정한아, 『달의 바다』, 문학동네, 2007, p. 7.
12) 정한아, 위의 책, p. 161.
13) 정한아, 위의 책, p. 127.

현실의 수락 역시 낭만적 환상의 일부로 편입될 수 있다는 것이다. '나'의 남자 친구 민이는 트렌스젠더를 꿈꾸는데, '그'는 조각같이 비현실적인 남성적 외모의 소유자이다. 완벽한 외모를 가진 남자가 남성성을 버리고 싶어 하는 자신의 속 깊은 베스트 프렌드라는 설정 자체를 낭만적 환상이라고 부를 수도 있다. 그러나 중요한 것은 그 과정을 통해 어떤 '성장'의 사건이 일어난다는 것이다. 소설의 후반부에 미국 여행에서 돌아온 뒤 '이대 갈비'에 출근하기 시작한 '내'가 '솜털 같은 머리카락'이 나기 시작한 것을 발견하는 것은 그 성장의 미세한 표지일 것이다. 그것은 물론 '교양소설'적인 의미의 인간적 완성으로서의 성장은 아니지만, 환상을 통해 현실을 수락하고 "끊임없이 생성하고 소멸하는, 이 둥글고 환한 지구에서 살아가는 꿈"[14]을 얻는 방식을 터득한다는 맥락에서의 성장이다.

단편 「아프리카」에서, 집창촌에서 일하는 '나'에게 '아프리카'라는 지명 역시 그 꿈을 상징한다. "내 주머니 속에는 아프리카가 들어 있다. 위로가 필요할 때마다 나는 주머니에 손을 넣어 그것을 만져본다.[15] "그녀의 '아프리카'는 『달의 바다』에서의 달을 둘러싼 환상과 정확하게 일치한다. 지구와 달의 거리가 멀기 때문에, 그 이미지의 매혹이 배가되는 것처럼, 집창촌의 생활과 '아프리카'의 거리가 멀기 때문에 그 매혹은 더욱 강렬한 것이 된다. 그 매혹은 '하루아침에 삶을 바꿀 수는 없다는 것'을 알아버린 '나'에게 주어진 나날의 삶을 받아들이게 한다.

정한아의 단편에 등장하는 개인들은 가족과 연인으로부터의 '상실'

---

14) 정한아, 앞의 책, p. 157.
15) 정한아, 「아프리카」, 『창작과비평』 2007년 가을호, p. 112.

의 경험이 있다. 그 경험은 현재의 삶이 꿈꾸던 삶이 아니라는 것을 말해준다. 상실을 견디고 새로운 자기 위로의 방식을 찾는 계기로서 그들은 여행을 하거나, 이국적인 이미지에 매료된다. 소설 「마테의 맛」에서, 스포츠센터 카운터에서 일하고 학원 강사 아르바이트를 하면서, 교육대학원을 다니는 '그녀'에게 현재의 삶은 결핍의 연속이다. 집의 생활도 여유롭지 못하고, 아직 정규 사회에 진입하지 못했고, 연민을 가지고 있는 대학원 강사는 '예전에 사랑했던 사람'을 닮았으나 아직 그녀의 존재를 인식하지 못한다. 그녀와 가족이 한때 거주했던 '아르헨티나'는 이제는 돌아갈 수 없기 때문에, 단순한 과거가 아니라 이국적인 매혹과 상처의 이미지로 남아 있다. 한때 희망의 이름이었던 아르헨티나에서 가족은 불행한 사건 때문에 동생을 잃고 돌아온다. 아버지는 여전히 1년에 하루 아르헨티나식으로 요리를 하고, 아버지가 끓이는 아르헨티나산 마테의 차는 그녀를 다른 곳으로 인도한다. "좋은 마테 찻잎에서는 바람, 태양, 흙의 향취를 느낄 수 있다. 감각이 환히 열려서, 미처 느낀 적 없었던 시간 장소까지 가 닿는 것이다."[16] 마테의 맛은 지금 여기가 아닌 다른 세계로 존재를 이동시킨다.

'마테'의 이미지는 여기에 한정되지 않는다. 마테의 맛은 "요리의 맛을 지우지 않고 하나로 만들어 주"[17]는 효능이 있다. 그래서 아버지는 그 마테의 맛을 보기 위해 요리를 한다. 그녀에게 마테의 맛은 다른 세계로 인도하는 힘을 지녔지만, 아버지에게 그것은 그전에 먹은 음식의 맛을 결합하는 의미를 지닌다. 여기서 '마테'라는 '먼 나라의 차향기' 그 이국적 환상은 다시 한 번, 현실로부터의 도주가 아니

---

16) 정한아, 「마테의 맛」, 『문학동네』 2007년 겨울호, p. 209.
17) 정한아, 「마테의 맛」, 위의 책, p. 210.

라, 현실을 통합하고 수락하는 매개체로 작용한다. 마지막 장면에서 그녀는 서울의 밤에 대해 아버지에게 다음과 같이 말한다. "불빛이 꺼지질 않아서, 기대를 저버릴 수 없어요."[18] 마테의 맛은 서울이라는 공간 속에서 그녀의 실현되지 않는 삶의 가능성, 그 '기대'를 저버리지 않게 한다. 이국적인 이미지가 주는 서정성은 지금 여기 삶의 곤궁함을 받아들이게 하고, 아직 실현되지 않는 삶에 대한 기대를 이어준다.

단편 「댄스 댄스」에서 장애 때문에 한쪽 다리를 저는 아버지의 결핍과 가족의 불우는 두 가지 꿈의 이미지로 덮인다. 소설의 도입부에서 아버지가 말해준 스위스 신부학교의 이미지, "호숫가에 서 있는 고성(古城)과 그곳에서 생활하는 세계 부호의 딸들의 이야기, 아침을 시작하는 섬세한 크루아상 한 조각과 꿀을 타서 마시는 커피, 벨벳으로 만든 자주색 승마복, 날렵한 가죽 부츠, 밤색 애마가 좋아하는 각설탕과 고전문학을 주제로 하는 티타임, 삼중주의 실내악, 장밋빛 실크 가운, 열린 창문을 통해 보이는 별들……."[19] 이 이미지는 현실 저편에 속해 있는 이미지라는 측면에서 정한아의 '달'과 '아프리카'와 '마테'의 계열에 속한다. "아버지가 그려준 호숫가의 고성은 그 뒤에도 나에게 해당되지 않는 것이었다. 그래도 나는 그걸 아주 소중하게 간직하고 있다. 아버지의 유일한 유산으로, 품위에 대해서라면 언제나 아버지는 옳았다."[20] 아버지의 고성은 아버지가 간직한 꿈과 품위를, 다른 방식으로 말하면 꿈이 있기 때문에 유지되는 품위를 의

18) 정한아, 「마테의 맛」, 앞의 책, p. 210.
19) 정한아, 「댄스 댄스」, 문장웹진 2007년 10월.
20) 정한아, 「댄스 댄스」, 위의 웹진.

미한다. 두번째는 아버지의 자전거다. 다리가 불편한 아버지는 자전거 위에서 장애가 없는 것처럼 균형을 잘 잡는다. 아버지가 운전하는 자전거와 그 뒤에 앉은 엄마의 이미지는 '균형 잡힌 춤'처럼 느껴진다. 그때 아버지와 가족의 결핍과 불우는 환상적인 '댄스'의 이미지로 역전된다.

단편 「첼로 농장」과 「천막에서」에서도 정한아 특유의 이국적인 이미지는 '상실'의 체험을 견디는 마법을 보유한다. 「첼로 농장」에서의 이스라엘 키부츠는 협동 농장으로, 세계 각국의 젊은이들이 찾아오는 공동체 집단이다. 봉사자들은 자신들의 농장을 임대받아 일하고 여가와 숙식을 제공받는다. 그 이국적인 공간에서의 육체노동과 여가의 시간들은 다른 시공간을 체험하는 경험이지만, 그곳에까지 따라온 것은 '그'와의 상실 체험이다. "그는 죽지 않았다. 그는 나와 헤어져 나와 상관없는 사람으로, 여기서 한참이나 먼 내 조국 땅의 한곳에 '여전히' 살아 있다."[21] 키부츠 생활은 조국에서 겪은 상실의 체험으로부터 도피가 아니라, 그것을 재인식하는 계기가 된다. 소설의 후반부에 이르면 그 상실의 체험에 대한 '나'의 이해는 더욱 깊어진다. "지금 여기에서 나는 그를 똑바로 볼 수 있다."[22] 상실의 기억에 대한 이해의 깊이는 더 이상 슬픔을 두려워하지 않는 시간, 첼로 음악이 들리는 농장의 이미지에 대한 상상으로 연결된다. 그 농장은 지금 지상에는 없지만, 그 이미지는 슬픔을 받아들이고 슬픔을 두려워하지 않는 힘이 된다.

「천막에서」의 공간은 중국의 방수포 생산 공장이다. 소설의 주인공

---

21) 정한아, 「첼로 농장」, 『현대문학』 2009년 1월호, p. 154.
22) 정한아, 「첼로 농장」, 위의 책, p. 171.

역시 조국에 '그녀'를 상실하고 왔다. 중국 현지 홍수의 이미지와 그 홍수 때문에 지어진 천막들의 이미지는 이국적인 기이한 풍경이지만, 그것은 주인공의 실존적 삶이 처해진 불안정한 상황의 은유가 된다. 그 천막의 공간 속에서 '나'는 그녀의 기억에 더 깊이 접근하고 "그녀는 지금 어디에 있을까"라는 의문은 "나는 내가 가야 할 곳을 깨닫는다"[23]는 자기 확인으로 이어진다.

정한아의 소설들에서 이국적인 이미지와 여행의 경험은 지금 여기에서의 삶을 재인식하는 계기가 된다. 여행의 서사는 1990년대 소설에서 의미 있는 성취를 이룬 바 있다. 정한아의 여행 서사가 의미 있는 점은, 그것이 낭만적 동경이나 이국 풍경에 대한 도취에 한정되지 않는, 자기 삶의 내부에 대한 재수락이라는 함의를 동반한다는 것이다. 이국적인 이미지 자체는 삶의 외부에 속한 것이지만, 그 외부는 역설적인 방식으로 내부를 살게 한다. 이런 맥락에서 정한아의 이국적인 이미지들은 단지 환상과 비실재가 아니라 삶을 움직이는 또 다른 실재라고 할 수 있지 않을까? 이국적인 이미지는 현실의 결핍을 견디는 기호의 동력이라는 측면에서 삶의 살아 있는 일부가 된다. 정한아의 인물들은 현실 저편의 다른 세계라는 거울에 비추어, 혹은 그 이국적 이미지를 통과한 뒤에 다시 남게 되는 '최소 현실'을 재수용한다. 그래서 정한아의 이국 체험에는 언제나 '성장'의 모티프가 묻어 있다. 성장은 존재가 하나의 단계에서 다른 단계에 상승하는 것이다. 정한아의 성장 서사는 '성숙'이나 '발전'이라는 이름으로 설명되지 않는다. 외형적으로 인물들은 다만 그 자리에 서 있다. 그들은 지금 당

---

23) 정한아, 「천막에서」, 『한국문학』 2008년 겨울호, p. 128.

장 삶에 대한 어떤 다른 선택과 모색을 하지 않는다. 그러나 그들의 내적 변화는 그 자리를 살아가는 태도의 이동을 암시한다. 그 변화는 나와 타인들의 삶이 처한 현실과 꿈에 대한 무한 긍정이다. 현실과 꿈은 적대적 관계에 속한 것이 아니라, 꿈이 수락되면서 동시에 현실의 삶도 수락된다. 그 지점에서 특유의 서정적인 문체에 감싸인 동경의 지리학은 연민의 윤리학이 된다.

너무나 무심한 당신

—2000년대 소설에서 읽은 초연성의 존재 미학

투명한 불행

당신은 불행한가? 이 질문이 모호하게 느껴진다면, 당신에게 먼저 '불행'이란 무엇인가라고 물어보자. 불행은 행복의 반대 상태, 행복이 부재한 상황이다. 행복이라는 관념이 없다면, 불행이라는 관념도 태어나지 않았을지 모른다. 이것은 마음의 사건이다. 행복은 행복에 관한 의식이고, 불행 역시 불행에 관한 의식이다. 불행은 자신이 행복하지 않다고 느끼는 마음의 상태 혹은 정념이다. 행복하기 위해 살아간다는, 행복을 둘러싼 강박과 책무는 불행에 관한 의식을 상대적으로 부풀린다. 그러나 그 마음이 불쑥 내부에서 솟아오른다고 그렇게만 말할 수는 없다. 불행한 의식을 추동하는 외부로부터의 자극이 있을 수 있다. 불행은 초대받지 않은 손님처럼 내면으로 찾아올 수도 있다. 그 어두운 손님을 어떻게 맞을까?

인간이 불행에 대처하는 태도는 여러 가지일 수 있다. 불행에 대한 의식이 과도한 정념으로 드러날 때, 우리는 다만 불행에 몸부림치는 하나의 짐승이다. 불행에 대한 과도한 파토스는 주체가 외부의 고통에 대해 수동적인 상태임을 뜻한다. 파토스의 그리스 어원에 따르면 그것은 '받은 상태'를 의미한다. 인간의 마음이 외부로부터 받은 상태가 파토스이며, 따라서 그것은 수동성, 가변성을 지닌다. 주체가 파토스에 사로잡힌다는 것은 외부로부터의 고통에 타율적으로 구속된 것을 의미한다. 주체는 그 불행의 파토스를 어떻게 규율할 수 있는가에 따라 자율성을 지니게 되며, 그것이 스스로의 존재 방식을 성찰하는 계기가 된다. 만약 인간이 그 불행의 파토스를 넘어설 수 있다면, 그것은 개인의 윤리학을 둘러싼 다른 삶의 가능성을 모색하는 일이 될 수 있다. 어떤 삶의 가능성?

예를 들어 한때 살 만했던 집은 아버지의 개인적인 실수로 갑자기 가난해지고, 대학 진학을 위해 서울로 올라와 아르바이트를 하면서 반지하 방에 언니와 같이 살고 있는데, 어느 날 폭우가 쏟아져 셋방으로 물이 들어차기 시작한다면? 그래서 그 셋방에는 어울리지 않는 피아노가 물에 잠겼다면, 그렇다면 당신은 불행한가? 불행하다면, 그건 당신 마음의 문제일까 혹은 외부로부터 들이닥친 고통 때문일까? 혹은 불행하지 않다면, 그건 당신의 마음이 외부로부터의 어떤 고통에도 불행의 정념에 휩싸이지 않고 언제나 평정심을 잃지 않기 때문일까? 아니면 그 정도의 고통은 불행으로 느낄 수 없을 만큼 미약하기 때문일까? 불행은 다만 행복이라는 관념 때문에 발생한 '불행한 관념'일까?

나는 다급히 손을 거두며 스스로를 책망했다. 셋방에 물이 잠겨가는

데 무슨 짓인가 싶었다. 빗물은 어느새 무릎까지 차 있었다. 나는 피아노가 물에 잠겨가고 있었다는 걸 깨달았다. 저대로 두다간 못 쓰게 될 게 분명했다. 순간 '쇼바'를 잔뜩 올린 오토바이 한 대가 부르릉-가슴을 긁고 가는 기분이 들었다. 오토바이가 일으키는 흙먼지 사이로 수천 개의 만두가 공기 방울처럼 떠올랐다 사라졌다. 언니의 영어 교재도, 컴퓨터와 활자 디귿도, 아버지의 전화도, 우리의 여름도 모두 하늘 위로 떠올랐다 톡톡 터져버렸다. 나는 피아노 뚜껑을 열었다. 깨끗한 건반이 한눈에 들어왔다. 건반 위에 가만 손가락을 얹어보았다. 엄지는 도, 검지는 레, 중지와 약지는 미 파. 아무 힘도 주지 않았는데 어떤 음 하나가 긴소리로 우는 느낌이 들었다. 나는 나도 모르게 손가락에 힘을 주었다.[1]

이 다급한 장면에서 사람의 반응은 제각각일 수도 있다. 젖으면 망가지는 중요한 물건을 챙겨 집 밖으로 피신하거나, 들어차는 물을 퍼내기 위해 노력하거나, 비명이라도 지르면서 자신에게 닥친 예기치 않은 재난에 대해 억눌린 감정을 폭발시키거나 할 수 있을 것이다. 그런데 그녀는 담담하게 혹은 마치 모든 걸 포기한 듯 물에 잠기기 시작한 피아노를 연주하기 시작한다. '검은 비가 출렁이는' 반지하 방에서 피아노를 치는 일은 마치 불행에 대한 어떤 기이한 의례처럼 느껴진다. 그 의례는 불행의 원인 중 하나였던 아버지가 쇼바를 올린 오토바이를 타고 절규했던 장면처럼, 불행과 마주하고서도 그것에 어떤 '스타일'과 '이미지'를 부여하는 의례이기도 하다. 하지만 아버지

---

1) 김애란, 「도도한 생활」, 『침이 고인다』, 문학과지성사, 2007.

의 절규와는 달리 그녀의 연주는 담담하고 초연하여 그 순간을 '아주 투명한 불행'처럼 맞아들인다. 불행의 끝을 상상할 수 없고, 원망할 수도 없기 때문일까? 그 불행의 마지막을 알 수 없기 때문에, 차라리 그녀는 그토록 초연한 것일까? 소설은 삶에서 증가되어가는 불행의 요인들이 한꺼번에 들이닥치는 마지막 장면에서도 어떤 심미적 자세를 선택하는 인간의 모습을 보여준다. 그걸 단지 투명한 체념이라고 말하기보다는, '투명한 체념의 미학'이라고 말해야 하는 것은, 거기에는 불행 앞에서의 심미적 자존 의식이 개입되어 있기 때문이다. 불행은 다만 마음의 사건이지만, 불행에 대처하는 그녀의 자세는 실존의 심미적 영역으로 전환된다. 불행을 아름답게 맞는다는 것은 가능한가?

불행의 소통

그 닭이 우물에 빠지자 외할머니 머릿속에는 오직 한 가지 생각밖에 들지 않았다. '혼나기 전에 얼른 닭을 찾아와야 해.' 외할머니는 허리에 밧줄을 묶은 다음 우물 아래로 내려갔다. 우물 밖에서 어머니가 소리쳤다. "엄마 괜찮아?" "괜찮아." 외할머니의 목소리가 아주 먼 곳에서 들려왔다. [⋯⋯] 어머니는 우물 옆 감나무에 묶어놓은 밧줄을 흔들었다. 줄이 힘없이 흔들렸다. 나중에 우물 속에서 시체를 건졌을 때, 외할머니는 닭을 두 손으로 꼭 껴안고 있었다고 한다.
"걱정 마라, 그걸 견뎠는데 이쯤이야. 게다가 닭고기도 잘 먹잖니." 어머니가 말했다. 갑자기 천장에서 벽지 한 장이 뚝 떨어졌다. 벽지가 소파에 누운 내 몸을 반쯤 덮어주었다. "이불 같아." 나는 중얼거렸다.[2]

불행은 어떻게 소통되는가? 아버지의 공장은 다른 사람에게 넘어 갔고, 오빠는 연탄가스 중독으로 죽었으며, '나'는 대입 재수 중이다. 어느 날 아버지는 회사에 출근하지 않고 실종된다. 가족이 함께 도배 한 벽지는 들뜨기 시작하고 갑자기 뚝 떨어져내린다. 이쯤 되면 '나' 는 불행한 것일까? 이 불행의 끝자락에서 엄마는 자기의 불행한 가족 사를 담담하게 얘기한다. 얼굴에 마맛자국이 있던 외할머니는 애 딸 린 홀아비에게 시집와서 시어머니의 구박 속에 살았다. 하루는 옆집 개가 뛰어들어 집에서 키우던 토종닭이 놀란 나머지 날아올라 우물로 빠지게 되고, 시어머니에게 혼이 날 것을 걱정한 외할머니가 그 닭을 건지러 우물로 내려갔다가 죽음을 당한다. 이 강렬한 비극의 기억 앞 에서도 엄마는 "걱정 마라. 그걸 견뎠는데 이쯤이야. 게다가 닭고기 도 잘 먹잖니"라고 담담하게 말한다. 엄마의 태도는 어쩌면 삶의 격 렬한 트라우마 앞에서 그것을 오랫동안 견디고 껴안고 살아온 자의 자기방어의 자세처럼 보이기도 한다. 그러면 소설의 1인칭 관찰자인 '나'의 불행은?

재수 생활을 하고 있는 '나'의 불행은 부모가 겪었던 불행에 비하 면, 불행하지 않을 수도 있다. 그러나 이 가족은 그 불행한 기억과 의 식을 이상한 방식으로 공유한다. 공유한다기보다는 이상한 방식으로 '불행을 소통한다.' 이 소설의 문체적 특징, 행갈이를 유예하는 속도 감 있는 단문들 속에서 인물들의 내면과 대화는 서로 섞이고, 그 가 족의 감정 상태 역시 희극과 비극을 구별하기 힘들며, 이로써 그들은

2) 윤성희, 「감기」, 『감기』, 창비, 2007.

불행을 서로 소통한다. 이 소설에서 그 소통의 매개체는 이상한 숫자들로 암시되는 삶의 알 수 없는 '기미'일 것이다. 그리고 그 기미들을 기술하는 서술자 '나'의 의식은 담담하게 서로의 불행을 소통시키는 소설적 자아이다. 그녀는 떨어진 벽지를 보고 "이불 같아"라고 말할 줄 안다. 아버지가 붙인 벽지가 떨어지는 남루하고도 불길한 상황에서, 그 비극적 기미를 '이불'이라는 포근한 행복의 이미지로 전환시키는 소박한 상상력은, 타인의 불행을 소통시키는 불행에 관한 '행복한 의식'이다. '벽지'를 '이불'로 바꾸는 마음의 마법.

불행의 유전

화재의 원인은 재떨이에서 떨어져내린 담뱃불이었다고 했지만, 형도 누나도 담배를 피우지 않는 사람들이었다. 누군가가 감정 없는 어조로 두 사람이 자살할 만한 이유가 있었는지 물어왔다. 모른다고 짧게 대답했다. 나는 두 사람이 왜 죽었는지, 왜 불이 났는지 궁금하지 않았다. 내가 궁금한 건 두 사람이 죽음의 순간에 왜 함께 있었는가 하는 것이었다. 그들은 아무런 설명도 없이 나를 혼자 남겨놓았다.

나는 하고 있던 모든 작업을 놓고 상주가 되어 영안실에서 이틀 밤을 보냈다. 허리가 아팠다. 밤을 새우는 일이 힘겹다는 생각이 들었다. [……] 나는 오열하던 그들을 한 방울의 눈물도 흘리지 않고 맞았다. 사진 속에는 누나와 형이 있을 뿐이었는데 사람들은 그들의 얼굴에서 엄마와 아버지를 보고 있었다.[3]

불행은 유전되는가? 아버지와 어머니를 한날한시의 사고로 잃고 할머니와 형과 누나와 함께 살아온 '나'는 그 두 사람마저 화재 사고로 잃는 상황에 직면한다. 사람들은 아버지와 어머니의 불행과 누나와 형의 불행이 '똑같은 방식'으로 일어났다고 생각한다. 비극은 그렇게 유전된 것인가? 그 비극의 반복 앞에서 주인공은 다만 "두 사람이 왜 죽었는지, 왜 불이 났는지 궁금하지" 않고, "두 사람이 왜 죽음의 순간에 함께 있었는가"를 궁금해할 뿐이다. 이 격렬한 비극 앞에서 주인공이 눈물 한 방울도 흘리지 않는 이유는 이러한 태도 때문일 것이다. 주인공은 비극의 내용 그 자체보다는 그 비극을 둘러싼 관계의 구조를 알고 싶어 한다. 이를 테면 숫자 3을 둘러싼 비밀 같은 것.

주인공은 셋에 대한 강박적 혐오감을 갖고 있다. 이것은 슬럼프를 벗어나기 위한 음악 치료로서 세 박자의 왈츠를 들어야 하는 아이러니를 야기한다. 셋이야말로 이 세계를 지탱하는 질서이다. 셋이라는 안정된 세계에 대한 주인공의 공포는 연인과의 섹스에서도 셋이 된다는 공포감 때문에 콘돔을 고집하는 강박으로 작용한다. 그러나 '거리를 두고 자신의 역사를 응시하는' 과정을 통해 그 공포를 조금씩 받아들이는 모습을 보인다. 셋에 대한 강박은 자신이 경험한 가족사적 상처에서 비롯된 것이지만, 더 넓게 보면 셋을 이루지 않고는 살 수 없는 현대적 인간의 보편적인 조건과 관련 있다. 둘 사이의 직접적 관계가 아니라, 어떤 매개적 관계를 통해 지탱되는 질서와 그 질서의 완고함. 어쩌면 부모의 죽음과 형제의 죽음은 그 제도적 질서에 대한 극단적인 도주일 수 있다. 두 사람만의 비밀스런 죽음이야말로 셋으

---

3) 윤이형, 「셋을 위한 왈츠」, 『셋을 위한 왈츠』, 문학과지성사, 2007.

로 지탱되는 세계에 대해서 둘만이 할 수 있는 유일한 도주의 가능성
이다. 소설은 왈츠의 박자와도 같은 셋이 반복되는 구성을 통해, 이
세계를 지탱하는 관계의 비밀을 암시한다. 극단적인 가족사적 비극에
대해 짐짓 무심한 주인공은 '셋의 구조'라는 관념의 매개를 통해 그
불행의 유전을 받아들이려고 한다. 문제는 불행 자체도 불행의 유전
도 아니며, 불행의 유전을 이해하는 매개적 의식이다. 그 매개적 의
식은 일종의 미학적 기획이기도 하다. 셋을 둘러싼 왈츠와 그림은 불
행을 발생시키는 미학이며, 불행을 살게 하는 미학이다.

익명의 불행

집행이 시작되려면 조금 여유가 있을 거야. 그동안 살 집을 마련하
면 돼. 구겨진 검은 구두에 서둘러 발을 꿰어 넣으며 그가 말했다. 구
두는 안쪽 굽이 닳아서 조금만 걸어도 허리가 아팠다. 아내는 대꾸 없
이 그를 바라보았다. 그는 아내를 향해 씨익 웃어주었다. 집행은 경고
장을 보내는 것으로 시작되어 이후 파산자의 재산을 압류하는 적법한
절차를 거칠 것이다. 집행인이 언제 들이닥칠지 그로서도 알 수 없었
다. 그러나 그렇게 말하는 순간, 어쩐지 집행이 늦춰질 것이며, 그사
이 새로운 주거지를 찾게 될 거라는 확신이 들었다. 어느 모로 보나 터
무니없는 낙관적인 생각이었다.[4]

---

4) 편혜영, 「사육장 쪽으로」, 『사육장 쪽으로』, 문학동네, 2007.

어떤 불행에는 1인칭의 내면성이 소거되어 있다. 불행의 사건은 3인칭의 시점으로 건조하고 서늘하게 드러나기도 한다. 전형적인 월급쟁이 도시인이었던 남자는 전원생활의 꿈이라는 허영 때문에, 시 외곽의 전원주택으로 무리한 이사를 감행한다. 한 치 앞을 알 수 없는 불확실한 삶에서 그는 파산을 맞게 되고, 재산압류를 통보하는 경고장이 집으로 날아온다. 집이 압류당하고 가족이 언제 집에서 쫓겨날지 모르는 상황이지만, 사내는 '터무니없는 낙관적인 생각'에 빠져 있다. 이 낙관적인 생각은 물론 상황에 대한 무지의 소산이거나, 상황을 정면으로 마주하고 싶지 않은 위축된 심리의 반영일 것이다. 이렇게 낙관적인 생각을 유지한다고 해서 일상에 드리워진 불행의 그림자가 사라지는 것일까?

일상적 삶에 내재된 파국의 가능성을 상징하는 것은, 이 소설 속에서 지속적으로 등장하는 사육장의 개 짖는 소리이다. 그 사육장 위치의 불확실성과 개 짖는 소리의 지속성은 불행에 대한 의식의 속성을 정확하게 암시한다. 인간이 불안한 것은 그 불안의 실체를 알 수 없으되, 그것이 끊임없이 지속되기 때문이다. 실제로 개가 집으로 뛰어들어와 아이가 물어뜯기는 끔찍한 상황이 벌어지지만, 아이를 차에 싣고 길을 헤매는 남자는 "자신이 찾는 것이 사육장인지, 아이를 치료할 병원인지, 아니면 아이를 물어뜯은 개인지" 스스로도 알 수 없는 혼란스러운 상황에 직면한다. "졸음이나 식욕, 성욕 따위도 시간을 지키며" 찾아올 정도로 일상적인 관습과 규범에 익숙했던 남자의 낙관적인 생각은 이제 극단의 혼돈 속에서 혼미해진다. 그런데 이런 악몽의 장면에 무심한 것은 남자 자신이기보다는 숨은 서술자의 시선이라고 말해야 할 것이다. 냉정하고 건조한 문장들은 남자의 일상적인 허위와 그 허위 안에 드리워진 불확실성의 공포를 선명한 악몽으로 제시한다. 상황 자체 역시 잔혹한 것이지만, 시선은 그보다 더 냉정하고 가혹하다. 압류장 앞에서 초연했던 남자의 '터무니없는 낙관적인 생각'이라고 규정하는, 더욱 날카롭게 무심한 시선이 이 소설을 떠받치고 있다. 그 무심함은 남자의 '터무니없는' 무심함에 초연하고 냉정한 거리를 두고 있는 함축적 시선의 무심함이다. 그래서 그 시선이 포착한 한 남자의 불행은 차라리 익명의 그것이다.

행복의 시뮬라크르

신시아는 자리보전하는 노인에게 밥을 먹여주었다. 기저귀도 갈아주었다. 청소도 하고 빨래도 했다. 양로원에서 몸이 불편한 노인을 돌보는 것은 자립심과 봉사 정신 두 항목의 게이지를 동시에 획득할 수 있는 아르바이트였다. 그녀는 성실하고 꼼꼼했다. 부모의 사랑을 듬뿍 받고 자란, 살아오면서 한 번도 매를 맞아본 적이 없는 소녀다운 천진함과 스스럼없음이 온몸에서 배어나왔다. 내 집의 간병인으로 고용하고 싶을 만큼 일솜씨도 빼어났다. 현재 내 집의 간병인도 충분히 잘하고 있긴 하지만, 기사가 무릎을 꿇었다. 왕궁에서 무도회 초대장이 왔습니다. 오호, 올 것이 왔군.[5]

불행은 어떻게 행복의 시뮬라크르로 대체되는가? 엄마와의 나이

---

5) 김미월, 「너클」, 『서울 동굴 가이드』, 문학과지성사, 2007.

차이가 열여섯밖에 나지 않는 '나'는 엄마로부터 버려지고, 외할머니의 질시와 폭력 속에서 성장한다. 외할머니는 이제 늙어 반신불수의 몸으로 누워 있다. '나'는 외할머니의 병 간호를 간병인에게 맡겨버리고 PC방에서 아르바이트를 한다. 그곳에서 '신시아'라는 롤플레잉 게임에 몰두한다. 깊은 가족사족 상처와 불행을 가졌는데도, '나'는 그 불행에 머물러 있는 대신에, 그것을 대체하는 다른 공간을 찾는다. 가상공간의 '신시아'는 이쁘고 착한 완벽한 여성적 존재이다. '신시아'는 부모에게 버림받거나 폭행을 당한 적이 없는 완전한 캐릭터다. 가상공간에서 '나'의 아바타는 현실 속 '나'의 불행을 닮지 않은 행복한 능력을 보유한 존재이다. 현실 속의 '나'는 외할머니를 간병하지 않지만, '신시아'는 양로원에서 몸이 불편한 노인들을 정성껏 돌보는 순수한 마음을 지녔다. 그런 그녀에게 왕궁 무도회의 초대장이 오는 것은 당연하다.

신시아가 살아가는 가상의 세계가 현실과는 무관한 가짜 세계이고, 불행한 가족사를 감당하며 살아가는 '나'의 현실이 진짜 세계라고 말할 수는 없다. '신시아'의 세계 역시, '나'의 현실의 일부이거나 어쩌면 더욱 강력한 삶의 일부이다. '나'는 인터넷 쇼핑몰을 돌아다니며 '신시아'에게 줄 물건들을 산다. 현실의 시간은 지루하지만, 이 세계의 행복한 시간은 빠르게 지나간다. '신시아'가 구현하는 행복의 시뮬라크르는 불행을 잠시나마 잊게 하는 마약과 같은 공간이 아니라, '내'가 구성하는 삶의 다른 공간 혹은 삶의 실재성을 사라지게 하는 공간이다. 그런데 '신시아'는 왕궁 무도회의 참석을 미루고 계속 잠들어 있음으로써 행복의 절정을 유예한다. '신시아'라는 가상 캐릭터의 자전적 내러티브는 '나'의 실존적 정체성을 구성하는 일부이고, 행복의 절정을 미룸으로써, 행복의 시뮬라크르는 그렇게 지속된다. 불행의 실재성은 사라지고, 행복은 무한복제된다.

불행에 대처하는 우리들의 자세

젊은 소설들에서 '불행'이라는 관념에 대응하는 현대적 자아들의 내적 모험의 일부를 보았다. 인물들은 경제적 궁핍이나, 가족사적 상처 혹은 상실감이라는 공통된 불행의 조건들을 감당하고 있다. 문제는 불행에 대한 인물들의 '무심한' 태도이다. 그들은 그 불행에 대해 분노하거나 증오하거나, 절규하기보다는, 어떤 '초연성'의 공간을 통해 자기 존재를 재배치한다. 이것은 단지 불행 앞에서 눈감는 행위, 혹은 불행으로부터 도망가는 행위로만 볼 수 없다. 여기에 현대성과 자아 정체성과 관련된 다른 주체의 미학, 혹은 자아의 윤리학이 숨쉬고 있기 때문이다. 그들은 불행의 파토스를 넘어서려는 미적 존재론을 준비한다.

불행의 파토스에 대응하는 두 가지 입장을 생각할 수 있다. 하나는 아예 외부로부터의 불행을 들여다보지 않음으로써 파토스 자체를 무화시키는 방법이 있다. 이를테면 스토아 학파에서는, 행복은 능력의 발휘보다는 인간의 욕구를 억제함으로써 가능하며, 이성을 통한 냉담한 부동심을 유지함으로써 감정, 충동, 정서로부터 해방된 자유와 덕을 성취할 수 있다고 설파한다. 운명의 힘과 자연의 필연적인 법칙을 겸손하게 받아들이는 삶의 태도가 중요하다는 것이다. 에피쿠로스는 자연학에 따라 죽음에 대한 공포 자체를 제거하려고 했는데, 죽음이란 인체를 구성하는 원자의 소멸이며, 죽음과 동시에 모든 인식(자기)도 소멸하기 때문에 죽음의 공포는 무화된다. 이런 논리를 전면적으로 받아들인다면, 여기에서 개인의 내적 자율성의 영역을 구성하기는 쉽지 않을 것이다. 만약 이렇게 불행의 근원과 그것의 내적 개입 자체를 무화시키는 것이 불가능해 보인다면, 남은 선택은 불행과 함께 살아가는 방법을 모색하는 길이다.

이제 불행과 고통 앞에서 개인이 어떻게 자신을 형성할 수 있는가 하는 실천적 문제가 남는다. 이것은 새로운 자기 윤리학의 문제이다. 후기의 푸코가 주체의 객체성, 체제 내의 수동적 희생자로서의 개인이라는 개념을 넘어 자유의 실천으로서 자기의 윤리학을 탐색하는 것도 이런 맥락과 연관될 수 있다. 개인은 외부 고통에 대응하여 자신의 삶을 만들어가는 것으로 생존에 대한 미학을 실천한다. 제도적인 공적 도덕과 규율 혹은 지배적 이데올로기에 복종하는 것이 아니라, 그것들과의 복합적이고 유동적인 권력 관계 속에서 자신의 내적 윤리, 생의 미학적 방식을 자율적으로 구성할 수 있는 가능성을 생각할 수 있다. 여기서 고통과 불행에 대한 절제와 초연함은, 불행의 성립 자체를 제거하는 것이 아니라, 고통을 삶의 윤리 차원으로 전환시키는 존재 미학에 닿으려고 한다.

젊은 작가들의 소설 속에 등장하는 불행 앞에서 무심한 존재들은 성찰성 없는 '밀폐된 최소 자아로의 회귀'를 보여주는 것이 아니다. 죽음, 가난, 상실과 같은 불행한 상황은 존재론적 안전을 뒤흔드는 실존적 문제를 야기하고 일상적 삶으로부터 분리되는 경험이다. 그것을 억압하고 봉쇄하는 방식이 아니라, 새로운 전유(專有)의 실천을 통해 미적 성찰성, 혹은 새로운 존재 미학의 가능성을 만나는 일. 그것은 불행 앞에서 맞서 싸우는 의지의 인간형을 제시하는 것이 아니라, 무심함과 초연함의 방식으로 불행의 상황 안에서 최소한의 내적 자율성 혹은 미적 실존의 공간을 확보하려는 개인의 투쟁을 보여준다. 불행은 아름답지 않고, 불행에 관한 의식 역시 그 자체로 아름답지 않지만, 불행을 살아내는 그들의 자존 방식은, 미적 에토스를 생성한다.

이 초연성의 존재 미학은 주체의 내면성을 완전히 소거한 것으로 볼 수 있을까? 그들은 불행한 의식에 대한 내면이 없는 것일까? 그들은 불행의 내면조차 갖지 않은 밀폐된 최소 자아가 아니다. 그들은 인간 의지의 최대치를 추구하는 인간주의와 휴머니즘의 인간학과는 달리, 최소한의 방식으로 자율성 자아의 가능성을 탐색한다. 개인은 세계를 자기 마음대로 재단하는 강력한 주체는 아니지만, 수동적 신체 이상을 넘어서는 자율성의 최소 공간을 스스로 만들어낸다. 이 수동성의 능동성, 비의지의 의지를 현대성의 또 다른 존재 미학으로 읽을 수 있지 않을까? 그러니 '삶이 그대를 속일지라도 슬퍼하거나 노하지 않는' 당신, 무심하고 아름다운 당신.

제3부 즐거운 비가

투명성의 시학이 끝간 데

―오규원 혹은 '미래의 시인'

끝없이 투명해지고자 하는 어떤 욕망으로 여기까지 왔다.
―오규원의 유고 산문 중에서

한 시인의 생물학적 죽음이 그 문학의 마감을 의미하는 것은 아니다. 시인의 죽음 이후에 그의 문학이 다른 차원에서 시작되는 것은, 뛰어난 시인의 문학적 운명이다. 오규원은 한국 현대시의 공간 안에서 가장 치열한 언어의식을 소유했던 시인 중의 한 명이다. 미적 현대성의 중요한 사유의 항목이 문학의 방법 혹은 문학의 언어 자체에 대한 날카로운 자의식의 문제라면, 오규원이야말로 적극적으로 한국 현대시의 미적 현대성의 극한을 시험한 시인이다. 그는 자신의 시에서 언어의 문제, 특히 이미지와 관념의 문제를 문제적으로 사유하면서 끊임없이 새로운 시적 방법론을 모색한 시인이다. 그 모색의 치열성 때문에 그는 생물학적 육체의 시간이 다하는 그 순간까지도, '현재' 혹은 '미래'의 시인으로 남아 있었다.

특히 그는 시로써뿐만 아니라 시론을 통해 자신의 시적 방법론을 끊임없이 점검하고 설명해나갔으며, 그 시론 자체만으로도 한국 현대시에 중요한 이론적 쟁점을 제기한 이론가로 기억될 것이다. 특히

1990년대 이후 그는 '날이미지' 시론을 적극적으로 펼쳐나감으로써 자신의 시적 입장을 명료한 방식으로 드러내었다. 이러한 이론적 입장의 명시적인 드러냄이 그의 시를 이해하는 데 많은 도움이 될 수 있음은 분명하지만, 가령 '의미' '현상' '주관' '환유' 등의 개념을 둘러싼 정의와 해석의 엇갈림은 그의 시와 시론의 상관성을 더욱 복잡한 미로 속으로 밀어 넣었다. 다른 방식으로 말하면, 그의 명료한 시론이 그의 시에 대한 이해를 더욱 중층적인 과제로 만들었다.

이런 이유로 그의 후기 시는 그의 시론을 염두에 두지 않으면 읽을 수 없는 텍스트가 되고 말았다. 그의 후기 시는 그의 시론이 연역적으로 적용되는 하나의 사례로서 의미를 지니게 되는 역설적인 상황이 벌어진 것이다. 그래서 '탈관념'의 시학을 줄기차게 밀고 나간 그의 시를 이해하는 데, 무거운 관념들이 동원되어야 하는 모순이 발생한다. 그런데 이 시점에서 중요한 것은 오규원 시 자체의 시적 방법론의 맥락을 다시 점검하는 일이라고 할 수 있다. 오규원 시의 일관된 시적 태도와 그 태도가 어떤 방법론의 진화를 그 '내부'로부터 발생시키는가를 이해하는 것은 중요한 비평적 과제로 대두되고 있다. 이 글에서는 그의 후기 시론을 일단 괄호 친 상태에서 시의 방법론적 궤적을 점검하고자 한다.

안경 밖으로 뿌리를 죽죽 뻗어나간
나무들이
서산에서
한쪽 다리를 헛짚고 넘어진 노을 속에
허둥거리고 있다.

키가 큰 산오리나무의 두 귀가
불타고 있다.

시간의 둔탁한 대문을
소란스럽게 열고 들어선
밤이
으스름과 부딪쳐
기둥을 끌어안고
누우런 밀밭을 밟고 온
그 밤의 신발 밑에서
향긋한 보리 냄새가
어리둥절한 얼굴로
고개를 내밀고 있다.

골목에서
작년과 재작년의 죽음이
서로 다른 표정으로
만나고
그해 죽은 사람의
헛기침 소리 하나가
느닷없이
행인의 뒷덜미를 후려치고 간다.   ──「분명한 사건」 전문[1]

---

1) 오규원, 『분명한 사건』, 한림출판사, 1971.

오규원의 첫번째 시집의 표제작이 된 이 시는 그의 시적 출발점을 암시하고 있다. 우선 그의 시는 전통적인 서정시의 화법과 일정한 거리를 두고 있다. 전통적인 서정시가 1인칭 시적 자아의 단일한 목소리를 내는 내적 고백의 양식에 해당한다면, 이 시는 그 1인칭의 내적 진술이라는 형태로 드러나지 않는다. 우선 이 시에서 '나'의 진술을 드러내지 않는다. 시는 '나'의 정서나 가치를 진술하지 않는다. 시는 일관되게 여러 사물의 다양한 모습을 묘사하고 있다. 1연의 중요 시적 대상은 '나무들'이고, 2연은 '밤'이며, 3연은 '죽음'이다. 시적 언술은 각각의 존재가 '~하고 있다'라는 구조로 이루어져 있다. 흥미로운 것은 그 각각의 사물이 정태적인 풍경으로 머물러 있지 않고, 어떤 움직임을 보여주고 있다는 점이다.

　1연의 "허둥거리고 있다" "불타고 있다," 2연의 "끌어안고" "고개를 내밀고 있다." 3연의 "만나고" "후려치고 간다"는 상태를 묘사하는 것이 아니라, 각각의 동작을 묘사한다. 이 시에서 사물들은 동사의 주체이다. 그런데 그 동작들은 상당 부분 인간의 움직임과 닮아 있다. "허둥거리고" "소란스럽게 열고 들어선" "어리둥절한 얼굴로" "서로 다른 표정으로" "느닷없이" 같은 표현들 속에서 사물들의 동작은 이미 인간적인 움직임을 닮아 있고, 어느 정도는 정서적인 태도를 포함하고 있다. 다른 방식으로 말하면 이 시의 사물들은 동작의 주체로서 등장하고 있지만, 인간적인 정서의 움직임을 보여준다. 굳이 '의인법'이라는 수사법을 거론하지 않더라도, 어떤 측면에서 이 사물들의 동작은 인간적인 주체에 대한 '비유'로 이해될 수도 있다. 더구나 2연과 3연의 '밤'과 '죽음'은 상대적으로 관념적인 개념이고, 사물이다. 이 시에서 서정시의 1인칭 주체의 진술이 지워져 있다고 하더라도, 그 안에서 인간화된 사물들의 정서적 공간을 감지하는 것은 어렵지 않다.

이 시에서 특히 흥미로운 부분은 처음에 등장하는 "안경 밖으로"라는 시어이다. 이 시의 묘사적 표현들 속에서 그 묘사의 주체, 시선의 주체는 명시적으로 자기 존재를 드러내지 않는다. 그것이 이 시가 전통적인 서정시의 어법과 결별하는 주요한 지점이기도 하다. 그런데 '안경'이란 무엇인가? 이 모든 묘사를 실행하는 시선 주체의 상징이 아닌가? 시의 처음에서 '안경'의 존재를 각인시켰다는 것은 묘사의 일관된 시적 주체를 암시한다. 그런데 보자. 더욱 문제적인 것은 "안경 밖으로"에서의 '밖으로'이다. 사물들은 안경의 '안'이 아니라, 안경의 '밖으로' "죽죽 뻗어나간" 장면들을 보여준다. '안경' 주체의 시선이 존재한다는 것을 암시하는 동시에, 사물들이 그로부터 바깥으로 도주하는 장면을 동시에 보여준다. 그리하여 이 시의 장면들은 사물들 자체의 능동적 동작을 명시적으로 드러내고 있다는 측면에서 '분명한 사건'이지만, 그 장면들을 지각하는 '안경'이라는 1인칭의 의식과 시선이 포착한 장면이라는 다른 측면에서도 또한 '분명한 사건'이다. 이렇게 정서와 관념의 개입 없이 사물의 존재를 투명하게 드러내려는 시적 방법론은 이미 초기 시에서 상당한 시적 전망을 획득하게 되었다고 볼 수 있지만, 1인칭 시적 주체의 개입과 비유적인 의미의 무게를 적극적으로 제거하는 데에는 이르지 못했다고 볼 수 있다.

죽음은 버스를 타러 가다가
걷기가 귀찮아서 택시를 탔다

나는 할 일이 많아
죽음은 쉽게
택시를 탄 이유를 찾았다

죽음은 일을 하다가 일보다
우선 한잔하기로 했다

생각해보기 전에 우선 한잔하고
한잔하다가 취하면
내일 생각해보기로 했다

내가 무슨 충신이라고
죽음은 쉽게
내일 생각해보기로 한 이유를 찾았다

술을 한잔하다가 죽음은
내일 생각해보기로 한 것도
귀찮아서
내일 생각해보기로 한 생각도
그만두기로 했다
술이 약간된 죽음은
집에 와서 TV를 켜놓고
내일은 주말여행을 가야겠다고 생각했다

건강이 제일이지—
죽음은 자기 말에 긍정의 뜻으로
고개를 두어 번 끄덕이고는
그래, 신문에도 그렇게 났었지
하고 중얼거렸다   ──「이 시대의 죽음 혹은 우화」 전문[2]

  죽음이란 산 자 중 누구도 경험한 적이 없다는 측면에서 미지의 사건이다. 그것이 미지의 체험이고, 미지의 시간대이기 때문에, 죽음은 실제가 아닌 관념으로 인식되기도 한다. 죽음이라는 개념은 분명히 존재하는 것이지만, 누구도 그 내용을 경험해보지 못했다. 이런 이유로 죽음은 체험과 관념 사이의 경계에서 어떤 지점에 위치한다. 이 시는 죽음이라는 관념적인 사건을 '의인화'한다. 이 말은 적절하지 않을지도 모른다. 이 시는 시 속에 등장하는 일상적인 행위의 주체를 '사람'에서 '죽음'으로 대체한다. 그 대체를 통해 어떤 시적 효과가 발생하는가가 중요할 것이다.
  '죽음'이 주어라는 점을 제외한다면, 이 시의 묘사들은 평범한 일상인의 저녁 시간과 그 사소한 생각들을 시간순으로 나열한다. 이 시에 등장하는 소시민은 적당히 소심하고 게으르며 자기합리화를 잘한다. "귀찮아서" "이유를 찾았다"와 같은 반복되는 표현 속에 주인공의 성격과 태도가 드러나 있다. 그는 게으른 자신의 행위를 정당화할 근거를 언제나 마련한다. 그렇다면 이런 주인공의 행위와 의식을 드러내는 것은 누구인가? 3인칭 전지적 시점으로 구성된 이 시에서, 이

─────────────

2) 오규원, 『이 땅에 씌어지는 서정시』, 문학과지성사, 1981.

일상적인 서사를 서술하는 시적 화자는, 차라리 소설의 함축적 서술자에 가깝다. 1인칭의 얼굴과 목소리는 이 시의 전면에서 완전히 제거되어 있다.

그런데 이렇게 전면적인 일상적 우화를 구성하면서, 주인공을 '죽음'으로 대체한 것이다. 죽음은 일상적인 사건이 아니다. 죽음은 일상적 시간을 끝내는 사건, 일상의 가장 극단적인 반대편에 위치하는 사건이다. 그 죽음이라는 관념적인 사건을 일상의 주인공으로 대체함으로써 발생하는 시적 효과는 이중적이다. 우선 '죽음'이라는 관념은 마치 일상적으로 살아 있는 어떤 생명체처럼 느껴진다. 그리하여 죽음이라는 관념의 둔중한 무게는 일거에 해소된다. 죽음은 무겁지도 신비스럽지도 않은 일상적 사건이 된다. 두번째는 바로 상대적인 방향에서 일어난다. 일상적인 공간이 죽음의 우화로 뒤덮이면서, 일상의 시간들은 죽음의 시간을 그 안에 품고 있는 것이 된다. '죽음'이 "건강이 제일이지—"라고 혼자 중얼거리는 장면은 그런 일상의 아이러니를 극대화한다.

이 시에서 서정시의 일반적인 화법과 시적 화자와 주체는 일상적 서사를 죽음의 우화로 재구성하는 서술을 통해 현격한 변형을 겪게 된다. 서정적인 구조와 화법을 전복하는 자리에서 시는 죽음이라는 관념의 무게를 해소한다. 그런데 이 경우, 일상적인 행위와 의식의 주인공을 '죽음'이라는 이름으로 대체하는 것 자체가 하나의 비유적인 장치라고 볼 수 있다. 다른 방식으로 말하면 이 시 전체를 하나의 알레고리로 이해할 수 있다. 따라서 이 시가 죽음이라는 관념의 무게를 해소하고 있다고 하더라도, 이 시의 우화가 의미하는 바는 상대적으로 명료하다고 볼 수 있다.

그때 나는 강변의 간이주점 근처에 있었다

해가 지고 있었다

주점 근처에는 사람들이 서서 각각 있었다

한 사내의 머리로 해가 지고 있었다

두 손으로 가방을 움켜쥔 여학생이 지는 해를 보고 있었다

젊은 남녀 한 쌍이 지는 해를 손을 잡고 보고 있었다

주점의 뒷문으로도 지는 해가 보였다

한 사내가 지는 해를 보다가 무엇이라고 중얼거렸다

가방을 고쳐쥐며 여학생이 몸을 한 번 비틀었다

젊은 남녀가 잠깐 서로 쳐다보며 아득하게 웃었다

나는 옷 밖으로 쑥 나와 있는 내 목덜미를 만졌다

한 사내가 좌측에서 주춤주춤 시야 밖으로 나갔다

해가 지고 있었다
　　　　　　　　　　　　　　　　　　——「지는 해」 전문3)

　오규원이 더 명시적으로 '날이미지시'를 제기한 1990년대 이후, 그의 시가 좀더 분명한 전환을 보인 것은 사실이다. 물론 앞에서 본 바의 전통적인 서정시의 관념적 주관성과 비유적 화법을 극복하려는 시인의 시도는 일관된 것이었다. 그 일관된 작업 위에서 1990년대 이후 그의 시는 관념, 더 정확하게 말하면 '원관념'을 거느리지 않는 이미지 자체의 드러냄을 보여준다. 다른 방식으로 말한다면 그것은 비유적 관념을 포함하지 않는 이미지의 구성이라고 할 수 있다. 1970~1980년대에

---

3) 오규원, 『길, 골목, 호텔 그리고 강물소리』, 문학과지성사, 1995.

씌어진 그의 시들이 전통적인 서정시의 화법과는 상반되는 투명성의 시학을 보여주고 있다고 하더라도, 이런 비유적 관념의 무게가 해소된 것은 아니었다고 볼 수 있다면, 1990년대 이후 오규원의 작업은 이 문제에 대한 좀더 적극적인 차원을 열고 있다고 볼 수 있다.

가령 앞의 시에서 시적 화자는 "강변의 간이주점" 근처의 풍경을 어떤 해석적 논평과 비유적 공간 없이 있는 그대로 기술하고 있다. 풍경과 인물의 행위에 대해 화자는 어떤 감정적 개입을 하고 있지 않으며, 그 장면들이 어떤 다른 메시지를 포함하고 있다고 보기도 힘들다. 시는 단백하게 지는 해를 둘러싼 어떤 풍경의 프레임 안에서 인물들의 사소한 행위를 자세하게 보고한다. 이 소설적인 장면에서 어떤 알레고리나 비유적인 관념을 읽어낸다는 것은 불가능하다. 물론 '지는 해'라는 이 시의 제목과 이미지들로부터 인물과 시간을 둘러싼 어떤 비유적 의미를 독자가 읽어내는 것이 전혀 불가능하지는 않다. 그러나 그 어떤 개념적 해석도 이 시의 투명한 시선을 뒤덮는 비평적 설득력을 갖기는 힘들다.

그런데 이 시에는 이 장면을 기술하는 시선의 주체인 '나'의 존재가 또렷하게 등장한다. '나'는 이 장면 안에 등장하는 인물이며, 이 작중 관찰자인 '나'의 시선으로 이 장면의 시각적 프레임이 결정된다. '나'라는 존재와 그 시선의 방향이 명시적으로 드러나 있다는 측면에서 이 시는 전통적인 서정시의 화법과 완전히 결별하고 있는 것은 아니다. '나'의 '시야' 구조가 분명하게 드러나 있는 것이다. 흥미로운 점은 이 장면의 기술이 시간적인 운행에 따라 진행된다는 것이고, 마지막 부분에서 그 프레임의 구조가 변형을 겪는다는 점이다. "나는 옷 밖으로 쑥 나와 있는 내 목덜미를 만졌다"에서 처음으로 '나'의 신체

196

적 움직임이 묘사된다. '나'가 단지 카메라의 기능만을 하는 것이 아니라, 내 신체의 동작이 포착되는 것은 그 앞에 고정되어 있는 듯한 카메라의 시선을 갑자기 흔들어놓는다. 그리고 "한 사내가 좌측에서 주춤주춤 시야 밖으로 나갔다"라는 구절은 '나'의 시각적 프레임의 바깥으로 벗어나는 존재의 움직임을 드러낸다. 이런 방식으로 이 시는 '나'의 시각적 프레임의 구조를 투명하게 드러내고, 다시 그 구조가 균열을 드러낸다.

토마토가 있다
세 개
붉고 둥글다
아니 달콤하다
그 옆에 나이프
아니
달빛

토마토와
나이프가 있는

접시는 편편하다
접시는 평평하다   ──「토마토와 나이프──정물b」 전문[4]

---

[4] 오규원, 『토마토는 붉다 아니 달콤하다』, 문학과지성사, 1999.

이 시는 부제에서 나타나는 것처럼 명시적으로 '정물화'를 지향한다. '정물'이란 무엇인가? 정물은 움직이지 않는 사물을 그리는 것이다. 탁 트인 풍경이나 움직이는 사물을 그리지 않는다는 측면에서 정물화는 구체적인 사물의 세부를 정밀하게 그려내려는 전통에 서 있다. 그런데 앞의 정물을 보자. 이 정물은 사실적인 느낌을 전달하거나, 어떤 상징을 나타내는 것이 아니다. 사물에 대한 설명은 지극히 단순하고 간결하여, 자세하다는 느낌을 주지 못하며, 그 사물들의 비유적 의미를 찾아내는 것도 불가능하다. 사물들이 모여 있는 전체적인 구도의 짜임새를 느끼게 해주는 것도 아니다.

그럼 이 정물의 시적 효과는 무엇인가? 이 시 대부분의 표현은 '사물이 ~있다'라는 간명한 사실만을 드러내주는 것처럼 보인다. 그런데 이 간명한 사실들의 기술에 생동감을 부여하는 표현들이 개입한다. 이를테면 "아니 달콤하다" "아니/달빛" 같은 표현들은 이 평면적인 표현들에 다른 차원을 부여한다. '달콤하다'라는 표현은 시각적 감각이 아니다. 그것은 토마토라는 사물에 대한 미각의 기억 혹은 통념이다. 그러니까 이 표현은 정물에 대한 시각적 감각의 차원을 넘어선다. "아니 달빛"도 흥미롭다. 나이프라는 사물에 달빛의 이미지를 겹쳐놓음으로써 정물은 새로운 공간을 만들어낸다. '달빛'은 이 정물적인 프레임 외부의 어떤 공간을 상상하게 만들고, 다른 한편으로는 나이프라는 사물의 빛에 대한 상상적 공간을 만든다. 그러니까 "아니 달콤하다"와 "아니 달빛"은 정물화의 시각적 프레임에 다른 차원을 부여하는 장치이다. 이 장치를 통해 토마토와 나이프라는 사물의 존재는 생동감을 부여받는다.

마지막 두 연의 표현 또한 주목할 만하다. 토마토와 나이프가 있는 접시의 형태를 기술하고 있는 두 행에서 각각 "편편하다"와 "평평하다"라는 유사한 형용사를 나란히 구사한다. 접시의 형태를 묘사하는 데서 두 형용사의 표현 차이를 설명하는 것은 불가능하다. 두 형용사 가운데 어떤 하나를 선택한다고 해도 대체적인 느낌은 다르지 않을 수도 있다. 그런데 이렇게 유사한 형용사를 함께 나란히 사용하는 것은 다른 효과를 낳는다. 이 두 형용사가 나란히 놓임으로써 두 형용사 사이의 미묘한 어감의 차이가 살아나고, 이 살아남은 접시라는 사물의 존재감을 더욱 두드러지게 만든다. 사물로부터 비유적인 관념을 지우고, 묘사의 재현성을 강화하는 정밀한 세부 묘사를 지우기. 사물을 최대한 단순하게 표현함으로써 그 사물의 존재감이 오히려 부각되는 정물의 언어화.

> 나무가 몸 안으로 집어넣은 그림자가
> 아직도 한 자는 더 남은 겨울 대낮
> 나무의 가지는 가지만으로 환하고
> 잎으로 붙어 있던 곤줄박이가 다시
> 곤줄박이로 떠난 다음
> 한쪽 구석에서 몸이 마른 돌 하나를 굴려
> 뜰은 중심을 잡고 그 위에
> 햇볕은 흠 없이 깔린다 ─「나무와 돌」 전문[5]

이 시는 오규원의 후기 작업의 완성을 보여주는 듯하다. 이 시는

---

5) 오규원, 『새와 나무와 새똥 그리고 돌멩이』, 문학과지성사, 2005.

특정한 자연 공간에 대한 묘사로 이루어져 있다. 넓은 의미에서 풍경을 드러내는 시이지만, 풍경을 이루는 개별적인 사물에 대한 묘사가 각각의 사물을 배경이 아닌, 주인공으로 만든다. 다시 말하면 전체적인 풍경의 시야가 두드러진 것이 아니라, 그 안의 사물들 낱낱의 움직임을 그려내고 있다는 점에서, 풍경에 대한 시선 주체의 시각적 지배가 두드러지지 않는다. 그 풍경 안의 사물들, '나무' '나무의 가지' '곤줄박이' '뜰' '햇볕'은 각각 어떤 움직임의 주어로서 등장한다. 각각의 사물이 시선의 대상이 아니라, 어떤 행위의 살아 있는 주어이다. 그래서 풍경은 시적 주체의 시선의 대상이 아니라, 각 사물의 개별적인 움직임이 서로 관계 맺는 공간이다. 각 사물의 행위는 공간적 인접성으로 매개되어 있다.

더욱 중요한 것은 각 사물의 행위가 시간성의 차원을 얻음으로써, 풍경이 '사건화'되어 있다는 점이다. 시가 시작되면서 "그림자가/아직도 한 자는 더 남은 겨울 대낮"이라는 특정한 시간대를 밝혔고, "곤줄박이가 다시/곤줄박이로 떠난 다음"이라는 '사건'을 명시한다. 특히 '다시' 그리고 '다음'이라는 부사어야말로 이 시에서 사물들의 움직임에 시간성을 부여하는 핵심적인 장치이다. 마지막에 등장하는 뜰과 햇볕은 나무와 새와 돌이 있는 공간의 프레임을 완성하는 이미지다. 그리하여 살아 있는 개별적인 존재들의 행위와 사건이 시시각각 이루어지는 이 공간은 그 자체로 완벽한 하나의 우주적 구조를 이룬다. 풍경은 시적 주체의 시각적 대상으로서의 비유적 이미지가 아니라, 각각의 사물이 서로 관계 맺는 '존재의 사건'이 벌어지는 장소이다.

일단, 여기까지다. 시의 이미지에서 관념을 제거하고 그 언어를 한없이 투명하게 하려는 한 시인의 욕망, 차라리, 한 시인의 투쟁이 가 닿은 곳은 말이다. 이곳에서 사물의 이미지는 어떤 의미를 전달하는 도구적 차원을 넘어서 '존재하는 것' 자체의 자립적인 이미지가 된다. 그가 사물의 이미지를 있는 그대로 드러내려고 했다고 해서, 사물을 객관적으로 묘사할 수 있다는 리얼리즘의 반영론을 따라가는 것은 아니다. 오규원의 시는 어떻게 객관적으로 사물을 재현하는가가 아니라, 어떻게 투명하게 사물을 다시 창조하는가 하는 점에 천착했다. 모든 이미지는 의식 혹은 주관을 통해 구성된다. 문제는 그 의식이라는 '통로'를 한없이 투명하게 만들려는 노력이다.

시 언어의 투명성이라는 문제를 오규원만큼 치열하게 밀고 나간 시인은 드물 것이다. 김춘수의 경우가 시적 대상의 소거를 통해 의미의 무게를 덜어내려는 노력을 보여준 것은 사실이지만, 오규원은 특정한 시적 대상을 회피함으로써가 아니라, 대상의 구체적 즉물성과 현상적 사실성 안에서 관념의 두께를 벗겨내려는 가열한 노력을 밀고 나갔다. 그 노력은 시 언어 자립성의 최대치를 시험하는 것이다. 그것은 한국 현대시의 제도적 현대성을 미적 현대성의 동력으로 돌파하는 것을 의미하며, 관념과 이데올로기로 덧칠된 언어적 현실을 벗겨내는 시적 자율성의 싸움으로 기록할 수 있다. 시인의 죽음 뒤에도, 그러나 아직, 그 싸움의 진정한 의미를 다 알기에는 너무 이르다. 오규원은 '미래의 시인'이다.

'두두'의 최소 사건과 최소 언어

—오규원의 「두두」

시인의 죽음 이후, 1년이 지났다. 한 시인의 삶과 문학을 기억하기에 1년이라는 시간은 길지 않았다. 그동안 시인을 추억하고, 그의 시와 시론을 재인식하는 글들이 쏟아져 나왔다. 그 수많은 '애도'의 담론들에 대해, 시인은 살아 있는 자의 입을 통해서는 응답하지 않는다. 그의 침묵은 그의 유고에 대한 자명한 증거일 것이다. 그런데 시인은 자신의 죽음 뒤에도 또 다른 방식으로 자신의 시적 발언을 멈추지 않는다. '유고 시집'은 시인의 죽음 뒤에 다시 시인의 시적 실천이 드러나는 사건이다. 유고 시집 속의 시들은 죽음 이전에 씌어진 것들이지만, 시인은 죽음 이후에 자기 존재를 문득 드러낸다. 시인은 이렇게 귀환한 것이다.

오규원 시인은 생전의 마지막 시집 『새와 나무와 새똥 그리고 돌멩이』(2005)를 출간할 당시, 짧은 시편들만 모은 시집을 따로 준비했던 것으로 전해진다. 이른바 '두두집(頭頭集)'[1]으로 명명된 이 시집은 그러나 전체의 분량 문제 등을 고려하여 출간을 유보한 것 같다.

그리고 시인의 사후에 그가 '두두집'으로 정리해 두었던 시편들은 이제 시집의 형태 안에서 드러나게 되었다. 시인은 시집 출간 이후에도 마지막 시간까지 시를 썼고, 그 시편들은 '물물(物物)'이라는 이름으로 이 시집의 제2부에 실렸다. 그러니까 이 시집의 제1부와 제2부의 시들은 그 시의 외형적 길이 못지않게 약간의 시간적 편차가 있을 것으로 짐작된다.[2]

먼저 오규원 시인이 왜 이렇게 짧은 시 형식을 시도했는가를 살펴볼 필요가 있다. 오규원 시인의 후기 작업이 얼마나 엄정한 언어적 자의식과 시적 방법론 위에서 진행되었는가는 잘 알려져 있고, 그의 이론적 치열함이 그의 시에 대한 더 깊은 이해 혹은 시인의 의도와는 다른 독법을 불러오기도 했다. 하지만 이 시점에서 우리 앞에 있는 것은 오규원의 마지막 텍스트이고, 그 텍스트의 육체 안에서 출발하는 것이 중요하다.[3] 시인은 자신의 시적 동력의 마지막 에너지를 집중시켜 한국 현대시 사상 최소 형식을 추구했으며, 그 최소 형식이

1) 두두(頭頭)와 물물(物物)은 두두시도(頭頭是道), 물물전진(物物全眞)이라는 선가(禪家)의 말에서 시인이 빌려온 것으로, 모든 존재 하나하나가 도이며, 사물 하나하나가 모두 진리다는 의미이다.

2) '두두'와 '물물'이라는 오규원 시인의 명명은, 단어의 어감이 주는 단장(短長)의 호흡에서 비롯된 것으로 전해진다. '두두'와 '물물'의 시들을 자연스럽게 섞는 편집도 생각할 수 있으나, 그것은 시인이 '두두'의 시편들을 독립적으로 생각한 의도를 배반하는 것이기 때문에, 짧은 시편들을 분리하여 시집의 제1부에 싣도록 했다.

3) 이와 연관해서 두 가지 작업이 필요하다고 생각된다. 우선은 오규원의 시론을 '괄호' 치고, 오규원의 시 텍스트 안에서 그 초기시와 후기시 사이의 내재적 연관성을 밝히는 일. 다른 하나는 오규원의 시 작업을 '괄호' 치고, 오규원의 시론 안에서의 이론적 진화 과정과 철학적 맥락을 구성하는 일이다. 이에 관해서는 졸고, 「투명성의 시학—오규원 시론 연구」(『한국시학연구』 제20호, 2007. 12)와 「투명성의 시학이 끝간 데」(『현대비평과 이론』 제28호, 2007년 가을·겨울호), 이 책에 인용, p. 187 참조. 그리고 이 해설 역시 앞의 두 글을 괄호 치고 시작된다.

보여주는 언어적 투명성과 밀도를 만나는 것이 우선이다.

오규원이 짧은 시 형식을 시도했다고 해서, 그것이 일종의 선시(禪詩)적인 것을 시도한 것으로 받아들인다면 그 역시 또 다른 오해를 낳게 될 것이다. 문자로 표현될 수 없는 것을 문자를 통해 표현하기 위한 '불립문자'의 세계, 돌발적인 기지와 침묵과 여백을 통해 섬광과도 같은 오도(悟道)의 경지를 보여주는 것이 선시라면, 오규원의 '두두시'는 그러한 깨달음의 경지를 목표로 하고 있는 것이 아니다. 오규원의 '두두시'가 보여주는 것은 언어 너머를 통해 다른 진리의 차원에 도달하는 것이 아니라, 최소의 이미지를 통해 '두두'의 동사적(動詞的) 사건성 자체를 드러내는 작업이다. 그것은 '돈오(頓悟)'의 세계가 아니라, 살아 있는 존재에 대한 상상적 공간이다. 또한 '두두시'는 인간 중심주의의 폐기라는 철학적 관점과 연관되어 있기는 하지만, 생태학적 혹은 환경론적 세계관만으로 설명되지 않는다. 생명에 대한 예찬을 인간 주체의 관점에서 동일화하는 시들과는 달리, 오규원의 '두두시'는 생명 혹은 환경이라는 가치와 이념으로 환원되지 않는 복수로서의 사물들, 그 투명한 존재성을 사건화하는 것을 보여준다. 이를테면 이렇게 짧은 시.

잎이 가지를 떠난다 하늘이
그 자리를 허공에 맡긴다   ——「나무와 허공」 전문[4]

이 시집에서도 가장 최소의 언어가 동원된 이 시가 시로서 성립되

---

4) 오규원, 『두두』, 문학과지성사, 2008. 이하 인용된 시는 같은 시집에 실렸다.

는가를 묻고 싶은 독자도 있겠다. 이 안에 어떤 '시적인 것'이 있는가 의문을 표시할 수도 있을 것이다. 이 시는 단 두 문장으로 구성되어 있고, 두 문장은 '주어-목적어-서술어'의 간결한 구조로 만들어져 있다. 이 간결한 구조에는 행위가 포함되어 있고, 문장의 배치에 따라 행위의 시간적 순서가 암시되어 있다. 독자들은 앞 문장의 행위와 뒤 문장의 행위가 분명한 원인과 결과의 관계는 아니더라도 이에 준하는 영향의 관계라고 짐작할 수 있다. 두 개의 주어가 행하는 두 개의 행위 사이의 관계가 암시되어 있고, 이런 측면에서 이 두 문장은 어떤 '사건'을 드러내고 있다. 그 사건이 무엇을 의미하고 있는가를 규명하는 것은 불가능하며, 실제로 이 시가 그 사건의 모종의 원관념을 숨기고 있다고 말할 수는 없다. 다만 중요한 점은 그런 장면이 있다는 것이며, 그것이 '사건'이 되게 한 점은, 두 사물의 존재 상태에 어떤 관계를 부여한 시적 언술이다. "잎이 가지를 떠"나는 행위와, "하늘이/그 자리를 허공에 맡"기는 행위는 인과적 관계라기보다는 풍경의 한순간에 포착된 최소 사건이다. 그 장면에서 존재의 행위와 다른 존재의 행위 사이의 '연쇄'를 드러내는 것이, 이 시의 '시적인' 국면이다. 물론 두번째 문장은 첫번째 문장에 비해 어떤 비유적 묘사의 영역이 개입되어 있지만, 중요한 것은 두번째 문장의 수사적 성취가 아니라, 두 문장-두 존재 사이의 '사건화'이다. '두두' 편에 포함된 오규원의 많은 시가 '~과 ~'이라는 제목을 가지고, 두 사물의 존재 양태 사이의 관계와 연쇄를 드러내고 있는 것에 주목할 필요가 있다.

    딱새 한 마리가 잡목림의
    산뽕나무에 앉아

가지를 두 발로 내리누르고 있다
딱새의 그림자도
산뽕나무에서 내려가지 못하고
가까운 줄기에 바짝 붙어 있다   ──「새와 그림자」 전문

가지에 걸려 있는 자기 그림자
주섬주섬 걷어내 몸에 붙이고
새 한 마리 날아가네
날개 없는 그림자 땅에 끌리네   ──「새와 날개」 전문

   두 편의 시는 모두 '새와 그림자'의 관계를 중심으로 기술되고 있
다. 첫번째 시에서 딱새의 행위에 연쇄적으로 일어나는 것은 딱새의
그림자의 행위이다. 두번째 시에서 역시 새 한 마리의 행위에 이어지
는 것은 그림자 행위이다. 실제적으로 사물의 행위와 그 그림자의 행
위는 동시적으로 일어나는 것으로 볼 수 있다. 그것은 단지 원인과
결과의 관계가 아니라, 이미 한 존재의 행위로 생각할 수 있다. 그런
데 이 시들에서 사물과 그 사물의 그림자는 각기 다른 주체가 된다.
마치 한 사물의 행위가 먼저 일어나고 연쇄적으로 그 사물의 그림자
라는 그 옆의 다른 존재의 행위가 일어나는 것처럼 묘사된다. 이 시
들에서 새와 그림자의 관계는 주종 관계가 아니다. 서로 이웃한 존재
가 순차적으로 자기 존재의 이동을 보여주는 사건으로 드러난다. 이
런 방식으로 존재와 존재의 그림자는 서로 연대하는 존재로서 따로
또 같이 움직인다.

나무 밑에는 그늘과

그늘에서 뭉개지다가 남은 발자국

그곳으로 가는 길   ──「발자국과 길」 전문

산뽕나무 잎 위에 알몸의 햇볕이

가득하게 눕네

그 몸 너무 환하고 부드러워

곁에 있던 새가 비껴 앉네   ──「나무와 햇볕」 전문

  '그늘'과 '햇볕'은 또 어떤가? 그곳은 빛의 각도에 따라 마련된 공
간이다. 빛은 모든 사물을 투과하는 것이 아니라, 사물의 형태에 따
라 굴절되거나 변형된다. 나무 밑의 그늘을 만드는 것은 빛이면서 동
시에 나무의 형태이다. 나무와 그늘 사이에는 이미 어떤 상호작용이
존재한다. 그 그늘 밑에 남은 발자국은 그늘의 공간 속에 남아 있는
흔적이다. 그 흔적은 하나의 생명이 갖는 움직임과 그 방향성을 보여
준다. 그래서 그늘과 그늘의 발자국은 존재의 움직임이 있었던 흔적,
그 흔적의 사건성을 드러낸다. 나무에 누운 햇볕은 능동적으로 그곳
에 찾아와 눕는 알몸이 된다. 그 알몸의 환하고 부드러움은 그 산뽕
나무 잎에 함께 있던 새로 하여금 비껴 앉게 만든다. 햇볕의 각도와
새의 움직임이 분명한 인과적 관계를 형성한다는 증거는 없을지 모른
다. 나무라는 공간에 함께 존재하는 햇볕과 새의 관계를 어떤 상호작
용의 움직임으로 포착하는 것이 이 시의 시적 사건성이다.

  여러 곳이 끊겼어도

길은 길이어서

나무는 비켜서고

바위는 물러앉고

굴러 내린 돌은 그러나

길이 버리지 못하고

들고 있다
                                      ——「산과 길」전문

바위 옆에는 바위가

자기 몸에 속하지 않는다고

몸 밖에 내놓은

층층나무

한 그루가 있습니다

붉나무도

한 그루 있습니다
                                 ——「층층나무와 길」전문

　여기 '길'의 풍경이 있다. 첫번째 시에서 길의 정체성은 나무와 바위
의 상호작용으로 유지된다. 길은 길이기 때문에, "나무는 비켜서고/
바위는 물러앉고" 있는 법이다. 그러니까 길의 정체성을 만드는 것
은, 오로지 길 자신이기보다는 나무와 바위의 작용이다. 그 길 위에
남은 돌은, 길을 훼손하는 것이기보다는, 길이 길임에도 불구하고 버
리지 못하는 어떤 것이다. 길은 그렇게 주위의 사물들을 통해 자기
존재성을 드러낸다. 두번째 시에서 역시 길의 풍경을 만드는 것은
'층층나무'이다. 층층나무 역시 혼자 존재하는 것이 아니라, 바위가
"몸 밖에 내놓은" 존재이다. 층층나무는 바위에 의해 길 옆에 위치하

고, 그 층층나무의 존재로 인해 길은 또한 길의 이미지를 구체화한다.

> 콩새가 산수유나무 밑을 뒤지고
> 오목눈이들이 무리 지어 언덕에서 풀씨를 뒤질 때
>
> 식탁 위의 감자튀김(올리브유에 튀긴)
> 내가 뒤지는   ——「겨울 a」 전문
>
> 배추김치를 텃밭 한구석에 묻고
> 파김치를 그 옆에 묻고
>
> 언덕에서는 잡목림 밑에
> 발자국을 묻고 있는 지빠귀   ——「겨울 b」 전문

　앞에서 물리적 공간에서 이웃한 사물들 간 움직임의 연쇄, 혹은 그 연쇄 속에서 존재의 상호작용을 드러내는 장면들을 보았다. 위의 시는 이와는 다른 장면들을 보여준다. "콩새가 산수유나무 밑을 뒤지고/오목눈들이 무리 지어 언덕에서 풀씨를 뒤"지는 사건과 "식탁 위의 감자튀김"을 "내가 뒤지는" 장면은 물리적으로 이웃한 곳에서 일어나는 일이 아니다. 다른 공간의 사건이 같은 시간대에 일어나는 상황을 묘사한다. 동시간대에 일어나는 '뒤진다'라는 행위 측면에서 그것은 연쇄적인 사건으로 드러난다. 두번째 시의 경우는 '묻는다'라는 행위에 의해 연계되어 있다. 텃밭 한구석에 배추김치와 파김치를 묻는 행위와 언덕에서 잡목림에 지빠귀가 발자국을 묻는 행위는 공간적으로 이

웃한 사건은 아니지만, 같은 시간대에 '묻는' 행위라는 측면에서 연쇄적인 사건이 된다. 그러니까 오규원의 시에서 행위와 행위의 연쇄, 사건과 사건의 연쇄, 존재와 존재의 연쇄는 물리적 공간 위의 상호작용뿐만 아니라, 각기 다른 공간에서 작동하는 동시간적 공간 위의 연쇄를 포함한다. 그래서,

어젯밤 어둠이 울타리 밑에
제비꽃 하나 더 만들어
매달아놓았네
제비꽃 밑에 제비꽃의 그늘도
하나 붙여놓았네   ——「봄과 밤」 전문

위의 시와 같은 경우, '어둠'과 '제비꽃'과 '제비꽃의 그늘'은 다른 시간대에 벌어지는 사건들이지만, 그 관계는 '어둠→제비꽃→그늘'이라는 창조의 연쇄가 이루어지는 것처럼 묘사된다. 이런 존재의 시간적 연쇄는 사물들의 상호작용 속에서 존재가 하나의 움직임, 하나의 동사적 사건으로 드러나게 만든다. '두두'의 서시는 그런 존재의 연쇄에 대한 가장 장엄한 어조로 울려 퍼진다.

그대 몸이 열리면 거기 산이 있어 해가 솟아오르리라, 계곡의 물이 계곡을 더욱 깊게 하리라, 밤이 오고 별이 오고 별이 몸을 태워 아침을 맞이하리라   ——「그대와 산——서시」 전문

마치 우주적 창조의 장면을 떠올리는 이 시에는 '몸이 열림' '해가

솟음' '밤과 별이 옴' '아침을 맞이함'과 같은 시간적 운행의 순서를
보여준다. 이런 시간적 연쇄들이 '~하면' '~하고'와 같은 접속사로
연결되어 있는데, 그 사이에 인과적 관계 혹은 주종의 관계와는 다른
존재의 연관성이 부각되고 있다. '그대 몸'이 이 시의 최초 주체이기는
하지만, '그대 몸'이 그다음의 모든 사건을 관장하는 하나의 주체가 결
코 아니다. '산' '해' '물' '밤' '별'은 이 짧은 시 안에서 각각 하나하
나의 주체이다. 단수로서의 주체가 아니라, 복수로서의 주체들의 동
사적(動詞的) 연쇄를 보여주는 사건, 그것이 '두두시'의 미학이다.

  '물물' 편에는 '두두'의 짧은 시편들과는 다른, 조금 긴 호흡의 최
근 작품들이 모여 있다. 그러나 이 역시 몇 편을 제외하고는 긴 시들
을 만나기는 어려워서, 오규원 시인의 마지막 작업이 '최소 언어'에
집중되고 있다는 것을 다시 한 번 확인시킨다.

    라일락 나무 밑에는 라일락 나무의 고요가 있다
    바람이 나무 밑에서 그림자를 흔들어도 고요는 고요하다
    비비추 밑에는 비비추의 고요가 쌓여 있고
    때죽나무 밑에는 개미들이 줄을 지어
    때죽나무의 고요를 밟으며 가고 있다
    창 앞의 장미 한 송이는 위의 고요에서 아래의
    고요로 지고 있다   ──「고요」 전문

  '고요'라는 것은 사물의 상태를 표현하는 단어이다. 그것은 소리에
관한 것이기도 하고, 움직임에 관한 것이기도 하다. 그 고요는 풍경

이나 사물에 대한 주체의 시선, 혹은 감각적 판단과 관계되어 있다. 풍경이 고요하다면, 그것을 고요하다고 느끼고 판단하는 주체의 지위가 전제되어 있는 것이다. 그런데 보자. '라일락 나무'와 '비비추'와 '때죽나무'와 '장미 한 송이'는 각각 자기의 고요를 지니고 있다. 심지어 "고요는 고요하다"라는 문장에서 드러나는바, 고요 자체 역시 하나의 주어이다. 고요는 풍경에 대한 시적 주체의 판단 문제가 아니라, 사물들이 각각의 존재 방식 그 자체이다. 그리고 그 사물들은, 바로 이 고요라는 존재 방식을 매개로 하여 연쇄되어 있다. 마지막 행에서 보여주는 것처럼, 고요는 단지 상태가 아니라, 행위이다. 장미 한 송이가 지는 장면은 고요의 상태가 아니라, 고요의 움직임, 고요의 사건이다. "위의 고요에서 아래의/고요로 지고 있다"라는 절묘한 표현이 드러내주는 것처럼, 고요에는 시간성이 있다. 고요는 움직인다. 고요는 고요에서 고요로 시간의 몸을 지닌다.

뜰 앞의 잣나무로 한 무리의 새가

날아와 자리를 잡고 앉는다

그래도 잣나무는 잣나무로 서 있고

잣나무 앞에서 나는 피가 붉다

발가락이 간지럽다

뒷짐 진 손에 단추가 들어 있다

내 앞에서 눈이 눈이 온다

잣나무 앞에서 나는 몸이 따뜻하다

잣나무 앞에서 나는 입이 있다　　　　　—「잣나무와 나」 전문

　　일반적인 서정시의 세계관적 구조 안에서 '잣나무'와 '나'의 관계는
동일화의 맥락 안에 위치한다. 다시 말하면, '내가 잣나무를 본다 혹
은 의식한다'라는 명제는 '나'의 인간적 관점과 정서 안에서 잣나무의
어떤 특질을 '동화' 혹은 '투사'하는 작업을 의미한다. 하지만 이 시에
서 '잣나무'와 '나'는 하나의 동일화된 정서적 덩어리 속으로 묶이지
않는다. '잣나무는 잣나무로 서 있다'라는 것이 단순하고도 자명한 잣
나무의 존재 방식이라면, 그 잣나무 앞에서 "피가 붉다" "발가락이
간지럽다" "몸이 따뜻하다" "입이 있다"라는 몸과 관련된 간명한 묘
사들은, 잣나무의 존재성과 나란히 있는 '나'의 존재성을 드러내줄 뿐
이다. 그러니까 잣나무가 있기 때문에 '내'가 있거나 '내'가 있기 때문
에 잣나무가 있는 것이 아니라, 잣나무는 있고, 그 앞에서 또한 '나'
도 있는 것이다. 물론 '내 몸'의 내부가 잣나무 앞이라는 조건에 의해
서 어떤 변화를 경험했을 수도 있다. 하지만 그런 경우도, 잣나무와
'나'의 존재론적 연쇄작용은 원인과 결과의 관계는 아니다. 존재의
상호작용은, 하나의 몸이 있고, 그 몸 옆에 또 하나의 몸이 있다, 혹
은 하나의 몸이 움직이고, 그 옆에서 다른 몸도 움직인다, 라는 기본

적인 사건을 보여줄 뿐이다.

길에 그림자는 눕고 사내는 서 있다
앞으로 뻗은 길은 하늘로 들어가고 있다
사내는 그러나 길을 보지 않고 산을 보고
사내의 몸에는 허공이 달라붙어 있다
옷에 붙은 허공이 바람에 펄럭인다
그림자는 그러나 길이 되어 있다   ──「길」 전문

강변에 오토바이를 세워놓고 집배원이
소변을 보고 있다
물줄기가 들찔레를 흔들면서 떨어진다
근처에 있던 뱀이 슬그머니
몸을 감춘다
강은 물이 많이 불었다   ──「여름」 전문

　위의 시들은 '두두시'에 가까운 형태를 보여준다. 첫번째 시가 존재
들의 공간적 연쇄성을 보여준다면, 뒤의 시는 그 공간적 연쇄성의 거
리를 벌려놓고, 그 안에 다른 차원의 시간성을 스며들게 한다. 첫번
째 시에서 '길'이라는 공간 위에 존재하는 '사내'와 '사내의 몸'과 '사
내의 그림자,' 그리고 '허공'은 각기 다른 복수의 주어로서 그렇게 위
치한다. 그 복수의 주체들은 각기 다른 방향으로 행위하고 그 행위의
장소로서 길은 전체적 이미지의 프레임을 만들어준다. 두번째 시에는
세 개의 장면이 등장한다. 집배원이 강변에서 소변을 보는 장면, 뱀

이 슬그머니 몸을 감추는 장면, 그리고 강물이 많이 불어나는 장면이다. 첫번째 장면과 두번째 장면은 공간적 인접성을 갖고 있기 때문에, 그것이 어떤 영향 관계에 놓여 있음을 짐작할 수 있다. 문제는 세번째 장면이다. 강물이 불어난 것은 여러 가지 원인이 있을 수 있다. 시의 제목을 참고한다면 여름이니까 비가 많이 와서 강물이 불어났을 가능성도 있다. 그런데 앞에 강변에서 집배원이 소변 보는 장면이 등장한 바 있다. 그 장면 때문에 집배원의 소변과 불어난 강물의 어떤 영향 관계를 유추할 수 있게 된다. 그 영향 관계란 물론 논리적인 추리의 과정도 아니며, 과학적인 분명한 근거를 지니는 것도 아니다. 문제는 이 장면들의 병치를 통해 이들 사이의 미세한 연쇄적 관계성이 '시적'으로 드러나게 된다는 것이다. 그 틈새에서 독자는 그 연쇄성에 대해 상상적 참여를 할 수 있게 된다.

구멍이 하나 있다 바닥이 보이지 않는

지나가는 새의 그림자가 들어왔다가

급히 나와 새와 함께 사라지는 구멍이 하나 있다

때로 바람이 와서 이상한 소리를 내다가

둘이 모두 자취를 감추는 구멍이 하나 있다　　──「구멍 하나」 전문

'구멍'이란 무엇인가? 이것을 어떤 관념에 대한 비유라고 생각하지

는 말자. 우선 독자의 눈앞에 그런 구멍이 존재할 수 있다는 가정에서 출발하자. 만약 바닥을 알 수 없는 구멍이 지상에 있다면, 그 구멍으로 날아가는 새의 그림자는 들어갔다가 나올 것이다. 새는 그 구멍으로 들어가지 않지만, 새의 그림자는 그 구멍 안에 들어갔다가 빠져나올 것이다. 바람도 그 구멍에 잠시 머물다 자취를 감출 것이다. 문제는 그 구멍의 존재를 통해, 삶에 대한 어떤 관념에 도달하는 것이 아니라, 그 구멍이라는 이미지 자체의 사실성이 어떤 시적 상상의 차원으로 독자를 인도하는 공간이 된다는 점이다. 바닥 없는 구멍이 하나 있다라는 구멍의 존재론이, 구멍에 대한 비유적 관념을 비껴가서, 구멍 속을 들락거리는 존재들의 움직임에 대한 상상적 공간을 열어주는 차원.

오규원의 마지막 시들은 이렇게 시적 언어가 가닿을 수 있는 최대치의 투명성을 시도했다. 그 시도는 '두두'와 '물물'들의 있음 혹은 이웃해 있음, 또한 그것들의 움직임 혹은 연쇄적인 움직임을 포착한다. 그것은 '이야기'가 되기 이전의 '최소 사건'을 보여준다. 이야기의 차원이 되었을 때, 거기에는 이념의 개입이 시작될 것이다. 사물들의 최소 사건에는 서사 이전의 동사적(動詞的) 존재론이 드러난다. 사물들의 살아 있는 움직임을 묘사하는 일은 사물을 동원한 명사적(名詞的) 비유가 아니라, 존재에 대한 경험으로서 제시된다. 그러기 위해 그의 언어는 한없이 간명했고, 극도의 투명성을 추구하는 최소 언어가 될 수밖에 없다. 그의 최소 언어는 단지 정제된 시어를 구사한다는 의미가 아니다. 언어가 사물에 대한 덫이 아니라, 사물의 존재방식에 대한 상상적 공간을 열어주는 계기가 되기 위해, 그의 언어는 그토록 맑고도 정밀했다. 오규원의 시는 어떤 독법도 감당할 수 있을 만큼 열려 있다. 시 언어의 방법론에 대한 저 극한적인 모색은 어떤 현대의 시인도 넘어서지 않은 경계에 다다랐다. 그 시적 탐구의 치열성은 그에 대한 어떤 독법보다도 깊다. 그가 아니라면, 그 누가 "끝없이 투명해지고자 하는 어떤 욕망으로 여기까지 왔다"라고 술회할 수 있을까?

지난해 그의 부음을 전해 들은 것은 안산에서 서울로 가는 고속도로 위에서였다. 그 길 위에서 먹먹한 한순간, 그러나 차를 멈추지는 못했다. 그리고 다시 그 겨울의 길 위에 있다. 지상의 차가운 공기는 시인의 약한 육체를 괴롭혔겠지만, 어떤 치장도 수사도 박탈당한 겨울의 최소 풍경은 그의 시와 그의 정신과 그의 몸을 닮아 있다. 이제 다시 이 겨울의 새로운 끝에 닿기 전에 그에 대한 애도를 마감해야 하리라. 그리고 그의 뜨거운 시적 귀환, 한국 문학을 향해 그가 던진 최후의 질문을 사유하자.

나, 그녀, 당신, 그리고 첫
— 김혜순의 「당신의 첫」

첫, 시집

이것은 김혜순의 첫 시집이다. 세상의 모든 시집이 '유고 시집'이라
는 한 시인의 말을 뒤집어, 세상의 모든 시집은 '첫 시집'이다라고 말
할 수 있다. 하지만 단지 이런 이유로, 김혜순의 첫 시집을 말하는 게
아니다. 어떤 시인에게 한 권의 시집은 하나의 세계 속에서 자기 확
인의 과정이 아니라, 결별과 탄생의 이행이다. 김혜순의 시집 아홉
권은 그 단절적인 모험의 순간들을 아로새기고 있다. 그것들을 관통
하는 김혜순 고유의 실존적 목소리가 있다고 하더라도, 시인의 표현
을 빌리면 그 실존의 실체는 '늘 순환하는, 그러나 같은 도형은 절대
로 그리지 않는' 파동이다. 그리고 이 파동의 흔적들은 1980년대 이
후 한국 시에서 하나의 강력한 미학적 동력을 제공해왔다.

김혜순이라는 이름은 하나의 '시학'이며, '김혜순 시학'은 하나의
공화국이다. 그 시학은 멈추지 않는 상상적 에너지로 자신을 비우고,

자기 몸으로부터 다른 몸들을 끊임없이 꺼내왔다. 그래서 '김혜순 시학'은 단지 여성시의 전범이라는 자리에 머물지 않았다. 끊임없이 사랑을 갈구하고 음모를 꾸미는 계모처럼, 두려움을 뚫고 집을 떠나 낯선 타인들의 세계에 몸을 던지려는 철없는 공주처럼, 그렇게 다른 시작의 순간들을 실행해왔다. 동시대의 여성 시인들이 김혜순 공화국의 시민이었으며, 특히 2000년대의 젊은 시인들의 언술 방식과 김혜순 시학의 상관성은 더 긴밀해 보인다. 독창적인 상상적 언술의 가능성을 극한으로 밀고 나간 김혜순 시학은, 언제나 자기 반복의 자리로부터 몸을 빼내 야반도주했다. 그 자리에 남은 것은 '움직이는 부재'의 흔적일 뿐. 그들이 경배한 '김혜순 공화국'의 자리에 김혜순은 없다.

이렇게 해서 여기 김혜순의 첫 시집이 다시 태어났다. 이번 시집은 어린 소녀의 첫 비명과, 유령의 노래와, 다른 말을 배우는 이방인의 목소리로 웅성거린다. 그 '첫 말들'의 내용은 새로운 이미지의 탄생이 아니라, 다른 목소리의 발명이라고 부를 수 있는 차원이다. 특히 청각적인 것, 혹은 몸-리듬, 몸-소리의 재발견을 주목할 수 있다. 그것은 단지 음악적인 것의 영역이 아니라, 몸서리치는 파동으로서의 몸-언술의 움직임이다. 여기서 시인은 단지 노래하는 자가 아니라, 자기 몸의 깊은 곳에서 터져나오는 신체의 음악을 듣는 자이다. 이런 맥락에서 '말하기/듣기' '쓰기/읽기'의 존재론적 우열은 무너진다.

특히 『한 잔의 붉은 거울』에서부터 본격적으로 나타나기 시작한, 2인칭 '당신'의 존재를 설정한 화법이 두드러진 것은 흥미로운 양상이다. 그것은 연애시의 화법을 재전유하면서, 시를 대화적인 문맥과 연극적인 무대 위로 단숨에 올려놓는다. 시가 '당신'을 향한 말이 되자, 시적 언술은 듣는 당신과 말하는 나의 이분법을 넘어서, 나를 통해 말하는 당신과 당신을 통해 말하는 나의 언어적 순환을 만들어낸다. 그 순환 아래에서 시의 리듬은 당신의 시선과 내 몸의 관계로부터, 나-당신의 몸의 근원적인 소통의 '가능성/불가능성' 혹은 '(불)가능성'을 메타적으로 앓는 장이 된다. 2인칭의 세계에서 시의 몸은 그 빼앗긴 에로스의 주술성을 재문맥화한다. 그래서 김혜순의 시는 가장 첨예한 사랑 노래이다.

나

'당신'이 있기 전에 먼저 '나'가 있다고 말해야 할까? '나'는 서정시의 기원이면서, 김혜순 시학의 또 다른 출발점이다. 일반적인 서정시에서 1인칭은 시적 주체의 인격적 동일성의 중요한 근원이 된다. 통일된 영혼의 목소리, 그 동일한 내면의 주관성이 포착한 하나의 '풍경'이야말로 1인칭의 시적 권위를 보장한다. 그런데 보자. 김혜순의 시에서 1인칭은 어떻게 '나'라는 자아의 감옥을 탈출하고 있는가? 그 안에서 어떻게 나의 감옥과 타자의 감옥을 부수고 나와 수많은 '나'를 게워내는가?

> 내가 풍경을 바라보는 줄 알았는데
> 풍경이 날 째려보고 있었다는 걸 안 순간 질겁했습니다
> 내가 성의 계단을 오를 때
> 내 시선의 높이가 변하면서 풍경이 다르게 보이는 줄 알았는데
> 줄곧 풍경이 눈빛을 바꿔서 날 바라보고 있었다는 걸 안 순간

뺨을 한 대 얻어맞은 듯했습니다

나에게 성을 안내해주겠다고 내 팔목을 잡아끌며
계단을 오르던 소녀가 갑자기 소리쳤습니다
낮잠 자다 깨어나니 수억만 남자들이
둘러싸고 한꺼번에 내려다보는 듯
우리는 갑자기 통해서 자지러지게 소리쳤습니다

———「풍경의 눈빛」 부분[1]

　　여기에서 시선과 풍경의 관계는 재래적인 서정시의 시선 체계를 뒤
집는다. 우선, 내가 풍경을 보는 것이 아니라, 풍경이 나를 '째려본
다.' 풍경이 내 시선의 대상이 아니라, 내가 바로 풍경의 시선 대상이
다. '째려본다'라는 표현처럼 풍경이 나를 보는 것에는, 어떤 억압적
인 힘이 작동한다. "질겁""뺨을 한 대 얻어 맞은 듯"이라는 표현처
럼 풍경의 시선은 내게 공포를 야기한다. 그 공포의 내용이 무엇일
까? 어떤 실체를 알 수 없는 보이지 않는 거대한 시선의 주체를 감지
한 공포?
　　그 공포의 순간에 구체적인 장면이 개입한다. 성을 안내해주는 소
녀가 있고, 그 소녀의 또 하나의 공포가 있다. 그 공포는 "수억만 남
자들이/둘러싸고 한꺼번에 내려다보는 듯"한 두려움의 감각이다. 그
공포는 소녀에 대한 수억만 남자들 시선의 무게와 같다. 그 시선은
여성성, 혹은 소녀성에 대한 남근주의적인 시선의 압제를 의미할 수

---

1) 김혜순, 『당신의 첫』, 문학과지성사, 2008. 이하 인용된 시는 같은 시집에 실렸다.

나, 그녀, 당신, 그리고 첫　221

도 있다. 지배적인 상징 질서 속에서 세상의 모든 풍경은 남성 주체의 시선이 포착한 것이다. 하지만 중요한 것은 다시, 그 시선의 발견, 그 공포의 발견이다. 그 발견은 여성 정체성에 대한 불안과 부자유의 발견이기도 하다. 그 공포와 불안은 '질겁하고' '소리치는' 행위를 통해 표현된다. '나'의 발견은, '나'를 둘러싼 시선의 발견, 그 발견에 대한 비명의 시작을 의미한다. 나와 소녀는 '갑자기 통해서' 그 비명을 공유한다. 나와 소녀는 풍경의 시선을 의식함으로써, 공포의 감각으로 연대한다. '풍경의 화살'을 날카롭게 느끼고 '거짓말의 풍경' 속에서 비명을 지르는 몸-나. 나는 그 시선들을 통해서 '나'이며, 그 시선의 공포를 감각함으로써 비명을 지르는 '나'가 될 수 있다.

내가 정말 죽이긴 죽였나
꿈속처럼 방이 멀다
그 방엔 불에 타다 만 사람의 심장을 쪼아대던
피 묻은 부리 하나
검은 웅덩이에 잠긴 발을
더러운 깃털로 닦을 때
그 사람의 두 다리는 이미 싸늘했지
나는 왜 방에다 불을 지르고 소리소리 지르다
그 사람의 몸에 물을 끼얹었을까
하루 종일 문 앞을 떠나지 않는
주인 기다리는 강아지같이 빤히 열린 그 눈알
그것을 닫고 오기는 했나?
두렵다

그럼에도 지금 이 자리

웃고 떠드는 나를 견딜 수 없다

아무래도 불꽃 머리칼 다시 길러야겠다

아무래도 나는 나를 다시 죽이러 가야겠다 —「lady phantom」 부분

　상황은 이렇다. "방에 시체가 있다/내가 누군가를 죽였다/시체를
두고 나 여기 술 마시러 왔다." 그렇다면 두 가지 궁금증이 따라온다.
내가 죽인 것은 누구인가? 혹은 내가 누군가를 죽였다는 것은 현실인
가? 시의 화자는 사람들과 함께 술집에 앉아 있으면서도 방에 두고
온 시체를 생각한다. 불안과 죄의식을 떨쳐버릴 수 없는 것은 당연하
고, 나는 그들과 온전하게 어울리지 못하고 지어낸 얘기와 농담으로
위장한다. "술집 어딘가 흰염소 눈알 같은/반질거리는 외눈박이 웅덩
이"가 있다는 것은, 나의 죄의식을 들여다보는 시선의 존재감을 말해
줄 것이다.

　그런데 내가 죽인 것은 "숨겨놓은 몸," 시의 마지막 부분에 이르면,
그건 '나' 자신이다. 내가 나를 죽이는 장면은 엽기적이다. "방에다
불을 지르고 소리소리 지르다/그 사람의 몸에 물을 끼얹"었다. 이 행
위는 상징 제의적이다. 몸에 대한 훼손과 몸에 다시 물을 끼얹는 행
위는 자기 육체에 대한 혐오와 죽임과 정화의 과정이다. 육체에 대한
혐오와 훼손은, 여성적인 육체에 덧씌워진 상징 질서의 근원적인 죄
의식과 관련되어 있다. 자기 신체의 상징적 훼손은 자기 몸에 달라붙
은 죄의식을 벗기는 작업이며, 이 세계의 부정성과 싸우는 방법이기
도 하다. 그 시체는 그런데 '빤히 열린 눈알'을 달고 있다. 그 눈은 여
전히 떠져 있는 것인가? 내 두려움의 근원은 무엇일까? 그러면 다른

의문 하나. 이 시의 제목으로 유추해, 방에 남은 시체로서의 내가 있다면, 술집에 나와 있는 나는 어쩌면 유령인가? 나를 죽이는 나, 나를 두고 돌아다니는 또 다른 나, 자기 죽음을 사는 나, 나를 둘러싼 시선의 감옥에서 도망치려는 나, 나로부터 영원히 탈출하려는 나, 나, 나.

그녀

그녀들은 나의 분신일까? 혹은 타자로서의 나일까? 혹은 여성적인 존재의 상징일까? 김혜순의 3인칭은 숨은 1인칭을 간직한 3인칭, 혹은 3인칭화된 1인칭, 혹은 3인칭과 1인칭의 연대성을 보여주는 3인칭, 그녀들이다. 모래로부터 발굴된 여자가 있다.

사람들이 와서 여자를 데려갔다
옷을 벗기고 소금물에 담그고 가랑이를 벌리고
머리털을 자르고 가슴을 열었다고 했다

그가 전장에서 죽고
나라마저 멀리멀리 떠나버렸다고 했건만
여자는 목숨을 삼킨 채
세상에다 제 숨을 풀어놓진 않았다
몸속으로 칼날이 들락거려도 감은 눈 뜨지 않았다

사람들은 여자를 다시 꿰매 유리관 속에 뉘었다

기다리는 그는 오지 않고 사방에서 손가락들이 몰려왔다

　　　　　　　　　　　　　　　　　　　　　—「모래 여자」 부분

　이 여자는 오랜 시간 속에서 발굴된 유물이다. 여자의 몸 자체가 유물이 된다는 것은 복합적이다. 그 여자 몸-미라에 하나의 개인 서사가 덧붙여진다. 그 서사는 남자를 영원히 기다리는 여자라는 전형적인 여성 이미지를 만들어낸다. 사람들은 그 여자의 신화를 보존하기 위해 그녀의 몸을 열어 미라로 만든다. 사람들이 그녀의 몸을 미라로 만들기 위해 가한 신체적 훼손은, 여성 육체에 가해지는 상징적인 폭력이다. 사람들은 그녀를 다시 유리관 속에 누이고, "사방에서 손가락들이 몰려"온다. 그녀의 육체는 그런 방식으로 훼손, 보존, 전시된다. 그녀의 '산/죽은' 몸은 그렇게 다시 시선의 대상이 된다.

　죽음을 넘어 남자를 기다리는 여자라는 신화는 그 자체로는 남성 중심적인 상징 질서의 바깥에 있지 않다. 하지만 이 시는 그 신화를 지독하고 끔찍한 사랑의 사건으로 만들어, 상징 질서가 덧칠한 환상을 벗겨낸다. 그녀의 육체에 가해지는 훼손, 그 훼손의 너머, 죽음의 너머에서 그녀가 뜨는 눈, 그 '눈꺼풀 속 사막의 밤하늘'은 그 길고 긴 폭력을 벗기는 과정이다. 그런데 마지막 두 연에서의 인칭은 모호하다. 3인칭 그녀를 중심으로 전개되는 화법에서 갑자기 숨은 1인칭이 등장한다. "모래 속에 숨은 여자를 끌어올려/종이 위에 부려놓은 두 손을 날마다/물끄러미 내려다보"는 자는 누구인가? "꿈마다 여자가 따라"온다면, 그 꿈은 누구의 꿈인가? 앞의 「풍경의 눈빛」에서 소녀의 비명과 나의 비명이 연대를 이룬 것처럼, 「모래 여자」의 '꿈/악몽'은 '숨은 나'의 꿈속에서 다시 되살아난다. 길고긴 기다림과 시선의 폭력을 넘어 다른 시간 속에서, 죽지 않고, '번쩍' 눈뜨는 그녀.

　　　하나님은 얼마나 무서웠을까
　　　하나님이 키운 그 나무 그 열매 다 따 먹은
　　　저 여자가 두 다리 사이에서
　　　붉은 몸뚱이 하나씩
　　　잘라내게 되었을 때

　　　아침마다 벌어지는 저 하늘 저 상처
　　　저 구름의 뚱뚱한 붉은 두 다리 사이에서
　　　빨간 머리 하나가 오려지고 있을 때

　　　(저 피가 내 안에 사는지)
　　　(내가 저 피 안에 사는지)

　　　저만치 앞서 걸어가는 저 여자
　　　뜨거운 몸으로 서늘한 그림자 찢으며
　　　걸어가는 저 여자

　　　저 여자의 몸속 눈창고처럼 하얀 거울 속에는
　　　끈적끈적하고 느리게 찰싹거리는 붉은 피의 파도
　　　물고기를 가득 담은 아침 바다처럼
　　　새 아가들 가득 헤엄치네　　　　　──「붉은 가위 여자」 부분

226

한 여자가 산부인과에서 걸어 나오고, 그 여자 곁에 늙은 여자는 새 아기를 안고 있다. 아마도 여자는 아이를 낳았을 것이고, 그 여자의 엄마인 늙은 여자가 그 아기를 안고 가고 있을 것이다. 아이를 낳은 여자의 걸음걸이는 '뒤뚱뒤뚱' 온전하지 않았고, 그 걸음걸이의 불완전함은 '가위'가 "눈길을 쓱쓱 자르며 잘도 걸어가네"와 같은 표현을 만난다. 이 시의 상상적 절묘함은 아이를 낳는 모성의 다리를 '가위'로 이름 붙임으로써, 출산의 행위를 '무엇을 오려내는' 행위로 묘사한다는 점이다. "비린내 나는 노을이 쏟아져 내리는 두 다리 사이에서" 그녀는 무언가를 오려내었다. 그 오려냄의 행위는 신화 속에 하나님의 열매를 다 따 먹은 불경스러운 여자가 "두 다리 사이에서/ 붉은 몸뚱이 하나씩 잘라내"는 것이며, 그 불경은 하나님의 질서에서는 일종의 도발이며 공포이다. 그 잘라냄의 행위는 생명과 죽음을 동시에 나타낸다. 가위는 두 개의 날이 하나를 이룬다는 의미에서 통합의 이미지를 지니겠지만, 무언가를 자르는 의미에서 절단과 결별을 실행한다. 출산 행위란 '탯줄을 자른다'라는 맥락에서 '절단'의 행위이면서, 그 절단은 여자의 실존적 행로 앞에 놓인 온갖 장애와 자기 그림자를 잘라내면서 헤쳐나가는 고투의 이미지이다.

가위의 여자는 붉은색의 이미지들로 칠갑하고 있다. "비린내 나는 노을" "붉은 몸뚱이" "뚱뚱한 붉은 두 다리" "빨간 머리" "저 피" "붉은 피의 파도." 그녀의 다리-가위는 붉고, 그 다리 사이에서 태어나는 것, 역시 붉은 머리이고, 그 여자의 몸속에서도 붉은 피의 파도가 친다. 앞선 시집 『한 잔의 붉은 거울』에서 전면화된 이 붉은 이미지의 소용돌이는 자기 몸의 치욕을 씻어내는 거침없이 들끓는 에너지. '붉은 가위 여자'는 그 붉은 피 안에서 살거나, 그 피를 안에 품고 있거나…… 그 붉은 에너지의 안과 밖은 경계가 없다. 그 여자의 몸속에서는 여전히 "새 아가들 가득 헤엄치"고, 그 여자는 또 붉은 머리를 그 속에서 꺼내 잘라내어, '출산-절단'으로서의 생산을 실행할 테니.

당신

이제, 당신이다. 당신은 누구인가? 1인칭 화자가 간절한 음색으로 호명하는 사람. 그러나 아직 이름을 갖지 못한 사람, 혹은 이름을 모르는 사람, 이름을 잊은 사람, 이름이 지워진 사람, 이름을 부를 수 없는 사람, 이름이 필요 없는 사람, 내가 꿈꾸는 사람, 여성인 '나'의 남성적 타자일 뿐만 아니라, '내'가 부르고 '내'가 듣는 몸, '나'를 말하게 하는 이름 없는 몸, '당/신' '(당)신'.

      나는 흘러가려고 태어난 몸
      흘러가 당신 몸속의 물이 되려고 태어난 몸
      지평선이 없어도 좋아 딛고 설 땅이 없어도 좋아
      나는 오직 가기만 하면 돼
      나는 당신 몸 깊은 곳에서 쉬지도 않고, 넘치지도 않고, 속삭이지도
      않고
      당신 눈동자 속의 물처럼 물끄러미 있으려고 태어난 몸

      이 슬픈 노래는 어디서 흘러왔는가
      내 썩는 몸 위로 왜 자꾸 오는가 어느 곳에 숨었다가

내 컵의 물을, 내 꽃병의 물을 울리는가
한강 둔치에 물 가득 차올라
도로 표지판 하나 보이지 않고
그 아래, 그 강바닥 깊은 아래
땅속 동굴을 흐르는 차가운 물소리　　　—「당신 눈동자 속의 물」 부분

음악이 말한다
나는 손이 없지 팔도 없지
당신 땀구멍까지 다 껴안아줄 수는 있어도
당신을 잡을 수는 없지

욕조에 담긴 물처럼
당신 때문에 내가 썩는다
오디오에 담긴 음악처럼
당신을 감돌고 나온 내가 죽는다

당신이 나를 다 잊어서 내가 죽는다

목까지 찬 냄새나는 물이 썩는다　　　—「미쳐서 썩지 않아」 부분

　나는 당신에게 '물'이다. 물은 어디에나 있고 어디든 흘러들어가며, 흘러나온다. 물은 모든 타자의 틈에 스며든다. 형태가 없고, 머물지 못한다. 문제는 물의 메타포가 아니라, 물의 존재 방식, 혹은 물의 언술 자체이다. 그런데 어떤 물은 고여 있거나 갇혀 있다. 갇힌, 그

래서 썩어가는 물은 슬픈 노래를 그 안에 품고 웅웅거린다. 물은 "흘러가려고 태어난 몸"이기 때문에, "당신 몸속의 물이 되려고 태어난 몸"이기 때문에.

물은 또한 "당신 몸을 속속들이/다 더듬고" "당신 땀구멍까지 다 껴안아줄 수는 있어도 당신을 잡을 수는 없"다. 욕조에 담긴 물은 썩는다. "당신이 나를 다 잊어서 내가 죽는다." 이 썩음은 물의 죽음을 말하는 것일까? 당신에게 스며들 수 있다면 물은 살아 있는 물이고, 당신을 소유할 수 없는 물은 흘러나가고 잊혀져야 한다. 썩은 물은 물의 존재 방식 자체에 이미 예비된 사건이다. "당신 눈동자 속의 물"은 '물끄러미' 그 속에서 살아 있고, 잊혀진 물은 그러나 '미쳐서 썩지 않는다.' 그래서 물은 결국 땅속을 흐르거나 '하수구'의 생을 산다. 썩은 검은 물은, 그 썩음의 방식으로 새로운 존재 이전을 꿈꾼다. 죽었으나 죽지 않고, 썩었으나 썩지 않는 물. 당신 몸에 스미는 내 몸, 내 몸의 꿈, 내 몸-꿈의 존재 방식.

얼어붙은 하늘처럼 크게 뜬 당신의 눈을 내다보는 저녁

동네에 열병을 옮기는 귀신이 들어온다는 소문이 퍼지고
굴뚝마다 연기들이 우왕좌왕 몸을 떨었다

당신은 내 몸에 없는 거야 내가 다 내쫓았거든

내 가슴에 눈사태가 나서 한 시간 이상 떨었다

기침나무들이 몸을 부르르 떨며 눈 뭉치를 떨구자
벌어진 계곡에서 날 선 얼음들이 튕겨져 나왔다

맨 얼굴로 바람을 맞으며, 입술을 떨며
나는 얼어붙은 벤치에 앉아 있었다

당신이 들여다보는 여기에서 나가고 싶었다   ──「감기」부분

당신이 나를 스쳐보던 그 시선
그 시선이 멈추었던 그 순간
거기 나 영원히 있고 싶어
물끄러미
물
꾸러미
당신 것인 줄 알았는데
알고 보니 내 것인
물 한 꾸러미
그 속에서 헤엄치고 싶어   ──「당신의 눈물」부분

  내가 있다는 것은 무엇보다 당신 눈 속에서, 혹은 당신의 시선 안
에 있다는 것이다. 우선 첫번째의 시선. 당신의 눈은 "얼어붙은 하늘
처럼 크게 뜬" 눈이다. 당신의 크게 뜬 눈을 지금 내가 본다. 당신이
나를 내려다보는 큰 눈이라면, 나는 당신의 눈을 응시하는 또 하나의
눈이다. 당신의 큰 눈 아래 동네와 사물들은 불안과 공포에 떨지만,

"얼어붙은 벤치에 앉아" 당신의 눈을 응시하는 나는, "당신이 들여다보는 여기에서 나가고 싶었다." 이 시의 제목은 감기이고, 이 질병은 내가 처한 실존적 상황이다. 당신의 큰 눈이 들여다보는 이 세계에서 나는 앓는다. 그 시선에서 나가고 싶어서?

　두번째의 시선이 있다. "당신이 나를 스쳐보던 그 시선/그 시선이 멈추었던 그 순간"이 있다. 그 시선은 당신의 큰 시선과 대비된다. 나를 내려다보는 시선이 아니라, "스쳐보던 그 시선"이기 때문에, 그 시선 안에서 나는 머물고 싶다. 그 시선의 성격을 드러내는 "물끄러미"는 다시 '물/꾸러미'로 변주된다. 그 시선은 물끄러미 보는 물의 시선, 당신의 시선이면서 나의 시선이다. 그 시선은 사실 '당신의 눈물'로부터 시작되었다고 추측할 수 있다. 당신의 눈물 안의 물의 시선은 타자에 대한 지배적인 시선이 아니라, 물끄러미 스쳐보는 시선. 그 시선 속에서 나와 당신의 시선의 위계는 없다. 나는 당신의 눈물을 통해, 그 눈물 속에서 당신-나를 본다.

　　누가 쪼개놓았나
　　위 눈꺼풀과 아래 눈꺼풀 사이
　　바깥의 광활과 안의 광활로 내 몸이 갈라진 흔적
　　그 사이에서 눈물이 솟구치는 저녁

　　상처만이 상처와 서로 스밀 수 있는가
　　두 눈을 뜨자 닥쳐오는 저 노을
　　상처와 상처가 맞닿아
　　하염없이 붉은 물이 흐르고

당신이란 이름의 비상구도 깜깜하게 닫히네

누가 쪼개놓았나
흰 낮과 검은 밤
낮이면 그녀는 매가 되고
밤이 오면 그가 늑대가 되는
그 사이로 칼날처럼 스쳐 지나는
우리 만남의 저녁   ──「지평선」부분

  이제 당신의 지평선에 도착했다. 지평선은 "하늘과 땅이 갈라진 흔적." 그 흔적 "사이로 핏물이 번져 나오는 저녁"에 나는 있다. 갈라진 흔적으로서의 지평선은 세상의 갈라진 틈이면서, 내 몸이 갈라진 흔적이다. 지평선의 갈라짐을 통해 나와 세상은 서로의 몸이다. 그곳은 상처와 상처가 맞닿아 서로에게 스민 흔적. 그래서 지평선은 시간적으로 저녁에 처해 있다. 하늘과 땅의 경계로서의 지평선은 낮과 밤의 경계로서의 저녁 시간대로, 그렇게 시간화된다. 그 갈라진 공간─시간 사이로 그녀와 그가, 매와 늑대가, 당신과 내가 있다. 매와 늑대는 다른 시간에 거주하고, 그래서 "칼날처럼 스쳐 지나는/우리 만남의 저녁"에서만 조우한다.
  나와 당신에게 지평선이란 무엇인가? 나와 당신을 갈라놓는 공간─시간의 경계, 그 경계에서 서로에게 스미는 상처의 자리? 차라리 이렇게 말하자. 지평선은 갈라짐의 경계선이지만, 동시에 날카로운 만남의 경계선이다. 당신과 내가 갈라진 그 자리가, 당신과 내가 만나는 칼날 같은 자리이다. 「붉은 가위 여자」의 가위처럼, 지평선은 두

몸을 쪼개고, 두 몸을 붉은 물속에 맞닿게 한다. 이 결별과 조우의 사건이 하나의 경계에서 벌어지고, 그 공간-시간 속에서 결별은 다시 피 흘리는 조우이다. 그 갈라진 흔적이야말로 상처받은 몸, 생성하는 몸, 사랑하는 몸의 조건이다. 이 시가 이 시집의 '첫 시'인 것은 그래서, 의미심장할 것이다. 첫 시는 그렇게 갈라진 몸의 틈에서 터져 나오는 붉은 노래의 시작을 알린다.

첫, 시

지금 당신이 나에게 작별의 편지를 쓰고 있으므로, 당신의 첫은 살며시 웃고 있을까? 사진 속에서 더 열심히 당신을 생각하고 있을까? 엄마 뱃속에 몸을 웅크리고 매달려가던 당신의 무서운 첫 고독이여. 그 고독을 나누어 먹던 첫사랑이여. 세상의 모든 첫 가슴에는 칼이 들어 있다. 첫처럼 매정한 것이 또 있을까. 첫은 항상 잘라버린다. 첫은 항상 죽는다. 첫이라고 부르는 순간 죽는다. 첫이 끊고 달아난 당신의 입술 한 점. 첫. 첫. 첫. 첫. 자판의 레일 위를 몸도 없이 혼자 달려가는 당신의 손목 두 개, 당신의 첫과 당신. 뿌연 달밤에 모가지가 두 개인 개 한 마리가 울부짖으며, 달려가며 찾고 있는 것. 잊어버린 줄도 모르면서 잊어버린 것. 죽었다. 당신의 첫은 죽었다. 당신의 관자놀이에 아직도 파닥이는 첫.

당신의 첫, 나의 첫, 영원히 만날 수 없는 첫.
오늘 밤 처음 만난 것처럼 당신에게 다가가서

234

나는 첫을 잃었어요 당신도 그런가요 그럼 손 잡고 뽀뽀라도?
그렇게 말할까요?

그리고 그때 당신의 첫은 끝, 꽃, 꺼억.
죽었다. 주 굿 다. 주긋다.
그렇게 말해줄까요?　　　　　　　　　　　　　　—「첫」 부분

　시는 당신에 대한 나의 질투로부터 시작된다. "내가 세상에서 가장
질투하는 것은 당신의 첫"이다. 첫번째 의문. 왜 '처음'이 아니라 '첫'
이라는 불완전한 단어일까? 명사인 '처음'과는 달리 관형사인 '첫'은
그 자체로는 불안정한 말이다. '첫'은 무언가의 앞에 붙어서야 처음으
로서의 성격을 만들어주는 관형사이다. '첫'은 그러니까 모든 명사 앞
에 붙어서, 그 명사들을 처음의 자리로 되돌려놓는다. 그래서 '첫'을
명사처럼 사용한다면, 주체화할 수 없는 것을 주체화하는 것이다. 차
라리 그 '첫'은 일종의 동사이다. '첫'은 죽은 명사들을 처음의 상태로
활성화하는 에너지 자체이다. 그래서 '첫'은 실체를 알 수 없고, 붙잡
을 수 없고, 소유할 수 없다. 그래서 '첫'은 지독한 질투의 대상이다.
　'첫'은 과거와 기원을 호출하는 관형사이지만, '첫' 자체의 운동 방
식은 언제나 절단과 결별의 그것이다. "첫은 항상 잘라버린다. 첫은
항상 죽는다. 첫이라고 부르는 순간 죽는다." '첫'은 절단하고 결별하
고 자신을 죽여서 '첫'이 된다. 그러나 '첫'의 이름 안에는 '첫'이 살고
있지 않다. '첫'은 언제나 '첫'의 자리로부터 도주한다. 그래서 "당신
의 첫, 나의 첫, 영원히 만날 수 없는 첫"이다. 만날 수 없는 당신의
'첫'은 '끝'이다. "첫, 첫, 첫, 첫" 하고 발음하다 보면, 그것은 일종

의 의성어가 된다. 실체 없는 동사적 움직임으로서의 '첫'은 내용 없는 시니피앙의 무중력 놀이가 되어버린다. "죽었다. 주 긋 다. 주깃 다"의 놀이처럼. '첫, 첫, 첫,'의 무한놀이는 '끝, 꽃, 꺼억'의 무한놀이와 뒤섞인다.

이 시는 '당신의 첫'에 관한 질투의 시이면서, 하나의 '시론'으로 읽을 수 있다. 다른 방식으로 말한다면, 김혜순의 모든 시는 일종의 시론이거나 '메타 시'이다. 이미 박제된 명사로서의 시에 대해 다른 차원의 활력을 불어넣는, 시에 대한 '첫 시,' 시에 대한 '끝 시'로서의 메타 시 말이다. 이제 김혜순의 이번 시집이 첫 시집이라는 처음의 논리로 돌아갈 수 있다. 김혜순의 낱낱의 시는? 그 시들 역시 '첫 시'일 것이다. 그것은 그 낱낱의 시가 이룩하는 결별과 신생의 이행만을 의미하지는 않는다. 제도와 문법의 두께를 다시 꿰뚫고 피 흘리는 붉은 몸의 소리를 다시 호출하는 '첫 시'들. 지배적 상징 질서들이 만들어 놓은 시적인 것들과 결별하고 게워내고 그것들을 다시 오려서 낳는 '첫'의 혁명. "이름 붙인 자의 이름은 여전히 더러"우니, "말을 배우기 이전의 내 혀"(「화장실」)이거나, "내 몸속에 한 뭉치 비명"(「비명 생명」)이거나, 나의 첫 비명, 그녀의 첫 가위질, 당신의 첫 시선, 현전(現前)으로서의 첫 시, '첫, 첫, 첫, 첫……'

236

기형도의 시간, 거리의 시간
—기형도 다시 읽기

기형도라는 신화가 있다. 기형도라는 이름은 1980년대 이후 한국 문학의 뜨거운 신화이다. 신화는 끊임없이 다시 씌어진다. 기형도가 지속적으로 다시 읽히는 것은 그 신화의 부정할 수 없는 생명력을 말해준다. 그 신화에는 두 가지 층위가 있다. 첫 시집이 나오기 전에 도심의 심야극장에서 갑작스러운 죽음을 맞이한 시인의 개인적 신화가 하나라면, 두번째는 그의 개인적 신화를 문화적 사건으로 만들어버린 문학 대중의 지속적인 열광이 있다. 기형도의 시는 텍스트 자체에 대한 당대의 미학적 평가 이상의 문화적 상징성을 획득한다. 그 신화들을 걷어내고 기형도라는 텍스트 '자체'만을 읽는 것이 가능할까? 기형도의 시에 대해 어떤 내재 분석도 사실은 그 신화의 바깥에서 이루어지기 힘들다. 그러면 그의 죽음 이후 20년, 이제, 무엇을 할 수 있을까? 차라리 기형도라는 신화를 역사적 혹은 문화사적인 사건으로 인정하는 것. 그 위에서 그 신화를 재문맥화하는 작업이 가능할 수 있을까? 기형도의 시간과 한국 문학과 현대시의 시간을 겹쳐서 읽는 일은, 그래서 의미 있는 작업이 될 수 있다.

기형도라는 개인이 살았던 시간은 1960년에서 1989년 사이이고, 그가 공식적으로 등단하여 활동한 시간은 1985년에서 1989년에 이르는 짧은 시간이다. 이 시간 사이에서 기형도의 텍스트가 생산되었다. 문학사적인 공간으로 말한다면, 기형도의 시는 1980년대 문학이라는 영역에 속한다. '1980년대 문학'이라는 범주의 객관성이 존재하는 것은 아니지만, 그럼에도 불구하고 1980년대라는 공간을 규정했던 문학 담론들의 의미 체계들이 존재한다. 1980년대 문학 공간 위에서 한국 현대시는 그 현대성을 새로운 차원에 진입시키게 된다. 그것은 이른바 4·19세대에 의해 구축된 한국 현대시의 현대성을 근원적으로 재구성하는 작업을 의미했다. 1980년대의 시 동인지 중심의 소집단 무크지 운동이 의미하는 것은, 당대의 정치적인 억압이 역설적으로 시 쓰기의 어떤 급진성을 추동하는 상황이었다. 주요 문학 계간지의 폐간으로 상징되는 정규적인 문학적 소통 체계의 폐쇄는 강렬한 부정과 해체의 언어가 새로운 세대와 새로운 매체를 통해 뿜어져 나오는 계기가 되었다. 현실의 야만성 뒤에 도사린 억압의 구조를 드러내고 그 완강한 상징 질서를 전복했던 해체의 언어와 정치적 담론으로서의 시적 실천이 터져나왔다. 기형도의 세대적인 입지는 그 해체의 전사들과 상호 관련성에서 구축될 수밖에 없는 상황이었다.

흥미롭게도 기형도는 적극적으로 해체의 길을 가지 않았다. 물론 그는 '서정시'의 재래적인 문법에서 출발하지도 않았다. 그가 선택할 수 있는 다른 길은 무엇이었고, 어떻게 가능했는가? 그의 시적 출발은 투명하고 익명적인 도시적 감성의 자리였다. 이를테면 그가 이성복으로 대표되는 선배 시인들의 부정의 시학을 공유했으면서도, 투명하고도 건조한 감성의 자리를 확보할 수 있었던 것,[1] 혹은 '시 운동' 동인으로 상징되는 탈현실적인 상상력과도 일정한 거리를 유지하고 있었던 것은,[2] 무엇보다 그의 시가 거리의 시간으로부터 출발하고 있었기 때문이다. 그가 등단하던 1985년 무렵에 씌어졌던 시들은 그의 시적 출발점을 시사해준다. '낯섦'의 경험이 반복되는 익명적 감각의 도시야말로 기형도적인 감수성의 발생지이다.

> 그런 날이면 언제나
> 이상하기도 하지, 나는
> 어느새 처음 보는 푸른 저녁을 걷고

---

1) 기형도의 시에서 발견되는 이성복의 영향은 상당한 것으로 보인다. 이 점에 대해서는 정과리가 이미 지적한 바 있다(「죽음, 혹은 순수 텍스트로서의 시」(『무덤 속의 마젤란』, 문학과지성사, 1999)). 물론 영향 관계 못지않게 차이점을 분석하는 것도 의미 있는 일이다. 정과리에 따르면 "이성복의 이미지들이 있을 수 있는 모든 색채의 경연장이라면, 기형도의 이미지 공간은 철저히 흑백이다." 왜 그럴까? 기형도는 철저히 거리의 감성으로부터 출발했기 때문이 아닐까? 이 밖에 이성복의 경우는 두번째 시집 『남해금산』에서 모성적 문맥의 서정성과 조우하게 되지만, 기형도는 그 길을 가지 못한다. 그에게 모성은 아직 유년 기억의 한 장면(「엄마 걱정」, 「위험한 家系 · 1969」)에 머물 뿐, 서정적 동력으로 작동하지 않는다. 기형도가 살아 있었다면, 어떤 시적 행로를 밟았을지를 짐작하는 일은 쉽지 않다.
2) 기형도의 몇 안 되는 비평문 가운데서 하재봉 시집 『안개와 불』에 대한 서평은 흥미롭다 (「물에서 태양으로」, 『기형도 전집』, 문학과지성사, 1999). 이 글에서 그는 '시 운동'의 시적 세계에 대해 "대항 문학으로서의 도덕주의적 구호 속에서 그들의 상상력은 매우 신선하고 전위적인 모습으로 받아들여졌다"라고 전제하고, "그들이 보여주었던 현란한 수사학과 이미지, 우리 시사에서 찾아보기 힘들었던 상상 공간들을 확장해온 열정적인 시정신들이 이 땅의 억압적 상황 때문에 상대적으로 평단으로부터 방치되어왔다는 점을 지적하고 싶다"라고 말한다. 시 운동에 대한 그의 이러한 평가는 문학의 미적 자율성에 대한 입장과 관련되어 있지만, 기형도가 시 운동의 문법과 미학의 1980년대적인 평가절하를 안타까워하면서도 시 운동의 미학과 일정한 거리를 두었다는 사실 역시 이해할 필요가 있다.

있는 것이다, 검고 마른 나무들
아래로 제각기 다른 얼굴들을 한
사람들은 무엇엔가 열중하며
걸어오고 있는 것이다, 혹은 좁은 낭하를 지나
이상하기도 하지, 가벼운 구름들같이
서로를 통과해가는

나는 그것을 예감이라 부른다, 모든 움직임은 홀연히 정지
하고, 거리는 일순간 정적에 휩싸이는 것이다

—「어느 푸른 저녁」 부분[3]

　이 시는 기형도적 모티프와 그 이미지의 움직임을 전형적으로 보여
준다. '그런 날'은 시적 화자의 특정한 하루의 날이면서 거리에서의
도시적 일상의 무심한 반복을 보여주는 하루이다. 첫번째 문장에서
"언제나"와 "처음 보는"은 논리적으로 모순된다. '언제나'는 반복되는
시간을 의미하고, '처음 보는'은 일회적인 새로움을 의미하기 때문이
다. 기형도의 시간은 이렇게 거리에서 발견한 어떤 특정한 낯선 순간
을, 익숙한 것이면서 동시에 일회적인 어떤 순간을 상정한다. 이 반
복성과 낯섦의 이중성이 거리의 시간을 규정한다. 어떤 사물에 대해
서 화자는 낯섦을 경험하지만, 낯섦 그 자체는 이미 익숙하게 반복되
는 사건이다. 그 시간 속을 1인칭 화자가 걷고 있다. 그런데 "제각기
다른 얼굴들을 한/사람들은 무엇엔가 열중하며/걸어오고 있"다. 반

---

3) 기형도전집편집위원회 엮음, 『기형도 전집』, 문학과지성사, 1999. 이하 인용된 시는 같
　은 책에 실렸다.

복과 낯섦의 동시성이 주는 감각에 사로잡혀 있는 '나'와는 달리 "사람들은 무엇엔가 열중"한다. 이 '나'와 거리의 '군중' 사이의 거리감은 보들레르 이후 도시적 산책자가 처해 있는 전형적인 상황이다. 거리에서 '나'의 감각의 예민함과 자의식은 "무엇엔가 열중하"는 군중들의 무심한 집중력과 대비된다. '나'는 거리와 군중을 '보는 자'이고, 그들은 '내' 시선의 대상이다. '나'는 시간에 대한 예민한 관찰자이다. 그들과 '나'는 지금 다른 시간에 머물고 있다. "가벼운 구름들같이/서로를 통과해가는"이라는 비유에서 드러나는 것처럼, 그들 각자 혹은 그들과 '나'는 "서로를 통과해가는" 존재들, 관계가 휘발되어버린 투명성의 존재들이다.

시간에 대한 예민한 관찰자로서의 '나'는 이 반복적인 낯섦의 공간 속에서 어떤 '예감'의 순간을 만난다. "모든 움직임은 홀연히 정지/하고, 거리는 일순간 정적에 휩싸이는" 순간이다. 그 순간은 거리의 공간성이 문득 압도적인 익명의 침묵 속에 갇히는 경험이다. "그런 때를 조심해야 한다"라는 진술처럼, 그것은 위험을 감지하는 순간이다. "진공 속에서 진자는/곧, 아무 일 없었다는 듯이/검은 외투를 입은 그 사람들은 다시 저 아래로/태연히 걸어가고 있는 것이다"와 같은 표현 속에서 그 순간을 감지하는 '나'와 '진공 속의 진자'와 같이 태연한 '저 사람들'은 확연히 구분된다. '나'는 그 투명한 진공의 순간을 '보는' 자이다. '나는 그것을 본다'라는 문장만큼이나 공간과 시간에 대한 1인칭 화자의 태도를 명시적으로 압축하고 있는 것은 없다. 그런데 '본다'라는 행위는 시각적인 것일 뿐만 아니라, 직관적인 것이기도 하다. 혹은 모든 육체적 감각과 관계된 것이다. '본다'는 동사는 '예감'이라는 명사와 깊게 관련되어 있다. 그리하여 또 하나의 모순이 탄생한다. "아무리 빠른 예감이라도/이미 늦은 것이다 이미/그곳에는 아무도 없다." 예감은 어떤 '사태'에 대해 미리 감지하는 것이지만, 그 느낌은 이미 아무도 없는 사후에 일어난다.

> 곧 유리창을 쏟아버릴 것 같은 검은 건물들 사이를 지나
> 낮은 소리들을 주고받으며
> 사람들은 걸어오는 것이다
> 몇몇은 딱딱해 보이는 모자를 썼다
> 이상하기도 하지, 가벼운 구름들같이
> 서로를 통과해가는
> 나는 그것을 습관이라 부른다, 또다시 모든 움직임은 홀연히 정지
> 하고, 거리는 일순간 정적에 휩싸이는 것이다, 그러나
> 안심하라, 감각이여! 아무 일 없었다는 듯이
> 검은 외투를 입은 그 사람들은 다시 저 아래로
> 태연히 걸어가고 있는 것이다
> 어느 투명한 저녁
>
> 아무 일 없었다는 듯이
> 모든 신비로부터 자신을 보호하기 위하여   —「어느 푸른 저녁」 부분

어떤 예감도 이미 때늦은 예감이 되어버리는 공간, 그 공간에서 서로를 통과하는 저 투명한 익명성, 익명적 투명함을 화자는 다시 '습관'이라고 부른다. 습관이란 무의미한 반복성을 의미한다. 그 습관에 대해 시간의 예민한 관찰자인 '나'는 감각하고 있지만, "검은 외투를

입은 그 사람들은 다시 저 아래로/태연히 걸어가고 있"다. 문제는 다시, '나'의 예민한 감각과 거리 군중의 태연함, 혹은 무심함이다. '예감'에 휩싸인 '나'의 감각은 불안한 어떤 것이지만, 군중의 태연함은 차라리 '내' 감각을 안심시킨다. "안심하라, 감각이여!"라는 역설은 그렇게 발생한다. "모든 신비로부터 자신을 보호하기 위"한 '사람들'의 투명함과 태연함은 감각의 예민함을 무화시킨다. 그러니까 어느 푸른 저녁은 '나'의 예감과 '사람들'의 습관이 교차하는 시간-공간이다. 그런데 '나'의 예감은 '사람들'의 '습관'을 부정적으로 바라보기보다는 그 투명성의 순간을 호명한다. "예감이라 부른다" "습관이라 부른다"라는 두 번의 호명을 통해, 어느 푸른 저녁의 그 투명한 익명성을 감각한다. 그 감각은 도시의 낯섦과 그 낯섦의 익숙함으로부터 불안과 평온, 위험과 가능성을 동시에 발견하는 시적 사건이다. 시적 화자가 만난 예감의 순간은 시계적 시간, 관습화된 시간 개념 저편에서 침묵과 정지의 '외부'를 발견하는 경험이다.

기형도의 거리 감성은 이렇게 도시의 익명적 공간에서 '예감'의 순간을 발견하는 관찰자인 '나'의 시선과 '습관'의 시간 속에 있는 군중과의 관계 속에서 구축된다. 여기서 바라보는 1인칭과 대상화된 3인칭의 관계는 기형도의 거리 시학을 규정짓는 중요한 시선의 구조이다. 역시 등단하던 해에 발표된 다음의 시 역시 그 '나'와 '그'의 관계와 연관된 '시선'의 문제를 구체적으로 보여준다.

그는 쉽게 들켜버린다
무슨 딱딱한 덩어리처럼
달아날 수 없는,

공원 등나무 그늘 속에 웅크린

그는 앉아 있다
최소한의 움직임만을 허용하는 자세로
나의 얼굴, 벌어진 어깨, 탄탄한 근육을 조용히 훑는
그의 탐욕스런 눈빛

나는 혐오한다, 그의 짧은 바지와
침이 흘러내리는 입과
그것을 눈치 채지 못하는
허옇게 센 그의 정신과

내가 아직 한 번도 가본 적 없다는 이유 하나로
나는 그의 세계에 침을 뱉고
그가 이미 추방되어버린 곳이라는 이유 하나로
나는 나의 세계를 보호하며
단 한 걸음도
그의 틈입을 용서할 수 없다

갑자기 나는 그를 쳐다본다, 같은 순간 그는 간신히
등나무 아래로 시선을 떨어뜨린다
손으로는 쉴새없이 단장을 만지작거리며
여전히 입을 벌린 채
무엇인가 할 말이 있다는 듯이, 그의 육체 속에

유일하게 남아 있는 그 무엇이 거추장스럽다는 듯이

—「늙은 사람」 부분

"그는 쉽게 들켜버린다"라는 첫 문장에는, '그'는 숨겨진 자이고, '나'는 보는 자라는 전제가 개입되어 있다. '내' 시선의 프레임 안에서 그 '늙은 사람'은 "무슨 딱딱한 덩어리처럼/달아날 수 없는,/공원 등나무 그늘 속에 웅크린" 존재로 묘사된다. 흥미로운 점은 시선의 주체로서 '나'와 시선의 대상으로서 '그'라는 일방적인 관계의 구조가 처음부터 유지되지 못한다는 것이다. "나의 얼굴, 벌어진 어깨, 탄탄한 근육을 조용히 핥는/그의 탐욕스런 눈빛"이라는 묘사에서 이미, 그는 단순히 보이는 자가 아니라, 오히려 '나'를 탐욕적인 시선으로 쳐다보는 자이다. 이런 상황에서 '늙은 사람'에 대한 '나'의 연민과 같은 통상적인 감정은 개입될 여지가 없다. '나'에 대한 '그'의 탐욕적인 시선은 오히려 '나'의 거부감을 낳고 '나'는 그의 외모와 "허옇게 센 그의 정신"을 혐오한다. '그의 세계'는 "내가 아직 한 번도 가본 적 없"는 세계이다. 그는 다른 시간 속에 존재하기 때문이다. 지금 하나의 공간 속에 있지만, 그의 세계와 '나'의 세계는 그렇게 다르다. 그는 "이미 추방되어버린 곳"이다. 늙고 소외된, 그리고 정신이 "허옇게 센" 그는, 이미 이 세계로부터 추방된 시간-공간이다. 그렇다면 그와 '나' 사이에는 탐욕과 혐오라는 관계만이 존재하는 것일까?

마지막 연에 주목해보자. "갑자기 나는 그를 쳐다본다, 같은 순간 그는 간신히/등나무 아래로 시선을 떨어뜨린다." 두 사람의 이런 행위 사이에서 무슨 일이 벌어진 것일까? 탐욕과 혐오라는 관계로부터 두 사람의 변화된 시선은 다른 층위에 돌입한다. 갑자기 쳐다보는

'나'와 간신히 시선을 떨어뜨리는 '그' 사이에는 일종의 대화가 벌어진 것이다. 시선을 떨어뜨리는 그의 행위는 '나'의 시선에 대한 일종의 반응이라고 이해할 수 있다. 그 반응이 의미하는 것은 무엇일까? 그는 "무엇인가 할 말이 있다는 듯이" 행동하지만, 그 '할 말'은 무엇인가? 여기서, '나'라는 젊은 육체에 대한 그의 탐욕과, 그의 늙은 육체와 정신에 대한 '나'의 혐오는 다른 관계에 진입한다. 그것을 시선의 사건이라고 볼 수 있다면, 그것은 시선의 주체인 '나'와 시선의 대상인 '그'의 육체 사이에서 일어나는 변이이다. 그 변이의 상황에서 '그'는 '나'와 무관하지 않은 존재가 아닌가?

기형도의 시는 시적 자아인 '나'와 그것의 대상화된 허구적 자아인 '그'의 관계로 구축된다.[4] 탈서정적인 관찰자인 '나'와 죽음의 시간에 근접해 있는 '그'의 관계는 기형도의 시적 세계 인식의 한 중요한 모티프를 이룬다. '그'에 대한 방법적인 묵시(默視)에서 그가 속한 세계에 대한 묵시(默示)로 이어지는 과정이 기형도의 시적 시선과 미학의 내용이다. 그런데 그는 정말 다만 '나'의 시선 대상인 '그'일 뿐인가? 오히려 '그'는 '대상화된 나'이거나 혹은 다른 시간 속에 존재하는 '나'가 아닐까? 다른 방식으로 말하면 '그'는 '내'가 예감하는 '나,' '내'가 다른 시간 속의 '나'를 본 것이 아닐까? 그렇다면 저 늙은 존재는 다만 '그'가 아니라 '내'가 혐오하는 '나,' '나'를 질투하는 '나' 혹은 '나'에게 할 말이 있는 '나'가 아닌가? 이 지점에서 시선의 주체인 '나'와 시선의 대상인 '그' 사이의 위상 체계는 무너져버리는 것이 아닐까? '그'와의 관계 속에서 '나'는 그 사적 성격을 잃어버리고 '그' '그것'과

---

4) 이 점에 관해서는 졸고, 「묵시(默視)와 묵시(默示)—기형도적인 시 쓰기의 의미」, 『환멸의 신화』, 민음사, 1995 참조.

분간되지 않는 상태로 돌아간다. '나'라는 주체는 비인격화된다.

그의 장례식은 거센 비바람으로 온통 번들거렸다
죽은 그를 실은 차는 참을 수 없이 느릿느릿 나아갔다
사람들은 장례식 행렬에 악착같이 매달렸고
백색의 차량 가득 검은 잎들은 나부꼈다
나의 혀는 천천히 굳어갔다, 그의 어린 아들은
잎들의 포위를 견디다 못해 울음을 터뜨렸다

그해 여름 많은 사람들이 무더기로 없어졌고
놀란 자의 침묵 앞에 불쑥불쑥 나타났다
망자의 혀가 거리에 흘러넘쳤다
택시 운전사는 이따금 뒤를 돌아다본다
나는 저 운전사를 믿지 못한다, 공포에 질려
나는 더듬거린다, 그는 죽은 사람이다
그 때문에 얼마나 많은 장례식들이 숨죽여야 했던가
그렇다면 그는 누구인가, 내가 가는 곳은 어디인가
나는 더 이상 대답하지 않으면 안 된다, 어디서
그 일이 터질지 아무도 모른다, 어디든지
가까운 지방으로 나는 가야 하는 것이다
이곳은 처음 지나는 벌판과 황혼,
내 입속에 악착같이 매달린 검은 잎이 나는 두렵다

　　　　　　　　　　　　　　　　──「입속의 검은 잎」부분

이 시는 1989년에 발표된 그의 유작 중 하나이고, 시집의 표제작이 될 정도로 기형도의 대표작 가운데 하나로 평가받는다. 이 시에 관한 가장 일반적인 이해 중의 하나는 이 시의 배경이 1979년의 10·26으로부터 1980년 광주에 이르는 정치적 사건들이라는 것이다. 물론 그렇게 볼 수 있는 텍스트 안팎의 정황은 충분하다. 그리고 아마도 그런 맥락에서 이 시가 '1980년'을 묘사한 치열한 문학적 사례로 평가될 수도 있을 것이다. 어떤 정치적 도덕주의에 기대지 않고 있으면서도, 그 시대의 억압과 공포를 날카롭게 환기시켜주고 있기 때문이다. 그러나 이 시가 그런 제한적인 의미에서만 평가된다면 그것 역시 안타까운 일이다.

조금 다른 문맥에서 이 시는 기형도의 시학, 그러니까 1인칭 '나'와 3인칭 '그' 사이의 관계로 시적 담론이 구축되는 과정을 가장 풍부하게 보여준다. 우선 '그'는 누구인가? 그는 "한 번도 만난 적이 없는 그"이다. 한 번도 만난 적이 없는 그를 생각하는 것은 "처음 지나는 벌판과 황혼"을 경험했기 때문이다. '그'와 연관된 공간과 사건 때문에 그를 생각하게 된 것이다. "그 일이 터졌을 때 나는 먼 지방에 있었다"라는 진술은 '내'가 그의 공간과 사건의 현장에 있지 못했음을 보여준다. 그 사건에 관한 한 '나'는 부재자였던 것이다. 사건이 일어나기 전에 '내'가 본 것은 신문에서 "고개를 조금 숙이고 있는" 그였고, "얼마 후 그가 죽었다." 그의 장례식에 대한 묘사로 미루어 그를 유신의 독재자로 판단할 수도 있다. 그런 해석이 이 시에 대한 심각한 오독이라고 말할 수는 없겠다. 그런데 더 중요한 것은 '그'와 '나'의 관계에 대한 이 시의 심층적인 문맥이다.

그 사건에 대해 부재자였던 '내'게 속한 것은 책과 검은 잎들의 세계이다. 부재자인 '나'는 다만 그 세계 속에 있었다. 그리고 그의 죽음 이후, "나의 혀는 천천히 굳어갔다." 그의 죽음 때문에 '나'의 침묵은 훨씬 공포스러운 것이 된다. 말할 수 없음에 대한 공포. "공포에 질려/나는 더듬거린다"라는 문장처럼 '나'의 세계에 대한 두려움을 명시적으로 표현해주는 문장은 없다. 시의 후반부로 가면 '그'와 '나'의 관계는 다른 양상에 진입한다. "그 때문에 얼마나 많은 장례식들이 숨죽여야 했던가/그렇다면 그는 누구인가, 내가 가는 곳은 어디인가"에 이르면, 그와 '나'의 관계는 훨씬 더 혼돈 속에 빠져든다. 이 시에서 '그' ─ 나 ─ '택시 운전사'는 익명성으로 뒤섞인다. 3인칭 '그'의 모호성은 공포에 짓눌린 '나'의 익명성과 구별되지 않는다. 죽은 자로서의 '그'가 '택시 운전사'로 전이되는 과정, 그리고 그 전이가 '나'의 익명성과 겹쳐지면서, 한 시대의 억압과 공포는 죽음의 내적 확산이라는 방식으로 드러난다. '그'와 '나'는, 그 알 수 없음과 말할 수 없음의 익명적 공포로 연결되어 있다. 그리고 이 공포의 감각은 "처음 지나는 벌판과 황혼"을 지나면서, 그 길의 시간 위에서 발생한 감각이라는 것이 다시 확인된다.

미안하지만 나는 이제 희망을 노래하련다
마른 나무에서 연거푸 물방울이 떨어지고
나는 천천히 노트를 덮는다
저녁의 정거장에 검은 구름은 멎는다
그러나 추억은 황량하다, 군데군데 쓰러져 있던
개들은 황혼이면 처량한 눈을 껌벅일 것이다
물방울은 손등 위를 굴러다닌다, 나는 기우뚱

망각을 본다, 어쩌다가 집을 떠나왔던가
그곳으로 흘러가는 길은 이미 지상에 없으니
추억이 덜 깬 개들은 내 딱딱한 손을 깨물 것이다
구름은 나부낀다, 얼마나 느린 속도로 사람들이 죽어갔는지
얼마나 많은 나뭇잎들이 그 좁고 어두운 입구로 들이닥쳤는지
내 노트는 알지 못한다, 그동안 의심 많은 길들은
끝없이 갈라졌으니 혀는 흉기처럼 단단하다
물방울이여, 나그네의 말을 귀담아들어선 안 된다
주저앉으면 그뿐, 어떤 구름이 비가 되는지 알게 되리
그렇다면 나는 저녁의 정거장을 마음속에 옮겨놓는다
내 희망을 감시해온 불안의 짐짝들에게 나는 쓴다
이 누추한 육체 속에 얼마든지 머물다 가시라고
모든 길들이 흘러온다, 나는 이미 늙은 것이다

—「정거장에서의 충고」 전문

    거리의 감수성의 한 정점을 보여주는 이 시에서 기형도의 길 위의
시간은 그 풍부한 아이러니를 드러낸다. "미안하지만 나는 이제 희망
을 노래하련다"라는 첫 문장에서 왜 희망을 노래하는 것이 미안한 일
인지를 독자는 알 수 없다. 두 가지 짐작이 가능하다. 희망을 노래할
수 없는 상황임에도 불구하고 희망을 노래하는 것의 미안함이 그 하
나라면, 다른 하나는 '이제'라는 부사에 무게를 실어 더 이상은 절망
만을 노래할 수 없는 상태라고 짐작할 수 있다. 후반부에 가면, "내
희망을 감시해온 불안의 짐짝들"이라는 표현이 등장한다. '내'게 희망
은 감시당하는 어떤 것이다. 희망이 왜 감시를 당하는가? 불안이라는

'짐작'이 있기 때문이다. 그래서 '희망'은 부끄럽게 역설적으로 발설되는 어떤 것이다.[5]

그리고 펼쳐지는 이미지들의 움직임. 먼저 '물방울'과 '노트'가 나온다. '물방울'은 그 사소함과 일회성과 순환성 때문에 이 시에서 반복적인 모티프가 된다. '물방울'은 '검은 구름' 속에 숨어 있을 것이고, "손등 위를 굴러다"니다가 "나그네의 말을 귀담아들어선 안 된다"라는 충고의 청자가 된다. 기형도 시에서 자주 등장하는 '노트'는 글쓰기 혹은 시 쓰기의 이미지와 연관되어 있다. 노트를 덮은 것은 글쓰기의 끝이 아니라, 거리에서 시 쓰기의 시작이다. "얼마나 느린 속도로 사람들이 죽어갔는지/얼마나 많은 나뭇잎들이 그 좁고 어두운 입구로 들이닥쳤는지/내 노트는 알지 못한다"라는 문장에서 '노트'는 세계의 불가해성에 대한 언어 혹은 글쓰기의 공포를 암시한다.[6] '노트'의 공포는 그의 시에 자주 등장하는 '혀'의 공포, 언어의 공포와 연관 있다. 좀더 구체적으로 말한다면, 노트가 알 수 없음의 공포와 관련되어 있다면, '혀'의 공포는 말할 수 없음의 공포를 암시한다.

---

5) '희망'은 기형도의 시에서 언제나 아이러니를 동반한다. 가령, "내 희망의 내용은 질투뿐이었구나"(「질투는 나의 힘」), "길 위에서 일생을 그르치고 있는 희망이여"(「길 위에서 중얼거리다」), "나무들은 언제나 마지막이라 생각하며/작은 이파리들을 떨구지만/나의 희망은 이미 그런 종류의 것이 아니었다"(「10월」), "나는 가끔씩 어둡고 텅 빈 희망 속으로 걸어 들어간다"(「먼지투성이의 푸른 종이」)와 같은 표현들이 빈번하게 등장한다.

6) '책' 혹은 '노트' '종이'를 둘러싼 공포는 기형도 시의 중요한 이미지군을 형성한다. 이를테면 "나의 영혼은/검은 페이지가 대부분이다, 그러니 누가 나를 펼쳐볼 것인가"(「오래된 書籍」), "힘없는 책갈피는 이 종이를 떨어뜨리리/그때 내 마음은 너무나 많은 공장을 세웠으니/어리석게도 그토록 기록할 것이 많았구나"(「질투는 나의 힘」), "공포를 기다리던 흰 종이들아/망설임을 대신하던 눈물들아/잘 있거라, 더 이상 내 것이 아닌 열망들아"(「빈집」), "먼지투성이의 푸른 종이는 푸른색이다./ 어떤 먼지도 그것의 색깔을 바꾸지 못한다"(「먼지투성이의 푸른 종이」)와 같은 이미지들이 등장한다.

"그동안 의심 많은 길들은/끝없이 갈라졌으니 혀는 흉기처럼 단단하다"와 같은 문장들을 보라.

그러나 이 시에서 가장 핵을 이루는 이미지가 있다면, 그것은 저녁의 정거장이라는 공간 그 자체일 것이다. 정거장은 길과 길 사이의 지점이다. 하나의 길이 다른 길과 만나는 지점, 하나의 존재가 다른 동선으로 옮겨가기 위해 잠시 머무는 곳이다. 정거장은 일정한 간격으로 차로 오고 떠나기 때문에 도시의 시계적 시간의 지배를 갖는 공간이다. 그런데 저녁의 정거장이다. 저녁은 아침의 생산성과 반대에 있는 시간, 하루는 소멸의 빛 가운데 회한과 망각의 시간을 맞는다. 저녁의 정거장은 길과 길 사이에서 거리의 '황량한 추억'을 경험하는 시간-공간이다. 이 저녁의 정거장에서 무엇을 알아내고 무엇을 말할 수 있을 것인가? "나는 기우뚱/망각을 본다" "내 노트는 알지 못한다" "혀는 흉기처럼 단단하다"와 같은 진술 속에서 '내'가 알 수 있는 것, 내가 말할 수 있는 것은 없다. 저녁의 정거장은 깨달음의 계기가 아니라, 세계의 불가해성에 대한 다른 감각을 만나는 곳이다. 그렇다면 '내'가 할 수 있는 마지막 전언은 무엇인가? "나는 쓴다"라는 마지막 행위에 주목하자. 시의 화자는 저녁의 정거장에서 알아낼 수 있는 것, 말할 수 있는 것은 없지만, 다만 "쓴다"라는 행위를 현재진행형으로 수행한다.[7]

거리에서 쓰는 자의 마지막 문장은 "이 누추한 육체 속에 얼마든지

----

7) 세계의 불가해성과 지나간 시간에 대한 회한과 탄식을 뒤로하고 시의 화자가 기록하는 마지막 문장들. 이 경우 그 문장의 내용 못지않게 중요한 것은, 침묵과 탄식과 중얼거림을 뒤로하고 '쓴다'는 행위 자체의 상징성이다. 이를테면 "그리하여 나는 우선 여기에 짧은 글을 남겨둔다/나의 생은 미친 듯이 사랑을 찾아 헤매었으나/단 한 번도 스스로를 사랑하지 않았노라"(「질투는 나의 힘」)와 같은 표현들을 만날 수 있다.

머물다 가시라고/모든 길들이 흘러온다, 나는 이미 늙은 것이다"라는 진술이다. 이 문장들은 어떤 체념의 상태를 표현하는 것처럼 보인다. 그러나 더 중요한 것은 이 시의 화자가 경험한 시간 그 자체이다. '내'가 거리에서 경험하는 시간은 이를테면 "나는 일생 몫의 경험을 다했다"(「진눈깨비」)와 같은 질량을 갖는다. 거리에서 어느 한순간에, 생의 모든 시간의 무게를 경험하는 감각, 그 감각은 '나'의 조로(早老)를 선언하게 만든다. 그렇다면 정거장에서의 '충고'란 무엇인가? 충고란 사전적인 의미에서 남의 결함을 타이르는 것을 말하지만, 그 충고의 대상은 또한 누구인가? 표면적으로 이 시에서 충고의 대상은 "물방울이여, 나그네의 말을 귀담아들어선 안 된다"라는 문장 속의 '물방울'이라고 할 수 있다. 그러면 '나그네'는 누구인가? 시의 문맥에서 '나'와 '물방울' 이외에 다른 인격적인 주체를 발견하기 힘들다. 그렇다면, 나그네는 지금 역설적인 희망을 노래하고 있는 '나'일 수도 있다. 다시 그러면 물방울은? 물방울은 '나'와 '나그네'와는 다른 존재인가? 이제, 더 이상 '나'와 '물방울'과 '나그네'는 충고의 주체와 충고의 대상으로 명확하게 구분되지 않는다. 충고의 행위가 중요할 뿐이지, 충고의 주체와 대상이 중요한 것은 아니다. 이런 맥락에서 충고는 익명적인 것이 된다. 정거장의 시간은 모든 길의 시간이 한꺼번에 흘러오는 시간이며, 그 시간 위에서 '나'와 '너'와 '그것'의 인칭적인 차이가 무화되는 시간이다. 그 시간은 정거장이라는 도시 공간 속에서의 시계적 시간을 '모든 길'의 시간, '일생 몫'의 시간으로 바꾸어놓는다. 그 시간은 물리적 세계와 습관의 체계를 벗어나는 절대적이고 자율적이며 익명적인 시간이다.

기형도는 거리의 시인이었다. 그런데 기형도에게 중요했던 것은 도시적 풍경 자체가 아니었다. 거리에서 그는 그곳에서 다른 시간을 만난다.[8] 그 시간은 도시의 익명성이 어떤 설명할 수 없는 위태로운 신비를 만나는 경험이다. 그 경험은 사회적인 것이면서 또한 시적인 것이다. 그 시간 속에서 기형도는 1인칭의 서정적 세계로부터 어떤 비인칭적 공간으로 자신을 이동시킨다. 거리는 기형도의 1인칭을 단지 하나의 기억을 호출하는 개인성으로만 묶어두지 않았다. 거리는 그를 고립시키면서, 그 고립을 익명적인 것으로 만들었다. 도시는 그에게 개별성을 규정짓고, 동시에 그 개별성을 무화시킨다. 도시는 명사적인 것을 앗아가는 힘이다. 그는 거리에서 다른 삶의 위험한 가능성들과 만난다. 그 가능성은 1990년대 이후 한국 현대시의 중요한 미적 사회적 가능성이기도 했다. 청년의 투명한 우울이 거리에서 다른 시간을 맞닥뜨리는 사건을 만났을 때, 기형도의 문학사적 개입은 시작된다. 기형도의 시간은 한국 현대시의 지울 수 없는 시간이 되었다.

---

8) 기형도는 「어느 푸른 저녁」의 시작 메모에서 다음과 같이 쓴다. "가끔씩 어떤 '순간들'을 만난다. 그 '순간들'은 아주 낯선 것들이고 그 '낯섦'은 아주 익숙한 것들이다. 그것들은 대개 어떤 흐름의 불연속선들이 접하는 지점에서 이루어진다. 어느 방향으로 튕겨나갈지 모르는, 불안과 가능성의 세계가 그때 뛰어들어온다. 그 '순간들'은 위험하고 동시에 위대하다. 위험하기 때문에 감각들의 심판을 받으며 위대하기 때문에 존재하지 않는다(『기형도 전집』, 문학과지성사, 1999, pp. 333~34).

사랑은 피 흘리는 텍스트, 즐거운 비가
—성기완의 「당신의 텍스트」

나는 솜사탕 남자

그가 사랑이라니? 두 권의 시집을 통해 한국 현대시에서 예외적인 시적 에너지와 혼성적인 언어의 세계를 제출했던 성기완이, 다시 변이의 언술들을 쏟아놓는다. 앞선 두 권의 시집이 제도화된 시 언어에 대한 외부로부터의 테러였다고 한다면, 이번의 테러는 상대적으로 내재적인 위치에서 시작된다. 흥미롭게도 이 시집에서 시적 테러리스트는 저 진부한 '사랑'에 대해 발음한다. 사랑과 연애를 둘러싼 담론들의 저 끔찍한 상투성을 뚫고, 그는 또 하나의 이질적이고도 하드코어적인 사랑의 담화를 풀어놓는다. 성기완의 사랑 노래는 무엇이 다른가? 우선 누가 사랑을, '내 사랑'을 말하는가가 문제적이다.

한국 연애시의 전통 속에서 사랑을 말하는 화자는 많은 경우, '여성화'되어 있다. 그렇다는 것은 여성 시인이 사랑의 시를 써왔다는 것을 의미하지는 않는다. 그것은 상징 질서의 내부에서 여성적인 것으로 간주될 만한 목소리를 시인이 채택했다는 것이다. 김소월의 연애시가 보여준 이러한 목소리의 면모를 한국 현대시의 뛰어난 연애시들이 계승해왔다는 것은 새삼스러운 일이 아니다. 남성 시인들의 연애시가 상징적인 여성의 목소리를 전유하는 것이 의미하는 미학적이고 정치적인 문제를 여기에서 제기하고 쉽지는 않다. 문제는 그 상징적인 전유가 한국 연애시에서 하나의 유력한 전통 속에 있다는 점. 연애시에서 남성적인 목소리의 은폐는 한편으로는 연애시의 목소리를 둘러싼 섹슈얼리티와 성 정치성의 문제를 비가시적으로 만든다. 그런데 성기완의 화자는? 그는 얼마나 노골적인가? 그런데도 그의 시는 얼마나 남성적 주체화로부터 멀어지는가?

솜 솜 솜 솜사탕
솜사탕도 사탕일까
사탕 깨물다 이빨 빠진 금강새
화이트데이 솜사탕 남자

솜사탕은 구름
당신에게 구름을
구름의 침대
구름 베개
구름 이불
당신 맘대로 해요
내 몸으로 만들어드릴게
나는 솜사탕 남자 ──「이불솜 틀어드립니다」 부분[1]

전봇대에 붙어 있는 낡은 광고 문구 "이불솜 틀어드립니다"로 시작된 상상은 화이트데이의 남자의 이미지로, 다시 옛 기억 속 솜틀집 할머니의 이미지로 전이된다. 솜이라는 추억의 표상은 그 단어의 음성적 감각성에 집중하면서 솜사탕의 이미지로 전환된다. 솜사탕이 지니는 로맨틱하고 팬시한 이미지는 "화이트데이 솜사탕 남자"라는 대중적인 판타지를 호출한다. 달콤하고도 부드러운 남자라는 여성적 판타지는 '구름-침대-베개-이불'을 거치면서 에로틱한 조형적 공간을 만들어낸다. 솜사탕의 몸은 형태와 달콤한 맛을 지니지만, 밀도와 내용을 지니지 못하는 물질이다. 그것의 달콤함과 공허함은 '솜사탕 남자'라는 존재의 우스꽝스러운 비실체성을 반영한다. 솜사탕 남자는 자신의 몸으로 무엇이든 만들어줄 수 있는 남자, 그러나 그 남자는 존재의 밀도를 지니지 않는다.

여기서 두 가지 흥미로운 시적 맥락을 발견할 수 있다. 우선 하나는 이 시가 두드러지게 남성 화자의 목소리를 드러내고 있다는 점. 그러나 그 남성 화자는 자신의 남성성을 표시 나게 드러내지 않고 솜사탕 남자라는 여성적인 판타지를 선보이고 있다는 것. 그래서 '나'는 남성성을 상징적으로 보장받는 것 대신에, 여성적인 대리 표상의 일부로서 자기 몸을 드러낼 뿐이다. 오히려 솜사탕의 몸을 지닌 남자는 다른 몸을 만들어내는 몸이라는 측면에서는 여성적인 존재의 일부이다. 이런 이유에서 "솜을 틀던 할머니"의 이미지가 다시 등장하면서 후반부에 "할머니 젖가슴 솜 모시적삼 새하얀 다듬잇돌"의 이미지가

---

1) 성기완, 『당신의 텍스트』, 문학과지성사, 2008. 이하 인용된 시는 같은 시집에 실렸다.

등장하는 것을 주목할 수 있다. 솜사탕 남자의 가짜 남성성은 '솜틀 집 할머니'의 늙은 여성성과 이상한 방식으로 결합한다. 그래서 솜으로서의 몸은 남성성과 여성성의 주체화를 스스로 비껴가는 존재, 그 상징적인 영역의 권위를 앗아가는 희극적인 가벼움을 선사한다. 그 가벼움은 어디에서 오는가? 솜이라는 물질의 실제적인 가벼움? 아니 그보다는 '솜, 솜, 솜'이라는 시니피앙, 혹은 그 시니피앙의 반복이 불러오는 리듬감으로부터 온다. 리듬은 이렇게 성적 주체화를 저지시키고 그 몸의 리듬을 공중에 들어 올린다.

세상에!
보고픈 당신
당신이 날 보고프다시면
나는 늘 세상 밖으로 달려가요
당신이 계신 곳은 어디든 세상 밖
세상이 모르도록 깊이 잠든 당신
나는 세상 밖의 남자이므로
세상이 몰라도 당신 곁에 있어요
바로 곁에
꿈이라면 꿈속에
삶이라면 그 속에
보고픈 당신
당신이 날 보고프다시면
언제나 세상은 깊이 잠들죠
세상에나!　　　　　　　　　　　——「세상에! 보고픈 당신」 전문이 남자는 "세상 밖의 남자"이다. 이 남자가 세상 밖에 있는 이유는, "당신이 계신 곳은 어디든 세상 밖"이기 때문이다. 이 설정 역시 흥미롭다. 당신이 세상 밖에 있다는 것은 당신의 존재 방식이다. 당신이 이 세상 안에서 부재한다는 것은, 당신의 존재가 가진 신비성을 말해주는 것이 아니라, 당신이 실재하는 방식이다. "세상이 모르도록 깊이 잠든 당신"과 "당신이 날 보고프다시면/언제나 세상은 깊이 잠들죠"의 '잠든 세상'은 서로 다른 세계에 속한다. '깊이 잠든 당신'을 세상은 모르고, 당신이 날 부르면 "세상은 깊이 잠"든다. '당신'과 세상은 그렇게 서로를 모르거나, 모른 척해준다. 당신이라는 존재가 세상 밖의 존재라는 것은, 세상이 모르는 존재, 혹은 세상을 모르는 존재라는 함의가 들어 있다.

그러니까 당신과 나의 사랑은 언제나 세상 몰래 진행되고, 당신에게 달려가는 일은 세상 밖으로 달려가는 일이다. 사랑은 그렇게 세상 바깥에서 일어나는 사건이다. 세상 밖의 남자는 그런 방식으로 세상 밖의 여자를 그리워한다. 이것은 역설적으로 세상 안에서 사랑의 불가능성을 암시한다. 그 사랑의 불가능성 앞에서 세상 밖의 남자와 세상 밖의 여자의 상징적 위치는 의미가 없다. 모든 사랑하는 존재는 세상 밖의 존재이고, 모든 사랑은 세상 밖의 사건이니까. 그렇다면 사랑은, 세상에! 세상에나!, 세상에는 없다. '세상에'라는 감탄사는 이제 내용 없는 감탄사에 머물지 않고, 세상에서의 사랑의 불가능성을 중의적으로 환기시키는 일종의 비명이 된다. '세상에!'라는 감탄사가 뜻밖의 일에 대한 놀람을 표현하는 것이라면, 그 뜻밖의 사건은 사랑에 관한 한 그 감탄사 자체에 내재된 운명이다. 세상에! 세상에나!

당신은 생리 중

당신을 그렇게 멀리 보내고
드넓은 가을 하늘을 통째로
이고 있는 내 두 눈
푸른 궁륭을 향해
그리움의 모양으로 방전되는
전체적 피의 분수
그렇게 온 세상이
보랏빛으로 물드는 것도
사랑의 한 방식 　　　　　　　—「사랑의 한 방식」 부분

　사랑의 소멸, 혹은 당신의 부재에 관한 담화는 모든 연애시의 기본 형식을 이룬다. 문제는 그 소멸과 부재를 시적으로 언어화하는 방식, 그래서 그 사랑의 이별을 또 다른 상상적 사건의 차원으로 만드는 일이다. 이 시에서 그 사랑의 소멸은 강렬한 색채 이미지들을 거느린다. 이를테면 당신이 부재하는 세상의 이미지는 "드넓은 가을 하늘" "푸른 궁륭"이라는 넓고 푸른빛의 형상을 얻는다. 그 푸른 공간을 향해 있는 '내' 그리움은 "피의 분수"라는 강력한 붉은빛을 뿜어낸다. 그리고 그 푸른빛의 세계에서 뿜어져 나오는 붉은빛의 어두운 에너지는 세상과 만나 '보랏빛'의 이미지로 변환된다. 푸름과 붉음의 중간으로서의 보랏빛은 사랑의 소멸을 육화하는 설명할 수 없는 불안정한 색채가 된다. 주목할 수 있는 것은 이 시집에서 '피의 분수'로 드러나

는바, 그리움이 '방전'되는 붉은 피의 이미지는 여러 차례에 걸쳐 반복된다는 점. 사랑은 왜 자주 피를 뿜어내거나, 피를 뒤집어쓰고 있을까? 이 시집 속의 당신은 자주 '생리 중'이다.

> 그 낯선 기념품 판매소의
> 꿈같은 계단을 밟을 거야
> 생리 중인 너를 업고 갈 거야
> 피가 뚝뚝 계단에 떨어져도
> 상관없어
> 상관없지
> 미안하지만 즉시 흥정꾼이 되겠어
> 당신이 미라처럼 누워 있을 때
> 나는 베란다에서 뛰어내릴 거야
>
> ──「베란다에서」 부분

화자는 "도둑놈처럼" 당신과의 도망을 준비하고 결행한다. "몰래 빨간 여행 가방을 끌고" 나오는 화자의 도망은 사랑의 도피 행각이라고 부를 수 있다. 그것은 "뭐든 서슴지 않을 거야"라는, 도망의 욕망에 충실하려는 각오를 반영한다. 그 낯선 여행지의 "기념품 판매소의/ 꿈같은 계단"에서 '나'는 "생리 중인 너를 업"고 간다. '너'의 생리 중이라는 상황은 사랑의 도주 행각에 사소한 장애가 될 수도 있겠지만, "뭐든 서슴지 않"으려는 이 도망에서 그건 "상관없"는 일이다. 이 시는 전체적으로 "~할 거야"라는 다짐과 각오 혹은 의지의 표현으로 서술되어 있다. 그것은 이 시 속의 장면들이 실제로 벌어진 장면이 아니라, 꿈과 욕망의 세계에 속한다는 것을 보여준다. 제목과 마지막

행에서의 "미라처럼" 누운 당신, 그리고 화자가 '베란다'에서 뛰어내리는 이미지를 고려한다면, 이 시는 도주의 사건을 기록하는 것이 아니라, '너'와의 도주를 몽상하거나, "미라처럼" 누운 너를 두고 혼자만의 도주를 결행하는 못된 꿈으로 읽을 수 있다. '베란다'는 방과 그 세상 밖의 경계에 놓인 공간이고, 따라서 베란다는 도망을 꿈꾸는 곳이다. 그 도망의 꿈속에서 '생리 중'인 '너'를 업고 피가 뚝뚝 떨어지는 계단을 가는 장면은, 그 도망의 꿈이 지니는 강렬한 불가능성과 욕망의 깊이를 환기시킨다.

> 너와 오럴하고 싶어
> 너의 빨간 암술을 헤치고
> 노란 수술을 빨고 싶어
>
> 당신은 화장실에 버려진 생리대
> 지켜지지 않은 백만 년 된 약속
> 팬티 속에 차고 다닐래
> 나도 당신처럼 생리할 거야
>
> 피흘리며피어날거야   —「꽃」전문

'너'의 생리에 대한 '나'의 집중된 관심은 일종의 성적 도착을 불러온다. '오럴'에 대한 강렬한 욕구는 강렬한 원색 이미지를 통해 적나라하게 드러난다. (이 시집에 등장하는 '빨다' '핥다' 등의 성 행위를 묘사하는 언어들은 단순히 묘사의 언어가 아니라, 힙합 음악의 언어들처

럼 반사회적이고 반문화적인 소리 혹은 음악적 후렴이다.) '당신'을 "화
장실에 버려진 생리대"로 호명하는 순간, 시는 다른 차원에 진입한
다. 암술과 수술이 하나의 몸속에 공존하는 꽃의 식물성은, 남성과
여성의 몸에 대한 새로운 상상적 차원으로 전환된다. "나도 당신처럼
생리할 거야"라는 도착적인 욕구에 이르러 남성과 여성으로 분리된
몸은 새로운 성적 전환에 대한 갈망과 만난다. 그 갈망의 끝에서 "피
흘리며피어날거야"라는 마지막 발화는 식물의 성기로서 꽃의 관능과
성에 대한 전환의 욕구를 하나로 결합한다.

　따라서 "피흘리며피어"나는 것은 꽃이며, 여성 성기이며, 차라리
화자의 강렬한 도착적 욕구이다. 이 도착은 병리적인 차원을 넘어서
성적 욕구가 지닌 상징화의 좌절과 성적 주체화의 혼란을 날카롭게
드러낸다. 이 과정에서 '생리하는 너'와 '생리하고 싶은 나'의 구분은
꽃의 그것처럼, 하나의 몸으로 뒤섞인다. 혹은 뒤섞이고 싶어 한다.
그 과정에서 '남성-나'의 주체화는 유예되고, 자신의 존재를 여성, 혹
은 여성의 몸에 의존하는 방식으로, 자기 존재에 대해 외부적이 된
다. '나-남성'은 그렇게 여성의 몸을 통해 탈존한다. 그래서 이 꽃의
성기 안에서 남성과 여성이라는 상징 체계는 피 흘리며 붕괴된다.

　칼로 찌른 것도 아닌데
　낭자
　당신은 유혈이
　낭자
　하군요 하긴
　한때 내가 거길 찢고 나왔죠

황홀한 자상을 입고
피범벅으로 좋아 죽는
당신은 생리 중
아무리 조심조심 휘둘러도
아 결국 사랑은 칼부림   —「해피 뉴이어 2」 전문

　사랑이 유혈이 낭자한 것은 두 가지 이유에서이다. 우선, 당신은
생리 중이고, 생리 중인 당신의 '그곳'은, '나-남자'가 태어난 자리이
기도 하다. 그 자리는 "황홀한 자상을 입고/피범벅으로 좋아 죽는"
'여성-몸'이다. "당신은 유혈이/낭자"에서 '낭자'는 형용사인 동시에
여자를 말하는 동음이의어의 말놀이기도 하다. 여성적인 존재는 형용
사로서의 '낭자한' 몸이다. 그 낭자한 몸으로부터 '나-남자'의 몸이
태어났다. 그러니까 낭자한 '여성-몸'은 '나-남성'의 기원이다. 조금
다른 문맥에서 그 낭자한 몸은 사랑의 '칼부림'으로 낭자한 몸이다.
사랑의 칼부림은 이중적이다. 사랑은 낭자한 몸으로부터의 사랑이지
만, 그것은 사랑이 지닌 근원적인 위험성을 또한 암시한다. 사랑이
피범벅인 이유는, 낭자한 당신의 몸으로부터 기인하는 것이면서, 동
시에 사랑 자체의 근원적인 폭력성에 연유한다. 사랑은 낭자하지만,
그 칼부림 속에서 피 흘리는 사랑은 "좋아 죽는"다. 이것은 일반적인
의미의 마조히즘을 의미하는 것이 아니다. 성적 흥분의 충만을 내포
한 쾌락은 쾌락을 넘어서는 고통을 수반하고, 그 고통은 사랑의 주체
에게 어떤 일관성을 부여하는 얼룩이다. 생리라는 몸의 분비물을 통
해 향유의 존재는 사랑의 존재성을 감각한다. '당신-여자'의 '몸-생
리-얼룩'을 통해서 '나-남자'는 자기 욕망을 만든다. 그리하여 '당

신-여자'의 생리는 '나-남자'의 증상이다. '당신'이 생리 중이기 때문에, '나-남자'는 비로소 존재한다. '나-남자'를 존재하게 하는 것은, 낭자한 '너'의 몸.

사랑은 텍스트의 텍스트

자, 이제 이 시집에서 사랑의 담화를 재배치하는 또 하나의 국면으로 진입해보자. 이 시집의 제목은 '당신의 텍스트'이고, 이 시집에는 같은 제목의 연작시가 여러 편 등장한다. '당신'과 '사랑'이라는 이 고전적이고 촉촉한 명사들 옆에서 '텍스트'라는 드라이한 용어는 도대체 무엇인가?

당신의 텍스트는 나의 텍스트
나의 텍스트는 당신의 텍스트
당신의 텍스트는 텍스트의 나
나의 당신의 텍스트는 텍스트
나의 텍스트는 텍스트의 당신
텍스트의 당신은 텍스트의 나
당신의 나는 텍스트의 텍스트
텍스트의 나는 텍스트의 당신
당신의 나의 텍스트는 텍스트
나의 당신은 텍스트의 텍스트

　　　　　　　　　　　——「당신의 텍스트 1——사랑하는 당신께」 전문

이 시를 통해서 '텍스트'가 무엇을 의미하는지 아는 것은 불가능하다. 이 시에서 단어와 단어의 연쇄는 어떤 의미나 내용을 가르쳐주지 않는다. '당신' '나' '텍스트'라는 단어들의 조합이 가능할 수 있는 모든 경우의 'A는 B이다'라는 문장의 가능성을 펼쳐놓는다. 그러니 이 조합들의 논리적 내용을 분석하는 것은, 무의미하거나 아주 골치 아픈 일일 것이다. 이 시의 시적 효과는 그런 지점에 있지 않다. 이 시는 '당신' '나' '텍스트'라는 세 가지 소리의 요소가 끊임없이 메타적으로 재배치되고, 그 재배치를 통해 조금씩 다른 반복적인 리듬을 살려내는 데 있다. 그 리듬은 아날로그적인 것이기보다는 일종의 테크노적인 음악이다. 몇 개의 음성적 요소를 바탕으로 한 일률적인 사운드와 비트의 무한 반복을 보여주는 듯하다. 그것은 전자적 리듬의 최면적인 반복을 통해 어떤 몽롱한 무아의 경지에 이르게 하는 레이브적인 음악을 연상시킨다. 이것은 의미의 세계가 아니라 소리가 '텍스트'로서 반복되는 세계이고, 이 시의 주체는 따라서 음악의 시간적 기본 단위인 비트 그 자체이다. 언어와 소리 자체를 텍스트로 보여줌으로써 이 시는 텍스트가 무엇인지를 비트로서 드러낸다. 텍스트를 의미화하는 시가 아니라, 소리의 반복으로서 텍스트의 현존, 그 자체이다.

헤어지자고 했습니다

수신확인 확인안함 수신확인 확인안함
수신확인 확인안함 수신확인 확인안함

수신확인 확인안함 수신확인 확인안함
수신확인 확인안함 수신확인 확인안함
수신확인 확인안함 수신확인 확인안함
수신확인 확인안함 수신확인 확인안함
수신확인 2007-10-26 13:50

헤어졌습니다   —「당신의 텍스트 6—수신확인」 전문

눈 속에서 모래알이 씹힌다
텅 빈 모텔
이미 떠난 당신
사랑은 오래 못 참고
속절도 없이
치—   —「당신의 텍스트 10—화면 조정 시간」 전문

여기 당신에 관한 두 개의 텍스트가 있다. 우선, 하나는 컴퓨터 이메일의 디지털 공간이고, 다른 하나는 텔레비전의 화면이다. 두 개의 장면 혹은 이미지들은 각각 사랑의 텍스트이다. 세상의 텍스트는 자연 그 자체가 아니라, 무엇에 관한 텍스트이다. 어떤 텍스트에 대한 텍스트로서 이차적인 것이거나, 메타적인 것이다. 앞의 경우 시적 화자는 헤어지자는 이메일을 보낸 뒤 끊임없이 '수신확인'을 해본다. 상대방이 이메일을 읽지 않은 그 시간들 속에서 이별은 아직 통보되지 않았고, 완료되지 못한다. '내'가 수신확인을 계속하는 그 반복된 행위 속에서 이별은 계속해서 유예된다. 수신자가 수신확인을 한 순간,

인터넷이 그 수신확인의 시간을 알려주는 그 순간, 이별은 비로소 실행된다. 이별의 행위는 인터넷의 디지털 정보 속에서 이루어지는 것이며, 그것은 내 마음의 사건이 아니라, 다만 텍스트의 사건이다.

두번째 경우에, '당신'이 떠난 "텅 빈 모텔"에 남아 있는 '나'는 텔레비전의 화면 조정 시간 영상을 보면서, 이별의 이미지를 발견한다. 그러니까 이별의 사건은 여기서 '화면 조정 시간'이라는 텔레비전 모니터의 이미지 속에서 구현된다. 이별은 이렇게 전자적인 텍스트를 매개로 해서 이루어지는 사건이며, 사랑을 둘러싼 텍스트 안의 사건이다. 더욱 근원적으로 말한다면, '당신' 역시 하나의 텍스트이며, 이별 혹은 사랑은 다만 텍스트의 텍스트이다. 이 무한 텍스트의 세계에서 아무도 당신의 직접성, 사랑의 직접성에 가닿지 못한다. 다만 텍스트 안에서 사랑하고 욕망하고 이별한다.

사랑한다는말도없이(스킵)
가갸거겨고딩중딩대딩직딩초딩아빠밥줘교구규그렇게당신을완전히가지려고하지도않기
나녀우리냐너우리녀노뇨누뉴느니
다람쥐쳇바퀴댜더뎌너무더뎌무뎌질정도로게을러도를넘은난봉됴두듀드디
라랴러려로료루류르리
마먀머뭇뜨거워져요(컷)며모묘무뮤므홋미
바뱌버벼보바보바보바보바보지뵤부뷰브비
사생아생선뼈다귀성기완완벽한걸레사랑한다는말도없이(스킵)사랑의병을앓아요(카피)샤셔셔소쇼수슈회전스시

268

아주나쁘죠(삭제)아어여오요우유두으이

자지털쟈저개새끼겨조죠주쥬즈지

차챠처제쳐초쵸추츄츠치

카피&페이스트사랑의병을앓아요(카피)사랑의병을앓아요(카피)사랑
의병을앓아요(카피)사랑의병을앓아요(카피)사랑의병을앓아요(카피)
사랑한다는말도없이(스킵)머뭇뜨거워져요(컷)머뭇뜨거워져요(컷)머
뭇뜨캬커피켜코피쿄쿠키큐핏크키킬

        —「당신의 텍스트 5 — 잘못된 인코딩」 부분

이 사랑의 텍스트는 일종의 전자적 노이즈이다. 디지털로 변환된
언어가 잘못된 인코딩으로 인해 하나의 노이즈가 되었을 때, 그 노이
즈 역시 하나의 텍스트이다. 잘못된 신호 체계로 인해 언어가 소음이
되었다면, 그 소음도 텍스트, 혹은 시적인 텍스트이다. 시인은 그 노
이즈의 불규칙한 신호들 사이에서 언뜻언뜻 자기 지시적인 언어들을
끼워넣는다. 그러나 그 언어들이 다만 암호처럼 그곳에 숨겨져 있는
것이 아니다. 그러니 그 암호를 풀려고 애쓸 필요는 없다. 디지털 신
호 체계의 오작동은 커뮤니케이션의 장애를 가져오는 것이지만, 이
장애의 신호들은 기이한 방식으로 억눌린 채 삐져나오는 변이의 언어
를 생성하고, 그 변종의 시적 소통의 (불)가능성을 생각하게 만든다.
모든 소통은 잘못된 인코딩의 가능성을 안고 있고, 그것의 결과로 나
타나는 노이즈 역시, 음악이거나 또 다른 커뮤니케이션의 일부이다.
그래서 이 시는 시가 노이즈가 되는 장면이라기보다는, 노이즈를 다
시 시적인 언어로 변환하는 디코딩의 텍스트이다.

영원히 떠나는 노래

처음의 논의로 돌아가보자. 이 시집은 사랑에 관한 시집이며, 사랑의 노래들이 실려 있다고 가정할 수 있다. 그것은 이 시집이 사랑이라는 모종의 주제에 관한 텍스트라는 것을 의미하지만, 일반적인 연애시적 전통 속에 있다는 것은 아니다. 이 시집에서 사랑의 노래는 몇 가지 맥락에서 사랑을 둘러싼 일반적인 시적 담화를 교란한다. 우선 이 시집에서 1인칭 남성 화자는 자신의 남성적 목소리를 은폐하지 않는다. 그것은 이 시의 화자가 가부장적인 상징 질서 위에서 구축되고 있다는 것을 의미하지 않는다. 이 시집의 1인칭 남성 화자는 자신의 성적 환상이 지니는 여성적 존재에 대한 의존성을 노골적으로 드러냄으로써, 아이러니한 방식으로 자신의 남성성을 탈주체화하고, 상징적으로 거세한다. 이런 사랑의 균열은 다른 차원에서도 동시에 진행되는데, 사랑을 텍스트에 대한 텍스트로 받아들이는 문화적 맥락이 여기에 개입한다. 당신이 하나의 실체가 아니라, 2차적인 기호이며, 당신에 대한 '내' 사랑과 성적 욕망 역시, 텍스트에 대한 텍스트라면? 텍스트에 의해 매개된 욕망이라면? 결국 사랑이 피 흘리는 텍스트라면? 그러면 사랑은 어떻게 가능한가?

이 질문은 바보 같은 질문이다. 문제는 사랑이 가능한가 하는 것이 아니라, 그럼에도 불구하고 사랑을 사는 방식, 사랑을 발화하는 방식의 문제이다. 사랑이 텍스트의 텍스트라면 사랑을 사는 것은 사랑이라는 리듬을 사는 것의 문제이다. 이 피 흘리는 사랑의 텍스트는 이제 의미의 차원이 아니라, 날카로운 음악의 차원이 된다. 사랑의 텍스트는 사랑의 소리들을 재배치하는 음악의 차원을 얻는다. 사랑은 그 자체로 텍스트이지만, 텍스트들을 뒤섞고 생산하는 텍스트이다. 사랑의 텍스트는 사랑을 리믹스하는 텍스트이다. 사랑은 피 흘리는 '너-여성' 성기처럼, 끊임없이 텍스트를 혼종적으로 쏟아내는 텍스트이다.

남자들이 당신의 호수에 줄을 서서
자살을 준비해요
팜 파탈 분비물로 흥건한
기쁜 빨판 서식지
바로 그 호수죠
당신에 감염된 나는 참을 수 없어
아침 녘에 문밖으로 나가보지만 벌써 다른 풍뎅이의
스니커즈를 댓돌 위에 놓아둔 당신
러브 마이너스
당신은 팜 파탈
오직 당신만이 단물 뚝뚝 흐르는
시와 노래와 고통과 찬미의 진원지
팜 파탈 예쁜 나쁜 기쁜 빨판 오오 당신은
둘도 없는 나의 뮤즈
—「예쁜 빨판, 팜 파탈의 기원—뮤즈의 탄생」 부분

이 시에는 대중문화에서 흔히 볼 수 있는 팜 파탈의 캐릭터가 등장한다. '빨판'이라는 비속어가 표현하는 대로 '그녀-팜 파탈'의 성적 매력은 치명적인 '흡착력'을 지니고 있다. 상업문화 속의 팜 파탈 이미지는 이성애 가부장제의 상징 질서가 만들어낸 판타지이며, 남성적인 권력이 만들어낸 과도한 공포와 불안이 투사된 것이다. 이 시에서 팜 파탈은 그런 대중문화의 여성 상품 캐릭터와 무관하지 않다. 그러나 이 시에서의 팜 파탈은 몇 가지 다른 상상적 교란을 보여준다. 우선 이 팜 파탈은 "부르주아 중산층 가정에서 자란 소녀들"과의 계급적 비교가 있다. "당신 아빠가, 당신을 배반한 또 다른 아빠가/당신을 죽였듯 당신 누에고치에서/불혹의 남자와 미소년들이 메말라가네"라는 문장에서 '당신-팜 파탈'은 가부장제의 상징적인 희생자이면서 잠재적인 가해자이다. 그것은 '당신-팜 파탈'의 섹슈얼리티가 지니는 계급적·정치적 의미를 은폐하지 않는 것을 의미한다.

'당신-팜 파탈'이 '내'게 선사하는 것은 "황홀한 죽음의 상태"이다. 그 죽음의 상태를 이기기 위해 "나는 죽으러 당신 질 속으로 들어"간다. 그것은 죽음을 이기기 위해 죽음을 결행하는 행위이고, 그 행위는 '처용'의 그것처럼 죽음을 견디는 춤이다. '당신-팜 파탈'은 남자들을 죽음에 이르게 하지만, 그 죽음을 견디는 '시'와 '노래'를 낳게 하는 역설적인 '뮤즈'이다. '당신-팜 파탈'은 여기서 남성적 욕망이 만들어낸 유혹자를 넘어서, '노래'를 만드는 신의 표상으로 등극한다. '예쁜 빨판'으로 물신화되었던 '당신-팜 파탈'의 몸은, 가부장적인 상징 질서의 경계에서 섹스와 죽음을 둘러싼 남성적 공포를 넘어서, 다른 음악의 기원이 된다. '당신-팜 파탈'의 매혹은 '고통과 찬미,' 쾌락과 공포를 뒤섞으며, 시와 노래를 만들어낸다. 이 지점에서 이 시집의 남성 화자의 리비도는 가부장적 상징 질서 속 남성 주체의 욕망을 대변하지 못한다. 남성적 주체의 욕망은 삶을 파괴하려는 본능과 대립되지 않은 채, 주이상스의 무의미하고 고통스러운 즐거움 속으로 분해된다.

이 시집을 관통하는 '나-남성 화자'는 다만 실제적인 '나'의 대리 표상일 뿐만 아니라, 궁극적으로는 그 남성적 주체화를 자발적인 죽음의 경지로 몰고 가는 존재이다. 1인칭 남성 자아는 주체라는 정념의 자리를 소거한 채로, '나'의 인격적 권위와 실체성을 비워버린다. 그것은 '나'와 '나,' '나와 '너'의 '차이'를 해방시키는 사랑의 사건이며, 삶의 다른 존재론적 가능성에 대한 개방이다. 이 시집은 그렇게 남성적 자아가 탈주체화되는 과정에서 파열되는 소음과 리듬. 그것은 꽃핀 '죽음의 세계'에서 '기쁜 탄식'과 '즐거운 비가'로서의 사랑 노래이다. 알 수 없는 노이즈와 비트로 만들어진 사랑 노래는, 아직 의미가 결정되지 않는 음악. 사랑의 의미화가 아니라 사랑의 얼룩과 파열을 언어화하는 것. 사랑의 무의미성과 불가능성에 지금 이 순간, 몸을 던지는 것. 이 붙박인 시간으로부터 영원히 떠나는 것.

> 종이학 모양의 꽃이 핀
> 죽음의 세계
> 긴 휘장 두 장이 은하수를 타고 내려와
> 노을 가득한 강물에 다리를 적셔
> 향기가 나고
> 그 향기를 돛 삼아 떠나는 사람
>
> 오 기쁜 탄식이여
> 즐거운 비가여
> ——「황혼, 멱라수」부분

극빈의 미학, 수평의 힘
─문태준의 「가재미」

　문태준처럼 고요한 시가 이렇게 빠른 속도로 시단의 중심에 진입한 사례는 흔치 않다. 무엇이 이 '식물적인' 서정시들에 대한 열광을 이끌어내었을까? 우선 그의 시가 지닌 서정시로서의 전형성 혹은 균질성을 이유로 생각할 수 있을 것이다. 1990년대적인 '신서정(新抒情)'의 공간이 과거화되어가는 시점에서 문태준의 서정시들은 오히려 '반시대적'인 것으로 보인다. 이 반시대적인 서정시를 난해한 동시대 미학의 피로를 잠시 잊게 해주는 '회귀'의 움직임으로 요약하면 그만일까?

　그렇지 않다면, 이 고즈넉한 서정성으로부터 어떤 다른 미학의 기미를 읽어낼 수 있다는 말인가? 서정시의 전형성과 균질성으로부터 문득 이탈하는 사소한 장면들을. 그러니까 서정시적 공간의 동일성이 아니라, 그 시적 시간의 '다름'을 읽어내는 것은 불가능한가? 문태준의 토속성이 아니라, 문태준의 현대성을 읽어내는 일. 서정시의 복원이 아니라, 서정성의 전유의 움직임을 발견하는 이상한 독해가 시작될 수 있을까? 1인칭 주체의 서정적 권위를 비껴가는 좀더 겸손하고 사소한 서정성을. 여기 '측백나무' 하나가 정말 서정시적으로 서 있다.

측백나무 곁에 서 있었다
참새 떼가 모래알 같은 자잘한 소리로 측백나무에서 운다
그러나 참새 떼는 측백나무 가지에만 앉지는 않는다
나의 시간은 흘러간다
참새 떼는 나의 한 장의 白紙에 깨알 같은 울음을 쏟아놓고 감씨를 쏟아놓고
허공 한 축을 물고 그 긴 끈을 그 긴 탯줄을 저곳으로 저곳으로 끌고 가버리고 끌고 가버리고
다만 떼로 모여 울 때 허공은 여드름이 돋는 것 같고 바람에 밀밭 밀알이 찰랑찰랑하는 것 같고 들쥐 떼가 구석으로 몰리는 것 같고 그물에 갇힌 버들치들이 연거푸 물기를 털어내는 것 같다
측백나무 곁에 있었으나 참새 떼가 측백나무를 떠나자 내 감각으로부터 측백나무도 떠났다
사방에 측백나무가 없다   ——「측백나무가 없다」 전문[1]

측백나무와 1인칭 '나'의 관계는 전형적인 서정시의 설정 방식을 보여준다. 재래적인 서정 시학의 경우, '나'와 측백나무의 서정적 동일성이 미학과 세계 인식의 핵심이 되어줄 것이다. '나'는 1인칭의 시선으로 측백나무를 대상화함으로써, '나'와 세계의 일체감을 경험할

---

1) 문태준, 『가재미』, 문학과지성사, 2006. 이하 인용된 시는 같은 시집에 실렸다.

것이다. 그런데 보자. 시는 엉뚱하게 참새 떼를 등장시킨다. '나'와 측백나무 사이에 참새 떼라는 존재가 끼어든다. 그런데 참새 떼는 오로지 측백나무만을 위해 등장한 것이 아니다. "그러나 참새 떼는 측백나무 가지에만 앉지는 않는다." 참새 떼의 움직임은 이 고요한 장면에 시간의 사건성을 개입시킨다. "나의 시간은 흘러간다"라는 시적 명제에 주목하자. 시간이 흘러가는 것이 아니라, '나의 시간'이 흘러가는 것이다. 시간은 '나'를 중심으로 움직인다. 그러나 '나'는 시간의 주재자가 아니다. '내'가 시간의 중심인 이유는 다만 시간에 대한 '나'의 감각 때문이다. '나'의 감각 안에서만 시간의 사건은 인지된다.

　참새 떼가 '허공' 속에서 벌여놓은 움직임, 혹은 그 움직임에 대한 '나'의 감각을 보자. '나의 시간', 그 '허공'의 시간-공간 속에는 우주적인 시간이 흐른다. 그런데 그 우주적인 시간들을 느끼는 것은 '내 감각'이다. 허공의 순간 속에서 우주적인 시간과 공간을 보는 사유, 그 '긴 탯줄'을 보는 사유는 불교적이다. 그런데 그 사유를 낳은 것은 바깥으로부터 주어진 관념적인 깨달음이 아니라, '내 감각'이다. 참새 떼는 측백나무가 있는 시간-공간의 깊이와 부재를 감각하게 해주는 존재이다. 그래서 "참새 떼가 측백나무를 떠나자 내 감각으로부터 측백나무도 떠났다/사방에 측백나무가 없다"는 문장으로 이 감각의 사건이 완성된다. 재래적인 서정시에서, 나와 대상의 동일성 체험은 '영원한 현재' 속에서 이루어진다. 그 안에는 1인칭의 절대적인 시선만이 있을 뿐, 시간의 균열이 없다. 하지만 이 시에서 측백나무는 현존과 부재라는 균열의 사건을 드러낸다. 그 사이의 우주적 시간을 감각하게 해주는 것은, 1인칭 주체의 인식론적인 권위가 아니라, 참새 떼라는 수평적인 다른 존재이다. 그래서 이 시에서 '참새 떼'와 '측백나무'는 '나'와의 동일화 과정 속에 포획되는 것이 아니라, 스스로 살아 있는 존재들의 사건을 드러낸다. 또 다른 사라짐의 사건을 보자.

완고한 비석 옆을 지나가보았다

무른 나는 金剛이라는 말을 모른다

그맘때가 올 것이다, 잠자리가 하늘에서 사라지듯

그맘때에는 나도 이곳서 사르르 풀려날 것이니

어디로 갔을까

여름 우레를 따라갔을까

여름 우레를 따라갔을까

후두둑 후두둑 풀잎에 내려앉던 그들은   —「그맘때에는」부분

'사라짐'이라는 사건은 시간성 속에 처해 있는 모든 존재의 운명이다. '하늘에 잠자리가 사라지는 것처럼' 모든 것은 '그맘때'가 되면 사라진다. '잠자리-나'는 '그맘때가 되면 사라지는 존재'라는 의미 자질을 공유한다. 잠자리는 '나'를 비유하는 것이다. 이런 맥락에서 이 시는 전통적인 서정시의 비유 문법을 그대로 따르고 있다. "잠자리가

하늘에서 사라지듯"이라는 명시적인 표현이 있으니까. 그런데 잠자리는 단지 '나'의 존재론적 사라짐을 비유하기 위해 잠시 등장한 도구적인 이미지가 아니다. 시의 마지막은 다시, 잠자리는 시의 주인공으로 재확인된다. '잠자리'는 '나'의 정서적 내면을 표상하기 위해 동원된 사물에 머물지 않고, 끝내 그 행방을 알 수 없는 존재로 남는다. 그리고 잠자리의 묘연한 행방이야말로 이 세계에 대한 서정적 자아의 상징적 질문의 핵심이다. 이러한 서정성을 이를테면 '겸손한' 서정성이라고 부를 수 있다면, 그것은 대상을 '나'의 내면적 표상으로 규정하지 않고, 그 존재의 행방을 통해 '나'에 대한 실존적 질문을 다듬어나가는 것이다. 여기서 서정적 자아는 우주적인 공간으로 확장되지 않고, 오히려 사소한 부재의 공간 속에 머문다. "무른 나는 金剛이라는 말을 모른다"와 같은 의미심장한 문장을 보자. '금강'이라는 불교적인 용어가 시사하는 것처럼, 일체의 번뇌를 깨뜨릴 수 있는 석가모니의 뛰어나고 강인한 경지는 '무른 나'의 것이 아니다. '완고한 비석'의 진리와 잠언, 그 단단한 영원성은 '나'의 것이 아니다. 그리고 그 '잠자리 떼'의 자리에, 다시 '나비 떼'가 날아든다.

> 열무를 심어놓고 게을러
> 뿌리를 놓치고 줄기를 놓치고
> 가까스로 꽃을 얻었다 공중에
> 흰 열무꽃이 파다하다
> 채소밭에 꽃밭을 가꾸었느냐
> 사람들은 묻고 나는 망설이는데
> 그 문답 끝에 나비 하나가

나비가 데려온 또 하나의 나비가

흰 열무꽃잎 같은 나비 떼가

흰 열무꽃에 내려앉는 것이었다   ──「극빈」 전반부 부분

　「극빈」은 시적 자아의 미적 자의식의 일부가 날카롭게 드러나는 시
이다. 서정시가 기본적으로 '독백'의 양식에 속한다면, 이 시 역시 전
형적인 독백의 형태를 보여준다. 고백은 시적 화자의 미적인 무의식
을 상징적으로 보여준다. 그러니까 '상징적'으로 드러낸다는 것은, 그
고백의 '반(半)투명성'을 의미한다. 시적 고백은 드러내면서 감춘다.
혹은 감추는 방식으로 드러낸다. '열무'는 줄기와 잎 뿌리 등을 먹기
위해 심는 채소이다. 그런데 이 시의 화자는 '게을러' 열무의 뿌리와
줄기를 놓치고 '가까스로' 꽃을 얻는다. 꽃이 피기 전에 열무를 뽑아
식용의 대상으로 삼았어야 했겠지만, 아마도 그 수확의 때를 놓치고
대신 꽃을 얻은 모양이다. 사람들은 "채소밭에 꽃밭을 가꾸었느냐"고
묻는다. 이 시의 화자는 열무의 현실적인 효용성, 즉 식용의 대상인
줄기와 뿌리를 놓치고, 그 대신 현실적으로 소용없는 '꽃'을 얻었다.
'게을러'와 '가까스로' 같은 부사에 주목하자. 시적 화자는 사물의 쓰
임새를 관리하는 측면에서 '게으른 자'이지만, 어쨌든 '가까스로' 꽃
을 얻는 자이다. 도식적으로 말한다면 여기에는 '줄기와 뿌리'의 실용
성과 '꽃'의 비실용적 미적 가치가 충돌한다. 채소밭은 아름다움을 위
해 가꾸는 것이 아니라, 채소를 재배하여 먹기 위해 있는 공간이므
로, 채소밭에 꽃을 가꾸는 것은 비실용적이고 엉뚱한 행동이 된다.
사람들의 질문에 '내'가 망설이는 것은 그래서 당연하다. '나'는 딱히
대답할 논리를 마련하지 못했는지도 모른다. '나'는 단지 수확의 때를

놓칠 만큼 '게을렀으므로.' 그런데 '나비 떼'가 등장한다. '나비 떼'의 등장은 앞의 시에서 '참새 떼'와 '잠자리 떼'의 등장처럼, '나'와 '열무밭' 사이의 관계를 다른 차원으로 견인한다. '나비 떼'의 등장은 사람들의 질문에 대한 상징적인 차원의 대답이다. 그 대답은 시인의 대답이 아니라, 시인이 경험한 어떤 다른 '시간'의 대답이다. 다른 시간이라니?

> 가녀린 발을 딛고
> 3초씩 5초씩 짧게짧게 혹은
> 그네들에겐 보다 느슨한 시간 동안
> 날개를 접고 바람을 잠재우고
> 편편하게 앉아 있는 것이었다
> 설핏설핏 선잠이 드는 것만 같았다
> 발 딛고 쉬라고 내준 무릎이
> 살아오는 동안 나에겐 없었다
> 내 열무밭은 꽃밭이지만
> 나는 비로소 나비에게 꽃마저 잃었다　　　　—「극빈」 후반부 부분

　열무꽃밭에 앉은 나비 떼는 "3초씩 5초씩 짧게짧게 혹은/그네들에겐 보다 느슨한 시간 동안" 머문다. 나비 떼가 열무꽃에 머무는 시간은 짧은 시간이지만, '그네들'에게 그 시간은 '보다 느슨한 시간'이고, 심지어 "설핏설핏 선잠이 드는" 시간이다. 열무꽃밭에 나비 떼가 머무는 시간은 인간의 척도로는 짧지만, 나비의 시간으로는 깊고도 느슨한 시간이다. 나비 떼에게 그런 시간을 허락해준 것은 '열무꽃밭'이

다. 이로써 열무꽃밭의 이상한 쓰임새가 드러났다. 열무꽃밭은 사람들에게 싱싱한 채소를 제공해주지 못하지만, 나비 떼에게 깊은 휴식의 시간을 만들어준다. 여기에서 '나'의 뼈아픈 상념이 떠오른다. '나'는 다른 존재가 쉴 만한 '무릎-꽃밭'을 내준 적이 없다. 나의 열무꽃밭은 결국 나비의 꽃밭이 되어버린다. 줄기와 뿌리의 실용성 대신에 꽃의 아름다움을 건진 '나'는, 그것이 다른 존재를 쉬게 하는 다른 차원의 쓰임새를 얻는다는 것을 발견한다. 하지만 아이러니하게도 그것을 발견한 것은 '내'가 아니라 '나비 떼'이다. 꽃의 아름다움은 온전히 내 것이 아니라, 그 공간에서 다른 시간을 찾아내는 나비 떼의 몫이다. 이 지점에서 미적 자율성에 대한 시인의 무자각적인 자각은 타자의 윤리학과 아름답게 만나는 장면을 보여준다.

남은 의문 하나 더. 그런데 왜 이 시의 제목은 '극빈'일까? '극빈'은 사전적으로 몹시 가난하다는 뜻이다. 무엇이 그토록 가난하다는 말인가? 열무 채소밭에서 결국 채소를 얻지 못하고 꽃밭을 얻었기 때문에? 여기서 가난은 더 깊은 차원을 품고 있다. 채소를 놓쳐버린 현실적인 가난 너머의 또 다른 가난. 남은 꽃밭마저 나비 떼에게 잃어버린 또 하나의 가난이 있다. 채소를 잃어버린 가난이 현실의 가난이라면, 꽃을 잃는 가난은 심미적인 가난이다. '극빈'은 아마도 현실의 가난 너머에서 남아 있는 아름다움마저도 비우는 가난의 경지일 것이다. 그래서 '극빈'은 아름다움을 향한 허영과 욕망마저도 비워버리는 지독한 가난이다. 이제 그 극빈의 미학이 어떤 이미지와 조우하는가를 보자.

바퀴가 굴러간다고 할 수밖에

어디로든 갈 것 같은 물렁물렁한 바퀴

무릎은 있으나 물의 몸에는 뼈가 없네 뼈가 없으니

물소리를 맛있게 먹을 때 이〔齒〕는 감추시게

물의 안쪽으로 걸어 들어가네

미끌미끌한 물의 속살 속으로

물을 열고 들어가 물을 닫고

하나의 돌같이 내 몸이 젖네

귀도 눈도 만지는 손도 혀도 사라지네

물속까지 들어오는 여린 별처럼 살다 갔으면

물비늘처럼 그대 눈빛에 잠시 어리다 갔으면

내가 예전에 한 번도 만져보지 못했던

낮고 부드럽고 움직이는 고요   ──「思慕─물의 안쪽」 전문

'물의 안쪽'에는 무엇이 있나? 시의 화자에 따르면 물속에는 '뼈'가
없다. 그런데 '무릎'은 있다. 혹은 '물렁물렁한 바퀴'가 있다. 중심의
골격은 없지만, 어떤 움직임이 있는 상태. 그것이 물의 안쪽 상황이
다. 그 물의 안쪽으로 스며들면 "귀도 눈도 만지는 손도 혀도 사라"
진다. 물의 안쪽에서 '나'는 물처럼 소멸한다. 더 정확하게 말하면
'나'의 감각적 주체가 사라진다. 다만 경험할 수 있는 것은 "낮고 부
드럽고 움직이는 고요"이다. 형태와 골격을 갖지 않는 미묘한 물의
움직임. 그것이 물의 안쪽에서 벌어지는 사건이다. 그것은 시의 제목
처럼 '내'가 그리워하는 공간, 혹은 내 그리움의 운동 방식 자체이다.
물의 안쪽에서 '내'가 사라지는 사건처럼, '그대'를 사랑할 수 있다면?
이 낮고 부드럽고 움직이는 물의 고요는, '수평'에 대한 매혹과 결부

된다.

작은 독에 더 작은 수련을 심고 며칠을 보냈네
얼음이 녹듯 수련은 누웠네

오오 내가 사랑하는 이 평면의 힘!

골똘히 들여다보니
커다란 바퀴가 물위를 굴러가네   ——「수련」전문

나는 생각의 고개를 돌려 좌우를 보는데
가문 날 땅벌레가 봉긋이 지어놓은 땅구멍도 보고
마당을 점점 덮어오는 잡풀의 억센 손도 더듬어보는데
내 생각이 좌우로 두리번거려 흔들리는 동안에도
잠자리는 여전히 고요한 수평이다
한 마리 잠자리가 만들어놓은 이 수평 앞에
내가 세워놓았던 수많은 좌우의 병풍들이 쓰러진다
하늘은 이렇게 무서운 수평을 길러내신다   ——「水平」부분

넝쿨에서 넝쿨이
毒 같은 새순이 평면적으로 솟는다
평면에 중독된 나의 疾患 같다
나의 家族歷 같다
스스로 壁을 쓰러뜨리거나 壁을 세워본 일이 없다

몸을 돌돌 말았다 펴며 배를 대고 기는 한 마리 벌레처럼
미지근한 무논에 편편하게 두리번거리는 거머리처럼
한 世界가 평면적으로 솟는다   ―「넝쿨의 비유」 부분

「수련」에서 수면 위에 누워 있는 수련이 보여주는 '평면의 힘'은 경
외의 대상이다. '커다란 바퀴'는 수련의 비유일 수도 있지만, 그 수면
위의 우주적 시간성에 대한 상징으로 읽을 수 있다. 「水平」에서 '잠자
리'의 수평의 날갯짓은 "좌우로 두리번거려 흔들리는" '내 생각'에 대
비되는 고요한 정신의 경지이다. 그 경지는 단지 '잠자리'의 경지가
아니라, '하늘이 길러내는' 미학에 속한다. 「넝쿨의 비유」에서 '평면'
은 시간의 권태를 상징하기도 하고, '내' 삶의 방식이자 질환이 된다.
그것은 매혹의 대상이기보다는 어떤 피할 수 없는 '중독'의 상태를 보
여준다. 세 편의 시에서 조금씩 달리 변주되기는 하지만, 수평의 미
학은 이 수직성의 세계에서 피할 수 없는 매혹이다. 수평의 고즈넉한
미학은, 외형적으로는 에너지와 권위를 갖지 않는다. 문명의 세계에
서 중요한 것은 물리적인 혹은 정신적인 차원에서 수직성을 건설하는
일이다. 인류의 진보는 수직에 대한 열망 때문에 가능했다고 볼 수도
있을까? 그러나 수평이란 물리적으로는 아무런 힘도 보유하지 않는
다. 수평의 공간에서 운동 에너지가 발생하기는 힘들다. 하지만 이
시의 화자들은 그 수평으로부터 어떤 사소한 우주적인 동력을 발견한
다. "평면의 힘" "무서운 수평" "평면적으로 솟는다"와 같은 역설적
인 표현들 속에서, 수평은 수직의 에너지와 움직임을 전유한다. 문태
준의 시에서 수평은 수직보다 힘이 세다.

그대가 나를 받아주었듯
누군가 받아주어서 생겨나는 소리
가랑잎이 지는데
땅바닥이 받아주는 굵은 빗소리 같다
후두둑 후두둑 듣는 빗소리가
공중에 무수히 생겨난다
저 소리를 사랑한 적이 있다
그러나 다 옛일이 되었다
가을에는 공중에도 바닥이 있다　　　　　　　　　──「바닥」부분

먼 곳 수평선 푸른 마루에 눕고 싶다 했다

타관 타는 몸이 마루를 찾아, 단 하나의 이유로 속초 물치항에 갔다

그러나 달포 전 다솔사 요사채, 고요한 安心療의 마루는 잊어버려요

대팻날이 들이지 않는, 여물고 오달진 그런 몸의 마루는 없어요

近境에서 저 푸른 마루도 많은 날 뒤척이는 流民일 뿐

당신도 나도 한 척의 격랑이오니 흔들리는 마루이오니
　　　　　　　　　　　　　　　　　　　　　──「마루」전문

수직의 세계 속에서 수평의 힘을 발견하는 이런 미학들. 다른 시들

에서 수평의 동력은 다양한 이미지로 변형된다. 「바다」에서는 가을비와 빗소리의 수직성을 '바닥'의 미학으로 전유한다. 이때, '바닥'은 수직의 소리를 받아주는 공간이다. 빗소리는 "누군가 받아주어서 생겨나는 소리"이다. 「마루」에서 '마루'는 '푸른 수평선'의 비유가 된다. 그러나 "몸의 마루"는 "여물고 오달진" 것이 못 된다. "푸른 마루"와 "몸의 마루"는 "뒤척이는 流民"이고, "한 척의 격랑"이며, "흔들리는 마루"이다. 여기서 '마루'의 수평성은 안온함 대신에 스스로 흔들리는 몸을 지닌다. 수평은 그 안에 이미 수직의 요동을 포함한다. 첫번째 시에서 비의 수직성을 완성하는 것이 '바닥'의 수평성이라면, 두번째 시에서 '마루'의 수평성은 그 안에 수직의 격랑을 품고 있다. 수평에 대한 시적 사유들은 사물과 사물, 인간과 인간, 사물과 인간의 '수평적' 관계에 대한 관심과 연관되어 있다. 가령

　자루는 뭘 담아도 슬픈 무게로 있다

　초록 뱀눈 같은 싸락눈 내리는 밤 볍씨 한 자루를 꿔 돌아오던 家長이 있었다 그 발자국 소리를 듣고 일어나면 나는 난생처음 마치 내가 작은댁의 자궁에서 자라난 것을 알게 된 것처럼 입이 뾰족한 들쥐처럼 서러워서 아버지, 아버지 내 몸이 무거워요 내 몸이 무거워요 벌써 서른 해 전의 일이오나 자루는 나를 이 새벽까지 깨워 나는 이 세상에 내가 꿔온 영원을 생각하오니
　　　　　　　　　　　　　　　　　　　　　　　—「자루」 부분

와 같은 시에서, '자루'의 슬픈 무게는 '내' 육체와 내 실존적 기억의 무게이면서, 그것으로부터 '영원'을 사유하는 매개가 된다. 그런데

'자루'의 슬픈 무게는 단지 '나' 하나의 자루에만 국한되는 것이 아니다. "이 끊을 수 없는 것과 내가 한 자루"라는 사유에서, 이 '세월의 자루' 속에서 '나'는 다른 존재들과 관련되어 있다. '내 몸'이 '무러운 것'은 다만 '내 실존'의 부끄러움 때문만이 아니다. '아버지'로부터 '내 아이'로 이어지는 이 슬픈 자루의 내력 때문이기도 하다. '내' 실존적 시간의 슬픈 무게는 다른 존재들에 대한 깊은 연민을 부른다.

김천의료원 6인실 302호에 산소마스크를 쓰고 암 투병 중인 그녀가 누워 있다
바닥에 바짝 엎드린 가재미처럼 그녀가 누워 있다
나는 그녀의 옆에 나란히 한 마리 가재미로 눕는다
가재미가 가재미에게 눈길을 건네자 그녀가 울컥 눈물을 쏟아낸다
한쪽 눈이 다른 한쪽 눈으로 옮아 붙은 야윈 그녀가 운다
그녀는 죽음만을 보고 있고 나는 그녀가 살아온 파랑 같은 날들을 보고 있다
좌우를 흔들며 살던 그녀의 물속 삶을 나는 떠올린다

—「가재미」부분

암 투병 중인 그녀는 "바닥에 바짝 엎드린 가재미처럼" 누워 있고, 또 그렇게 살아왔다. '가재미'로서 그녀의 삶을 '수평'적인 것이라고 한다면, 그녀가 직면한 죽음은 그 수평적인 삶의 연장이자 끝일 것이다. '나'는 두 가지 방식으로 그녀의 가재미로서 삶에 대한 마지막 사랑을 표현한다. 하나는 단지 죽음만을 볼 수밖에 없는 그녀의 쏠려 있는 가재미 눈을 대신하여, "그녀가 살아온 파랑 같은 날들을" 보아

준다. 눈앞의 죽음밖에는 못 보는 그녀를 위해 그녀가 살아온 날들에 대해서도 균형의 시선을 준다. 그리고 "그녀의 옆에 나란히 한 마리 가재미로 눕는다." 그녀의 가재미-되기가 그녀의 생이 처했던 척박한 시간에 해당한다면, 나의 가재미-되기는 그녀에 대한 사랑의 방식이다. 그대의 파랑 같은 생에 대해, 그 곁에서 수평으로 누워주기. '나란한 수평-되기'로서의 어떤 사랑 방식.

문태준의 미학은 낭만적 자아의 확장을 통해 우주와의 충만한 합일로 나아가지 않고, 서정시의 심미적 권위마저 비워버리는 '극빈'의 상태를 지향한다. 그 극빈의 태도는 서정시의 재래적인 위계적 질서를 '수평'의 미학으로 전환하는 작업과 결부된다. 사물의 현실적 효용성뿐만 아니라, 그것에 대한 주체의 심미적 욕망마저 비우는 극빈의 시학은 사물과 인간의 '수평적' 관계에 대한 사유와 만난다. 이제, 이 '극빈과 수평의 시학'을 '겸손한 서정성'이라고 명명하려고 한다. 무엇이 겸손한가? 사물을 1인칭 주체의 인간적 시선으로 대상화함으로써 그것을 단지 '나'의 내면의 표상으로만 규정하는 서정시의 근대적 '오만함'에 대한 겸손함이다. 그의 시에서 세계는 '자아화'되지 않으며, 단지 작은 존재들과의 사소한 교감을 통해 시적 자아는 자신의 존재론을 조심스럽게 탐문한다. 이 겸손한 시적 자아는 어떤 아름다움도 소유하려고 들지 않는다.

어떤 경우, 문태준의 서정 미학은 불교적인 관념들과 만나기도 하고, 사랑의 수사학으로 드러나기도 한다. 그 경우에 독자가 만나게 되는 선(禪)적인 지혜와 인간에 대한 맑고 선한 사랑이 주는 '감동'을 부정할 수는 없겠다. 그러나 그것들이 문태준 미학의 핵심은 아니며, 오히려 그것은 문태준 시학의 개별성을 무화시키는 덕목이기도 하다. 문태준의 서정 미학은 '관념화'와 '동일시'에 대한 근대 서정시의 뿌리 깊은 유혹을 견디면서, 시적 주체의 권위를 보존하려는 서정시의 재래적인 미학을 스치듯 비껴가는 데 있다. 문태준은 1990년대에 와서 그 현대성을 다시 획득한 서정시의 문법을 '수평적'으로 받아들이면서, 그것의 서정 시학을 사소한 '극빈의 미학'으로 재문맥화한다. 문태준에 이르러 한국 서정시는 또 한 번의 미적 진화의 동력을 예감하게 되었다. 그 극빈의 시학 안에서 충분히 아름다운 한국어들의 오묘한 호흡은 스스로 그 아름다움을 자랑하지 않는다. 여기, 지독하게 가난한 시인이 있다. 그는 "독사에 물린 것처럼 굳어진 길의 몸을"(「길」), "어긋나는 감각의 면 위를 물뱀처럼 오래 걷는"(「나는 오래 걷는다」) 중이다.

제4부 소수점 이하

익명적 사랑, 비인칭의 복화술
─젊은 시인들과 '파괴'의 시학

파괴

'파괴'라는 말의 어감은 파괴적이다. 무엇이 부서지는가? 혹은 누가 부수는가를 말해야 하기 때문이다. 만약 동시대의 문학에서 '파괴'를 말하려면, 그것은 우선 파괴되는 실체 혹은 개념이 전제되어야 하고, 파괴하는 '주체'가 설명되어야 한다. 파괴할 수 있는 사물 혹은 체계가 (이미) 있고, 파괴할 능력과 권위를 지닌 주체가 (이미) 있다는 것이다. '파괴된다'라는 피동과 '파괴한다'라는 능동 사이에서 파괴라는 사태가 벌어져야 한다. 문제는 그렇게 단순하지 않다. 한국문학의 공간 내에서 파괴할 수 있는 대상은 무엇이고, 파괴할 수 있는 주체는 누구인가를 말해야만 한다. 그런데 그게 가능한가?

물론 '새로움'의 가치를 표시 나게 내세우고, 기성의 문학적 질서에 대한 도전을 의미화한 문학적 움직임의 사례는 있다. 한국 근대문학의 출발점에서 1980년대 해체의 전사들에 이르기까지 새로움 혹은 파괴의 열정은 특정한 문학 이념을 이루었으며, '모더니즘' 문학의 현대적 전통 위에서 여전히 '전위'에 대한 갈망은 시들지 않았다. 그 갈망을 지배하는 것은 생성에 대한 강력한 욕망이었지만, 그 갈망의 인식 구조를 규정하는 것은 '보존/파괴'의 이분법이었다.

　1980년대 저 유명한 황지우의 시적 선언, "나는 말할 수 없음으로 양식을 파괴한다. 아니, 파괴를 양식화한다"는 파괴의 시학이 보여줄 수 있는 가장 급진적인 문학적 테제였다. 이 테제가 지닌 강력한 동시대성을 부정하기는 힘들다. 매스컴이 반(反)커뮤니케이션이 되는 상황에서 어떻게 시가 당대의 억압적 현실을 드러내는 신호가 될 수 있는가의 문제의식에서, 양식의 파괴는 필연적이며, 그것은 파괴의 새로운 양식화를 의미하기도 했다. 그러나 여전히 이 날카로운 명제에서도 '보존/파괴'의 이분법, 그리고 '보존/파괴'의 대상과 주체의 실체성에 대한 강력한 신념은 완강한 것이었다. 이 완강한 신념은 그것의 완강함만큼이나 다시, 보존의 대상이 될 가능성을 안고 있었다. 그러니까 '보존/파괴'의 이분법은 '보존-파괴-보존-파괴'라는 서사적 구조를 만들어낸다. 이런 이야기의 구조 내에서 파괴는 정상 혹은 보존을 기준점으로 한 것이고, 따라서 어떤 파괴이든 그것은 새로운 정상성, 새로운 보존을 낳는다. 그렇다면 이런 '보존/파괴'의 이분법으로부터 탈주하는 그런 다른 차원의 (비)파괴적 생성은 가능한가? 물론 그것이 가능하다고 말한다면, 그것은 다른 '잠재성'의 세계에 속한다.

　이 잠재성의 세계에서 2000년대 문학 공간에 등장한 젊은 시인들의 언어들은 미지의 문학적 사건을 드러내주고 있다. 2000년대 문학에서 보여주는 새로운 파괴의 시학은 그에 앞선 문학사적 사례들과는 조금 다른 차원에 속한다. 나는 2000년대 문학에서 발견되는 사례들이 앞선 시대에 비해 더욱 가치 있다고 생각하지 않는다. 현재의 문학이 모든 과거의 문학에 대해 새롭고 가치 있다는 논리 역시, 문학사에 대한 초월적이고 전지적인 관점의 소산이다. 문학사에 대한 어떤 성찰도 그 시간에 대한 내재성으로부터 자유로울 수 없다. 다만 2000년대의 젊은 시인들의 언어가 어떤 잠재성의 사건을 보여주는가를 경험하는 것은 이 시점에서 흥미로운 일이다.

복화술

2000년대 젊은 시인들이 보여주는 '파괴'의 미학적인 특징은 그 비인칭성, 혹은 익명성에 있다고 이해할 수 있다. 전통적인 서정시의 미학 체계에서 1인칭 단수의 자기동일성은 세계에 대한 시적 자아의 지위를 결정짓는 기본적인 테제이다. 발화자의 1인칭적 주체성은 모든 고백적인 시적 담화의 핵심적인 조건이다. 이 조건은 3인칭의 건조한 묘사적 시나, 형태 파괴적인 '해체시'에서도 변형된 형태로 관찰된다. 시간성을 제거한 비인간적인 정조의 묘사나, 시적 형태를 근원적으로 파괴한 경우에도 그 시적 주체의 인칭성은 살아 있었다. 김수영의 전위성으로부터 황지우와 이성복을 거쳐 장정일과 유하의 시에 이르기까지 어떤 급진적인 해체의 순간에도 시적 주체의 인칭성은 완전히 포기되지는 않았다. 그렇다면 그 인칭성을 놓아버린다는 것은 무엇인가?

이를테면 현대시의 서정성이 더할 나위 없이 투명해져서, 자아의 깊이와 내면성의 가치마저 무중력의 공간 속에 떠돌게 하는 순간, 1인칭 자아의 신비와 권위를 지워버리는 자리에서, 주체라는 정념의 자리를 소거한 채로, '나'의 인격적 권위와 실체성을 비워버리는 장면, 이때 인칭들은 끊임없이 위치를 이동하면서 자신의 실체적 무게를 비우고 부유하게 된다. 이 '비인칭적인 중얼거림'은 가벼움에 대한 찬양, 진 정성에 대한 완전한 소거와 일반적인 익명성으로서의 함몰이 아니라, 삶의 다른 존재론적 가능성에 대한 개방이다.

여기서 '나'는 주체화하는 다른 자리에서 첨예한 개별성으로 존재 한다. 여기서 서정적인 것, 혹은 시적인 것에 대한 재전유의 사태가 벌어진다. 화자의 말은 익명적이고 비인칭적인 사랑의 담화이며, 이 런 맥락에서 그것은 순결한 1인칭의 얼굴과 입으로 발음하지 않는 복 화술의 세계이다. 하나의 단일한 인격이 그 인격적 진정성이 실려 있 는 목소리로 발음하지 않고, 미지의 세계로부터 새어나오는 다른 목 소리를 입도 벌리지 않은 채 발화하는 사건. 목소리의 인격적인 주체 성이 사라진 자리에서 그렇다면, 목소리는 목소리인가? 이때 복화술 은 시적 자아의 복화술도, 시인의 복화술도 아니라, 시적인 것 자체 의 복화술이다. 자, 관념적인 논의를 중단하기 위해 이런 사태를 보 여주는 텍스트 속으로 들어가보자.

얼굴

얼굴로부터 넘친 얼굴
나는 당신이 모르는 표정을 짓지만

내 얼굴엔 무언가 빠진 게 있을 거야

코로부터 넘친 코, 코에서 코까지 앞만 보고 달려가면 결국 코가 없고
귀로부터 넘친 귀, 귀에서 귀까지 귀를 막고 뛰어가면 세상은 온통
귓속 같고
　입을 꽉 다물럼 이빨은 자라지 않고, 편도선은 부풀지 않는가. 거
품은 일지 않는가.

　사진 속의 파도처럼 내 혀는 꼬부라져 있네.
　얼굴을 침실처럼 꾸미고, 커튼을 내리고, 나는 혀를 달래서 눕히네,
나는 사탕 같은 어둠을 깔고

　나는 당신이 모르는 표정을 짓지만
　내 얼굴엔 무언가 남아도는 게 있을 거야.　 ──「해변의 얼굴」 부분[1]

　'얼굴'이 주체의 자기동일성에 대한 표상이라는 알려진 담론을 일
단 접어두자. 해변의 얼굴은 꽤나 낭만적이고 서정적인 이미지다. 여
기서 해변과 얼굴은 어떤 서정적 매개의 과정을 거치거나 혹은 비유
적인 관계를 이룰 것인가? 그것이 서정시의 세계일 것이다. 그런데
이 시에서 흥미로운 것은, 해변이라는 공간 속 얼굴 이미지의 관계성
이 아니라, 얼굴의 '해변-되기'이다. 얼굴은 단지 해변의 풍경 속에

---

1) 김행숙, 『이별의 능력』, 문학과지성사, 2007.

서 유기적으로 연결된 이미지이기보다는, 그 얼굴의 존재론적 가능성을 한없이 과잉으로 실현하려는 얼굴, '파도같이, 차양같이, 베란다같이, 해변같이, 모래알같이' 되어버리는 얼굴이다. 얼굴은 실존적 주체성의 족쇄로부터 풀려나와 어떤 상상적 움직임 속에서 다른 존재의 가능성이 된다. "얼굴로부터 넘친 얼굴"이란, 얼굴이 신체의 유기적 질서로부터 풀려나와 하나의 개체로서 넘쳐나는 사건이다. 이 사건 안에서 그 얼굴의 인칭성은 해체된다. 그 얼굴이 누구의 얼굴인지 알수 없으며, 그 얼굴을 지배하는 인격적인 동일성을 확인할 수 없다.

그 얼굴을 구성하는 코와 귀와 입은 얼굴의 전체적인 질서 속에서 구속되지 않고, 코의 동일성, 귀의 동일성, 입의 동일성으로부터 다른 방향으로 '넘쳐난다.' "얼굴로부터 넘친 얼굴"로부터 "코로부터 넘친 코" "귀로부터 넘친 귀"가 다시 스스로를 생성하고, 그래서 '얼굴'은 "무언가 빠진 게 있"거나, "무언가 남아도는 게" 있다. '내' 표정을 '당신'이 모르는 것은 필연적이며, '나' 역시 잉여와 범람으로서의 '내' 얼굴을 장악할 수 없다.

그렇다면 이 얼굴은 단 하나의 기이한 얼굴인가? 이 얼굴은 진정성의 족쇄로부터 풀려난 익명의 얼굴이지만, 상투적인 일반성으로 사라지는 얼굴이 아니다. 이 얼굴은 얼굴의 독자성과 차이성을 최대치로 밀고 나가는 얼굴, 다른 존재의 가능성을 열어놓는 사건으로서의 얼굴이다. 그것은 나의 얼굴이며, 당신의 얼굴이며, 그것의 얼굴이며, 얼굴의 얼굴이며, 얼굴 아닌 것의 얼굴이다. 얼굴을 닮은 얼굴이 아니라, (다른) 얼굴-되기를 밀고 나가는, 저 닮은 얼굴들의 질주.

고백

1

그가 내 몸으로 쑥 들어왔다 와사비에 간수를 섞어 너의 귀두를 찍어 먹을 테야 살짝 얼려 슬라이스한 그 살이 내 혀에 감길 때 몸은 태양을 향해 뒤로 돌아 너의 마지막 그림자가 봉합을 끝내고 부르르 떨고 있어

[……]

1

내가 너를 부를 때 깜박이는 건 기지국의 몽우리고 그 몽우리 속 내 청춘은 차디차게 냉각된 채 창밖으로 묵시하고 풍경은 다시 오브제의 일용직이며 얼어 있는 내 성기의 뜨거운 피는 사치이고 혀 위에서 미끄러질 듯 한바탕 여름날은 등 뒤가 수상하고 참외 씨처럼 내 몸도 발라줘 제발 내가 달려가 앉은 그 풀밭에선 꽃은 열매를 맺지 못하고 누더기 활자만이 심장을 꿰맨 실밥처럼 피어올라

0

한참을 쳐다보는 그녀야 이제 내 손을 잡아 극점에서 멀어지는 빙하처럼 나의 성기를 녹여줘 그날이 지나면 너의 뱃속에서 다시 태어나게

—「요나의 고백」부분2)

---

2) 최하연, 『피아노』, 문학과지성사, 2007.

'고백'이라는 것은, 고백하는 1인칭의 진정성이라는 관념이 전제된다. 고백하는 주체가 있고, 그 주체의 인격적 동일성이 있고, 그 인격적 동일성이 발화하는 방식의 정직성이 고백의 조건이다. 이 시는 '요나의 고백'이라는 제목을 달고 있다. 요나는 고래 뱃속에 갇혔던 신화적인 인물이고, 이 인물의 상징성은 여러 가지로 변주된 바 있다. 그런데 대체 이 시에서 요나는 무엇을 고백하겠다는 것인가? 우선 요나는 누구인가? 가령 요나의 성별은 무엇인가? 시의 시작 부분에서 화자는 여성의 목소리를 내는 것처럼 보이지만, 시의 마지막 부분에 이르면, 그 목소리는 남성의 목소리로 바뀐다. 그것을 양성적인 것, 혹은 중성적인 것이라고 말할 수 있을지 모르겠지만, 이 목소리의 성별적인 정체성은 이 시에서 혼란에 직면한다. 그래서 이 시의 고백은 1인칭의 진정성을 드러나는 고백이 아니라, 새로운 비인칭적인 존재가 다시 태어나는 사건으로서의 고백이다.

'요나의 고백'이라는 제목으로부터, 이 시에서 여성 몸에 갇힌 남성 성기, 혹은 여성의 몸속에서 사라지는 남성 성기라는 상상적 이미지를 떠올릴 수 있다. 이 시는 남성 성기의 주체성이 거세되는 장면을 흥미롭게 보여준다. 남성 성기의 거세는 시의 앞부분에서는 여성적인 화자의 목소리로 드러나는데, "너의 귀두를 찍어 먹을 테야"와 같은 목소리를 통해 드러나고, 시의 후반부로 가면 "내 성기의 뜨거운 피는 사치"라는 표현처럼, 스스로 그 남성성의 소거를 수락하는 목소리를 드러낸다. 이 두 가지 목소리는 남성성, 혹은 남근적인 주체의 해소라는 하나의 사건에 대한 두 가지의 담화이다. 이 담화들은 서로 다른 성별의 화자들이 드러내는 목소리를 담고 있지만, 그것은 비인칭적인 담화라는 점에서 동궤의 움직임을 이룬다.

그 움직임은 "극점에서 멀어지는 빙하처럼 나의 성기를 녹여줘 그
날이 지나면 너의 뱃속에서 다시 태어나게"라는 마지막 목소리에서
잠재적인 사건성을 극적으로 드러낸다. 남근적 주체의 소거는 단지
거세라는 상징적인 장면을 연출하는 것이 아니라, 다른 생성의 가능
성을 실현한다. 남근적 주체가 녹아내리는 시간으로부터 '너'의 뱃속
에서 '내'가 다시 태어나는 사건이 일어난다. 이 사건은 거세의 사건
이면서, 생성의 사건이고, '남성이 되지 않기'의 다른 존재론적 사건
이다. 그래서 이 사건은 단지 남성적 주체가 자신의 남근성을 상실하
는 사건이 아니라, 동시에 여성적 존재가 그것을 다시 낳게 되는 사
건이다. 이 사건의 양성성은, 이 사건의 열린 비인칭성을 말해준다.
'너' 안에서 녹아내리고 싶은 비인칭적인 '나'의 이상한 고백.

오늘의 나

오늘 나는 흔들리는 깃털처럼 목적이 없다
오늘 나는 이미 사라진 것들 뒤에 숨어 있다
태양이 오전의 다감함을 잃고
노을의 적자색 위엄 속에서 눈을 부릅뜬다
달이 저녁의 지위를 머리에 눌러쓰면 어느
행인의 애절한 표정으로부터 밤이 곧 시작될 것이다
내가 무관심했던 새들의 검은 주검
이마에 하나 둘 그어지는 잿빛 선분들
이웃의 늦은 망치질 소리

그 밖의 이런저런 것들

규칙과 감정 모두에 절박한 나

지난 시절을 잊었고

죽은 친구들을 잊었고

작년에 어떤 번민에 젖었는지 잊었다

오늘 나는 달력 위에 미래라는 구멍을 낸다

다음 주의 욕망

다음 달의 무(無)

그리고 어떤 결정적인

구토의 연도

내 몫의 비극이 남아 있음을 안다

누구에게나 증오할 자격이 있음을 안다

오늘 나는 누군가의 애절한 얼굴을 노려보고 있었다

오늘 나는 한 여자를 사랑하게 됐다　　　　　—「오늘 나는」전문3)

　시의 외형은 적어도 온건한 형태를 유지하고 있다. '오늘 나는'이라는 제목처럼, 이 시는 일기처럼 오늘 하루의 나의 정서적 부침을 드러내고 있다. 그런 맥락에서 이 시 역시 일상적인 시간 속에서의 1인칭 고백을 다루고 있다고 볼 수 있다. 그러나 이 고백은 어떤 익명성 속에서 다시 태어난다. '나'라는 1인칭이 "흔들리는 깃털처럼 목적이 없"기 때문일까? 이 목적 없음은 이 시에서 1인칭의 목적 없음이며, 그 고백 자체의 목적 없음이다.

3) 심보선, 『슬픔이 없는 십오 초』, 문학과지성사, 2008.

오늘의 '나'를 고백하는 내용들은 '나'의 무심함, 혹은 망각이라는 지점에 위치한다. '나'는 '새들의 주검'에 무관심했고, '지난 시절'과 '죽은 친구들'과 '작년의 번민'을 잊었다. 그리고 '나'는 '미래'에조차 '구멍을 낸다. 일반적으로 '나'의 정체성은 '나'라는 개인의 실존적 기억, 그 기억의 서사에 의해 구성된다. 그리고 '나'는 타인과의 관계 속에서 '나'의 내적 동일성을 형성할 수 있다. 그런데 오늘의 '나'는 망각하는 '나'와 구멍 난 '미래' 사이에서, '목적이 없다.' '나'는 시간의 바깥에 있는 존재는 아니지만, '오늘'이라는 일상적이고 익명화된 시간 속에서 '나'는 비인칭화된다. '오늘'이라는 시간대는 '나'의 실존적 동일성을 규정하는 서사적 연관 속에 있지 않고, 익명적인 공간 속에 놓인다. 그것은 단지 일상적 시간의 반복성을 보여주는 것이 아니다. 일상적 시간을 '과거-현재-미래'의 서사로부터 다른 시공간으로 이동시키는 익명적 시간성이다.

이 시에서 "규칙과 감정" "내 몫의 비극"과 "증오"와 "애절한 얼굴"이라는 개인적 정서의 양태들이 등장한다. 그것들은 그러나, 이 시에서 '나'의 인격적인 실체성을 보장하기보다는, '나'의 인격성을 교묘하게 익명적인 것으로 만든다. 그리하여 "오늘 나는 한 여자를 사랑하게 됐다"라는 이 시의 가장 의미심장한 문장 역시, 그 일상적인 사건은 익명적인 사랑의 사건이 된다. '오늘'이라는 시간의 익명성은, '나'라는 존재의 비인칭성과 만나서, '오늘의 나'를 미지의 잠재적인 가능성을 품은 존재로 만든다. 그래서 '나'는 '오늘'로부터 "다음 달의 무(無)" 속으로, 혹은 '다른 오늘'로 유영한다. 그래서 한 여자를 사랑하게 된 '오늘의 사건'은 다른 오늘의 사건, 혹은 '잠재적인' 오늘의 사건이다. '오늘'의 일상적인 반복 구조는 이렇게 해서 '오늘'

의 차이성, 새로운 독자성의 세계에 진입한다.

사건의 시

가령 '풍경의 시'가 있고, '사건의 시'가 있다고 가정해보자. 이 분류는 물론 절대적이지는 않다. 풍경을 말할 때, 그 풍경은 하나의 프레임 속에 들어와 있는 풍경이고, 그 프레임을 규정하는 주체의 시선이 전제된다. 모든 풍경은 주체의 시선에 의해 선택되고 구성된 풍경이다. 풍경은 언제나 풍경의 바깥, 풍경의 뒷면, 풍경의 다른 시간에 대한 배제 위에서 구축된다. 그것이 근대적인 의미에서 풍경의 미학적 구성 원리이다. 여기서 중요한 것은 풍경의 유기적 질서와 완결성, 혹은 그것을 선택하고 구성하는 주체의 동일성이다. 그런데 사건의 시가 있을 수 있다면, 그것은 단순히 풍경에 시간과 서사를 개입시킨다는 것을 의미하지는 않는다. 풍경에 시간과 서사를 개입시킨다고 해도, 그것은 풍경의 서사적 연속성과 인과성에 대한 확장일 뿐, 풍경 자체의 바깥으로 도주하는 것은 아니다.

그렇다면 사건의 시는 어떻게 씌어지는가? 사건성이란 주체의 동일적인 시선으로 포획된 풍경의 바깥에 있는 존재의 가능성까지를 포함한다. 사건성에서 존재가 시간 속에 내재해 있다는 감각은, 존재가 서사적 인과성의 구조 위에서 주체화된다는 것을 의미하지 않는다. 사건의 시, 혹은 사건으로서의 시는 풍경의 프레임에 갇혀 있지 않은 잠재적인 시간의 가능성을 개방한다. 실체에 대한 이미지를 구축하는 것이 아니라, 그것의 움직임을 의미화한다. 명사나 형용사가 아닌,

동사적인 맥락에서 존재의 사건성을 드러내는 작업. 그리하여 시간 속의 존재가 다른 시-공간 속의 존재로, 다른 삶의 가능성으로 열리는 순간을 징후화한다.

이 징후적인 사건 속에서 목소리는 하나의 풍경을 구획짓는 실체적인 인칭의 육성이 아니라, 열린 익명성으로 전이되는 비인칭의 담화가 된다. 목소리로부터 넘쳐나는 목소리가 됨으로써 목소리는 '사건'이 된다. 그 사건은 자아의 감옥에 갇힌 얼굴과 입으로 말하지 않는, 복화술의 사건, 혹은 '차이'를 해방시키는 사랑의 사건이다. 그 사건은 단지 이미 있었던 것의 파괴와 대체가 아니라, 파괴이면서 창조이고, 소멸이면서 탄생인, '나-당신-그것'의 익명적인 사랑의 방식이다. 이로써 사랑은 다른 존재의 생성이다.

소수점 이하의 1인칭들

—한국 시와 1인칭의 모험

    2000년대 후반의 한국 시는 이른바 '2000년대적'인 시적 움직임이 몇 가지 국면에서 심화되고 정리되는 양상을 보여준다. 그런데 '2000년대적'인 것이란 무엇인가? 한국 현대시의 역사적 맥락을 하나의 구조와 모형으로 의미화하는 것은 위험스러운 일이지만, 하나의 가설을 생각해볼 수 있다. 한국 현대시의 '현대성' 혹은 '시적 현대성'을 구성하는 구성 인자 가운데 하나는 이른바 '서정적 주체성'의 확립, 혹은 '서정적 자기동일성'의 정립으로 설명할 수 있다. 이것은 서정시의 세계 인식 주체로서의 개별적인 1인칭 시적 자아의 구축을 의미한다. 이 과정에서 한국 현대시는 시적 자아를 개인적·사회적 주체로서 구성하는 미학적 동력을 만들어왔다. 하지만 동시에, 그와 함께, 이 시적 주체화에 대한 회의와 해체의 작업 역시 진행되었는데, 그것은 '모더니즘' 혹은 '모더니티'의 미학적 동력을 중시하는 시인들에게서 시적 자아의 내적 아이러니와 그 차이성을 포착하는 작업들이 진행되었다. 2000년대 초반의 젊은 시인들이 보여준 흥미로운 분열증적인 활력은 시적 자아의 주체성을 표상하던 '1인칭'의 신화가 거의 전면적인 수준에서 도전받는 상황을 보여준다. '전면적인 수준'이란? 예를 들면 서정시의 단일한 목소리를 만들어내던 '나'는 어디에 있는가? '나'는 누구인가? 그야말로 '나'를 '나'라고 말할 수 있는 자는 누구인가?

물론 2000년대적인 공간에서도 전통적인 의미의 서정시는 계속 발표되고 있으며, 그것의 본래적인 생명력은 여전히 강력하다. 문제는 그 서정시적 공간에서 역시 서정적인 의미의 '나'는 더 이상 '나'가 아니라는 사실이다. 나의 서정적 동일성은 완벽한 자리에 있기보다는 '타자'를 향해 더 크게 열린다. 그래서 1인칭은 '1'이라고 하는 온전한 형태를 갖는 것 대신에 소수점의 존재로 분열된다. 소수점 이하의 1인칭은 정수(定數)가 되지 못하는 소수부의 자리에 속한다. 그곳은 1인칭이 '하나'로서 자기 존립의 동일성을 확보하지 못하는 세계이다. 이것은 두 가지 방향에서 이해될 수 있다. 우선 하나는 1인칭 자기동일성의 권위와 독점성이 무너진 공간에서 1인칭은 무한수로 분열된다. 그 안에서 무한의 소수점 세계가 다시 열린다. 또 다른 맥락에서 1인칭은 2인칭과 3인칭을 향해 개방된다. 주체와 대상이 명확히 구분되는 세계가 아니라 '나' '너' '그'의 세계가 뒤섞인 공간, 그곳에서 '나'는 이미 '너'와 '그'의 일부이거나, '너'와 '그'는 '나'의 일부이다. 여기서 1인칭은 안으로 분열되고 밖으로 흩어진다. 바야흐로 치명적인 1인칭의 모험이 시작된 것이다.

1

그대가 아찔한 절벽 끝에서

바람의 얼굴로 서성인다면 그대를 부르지 않겠습니다

옷깃 부둥키며 수선스럽지 않겠습니다
그대에게 무슨 연유가 있겠거니
내 사랑의 몫으로
그대의 뒷모습을 마지막 순간까지 지켜보겠습니다
손 내밀지 않고 그대를 다 가지겠습니다

2
아주 조금만 먼저 바닥에 닿겠습니다
가장 낮게 엎드린 처마를 끌고
추락하는 그대의 속도를 앞지르겠습니다
내 생을 사랑하지 않고는
다른 생을 사랑할 수 없음을 늦게 알았습니다
그대보다 먼저 바닥에 닿아
강보에 아기를 받듯 온몸으로 나를 받겠습니다

―「낙화, 첫사랑」 전문[1]

이 시의 상황을 이해하는 것은 어렵지 않다. 그대가 절벽 끝에서
"바람의 얼굴"로 서성이는 상황이 있다고 가정하자. '나'는 어떻게 할
수 있는가? 그대를 부르거나 옷깃을 부둥키는 대신에 '나'는 "그대에
게 무슨 연유가 있겠거니" 생각하면서, 다만 "그대의 뒷모습을 마지
막 순간까지 지켜"보겠다고 한다. 이를테면 '나'는 그대의 추락 혹은
자살의 목격자이면서 방관자인 셈이다. '나'는 왜 2인칭 '그대'의 추

1) 김선우, 『내 몸속에 잠든 이 누구신가』, 문학과지성사, 2007.

락을 그냥 지켜만 보는 그런 존재일 수밖에 없는가? "손 내밀지 않고 그대를 다 가지겠"다는 것은 도대체 무슨 말인가? 두번째 연에서 상황은 더 구체적으로 설명된다. '내'가 그대보다 "조금만 먼저" 바닥에 닿아서 "추락하는 그대의 속도"를 앞지른다는 것이다. 이런 상황이라면, 절벽의 그대를 왜 내가 붙들지 않았는지 이해할 수 있을 듯하다. 절벽에서 그대를 붙잡는 대신에 '나'는 먼저 추락하여 그대를 절벽의 밑에서 받아 안겠다는 표현으로 이해할 수 있기 때문이다.

그런데 보자. 시의 마지막 행은 이런 해석을 심각한 혼란에 빠뜨린다. "그대보다 먼저 바닥에 닿아/강보에 아기를 받듯 온몸으로 나를 받겠습니다"라는 문장에서 '나'는 '그대'가 아니라, '나' 자신을 받는다. 이것은 어떻게 이해할 수 있을까? 몇 가지 맥락의 해석이 가능할 수 있을 것이다. 중요한 것은 이 시의 기본적인 담화의 상황을 이루는 1인칭 '나'와 2인칭 '그대'의 관계가 일반적인 수준의 '나-그대'의 관계와는 다른 상황에 돌입하게 된다는 점이다. '추락하는 너-관찰하는 나'로 구성된 이 시의 상황은, '추락하는 너-먼저 추락하는 나'의 관계로 전환된 것처럼 보였지만, 또 한 번의 전환을 거쳐 '추락하는 나-나를 받는 나'라는 기묘한 관계로 변이된다. 이 마지막 변이는 더 근본적인 의미에서 인칭적인 관계의 변환을 불러온다. 이 마지막 상황 때문에, 이 시의 첫번째 장면은 다시, '내'가 본 것은 과연 '그대'인가? 혹은 '나'인가?라는 근본적인 물음을 발생시킨다. 그 물음의 연장에서 "내 생을 사랑하지 않고는/다른 생을 사랑할 수 없음을 늦게 알았습니다"라는 잠언적인 문장의 비밀이 조금 열린다. 여기서 '내'가 '그대'가 아닌 '나' 자신을 선택한 것이라고 말해도 될까? 물론 그렇게 말할 수는 있지만, 이 시의 울림은 그것보다는 크다. "강보에 아기를 받듯 온몸으로 나를 받겠습니다"라는 문장에서 드러나는 '모성적인' 이미지를 보라. 이 모성은 다만 여성성의 일부로서 제도적인 모성이 아니다. 이 모성은 '나'와 '그대'라는 인칭의 분별을 지워버리는 모성, '그대'를 포함하는 의미로서의 더 크게 열린 '나'를 받아들이는 모성적 존재의 탄생을 암시한다. 그러니까 첫사랑에서의 '낙화' 혹은 '추락'의 사건은 '그대'의 사건이면서, '나'의 사건이고, '내'가 '나'와 '그대'의 추락을 받아 안는 존재로 거듭나는 사랑의 사건이다.

> 한 남자의 두 손이 한 여자의
> 양쪽 어깨를 잡더니 앞 뒤로
> 마구 흔들었다 남자의 손이
> 여자의 살 속으로 쑥쑥 빠졌다
> 여자가 제 몸 속에 뒤엉켜 있는
> 철사를 잡아 빼며 울부짖었다
> 소리소리 질렀다
> 여자의 몸에서 마르지 않은
> 시멘트 냄새가 났다
> 꽃 피고 새가 울었다 　　　　　　　　—「아파트에서 1」 전문[2]

이 시는 또 어떤가? 아파트라는 일상적 공간에서 아마도 한 남자와 한 여자가 다투고 있는 듯이 보인다. 다투는 이유를 알 수 없음은 물론이고, 정말 다투는지를 판단하는 것도 쉽지 않다. 3인칭을 묘사하

---

2) 이원, 『세상에서 가장 가벼운 오토바이』, 문학과지성사, 2007.

는 관찰자적인 시선은 그 장면 자체만을 담백하게 제시한다. "한 남자의 두 손이 한 여자의/양쪽 어깨를 잡더니 앞 뒤로/마구 흔들었다"와 같은 표현에서 드러나는 것처럼, 이 상황을 지배하는 것은 한 남자의 물리력이며, 한 여자의 육체는 그 폭력의 대상이다. 폭력의 주체와 대상이라는 이분법 속에서 이 상황이 설명된다면, 이 시는 그것이 아무리 사실적으로 묘사되었다고 하더라도 다분히 산문적이 되었을 것이다. 문제는 그 다음. 이 상황에서 폭력의 대상으로서 여성적 육체가 움직이는 과정, 그 상상적 역동성이다.

"남자의 손이/여자의 살 속으로 쑥쑥 빠졌다"라는 문장에서, 한 남자의 물리력이 여성적 육체를 통제하지 못하는 상황이 제시되더니, "여자가 제 몸 속에 뒤엉켜 있는/철사를 잡아 빼며 울부짖었다"라는 묘사가 등장한다. 여자의 울부짖음은 한 남자의 물리력에 대한 저항 이상의 의미를 지닐 것이다. 남자의 물리력에 대한 대응으로서의 '비명'을 넘어서, 여자의 울부짖음은 남자의 물리력 대상으로서 자신의 육체라는 한계를 스스로 탈출하는 움직임이다. 그 탈출은 자기 몸속의 뒤엉킨 철사를 잡아 빼는 움직임 같은 것이다. 여자의 몸이 하나의 철골 시멘트 구조물 같은 것이라는 비유가 가능하다면, 철사는 그 구조물의 형태를 잡아주는 뼈대일 것이다. 여자가 철사를 잡아 빼는 것은, 그 구조물의 구조로부터 스스로를 빠져나오게 하는 동작이다. 여자가 그 몸의 구조물로부터 스스로 빠져나올 때, 남자의 물리력 대상으로서 여성의 육체는 사라진다. 여자의 몸, 그 시멘트 냄새 속에서 "꽃 피고 새가" 우는 시간은 그러니까 물리력 대상으로서 여성의 몸이 다시 낯선 생성의 시간에 진입하는 순간이다. 그러나 분명한 것은, 이 모든 움직임과 몸으로부터의 생성이, 1인칭 화자의 의미화 과정 속에서 또렷하게 결정된 것이 아니라는 점이다. 이것은 아파트라는 일상적 공간에서 한 남자와 한 여자의 육체 접촉, 그 풍경으로부터 시작되어 그 풍경이 묘사의 대상이 아니라, 하나의 새로운 움직임으로 스스로 변이를 일으키는 과정을 보여준다. 다른 방식으로 말한다면, 3인칭의 대상이 스스로 움직이면서, 다른 몸을 지닌 언어를 만들어내는 사건. 그 사건 속에서 비명을 지르는 여자의 몸은 다른 몸이 되는, 다른 시간의 몸이다.

여자가 알을 낳는다
당집 마당으로 알이 떨어지고 쨍그랑, 소리가 난다
여자의 쩍 벌어진 가랑이 사이로 핏방울이 맺힌다
거품을 만들며 수군대는 핏방울들로 빨간 길이 난다

빨간 지붕, 빨간 양수, 빨간 흔들림—
엄마, 더러운 엄마, 나를 낳지 마
여긴 나의 알이 아니야
알을 깨고 발 없는 내가 도망치듯 태어난다

꿈처럼 흐느끼던 여자의 가랑이는 어디로 갔을까?
(엄마?)
발 없는 내가 손가락 끝으로 걷는다
비가 내리고
내 이마 위로 술 취한 물고기가 뛰어든다, 영영박힌다
주황색 화석이 되어버린 물고기는

312

내 이마 위에 살면서 날마다 죄를 짓는다

엄마는 한 번도, 나를, 낳지 않았고
내가 버린 텅 빈 알 속에서는
밤마다 아홉 마리 뱀들이 서커스를 벌인다   ——「나의 탄생」 전문[3]

젊은 시인 박연준의 첫 시집은 강렬한 몸의 시학을 선보인다. 이 시는 어떤 탄생의 순간을 묘사한다. 제목에서 보여주는 것처럼, 그 장면은 '나의 탄생'이라고 명명되고 있다. 이 시의 1인칭 화자가 자신의 탄생 순간을 묘사한다. 그런데 그 탄생의 묘사는 처음부터 기이한 방식으로 시작된다. "여자가 알을 낳는다"라는 문장에서부터 자신을 낳은 엄마는 '여자'로 자신은 '알'로 변형된다. 그러나 사건은 여기에서 멈추지 않는다. 핏빛의 강렬한 이미지들 사이에서 돌발적인 전언들이 튀어나온다. "엄마, 더러운 엄마, 나를 낳지 마/여긴 나의 알이 아니야"라는 이 최초의 장면 속에서 '나의 탄생'은 하나의 치욕, 하나의 비극으로, 하나의 죄의식으로 채색된다. 그것은 결국 "엄마는 한 번도, 나를, 낳지 않았고"라는 극단적인 부정의 말로 마감된다. '나'라는 1인칭의 탄생 설화를 붉은빛의 기이하고 치욕적인 환상으로 만들어내는 것은, 그 탄생의 자리에서 피 흘리는 여성적 몸의 사건을 드러낸다. 여자의 그 몸으로부터 태어났으나 그 몸으로부터 도망치는 또 하나의 몸, 그 새로운 몸은 자기가 태어난 몸을 부정하는 다른 몸이다. 그 도망치듯 태어나는 몸은 '나'의 탄생 설화를 "술 취한 물고

3) 박연준, 『속눈썹이 지르는 비명』, 창비, 2007.

기"와 "아홉 마리 뱀들이 서커스"를 벌이는 기이한 몽상을 만들어, 그 것을 '도주'의 설화로 만든다. 그래서 도망치듯 태어난 '나'의 탄생은, "나를 낳지 마"라는 핏빛 비명으로 얼룩져서, 탄생이 도주이자 비명 이 되는, 강렬한 여성적 몸의 사건 하나를 각인시킨다. 자신의 탄생 설화를 도주의 사건, 부재의 사건으로 만드는 1인칭의 목소리는 1인 칭의 자기 근거를 그 기원에서 무너뜨린다.

배가 고파서 문득 잠에서 깨었을 때
꿈속에 남겨진 사람들에게 미안했다 나 하나 때문에
무지개 언덕을 찾아가는 여행이 어색해졌다

나비야 나비야 누군가 창밖에서 나비를 애타게 부른다
나는 야옹 야아옹, 여기 있다고, 이불 속에 숨어
나도 모르게 울었다
그러는 내가 금세 한심해져서 나비는 나비가 무슨 고양이람, 괜한
창문만 소리 나게 닫았지

압정에, 작고 녹슨 압정에 찔려 파상풍에 걸리고
팔을 절단하게 되면, 기분이 나쁠까

느린 음악에 찌들어 사는 날들
머리 빗, 단추 한 알, 오래된 엽서
손길을 기다리는 것들이 괜스레 미워져서
뒷마당에 꾹꾹 묻었다 눈 내리고 바람 불면

언젠가 그 작은 무덤에서 꼬챙이 같은 원망들이 이리저리 자라
내 두 눈알을 후벼주었으면.

해질 녘, 어디든 퍼질러 앉는 저 구름들도 싫어
오늘은 달고 맛 좋은 호두파이를 샀다
입 안 가득 미끄러지는 달고 맛 좋은 호두파이,
뱃속 저 밑바닥으로 툭 떨어질 때

어두운 부엌 한편에서 누군가, 억지로,
사랑해…… 하고 말했다.　　　　　　　—「멜랑콜리호두파이」전문[4]

　시의 시작은 일상적 공간이지만, 잠에서 깨어난 그 시간으로부터
다시 새로운 몽환적인 이미지들이 시작된다. 그 시간들을 지배하는
것은 이 시의 제목처럼 '멜랑콜리'한 정서이다. 멜랑콜리란 우울증,
혹은 조울증으로 명명되는 어떤 감정의 장애를 의미한다. 이 정서의
상태를 설명하기는 위해서는 어떤 이미지와 캐릭터를 동원해야 할 것
이다. 근대 이후의 문학에서 이 멜랑콜리한 정서 혹은 인물은 어떤
열정과 감동으로부터도 자신을 분리시키는 정신적 귀족주의 혹은 댄
디적 감성과 연결된다. 이 초연함과 무심함의 정서야말로 보들레르
이후 도시적 삶의 권태와 대결하는 미적 포즈의 표상이다. 이 시에서
도 어떤 흥분과 열정으로부터도 자신을 격리시키는 시적 자아가 등장
한다. 창밖에서 고양이를 찾는 소리를 듣고 이불 속에서 "야옹"이라

---

4) 황병승, 『트랙과 들판의 별』, 문학과지성사, 2007.

고 울어보지만 "금세 한심해"지고, "팔을 절단하게 되면, 기분이 나쁠까"라는 끔찍한 상상이 아주 가볍게 스쳐 지나가고, "손길을 기다리는 것들"을 뒷마당에 묻어버린다. 그리고 이 모든 권태와 무심과 환멸을 견디는 방식으로 "달고 맛 좋은 호두파이"를 산다. 호두파이의 달콤함과 멜랑콜리의 어두움은 이상한 방식으로 결합되지만, 그것이 멜랑콜리의 극복은 아니다. "어두운 부엌 한편에서 누군가, 억지로,/사랑해…… 하고 말했다"라고 쓸 때, '누군가, 억지로'에서 발견되는 그 정서적 익명성과 탈낭만성은, 이 시가 또 다른 하나의 멜랑콜리를 발명하고 있음을 알게 한다. 근대적 멜랑콜리의 계승이 아니라, 그것의 다른 발명을 통해 이 멜랑콜리한 1인칭은 그 내면성을 스스로 소거한다.

작아지기 시작할 때까지만 작아지려고 해요. 나는 작은 사람, 더 작은 사람, 개, 고양이, 한 개의 손가락, 성냥개비,

나는 한 방울을 고집스럽게 바라봤어요. 찡그린 표정은 내 모든 주름에 스며 있어요. 인상적인 것, 빛, 고통,

처음으로 숨을 쉰 이후로 계속해서 숨을 쉬게 됐어요. 오오 시작은 그런 것이죠. 시작은 시작을 잊어버리고 마지막은 마지막을 모르고 엄마, 하고 첫 발음으로 불러봤댔자 소용없어요. 아버지라면 오 마이 갓!

작아지기 시작하면 시작된 거죠. 나는 더 작은 사람, 더 작은 개, 더 작은 도마뱀, 작은 목소리, 파동의 간섭, 만져지지 않은 하늘,

그리고 파동의 굴절, 만져지는 빗방울, 빗방울, 더 굵은 빗방울, 나는 돌풍과 함께 지나가는 소나기예요. 세계처럼 우산이 뒤집어진 작은 사람들, 유리창에 잠시 달라붙어서 나는 더 작은 동그라미들,

유리창 안쪽에서는 세 명의 아이들이 가위, 바위, 보, 가위, 바위, …… 규칙과 역할을 정하고 있어요. 한 아이는 손바닥을 쫙 펼치고 사라진 동전에 대해 신비로운 거짓말을 늘어놓고

나는 끝까지 다 듣지 못했   ──김행숙, 「더 작은 사람」 전문5)

이제 1인칭은 무한대로 작아지는 존재이다. 더없이 작아지는 1인칭 존재의 끝은 어디인가? 작아지는 존재로서의 1인칭은 "개, 고양이, 한 개의 손가락, 성냥개비"와 같은 사소한 존재와 마찬가지며, "더 작은 개, 더 작은 도마뱀, 작은 목소리, 파동의 간섭, 만져지지 않은 하늘"과 같다. 그러나 이것은 1인칭에 대한 은유가 아니라, 더없이 작아지는 1인칭의 세계에 대한 환유이다. 그래서 "시작은 시작을 잊어버리고 마지막은 마지막을 모르고 엄마, 하고 첫 발음으로 불러봤댔자 소용없어요. 아버지라면 오 마이 갓!"과 같은 진술 속에서 어떤 명료한 메시지를 발견해야 할 이유는 없다. 1인칭 주체의 서사 속에서 '시작과 끝' '엄마와 아버지'의 세계는 주체의 근거가 되어주지 않는다. '시작과 끝'이 스스로를 알지 못하는 세계, 엄마와 아버지

5) 김행숙, 『이별의 능력』, 문학과지성사, 2007.

의 세계가 무너진 공간에서 1인칭은 더 작은, 더 미미한 존재가 된다. 그리하여 이 시의 마지막에 등장하는 아이들의 장면과 그 "신비로운 거짓말"이 더없이 작아진 1인칭이 발견한 마지막 이미지라고 해도, 그 장면은 결국 완성되지 않는다. 시의 마지막 문장이 끝내 완결되지 못하는 것처럼, 더없이 작아진 1인칭의 시 쓰기는 이 세계의 문장을 완성하지 못한다. 자기 안에서 무한의 소수점 세계로 분열된 1인칭, 혹은 2인칭과 3인칭을 향해 개방된 1인칭의 시 쓰기는 완결되지 않는다. 그 완결될 수 없음으로 1인칭은 자기 분열의 모험을 지속한다.

이상한 2인칭의 세계
─한국 시와 2인칭의 모험

   2인칭이란 무엇인가? 내가 '당신'을 부르면, 그것은 당신이 '여기'에 있다는 것을 의미한다. '너' '당신' '그대'라고 호명할 때, 2인칭은 언제나 지금 현전하는 것으로서의 2인칭이다. 당신은 내 눈앞에서 있어야만 한다. 혹은 내 목소리를 당신이 들을 수 있어야 한다. 2인칭은 언제나 1인칭이 만들어낸 강렬한 정서적인 대상이다. 1인칭은 2인칭을 향해 그리워하거나, 간절히 바라거나, 혹은 때로 원망하거나 증오한다. 1인칭이 2인칭을 부르는 그 순간, '나'는 '너'로 인해 '내'가 된다. 나는 전 존재를 기울여 너와 관계 맺는다.

   오랫동안 2인칭의 세계는 서정시적 공간, 혹은 연애시의 화법 속에서 강력한 소통의 장치였다. 2인칭 그대가 있다는 전제로, 시적 언술은 고백과 청유와 애원과 동경과 원망의 정서를 마음껏 드러낼 수 있다. 2인칭은 1인칭의 자기표현을 위한 필수적인 장치이다. 문학이 기본적으로 언술 주체의 내적 표현을 의미한다면, 2인칭은 그것을 가능하게 해주는 호명의 장치로 작동한다. 당신이 있기 때문에, 나는 나의 내면을 솔직하게 드러낼 수 있다. 2인칭은 그래서 '표현론'의 기본적인 장치이다.

그러나 2인칭 당신의 현존성은 서정시적 세계 안에서 '영원한 현재'에만 속한다. 다른 방식으로 말하면 내가 당신을 2인칭으로 부르는 순간은 계속 지속될 수 없다. 지금의 '당신'은 시간이 지나면, '그'이거나, '그녀'이거나, '그것'이 되어버린다. 2인칭은 시간의 악마적인 폭력 앞에서 언제든 3인칭이 되어버릴 수 있다. 나와 너 사이의 이 가슴 벅찬 관계의 직접성은 영원할 수 없다. 그 직접성의 유한성 혹은 순간성 때문에 '나와 너'의 신화는 낭만적이고 신화적인 영역에 진입한다. '나와 너' 관계의 직접성은 어떤 상상적 순간의 형식이다. 마르틴 부버의 고전적인 개념을 빌려 낱낱의 '너'를 넘어서, 결코 '그것'이 되지 않는 '영원한 너'라는 종교적인 경지를 발견할 수도 있다. '영원한 너'는 다만 종교와 예술의 형식 속에서 담아낸 영원한 현재의 형상이다. 그러나 적어도 개인과 개인, 개체와 개체의 만남이라는 차원에서 2인칭의 자리는 그토록 불안하다. 이를테면 허수경이 "당신이라는 말 참 좋지요, 내가 아니라서 끝내버릴 수 없는, 무를 수도 없는 참혹"(「혼자 가는 먼 집」)이라고 노래할 때, 당신이라는 말의 아름다움은 이미 '참혹'을 동반한 것이다. '내가 아니라서' 당신이라는 말은 그토록 아름답고 '참혹하다.'

그런데 여기 이상한 2인칭들이 있다. 2000년대 시적 공간에서 젊은 시인들에 의해 드러나기 시작한 새로운 2인칭들은 이상한 방식으로 2인칭의 낭만적 권위를 무너뜨린다. 내가 당신을 부르고 있는데도, 나는 당신의 존재를 실감하지 못한다. 당신이 눈앞에 있다는 것도 확실하지 않다. 당신이 정말 '여기'에 있는지 아무것도 알 수가 없다. 심지어 '나'와 '당신'과 '그'와 '그것'은 잘 구별되지 않는다. '나-너' 관계의 직접성은 1인칭의 고백 속에서 그 실존적 무게를 얻지 못하고, 중성화되고 익명화된다. 나는 너를 부르지만, 내가 부르는 너의 얼굴을 알 수 없다. '너'의 인격적 실체성이 무너진 세계에서 '나'의 인격적 실체성은 온전할 수 없다.

'나와 너'의 신화를 뒤집어서 말한다면, '내'가 부르는 '너'의 존재를 알 수 없기 때문에, '나'라는 존재의 확실성도 무너진다. 겉으로만 보면 1인칭은 여전히 2인칭을 호명하고 있지만, 그 고백의 주체와 대상의 관계는 모호하고 불안정하다. 그 세계에서 '나와 너'는 '주체와 대상'이 아니라, 다만 '비인칭적 개별성'으로서의 개체들일 뿐이다. 그래서 '나-너'는 '나(그것)-너(그것)'의 관계와도 같이 인격적 실체성을 비워버린 공간 속에 위치한다. '인간'이 부재하는 장면 속의 '나(그것)와 너(그것)'의 사건들. 익명으로서의 2인칭, 당신. 그것을 어떻게 받아들여야 할까? 1인칭 주체의 동일성과 그 언술 대상으로서의 2인칭이라는 관계의 상투성을 지워버림으로써, 어떤 비인격적·비인칭적 지대에서 다시 시작되는 사랑의 사건이라고 부를 수 있을까?

괜찮아. 이것은 네 차가운 귀에 속삭이는 바람의 슬픈 이야기가 아니니. 공원 모퉁이 버려진 컴컴한 자루 속에 숨어 너는 끽끽 웃어도 좋다. 종일 허공을 달리던 목마들도 굳어버린 채 멍하게 식은 별들을 쳐다보고, 착한 애들의 웃음소리는 영원히 햇빛 속에 갇혀 있으니.

무쇠구두를 신은 바람이 더듬거리며 달려가는 밤. 계단 끝에서 죽은 말처럼 입을 벌리고 잠들 수도 있지. 두려운 이빨처럼 희게 굳은 비명

처럼

차갑고 어두운 빗방울이 지상에 떨어진다.
지나가던 사람들 문득 고개를 돌려 네게 묻는다.
이봐, 아가씨, 오늘 밤 당신의 차가운 달은 어디에 있지?
길고 하얀 목에 걸린 검은 밧줄은 누구의 기억이지?

목쉰 늙은이들은
검은 쥐처럼 달을 더운 입술로 탐하고
공원의 구석 어두운 나뭇가지에
매달린 자루 속 너는 하염없이 흔들리고 있다

진한 오줌의 냄새를 흘리며 별들이 텅 빈 손을 내밀고
낡은 자루 속엔 그렇게 많은 노인들의 귓바퀴와 어린 새들과 구름의
잿빛 농담이 숨어 있을 테지만.
이것은 얼어붙은 네 귀에 속삭이는 어리석은 바람의 이야기가 아니고
자루에 담겼던 달은 검은 兵丁처럼 조용히 공원을 빠져나간다.

—「질투」전문[1]

'질투'라는 제목의 시가 있다. 질투는 개인의 감정에 관련된 용어
이며, 이 단어에는 질투를 느끼거나 질투하는 '자기' 혹은 '주체'가 전
제되어 있다. 그러면 이 시에서 질투하는 자는 누구이고, 질투의 내

---

1) 이기성, 『현대문학』 2008년 7월호.

용과 대상은 무엇인가? 시의 언술들은 1인칭이 2인칭에게 전하는 친밀한 말투로 구성되어 있다. 그러나 이 친밀성의 언어는 처음부터 모호하고 불안정한 상황에서부터 시작된다. "이것은 네 차가운 귀에 속삭이는 바람의 슬픈 이야기가 아니니"라는 부정의 말은 도대체 왜 던져진 것일까? 이 부정의 말은 시의 마지막 부분에서 "이것은 얼어붙은 네 귀에 속삭이는 어리석은 바람의 이야기가 아니고"라는 문장으로 다시 변주된다. 두 문장은 표현이 조금 다르기는 하지만, '네 귀'와 '바람 소리' 사이의 서정시적 교감의 세계를 부정한다. 그러니까 이 시는 '네 귀'와 '바람 소리' 사이의 이를테면 인간과 자연, 자아와 세계의 교감의 풍경들을 부정하는 데서 시작하고 마감된다.

다른 방식으로 말한다면, 이 시의 장면 속에서 1인칭의 내면과 그것이 포착한 내면화된 자연의 동일성을 발견하기는 힘들다. 어두운 공원 모퉁이의 풍경은 '내'가 자연('그것')과 교감하는 장면도 아니며, '내'가 '너'와 인격적인 차원에서 만나는 시간도 아니다. "공원 모퉁이 버려진 컴컴한 자루 속에 숨어 너는 끽끽 웃어도 좋다"라고 할 때의 '너'는 도대체 누구인가? 시를 끝까지 읽어보면, '너'는 "지나가던 사람들 문득 고개를 돌려" "이봐, 아가씨"라고 부를 수 있는 대상, 그러니까 젊은 여성적 존재이거나, 혹은 "매달린 자루 속 너"는 "지루에 담겼던 달"일 수도 있다. 더 간단하게 생각해보자. 이 시는 '달'이 없는 공원의 모퉁이 풍경에 대한 시라고 말할 수 있다. 그러나 그 풍경은 1인칭의 내면이 포착한 풍경이 아니라, 익명적인 개별적 존재들의 사소한 사건들이 벌어지는 장소-시간이다. 그 사건들 속에 1인칭 '나'와 청자인 '너'는 인격적 실체성을 갖지 못하며, 그래서 '나'-'너'-'달'은 1인칭-2인칭-3인칭 '그것'의 관계가 아니라, '나(그것)-

너(그것)-달(그것)'의 관계로 변이된다. 그 세계에서 '나'는 '너'와 '달'에 대해, 혹은 그것들(목마들, 늙은이들, 어린 새들, 구름들)에 대해 시적 주체로서 동일성의 지위에 서 있지 못한다. 이 시에서 질투는 '나'의 힘이 아니라, 질투는 '나-너-그것들'의 익명적으로 개별화된 힘이다.

어이, 내 목소리가 들려?
어둠 속에서 넌
드레스와 파티의 날들.
지구의 맨홀들은 얼마나 되고
맨홀들은 어디에나 존재하잖아.
맨홀들의 오케스트라를 생각해.
거룩한 암흑의 편집증.
검고 팽팽하던 바퀴가 구르고 빠지고
페달은 빙빙 헛바퀴를 돌고 있었지
안장을 사랑하는 너의 안목에 대해
나는 존경하고 싶다.
우리는 지구가 멸망해도
자전거를 사랑할 거라고
나는 믿었어, 믿었지.
맨홀들은 지구의 타원형을
점차적으로 구멍을 내지,
그건 그냥 동그란 어둠인데,
너는 거기서 끝없이 돌고도는

발레리나 소녀같이,

유령의 신부같이,

왜 아름다웠나?

자전거는 버려지기까지 유쾌하고

부러뜨린 발목들은 사라져서

우리는 턴, 턴, 턴,

맨홀들이 번쩍 눈을 뜨는

일요일 또 일요일에.　　　　　　　　　　　　──「고요한 맨홀의 세계」 전문[2]

　　이 시 역시 표면적으로는 친밀성의 대화체로 구성되어 있고 2인칭
은 어두운 이미지들에 둘러싸여 있다. 이 시의 주된 이미지를 이루는
'맨홀'의 세계는 지구의 어디에나 존재하는 원형적인 구멍의 공간이
다. 맨홀의 원형적 요소는 "검고 팽팽하던 바퀴" "자전거" "턴,턴,
턴"의 둥근 이미지들과 만난다. 그러나 맨홀과 자전거 바퀴 혹은 춤
의 회전과 형태의 상동성을 말하는 것은 별로 의미가 없다. 문제는
그 맨홀의 세계에서 '너'의 이상한 아름다움이다. '너'는 그 맨홀의 세
계에서, 그 동그란 어둠 속에서, "드레스와 파티의 날들"을 살며,
"발레리나 소녀같이, 유령의 신부같이" 춤춘다. "어이, 내 목소리가
들려?"라는 첫번째 문장의 상황을 떠올린다면, '나'는 맨홀의 바깥 위
에서 맨홀의 아래, 그 어둠 속의 춤추는 '너'를 부른다. '나─맨홀 바
깥'과 '너─맨홀 안'의 세계가 서로 분리되어 있는 것처럼 보이지만,
시가 진행될수록 그 구별은 불분명해진다. "우리는 턴, 턴, 턴"이라

<hr />

2) 하재연, 『현대시』 2008년 7월호.

는 후반부의 표현에서 맨홀 속의 '너'의 춤은 이미 '우리'의 춤이다. 너무나 많은 맨홀이 "지구의 타원형을 점차적으로 구멍을 내"기 때문일까?

홍미로운 점 중의 하나는 맨홀 속의 파티가 일어나는 '일요일'이라는 시간. "맨홀들이 번쩍 눈을 뜨는" 그 시간. 일요일은 인간들이 생산하고 노동하지 않는 날로 만들어놓은 시간이다. 일요일의 인간은 생산의 인간 이전의 원초적인 인간으로 돌아간다. 그것은 다만 노는 날이라는 의미가 아니다. 일요일은 맨홀 위의 세계가 아니라, 맨홀 아래 세계의 존재를 알게 한다. 그것은 세계의 정지, 세계의 구멍을 보여주는 시간이다. 맨홀은 일요일이라는 탈세계화된 시간을 탈세계화된 공간으로, 다시, 이 시의 짧은 호흡과도 같은 탈세계화된 '턴, 턴, 턴'의 리듬으로 전환한다. 일요일의 시간 속에서 '나'의 세계와 '너-맨홀'의 세계는 구별되지 않는다. 일요일에 나와 당신은 눈뜨는 맨홀 아래서 '턴, 턴, 턴'한다. 2인칭의 춤은 1인칭의 춤이 되면서, 일요일을 비인칭적인 시간으로 만든다. 그것은 아주 기이한 사랑의 사건이다.

숭고한 뒤죽박죽 캠프
──황병승의 『트랙과 들판의 별』

1. 퀴어에서 캠프로

황병승은 동시대 한국 시의 뇌관이다. 이 뇌관에 연결된 젊은 시들
의 폭발력을 경이롭게 여기든, 혹은 그 뇌관을 제거하려고 애쓰든,
'뇌관은 뇌관이다.' 그의 두번째 시집은 그 뇌관이 다시 뻗어가는 곳,
또 다른 점화의 지점을 드러낸다. 이를테면 황병승의 시적 공간을 설
명하는 개념이었던, 하위 문화, 분열된 주체, 퀴어, 잔혹극, 무국적
성, 텍스트들의 콜라주 등의 요소들이 여전히 남아 웅성거리면서, 시
적 담화의 공간을 다시 개방하고 확장하고 있다. 이러한 무한 확장의
표면적인 양상은 형태상의 확대이지만, 내부적으로는 '이야기성'의
폭발을 말할 수 있다. 이야기성은 첫 시집에서도 드러난 부분이지만,
여기서 그는 이야기성의 경계를 더욱 과감하게 추월한다.

이야기성이란 물론, 처음과 끝, 원인과 결과의 구조가 명시적으로
드러나는 선형적인 '서사성'이 아니다. 여기서 그것은, 시적 담화와

서사적 담화의 장르적 경계, 그 제도화된 문법의 틀을 무너뜨린 자리
이다. 온갖 가상−하위 주체들이 출몰하는 다중의 언술 공간, 무한대
로 회전하는 다성성과 혼종성의 담화가 여기에 있다. 오해할 필요 없
다. 그것은 시적인 것으로부터 서사적인 것으로의 이동이 아니다.
'서정적인 것/서사적인 것,' 혹은 '말하기/보여주기'의 문법적 구획으
로부터의 도주일 뿐.

이 시집에서 퀴어적인 것으로부터 '캠프camp'적인 것으로의 공간
이동을 볼 수 있다. 젠더적인 상징 질서에서 이탈하는 퀴어적인 감수
성으로부터, '외전(外傳)'의 서사가 극대화된 과잉의 캠프적 상상력
이 넘쳐흐르기 시작한다. 외전 서사들은 '탈성찰적' '무절제'의 캠프
적인 스타일을 발산한다. 그 낯선 담화의 차원을 경험하기 위해서 먼
저 '첫 시'를 대면해보자.

첨 때문에 나는 생각이라는 것을 처음 하기 시작했다

이를테면, 포엣poet, 온리only 누벨바그nouvelle vague,
그것은 어딘가로부터 몰려와 낡은 것을 휩쓸고 어딘가로 다시 몰려
가는 이미지를 연상시키지만, 그것은 정지이고 정지의 침묵 속에서 비
극을 바라보는 것에 가깝다 그리고 서서히 바뀌는 것이다

고다르, 그즈음의 독서,
욕조에 누워 책을 읽고 있으면 온 가족이 들락거렸다 엄마 아빠 형
누나 동생 이모부 고모부 땟국 물이 흐르는 내 목욕탕 내 공중목욕탕
거리의 경찰관 외판 사원 관료들 시인 화가 미치기 일보 직전의 연인

들 어린이 가정주부 영화광 살인자 공원의 노인, 할 것 없이 모두 다 들락거렸고 뒤죽박죽 얽히고설키는 비극 속에서 물이 끊기고 하수구가 막혔다 내 목욕탕 내 공중목욕탕의 사라진 목욕 문화 더러워 더러워서 더러운 채로 지냈다

그리고 근질거리는 여름이 왔다

창작, 긁어대기 시작한다
창작, 긁어대기 시작한다

—「첨에 관한 아홉소ihopeso 씨(氏)의 에세이」 부분[1]

우선 수상한 제목부터. '첨'은 1인칭 화자의 동생으로 설정되어 있고, '아홉소'는 첫 시집에서도 등장한 바 있는 'I hope so'라는 의미를 지닌 캐릭터이다. 흥미로운 것은 '에세이'라는 양식. 에세이는 형식에 구애되지 않고 1인칭의 실존적 내면을 드러내는 글쓰기이다. 에세이의 무형식은 이 시에서 새로운 '탈형식'의 차원으로 전환된다. 시는 '아홉소'라는 이름의 시인이 만들어낸 캐릭터가 '첨'이라는 이름의 사촌 동생에게, 그 2인칭에게 건네는 담화의 형태를 하고 있다. 왜 1인칭의 이름이 '아홉소'이고, 2인칭 동생의 이름이 '첨'인지를 유추하는 일은 그렇게 어렵지 않을 수도 있다. 이를테면 이 시의 전언들은 '나는 '첨' 혹은 '그러기'를 욕망한다'로 요약될 수 있는 것이다. 그러나 욕망은 그렇게 쉽게 요약되지 않을 것이다. 문제는 그 욕망이라는 감

---

1) 황병승, 『트랙과 들판의 별』, 문학과지성사, 2007. 이하 인용된 시는 같은 시집에 실렸다.

각의 사건, 그 언어적 육체성이니까.

이 시는 이 시집을 관통하는 어떤 '시론' 혹은 '예술론'처럼 읽힐 수 있는 '서시'의 자리에 위치한다. 예를 들면 시를 '온리 누벨바그'와 동격에 놓은 것은 그런 추측을 가능하게 한다. 그래서 '누벨바그'라는 예술 운동과 황병승의 시를 동일 선상에 놓을 수도 있겠다. 가령 누벨바그의 전위적인 기법들이라고 말해지는 '즉흥 연출, 장면의 비약적 전개, 완결되지 않은 스토리' 등을 황병승 시의 어떤 특징과 연결시키는 것도 가능하다. 그러나 시의 화자는 '누벨바그' 혹은 '전위 예술'에 대해, 어딘가로 몰려가는 이미지 대신 "정지의 침묵 속에서 비극을 바라보는 것"을 말한다. '전위' 혹은 '첨'은 그런 맥락에서 시류적인 것의 바깥이다.

그리고 시는 누벨바그의 신화적 감독, "고다르"를 읽는 장면으로 진입한다. 시의 화자는 "내 공중목욕탕"에서 책을 읽는다. 그 목욕탕의 독서는 온갖 가족과 타인들이 들락거리고 뒤엉키는 공간에서의 독서이다. 이 "모두 다 들락거렸고 뒤죽박죽 얽히고설키는 비극" 속에서 독서는 진행된다. 이 더러운 목욕탕의 독서, 그걸 무엇이라고 해야 할까? 화자는 굵은 활자로 "**창작, 긁어대기 시작한다**"라는 문장을 삽입한다. 이런 활자 형태의 변형은 '말하기'와 '보여주기' 사이의 균질한 관계를 교란시키면서, '말하기'를 이질적인 시각적 형태 속에서 낯설게 만든다. 창작이 '긁어대는 것'이라면, 긁어대는 것으로서의 창작은 온갖 타인들이 얽히고설킨 더러운 육체들 속, 목욕탕의 독서와 같을 것이다. 그리고 에세이는 계속된다.

희미한 불빛 아래, 욕조에 널브러진 남자 책장을 넘기려다 그만 멈

취버린 손가락 풀어헤쳐진 머리칼, 그날 밤 창백한 얼굴의 남자가 커다란 욕조를 차지하고 드러눕자 웅성거리는 나체의 사람들, 악취 속에서 누군가는 떠밀고 누군가는 고함치고 누군가는 부둥켜안은 채로 카메라가 돌았다, 첫 신scene인지 마지막 신인지 운문인지 산문인지, 네 멋대로 해라, 고다르가 오케이 컷, 이라고 읊조렸고 순간의 침묵 속에서…… 그리고 조명이 꺼졌다

필름, 온리 누벨바그

조명은 꺼졌고,
침묵하겠다면 침묵하는 것이다

―「첨에 관한 아홉소ihopeso 씨(氏)의 에세이」 부분

이 장면을 고다르의 장면으로, 혹은 '내 독서'의 장면으로 읽어도 상관없을 것이다. 다만 그런 신scene이 있었다는 것. 그리고 그 신은 선형적인 서사 위에 배치된 장면이 아니라는 것. "첫 신scene인지 마지막 신인지 운문인지 산문인지" 알·수도 없는, 고다르의 영화 제목처럼 "네 멋대로 해라"의 방식으로 솟아오른 장면. 서사의 한 장면인지, 시의 한 장면인지 구별할 필요가 없는 장면.
시의 후반부로 가면, '첨' 혹은 '누벨바그'와 '나'의 관계는 성적인 코드로 읽힌다. 이를테면 "첨, 그러자 그것에 대해 나는 더 이상의 의혹을 품지 않게 되었고 그것을 생각해도 더 이상 그게 서지 않았다. 그것은 겨우 그런 것이다 // **서지 않는다면 서지 않는 것**/첨, 비극을 그렇게 이해하자"라고 고백할 때, 그 비극은 성적인 정체성과 관련된

고통을 생각하게 한다. '나' '아홉소'는 사촌 동생인 '너' '첨'에 대해 "나는 너의 사람이 되고 싶어 진심으로"라고 바랐다. "나는 네가 '형' 혹은 '아저씨'라고 불러주기보단 머뭇거리는 두 팔을 뻗어 포옹을 청해주었으면, 하고 간절히 바랐"으나, "너는 그냥 '병신, 난쟁이 주제에' 하고는 부리나케 달아났"다. 그런데 사촌 동생 '첨'으로부터 당한 이 성적인 모욕은 어쩌면 누벨바그로부터의 모욕일 수도 있다. '첨'에 대한 '나'의 욕망은, '누벨바그'에 대한 '나'의 욕망이 그런 것처럼, '주템므'라는 발음의 "주와 템과 므가 인사시켜준 빛 혹은 선(線)들// 그 슬픔으로 가득한……" 어떤 날카로운 비극을 환기시킨다. 그리하여 주인공 '아홉소'는 다시 "정지의 침묵 속에서 비극을 바라"본다. 그리고 "그 빛 혹은 선들 속에서" "온리 누벨바그"의 욕망, 혹은 희극적인 비극은 지속된다.

2. 계속되는 밤의 외전 서사

날 수도 없을 만큼 뚱보가 되어버린 새, 로제
그리고 냐라키

난쟁이는 우선 작은 녀석을 뜻하지만 감춰진 몇 개의 의미를 가지고 있고
다락방, 가루, 가루 속의 난쟁이 난쟁이의 외투 외투 속의 구름 구름 속의 배지 배지와 낚시 낚시와 목이 긴 장화
사람들은 모두 저마다의 비밀을 한두 개쯤 간직하고 있지만

그것이 음악이 되기 전엔 차가운 동전이거나 혹은 주머니 속의 밀떡

오스본, 메기와 부기주니어 그리고 떠나간 냐라키 우리는, 우리들이
찾는 것은, 우리들이 도망치듯 찾아 헤매는 것은
굴 속의 사람들
굴 속의 노래
음악이 되기 위해 발버둥 치는
아름다운 센텐스.　　　　　　　　　　──「눈보라 속을 날아서(하)」 부분

　여기 "운문인지 산문인지" 알 수 없는 "뒤죽박죽 얽히고설키는 비
극"이 또 하나 있다. 그 이야기는 '눈보라'라는 공간에서 솟아난다.
'눈보라'가 '코카인 파티'의 속어를 말하는 것이라면, 이 시의 담화는
마약에 취한 상태에서의 중얼거림이라고 하겠다. 이 환각의 이야기에
는 '로제 언니' '냐라키' '나오코' '오스본' '메기와 부기주니어' 등의
이국적인 이름이 등장한다. 이들은 '난쟁이' 혹은 '굴 속의 사람들'의
이미지를 얻는다. 이 환각으로 뒤죽박죽된 대사들과 도착적인 장면들
속에서 시간과 공간은 뒤섞이고, '나'와 '우리'는 뒤엉킨다. 그리고 그
반죽된 이야기들 속에서 "그의 얼굴이 참 얇다는 생각이 들자 나뭇잎
처럼 벌 벌 벌 떨리는 부기주니어의 얼굴 나는 눈물이 왈칵 쏟아져
나오려는 것을 꾹 참는다 부기주니어, 나의 마음도 너의 마음을 부르
고 싶어 아직은 너의 얼굴에 조금씩 눈발이 흩날리지만, 가루가 몸속
에 퍼지면, 그때는 순식간에 눈 속에 파묻힐 너의 얼굴"과 같은 서정
적인 이미지와 담화들이 아무렇지도 않게 불쑥 등장한다.
　이 시는 환각과 도착의 시간, 몽환적인 비극의 기억 속에서 그 이

름들의 이미지를 새겨 넣는다. 그러고는 그 시간과 기억의 비밀들이 결국 '음악'을 욕망하고 있음을 끊임없이 환기시킨다. '음악'이란, 어떤 "아름다운 센텐스"도 가닿기 힘든 '노래'의 경지이다. 환각의 '눈보라' 속에서 "도망치듯 찾아 헤매는 것은" 절대적인 '음악'이다. 여기서 다시, 「눈보라 속을 날아서(하)」를 또 다른 '시론' 혹은 '예술론'으로 읽을 수 있는 가능성이 열린다. '난쟁이'들의 작은 비밀들은 "음악이 되기 전엔 차가운 동전이거나 혹은 주머니 속의 밀떡"과 같은 사소한 것들에 지나지 않는다. 도착과 환각의 시간 속에서 그들이 자기 실존을 다해 찾는 것은 그 숭고한 노래의 시간일 뿐.

　알코홀릭alcoholic, 그것은 연약한 한 존재가 자신을 열정적으로 위로하고 있다는 뜻이다

　나빠질 때까지, 더 나빠질 때까지

　스스로 대답해야 하는 존재들, 끝없이 질문하는 존재들과도 같이, 지구 바깥에, 허공에 집을 짓는 사람들

　그런 시절이 있었지
　그때는 나도 너처럼 말수가 적었고
　감당할 수 없는 질문엔 얼굴을 붉혔다
　험한 말을 늘어놓지도 않았고 가끔 술을 마시기는 했지만
　즐기는 편은 아니었어…… 대신 호주머니에 돈이 좀 있을 땐
　꿈꾸는 약을 샀지 매일 밤 계속될 것만 같은 아름다운 꿈들

돌이켜보면 조금은 지루하기도 했던 것 같군
아름답다는 건 때로 사람을 맥 빠지게 만드는 어떤 결심

같은 것이기도 하니까

  종교를 갖는다는 것, 찬물로 세수를 해라 이 엄마가 죽도록 때려줄
테다

  공허해질 때까지, 더없이 공허해질 때까지

─「그리고 계속되는 밤」 부분

  '알코홀릭'은 환각의 '눈보라'처럼, 또 다른 인공 낙원의 공간이다.
이 인공 낙원 속에서 환각의 주체는 누구인가? 그는 "자신을 열정적
으로 위로하"는 "연약한 한 존재"일 수도 있다. 혹은 "스스로 대답해
야 하는 존재들, 끝없이 질문하는 존재들"이나 "지구 바깥에, 허공에
집을 짓는 사람들"일 수도 있다. 그들은 '낮'의 생산성과 정상성에서
도주한 존재들, '낮'의 선명한 위계와 질서로부터 뛰쳐나온 자들이다.
그들은 "더 나빠질 때까지" "더없이 공허해질 때까지" '밤'의 시간을
살아간다. "꿈꾸는 약"의 시간, "매일 밤 계속될 것만 같은 아름다운
꿈들"의 시간이 그렇게 이어진다. 아름답든 혹은 악몽이든 그 시간은
계속될 것이며, 그 시간이 어디로 가는지를 알 수 없다. "그때도 여전
히 내가 누구인지 몰랐고/어디를 향해 가고 있는지, 그저 언제나 다
그치고 몰아세우는/내가 나의 부모였으니까"라는 문장을 보자. 부모
가 있다면, 아마 '내'가 누구인지, '내'가 어디를 향해 가는지를 말해줄

수 있을지도 모른다. 그러나 "스스로 대답해야 하는 존재"인 '나'는 '나쁨'과 공허의 무한대를 향해 '계속되는 밤'을 이어간다. 밤의 서사는 이렇게 처음과 끝과 목적지를 알 수 없는 무한대의 외전 서사이다.

트랙과 들판의 별

나는 미래 같은 건 없다고 생각한다 그러니까 오빠의 새로운 전자 개는 없는 거나 마찬가지다 알파파라니 나 역시 세련을 생각한다 삼촌처럼 할아버지를 닮지 않기 위해 빌어먹을 년이 되지 않기 위해 어쩌면 삼촌과는 관계없이 조금 더 세련을 알기 위해 미래는 없는 거나 마찬가지다 아름다운 채로 죽은 언니와 이곳에 없는 나의 연인을 위해 열심히 트랙을 돌다 들판에 처박혀 가쁜 숨을 몰아쉬는 쓸모없는 별처럼 미래 같은 건 아무래도 좋다고 생각한다 사로잡힌 아빠와 날지 못하는 엄마의 긴 이름을 떠올리며 나는 늙은 노처녀처럼 국가적인 시체처럼 헉헉거리며 간신히 숨을 쉬고 있는 나의 모습이 이 세상에서 가장 세련되다고 생각하니까 말이다 우리에겐 언제나 우리들만의 승리, 어쨌든 그런 것만이 존재할 뿐이라고 굳게 믿으니까 말이다

배척된 채로
우리에겐 우리들만의 승리가 있다
그러니 모든 길과 광장은 더러워져도 좋으리
술병과 전단지와 색종이 토사물로 뒤덮여도 좋으리
창가의 먼지 쌓인 석고상은 녹아버려라
거추장스러운 외투와 속옷은 강물에 던져버려라
우리에겐 우리들만의 승리가 있다

배척된 채로

배척된 채로　　　　　　　　　　　—「트랙과 들판의 별」 부분

　표제작이 된 「트랙과 들판의 별」에도 여러 명의 캐릭터가 등장한다. '삼촌' '언니' '오빠' '아빠' '노처녀' '연인' '엄마' '할머니' '퍼피들'이다. 이들이 등장하는 사건 혹은 행위는 각각 독립된 서사적 '트랙' 위에 존재한다. 그러다가 '트랙과 들판의 별'이라는 소제목이 붙은 연에서 이 인물들이 한꺼번에 등장하고, 이들 사이의 이상한 연관성이 부각된다. 이들은 각기 다른 장면과 사건 속에 등장하고 있지만, "열심히 트랙을 돌다 들판에 처박혀 가쁜 숨을 몰아쉬는 쓸모없는 별처럼 미래 같은 건 아무래도 좋다고 생각"하는 같은 궤도의 존재들이다. "국가적인 시체"이거나, "배척된 채로" "우리들만의 승리"만이 있는 존재들이다. 그들은 '길과 광장' '석고상' '외투와 속옷'의 세계로부터 추방된 혹은 스스로 도주하는 자들이다. 그들의 시간에는 '트랙'에서의 반복되는 닫힌 삶과 '들판'에서의 헐벗음과 죽음이 들어 있다. 그런데 그들은 '별'로 호명된다. '별'은 버려진 혹은 낙하한 존재들의 보잘것없음을 환기시키지만, 그 '별'들은 '별들'로서 '우리'를 이룬다. 이를테면 이 별들의 무리가 어떤 별자리, 혹은 은하계를 이룬다. '별'은 고립된 하위 주체들이지만, '별들'의 관계 속에서 '우리들만의 승리'를 말할 수 있다.

　다른 맥락에서 말한다면, '트랙과 들판의 별'이라는 제목 자체가 이 시의 형식적 특성을 암시할 수 있다. 각각의 별이 처한 생의 '트랙과 들판'을 비선형적인 서사들로 나열하며, 그 별들의 관계를 통해 '미래가 없는 우리'의 이상한 '연대'를 보여주는 방식. 어쩌면 그것은 이 시

집의 전체적인 배치와 각 시의 구성을 암시해주기도 한다. 황병승의 이야기 구조는 수목형이 아니라, 리좀의 형태를 갖는다. 하나의 뿌리로부터 뻗어나온 가지들이 아니라, 각각의 뿌리가 자유롭게 접속하는 복수성의 운동. '트랙과 들판의 별'의 이야기성은 그런 리좀적인 서사성을 드러낸다. 개별자들의 외전 서사의 은하계를 그리는 것. 배척된 개체의 사건들을 산포적으로 그리면서, 그 이야기들의 접속이 지배적인 상징 질서를 폭파시키는 하나의 불길한 에너지로 작동하는 양상.

3. 싸움터로서의 '혼성 주체'

이런 다중의 서사는 다중의 등장인물, 다중의 캐릭터, 다중의 주체를 끊임없이 만들어낸다. 단 하나의 시적 자아가 통어하는 진정성의 시적 담화는 기대하지 말자. 서사적 중력의 중심으로서의 자아 역시 이 공간에서는 이탈한다. 무수한 등장인물 속에서 이 시집을 떠받치고 있는 동일한 시적 실존을 생각한다는 것, 혹은 그 등장인물들과 시인의 내면을 동일성의 끈으로 연결시켜본다는 것은 헛된 일이 된다. 더 나아가 각각의 시에 등장하는 인물은 물론 화자의 인격적 동일성 역시 확보되지 않는다. 시적 자아의 정체성으로부터 근원적으로 결별하는 이런 등장인물들을 '혼성 주체'라고 부른다면? '혼성 주체'는 주체화에 저항하는 개별자들, 끊임없이 하위적인 타자들과 몸을 나누는 '복수'로서의 존재들이다. 동일한 인식론적 주체가 아니라, 복수로서 감각의 사건에 관계되는 '주체들' 말이다. 그들은 실존하는 사람이 아니라, '양성적인' 스타일을 지니는 '역할 수행자'들이다.

아빠 하고 부르면
우선 배가 고프고
아빠 하고 부르면
아빠는 없고
아빠라는 믿음으로
개 돼지를 잡아먹는
먼 나라의 아빠 숭배자들처럼
먹어도 먹어도 먹은 것 같지 않은 아빠를……

선생님,
당신에겐 아빠가 있죠
당신의 아이들에게도 아빠가 있어요

아빠, 좋은 탁자다

그 위에 올라가
타닥타닥 탭댄스를 추고
노래를 부르고
당신의 아이들은 먼 나라의 배우들이 그랬던 것처럼
그 위에서 사랑을 나누죠, 아무렇지도 않게
아빠…… 그러한 믿음으로   ──「아빠」 부분

'아빠'라는 발음은 '아버지'라는 발음과 다르다. 아버지의 이름이

가부장적 상징 질서의 꼭짓점에 위치한다면, '아빠'는 가족 내적 공간
에서의 친밀감을 환기시킨다. 그런 친밀한 '아빠'라는 호명은 무엇으
로 채워져 있을까? "아빠 하고 부르면/아빠는 없고/아빠라는 믿음
으로/개 돼지를 잡아먹는/먼 나라의 아빠 숭배자들"이 있을 뿐이다.
'아빠'라는 실체는 없고, '아빠'라는 공허한 믿음만 있다. 그래서 아
빠는 "먹어도 먹어도 먹은 것 같지 않은" 존재이다. 차라리 "*아빠, 좋
은 탁자*"다. 아빠를 '좋은 탁자'에 연관짓는 불경함은, 아빠에 대한
불경이 아니라, '이곳'에 대한 불경이다. '아빠'라는 탁자 위의 '댄스'
와 '사랑'은 '아무렇지도' 않게 반복되지만, '이곳'은 '아빠'의 이름 아
래, "믿어서 죽이고/또 못 믿어서 죽이"는 공간이다. 그러면 이 시의
'청자'로 설정된 '선생님'은? '선생님' 역시 '아빠'가 있고, 아들에게
'아빠'가 되는 존재. 그러니까 역시 '아빠'의 이름과 믿음 속에 존재
하고, '죽는'다. '이곳'에서는 모두 죽으니까.

축제의 행렬이 지나가는 공동묘지,
울퉁불퉁을 열 잔 마시고 티격태격을 스무 잔 삼킨 아이들
쓰러뜨림이 목적인 것처럼

그녀의 얼굴은 싸움터이다

그녀는 금방 사랑받고 금방 잊혀진다

어둠 속, 한 여자가 울고 두번째 여자가 울고 세번째 여자가 뛰쳐나
간다

기침 끝없는 기침처럼 거울을 사이에 두고 두 여자가 서로의 얼굴을
향해 침을 뱉었다　　　　—「그녀의 얼굴은 싸움터이다」 부분

'얼굴'이란 무엇인가? '얼굴'은 자아의 대표성과 동일성을 표상하
는 이미지다. 얼굴을 통해 그 사람의 내면을 들여다볼 수 있다는, 얼
굴이 그 사람의 영혼을 비춘다는 인식은, 얼굴을 자아의 인격을 반영
하는 동일성의 상징으로 만든다. 얼굴이란 이렇듯 신체 중에서도 특
권적인 지위를 차지하고 있으며, 이목구비의 짜임새는 영토화된 자아
의 상징이다. 그런데 한 사람의 얼굴을 '싸움터'라고 한다면? '싸움
터'는 하나의 인격이 아니라, 여러 개의 인격이 투쟁하는 자리. 유기
적인 어울림을 통해 하나의 실존적인 이미지를 구성하는 얼굴이 아니
라, 싸움터로서의 얼굴은 '주체화'로부터 풀려난다. 이런 이유로 "그
녀는 금방 사랑받고 금방 잊혀진다." 당연하지 않은가? '얼굴'은 그렇
게 시간적 동일성을 확보할 수 없다. 그리고 그 얼굴은 "한 여자가
울고 두번째 여자가 울고 세번째 여자가 뛰쳐나"가는 장소이다. 얼굴
이란 "분침이 시침을 덮치는 순간처럼" 불안정한 시간성 위에서, "끝
없는 기침처럼" 그렇게 다중적으로 존재한다. "거울을 사이에 두고
두 여자가 서로의 얼굴을 향해 침을 뱉"을 때, '얼굴'의 재현성은 두
번 내던져진다. 자아의 거울로서 얼굴과, 얼굴의 재현으로서 거울이
동시에 산산히 부서지는 것이다.

　서른여섯 살의 악마가 다가와 열두 살의 나를 지목할 때까지
　(딸꾹거리며)

검은 칼을 든 악마가 열두 살의 목을 내리칠 때까지

불안에 떠는 광대처럼
(딸꾹, 딸꾹거리며)

살았는지 죽었는지 모를 이 땅속의 자식아!

흙 속에 처박힌 열두 살,

귓속의 매미는 잠들지 못한다.   ─「사산(死産)된 두 마음」 부분

　열두 살에 "사탕을 너무 먹어" "땅속에 거꾸로 처박힌" '나'와 '서
른여섯 살의 악마'는 아마도 하나의 인간으로부터 나왔을지도 모른다.
'사산된 두 마음'이라는 제목처럼. 그러나 이 잔혹한 시간성 위에서
'열두 살의 나'와 '서른여섯의 악마'는 하나일 수 없다. '나'의 어두운
시간의 분신은 그렇게 상대를 지목하고, '목을 내리친다.' "흙 속에
처박힌 열두 살"은 그래도 시간 속에 살아 있을까? "시간은 좀도둑처
럼 어둠 속에서/딸꾹딸꾹 조금씩 죽어가"는 것이니까. '딸꾹거리며'
죽어가는 시간은 희극적이다. 이 딸꾹거림이란? "귓속의 매미" 소리
처럼 끊임없이 들리는 그것, 시간성 위에서 해체된 실존의 불안, 그
잔혹한 시간 앞에서 찢긴 '마음'의 공포. 자아는 언제나 '사산(死産)'
된 그 무엇이다.

4. '문친킨'의 주술

스위트 워러, 라는 여성이 있다
그녀는 툭 하면 시를 쓴다 멋진 시들을
줄 줄 줄 써버린다

문친킨 문친킨,
스위트 워러의 말이다
언제부턴가 나는 이 말을 자주 중얼거린다
배고플 때
외롭거나
답답할 때
잠이 오지 않는 밤
머릿속이 온통 뒤죽박죽일 때
뒤죽박죽으로 출렁거릴 때
담배를 뻑뻑 피우며
문친킨 문친킨…… 하고 말이다

무슨 뜻일까,
무슨 뜻이든
그저 문친킨 문친킨일 뿐이겠지만
오늘 같은 날은 한 백 번쯤 중얼거렸고
역시 문친킨의 힘이란

멍청해진 존재를
삽시간에 빨아들이는
마력을 가지고 있는 것이다
누가 뭐래도   ―「문친킨」 부분

이 시 역시, 또 하나의 시론으로 읽을 수 있다. (물론 세상 모든 시
는 시론으로 읽을 수 있다. 예술적인 자의식을 지닌 시인의 시는 특히!)
'문친킨'은 '스위트 워러'라는 여성이 "줄 줄 줄 써버"리는 시이다. 무
슨 뜻인가 궁금할 필요가 없다. 사전에는 나오지 않을 것이다. 사전
에 나오는 말로만 시를 쓰는 것은 아니다. '문친킨'은 이 여성 시인이
만든 말이고, 일종의 주문이다. 주술적인 주문의 언어는 특정한 지시
대상을 포함하고 있는 것이 아니라, 세계와 직접적으로 관련 맺는 마
법적인 힘의 언어이다. '문친킨'은 "뒤죽박죽으로 출렁거릴 때" 중얼
거리는 말이지만, 그 말 자체가 이미 규범 문법의 언어가 아니다. 그
게 "무슨 뜻이든" 중요한 것은, 그것이 "멍청해진 존재를/삽시간에
빨아들이는 마력을 가지고 있는 것" "문친킨 문친킨, 그런 세계가
있"다는 것이다. '문친킨'의 세계는, 기표와 기의, 원관념과 보조관념
이라는 규범 문법의 구조를 벗어난 기표의 유희 속에 있을 것이다.
여기서 더 중요한 것은 그 기표의 놀이가 지니는 힘, 혹은 그 기표의
존재성, 혹은 그 담화의 사건성 자체이다. 그러니까 '스위트 워러'의
말이 존재하고, 그 말이 발화된 사건에 독자가 참여하고 있다는 것.
그래서 그것은 유희를 넘어 어떤 '주술'의 차원이 된다. '기표의 놀
이'라는 이 포스트모던한 언어의 차원은, 동시에 시적 언어의 원시적
에너지 혹은 마법적인 신비를 보유한다.

그러니 차라리 이 과잉의 언어들을 '숭고'하다고 말하겠다. 무엇이 숭고하다는 것인가? 그것은 미학의 문제라기보다는, 황병승을 읽는 '체험'과 '효과'의 문제이다. 황병승의 시는 평균적인 아름다움의 범주, 균형과 조화의 미적 인식을 넘어서는 담화의 무한 폭발을 보여준다. 규범적인 의미의 미적 합리성의 경계를 넘어선 검은 에너지를 경험하게 하고, 그 에너지는 시적 언어를 제도화된 차원 이전의 주술적인 공간으로 되돌린다.

　황병승의 '숭고'는 캠프적인 잡스러움의 숭고이다. 시각적인 추상이나 숭고한 제재들이 등장하는 것이 아니라, 담화의 혼종성을 극한으로 밀고 나감으로써 미적 인식의 한계를 넘어선다. 이를테면 황병승은 이 땅의 전위적인 시인들이 그랬던 것처럼, 시적 대상과 관념을 탈각시킴으로써 시 언어의 미적 자율성을 보존하는 방법을 선택하지 않는다. 그는 시적 자아의 정체성과 결별한 자리에 무수한 혼성 주체들을 풀어놓고 그 캠프적인 감수성이 넘쳐나는 밤의 카니발을 연다. 서사적 중력의 중심으로서 하나의 자아를 대신한 자리에 여러 개의 얼굴과 목소리를 지닌 혼성 주체들이 출몰한다. 서정과 서사의 혼종 교배를 통해, 그 혼성 주체들의 이야기를 '사건화'한다. 문제는 사물과 인간을 성찰하는 미적 인식이 아니라, 그런 리좀화된 서사들이 '존재'한다는 것, 그 자체이다.

　그것을 여전히 시라고 부를 수 있는가, 혹은 어떤 가치가 있는가를 걱정할 필요는 없다. 그것은 '서정적인 것/서사적인 것' '말하기/보여주기' '나의 언어/타인의 언어'의 제도적 구획으로부터 역주행하는 사건이다. 이 역주행은 퇴행이 아니라 낯선 생성의 움직임이다. 오해할 필요는 없다. 황병승의 시는 '작품'이 아니다. 열린 경험이며, 감각의 사건이다. 그래서 황병승을 읽는 일은 희극적인 비애, 냉소적인 공감을 자아내는 '뒤죽박죽'의 체험이다. 한국 현대시의 진정성에 대한 이념과 그 지루한 표준성을 날려버릴 강력한 뇌관. 지금 그 뇌관이 다시 타들어가기 시작한다. '문친킨, 문친킨……' 걱정할 필요는 없다.

세이렌의 유령 놀이

―김이듬의 『명랑하라 팜 파탈』

1. 이상한 나라의 세이렌

세이렌의 노래를 들은 적이 있는가? 널리 알려진 이 신화 속의 존재는 감미로운 노래로 지나가는 배의 선원들을 섬으로 유혹한다. 경보를 뜻하는 사이렌의 어원이 여기에서 유래했다는 것은 아이러니다. 위험을 알리는 소리가 치명적인 위험 속으로 유혹하는 소리로부터 나왔다니. 김이듬의 시집 속에도 세이렌의 노래, 그 위험한 음악이 들려온다(세상의 모든 아름다운 음악은 위험하다). 하지만 김이듬의 세이렌은 추한 바다 괴물도, 천상의 목소리와 지혜를 가진 존재도, 매혹하는 관능미의 화신도 아니다. 세이렌은 단순한 여성 유혹자가 아닐 것이다. '여성 유혹자-남성 청자'의 평면적인 구도로 김이듬의 세이렌은 설명되지 않는다. 김이듬의 세이렌은 우리가 경험해보지 못한 '몽유의 마녀'로서의 시적 주체이다. 여기서 세이렌은 남성을 유혹하기 위한 목표를 가진 동일성의 주체가 아니라, 이미 자신의 꿈에 취한 자, 혹은 몽유를 앓는 자, 가사(假死) 상태로서의 세이렌이다. 이 이상한 나라의 세이렌은 자신의 강박증을 상징 질서를 위반하는 에너지로 동력화하는 분열된 발화를 들려준다. 그래서 이 세상에 없던 불길한 세이렌의 시간 속으로 듣는 자를 인도한다. 만약 당신이 그 노래를 안전하게 들으려고 한다면, 귀를 막거나 오디세우스처럼 몸을 묶어야 한다. 당신은 어떻게 하겠는가? 아예 시집을 펼치지 않거나 혹은, 어딘가에 자신을 단단히 고정시킨 채로 시집을 읽어야 할 것이다. 자, 몸을 묶었는가? 그럼 그 소리를 향해 귀를 조심스럽게 열어보자.

> 더 추워지기 전에 바다로 나와
> 내 날개 아래 출렁이는
> 바다 한가운데 낡은 배로 가자
> 갑판 가득 매달려 시시덕거리던 연인들
> 물속으로 퐁당
> 물고기들은 몰려들지, 조금만 먹어볼래?
> 들리지? 내 목소리, 이리 따라와 넘어와봐.
> 너와 나 오래 입 맞추게　　　　　　　 ──「세이렌의 노래」 전문[1]

시집의 첫번째 시는 이렇게 신화적인 존재인 세이렌의 고전적인 목소리를 들려준다. 세이렌의 목소리는 바다의 낡은 배로 나오라고 유혹한다. 그 유혹 때문에 "시시덕거리던 연인들"은 물속으로 빠져서

─────────────

1) 김이듬, 『명랑하라 팜 파탈』, 문학과지성사, 2007. 이하 인용된 시는 같은 시집에 실렸다.

물고기들의 먹이가 될 수도 있다. 마지막 두 문장에 주목하자. 세이렌의 유혹은 "이리 따라와 넘어와봐"라는 표현처럼, 어떤 경계를 넘어서게 하는 것이다. 신화 속에서 세이렌이 뱃사람들의 정해진 항로를 이탈하게 만드는 것처럼, 세이렌은 어떤 치명적인 월경을 유혹한다. 마지막 문장에서 그 월경은 에로틱한 이미지를 얻는다. 이 에로틱한 이미지는 물속으로 떨어지는 사람들이 '연인'이라는 설정에서 이미 예비된 것이다. 세이렌의 목소리에 유혹된다는 것은, 에로틱한 경계를 넘어서는 치명적인 사건이 된다. 이 장면에서 세이렌의 유혹은 일시에 에로티시즘과 죽음을 하나의 궤도로 올려놓는다. 에로티시즘은 위반과 죽음의 영역이다. 바타유의 방식으로 말하면, 에로티시즘의 임무는 살아 있는 존재의 가장 내밀한 핵을 공격해 심장을 멈추게 하는 일이다. 세이렌의 유혹은 살아 있는 존재로 하여금 에로티시즘-죽음과 연계된 돌이킬 수 없이 치명적인 혼란의 순간을 만든다.

늦봄, 양손에 쥔 한 덩이씩의 눈을 주먹밥처럼 깨물며 이상한 사이렌 소리를 듣습니다. 댐이 방류를 시작합니다. 강가의 사람들은 신속히 밖으로 나가주십시오. 진양호 댐 관리소에서 알려드립니다. 사람들은 들었을까요? 내 방은 강에서 멀리 있는데 물 빠진 청바지 같은 하늘엔 유령들이 득실거립니다. 가르쳐주세요. 눈사람처럼 내 다리는 하나로 붙어 광채를 띤 채 꿈틀댑니다. 나는 어느 바다로 흘러갈까요? 혼자 그곳에 갈까요? 손바닥에서 입에서 흘러내리는 이것이 한때 머리였는지 몸통이었는지 아무것도 아니었는지 나는 왜 지금 막 사라진 것들에만 쏠릴까요? 부르면 혼자 오시겠어요?

—「일요일의 세이렌」 부분

세이렌은 일요일에도 그 소리를 들려준다. 일요일이란, 지상에서 생산의 시간이 정지하는 날이다. 인간의 근면성으로부터 풀려나는 날이기 때문에, 일요일에 세이렌의 목소리를 듣는 것은 의미심장하며, 그래서 세이렌의 목소리는 더 매혹적일 것이다. 이 시는 냉동실에서 꺼낸 눈사람의 이야기로 시작하여, 댐의 방류를 알리는 이상한 사이렌 소리, 그리고 눈사람처럼 흘러내리는 자기 몸의 이야기로 끝난다. 앞의 시에서 세이렌의 목소리는 하나의 화자로부터 나왔지만, 이 시에서 세이렌의 목소리는 좀더 혼란스럽다. 우선 이 시의 화자는 일요일에 이상한 사이렌 소리를 듣게 되는 사람으로 설정되어 있다. 하지만 시가 진행되면, 그는 "손바닥에서 입에서 흘러내리는 이것이 한때 머리였는지 몸통이었는지 아무것도 아니었는지" 모르는 존재, "나는 왜 지금 막 사라진 것들에만 쏠릴까요?"라고 물어야 하는 존재가된다. 1인칭 화자는 시적 대상인 눈사람의 몸으로 자신을 존재 이전하고, 다시 스스로 세이렌의 목소리를 닮아간다. "부르면 혼자 오시겠어요?"라는 마지막 문장은 어느새 세이렌의 유혹과 구별되지 않는다. 그리하여 사이렌 소리를 듣는 인물이 나오는 이 시 전체가 세이렌의 목소리로 구성된 것으로 볼 수도 있다. 눈사람은 고체와 액체의 경계의 존재, 늦봄의 눈사람은 물로 녹아내릴 존재이고, 댐의 방류는 그 경계가 무너진 존재를 어떤 다른 바다로 흘러가게 할 것이다. 그래서 일요일의 세이렌은 지상의 인간들을 눈사람처럼 녹여내어, 다른 바다로 인도할지도 모른다.

우리는 정말 사랑하지 않았을까

그녀가 눈을 감았을 때

5월은 미끄럽고 주전자는 윤이 났다

한 사람은 후추 통을 흔들고 있었다

몇 사람이 놋쇠 그릇을 닦고 있었다

식탁 위로 올라가 발을 구르다

소녀는 노래하기 시작했다

풍성한 머리칼이 자라는 그릇은 울기 시작했다

그릇된 노래는 부르지 마라

막대기로 때리고 문지를수록

소녀는 진동했고 발작에 가까웠다

다시 생겨날 당시의 용도로 돌아갈 수 없었다

—「드러머와 나」 부분

　김이듬의 시 속에서 그 세이렌은 가끔 소녀의 얼굴로 출몰한다. 소녀는 위협과 폭력의 상황 속에 놓여 있다. 단식을 선언했지만 "그것은 부조리한 저항이었는지도 모른다." 그리고 "식탁 위로 올라가 발을 구르다/소녀는 노래하기 시작했다." 소녀의 노래는 세이렌의 노래처럼 유혹자의 노래가 아니다. 어떤 극단적인 폭력 앞에서 소녀는 울음처럼 노래하고, 그 진동하는 울음은 '발작'에 가까운 것이다. 그러니까 그 울음은 소녀의 내적 공포가 진동하는 울음이자, 노래이다. '유혹'으로서의 노래와 '발작'으로서의 노래 사이에서, 이 시집의 세이렌의 목소리가 울려 퍼진다. 그렇다면, 이 시 속의 '주발—빈 그릇'과 소녀를 위협하고 때리고 문지르는 '막대기'는 무엇인가? 혹은 왜 시의 제목은 '드러머와 나'인가? 소녀를 드럼과 같은 존재에 비유했다면, 그래서 소녀를 위협하는 막대기는 드럼을 치는 스틱이라고 이해하면 될까? '소녀-그릇-드럼'이 하나의 계열 관계를 이룬다면, '그릇과 드럼'은 소녀의 존재 양식을 드러내준다. 그릇이 소녀의 텅 빈 여성성에 대한 암시라면, 물론 드럼은 막대기의 위협과 타격을 통해서 발작적으로 진동하는 소녀의 몸이다. '그릇-드럼'으로서의 소녀는 막대기의 위협 속에서 발작적으로 진동한다(그 막대기를 남근적인 상징으로 단순화할 필요는 없다). 다만 이 시 속에서 소녀의 노래는 공포로부터 터져 나오는 비명과 같은 진동이라는 것, 세이렌의 노래는 소녀의 몸속에서 발작처럼 흘러나온다는 것.

> 나는 내 귀를 잡아당긴다
> 다급히 벽을 열어젖히고 한 발을 소리 너머로 들이민다
> 가까스로 볼 수 있는 퀭한 눈의 여인이 얇고 환한 팔을 저어댄다
> 네 입을 막을 손은 네 손밖에 없단다 제발 그쳐라 아가야
> 이 몹쓸 방언 우리를 부르는 노래 우울한 노래가 너를 파먹잖니
> 네 노래의 향료에 심취한 죽은 자들이 밤마다 따라 부르는 후렴 소
> 릴 들어봐라
> 이젠 날 떠나가게 해주렴
> 이 여인이 이토록 슬퍼할 줄 알았다면 진작 시작할 걸 그랬지
> 나는 내 멋대로 선창한다 의혹스런 나의 주검이 후반부를 채울 것
> 이다
> 물의 의혹 속에 내리는 진눈깨비같이
> 벽에서 건초 냄새가 나고 여린 소리가 뺨을 쓰다듬을 때

잠든 난 이끌리듯 일어나 벽을 핥는다
벽 속의 낡은 계단을 천천히 내려간다   ──「엔딩 크레디트」 부분

시집의 마지막 시에서 들려오는 노래는 또 무엇인가? 이 시의 '나'
는 노래가 끝날 무렵 "어둔 방에서 부스스 일어나 가사를 벽에 적는
다." "알 수 없는 나라 노랫말들이 자동 번역기를 통과한 듯/모국어
로 술술 풀어져 적히고 있다." 이 받아 적기의 와중에서 "갑자기/노
랫소리가 조그매지고 점점 눈비가 되어 흩어진다." '내'가 "벽을 열어
젖히고 한 발을 소리 너머로 들이"밀어서 본 것은, 아가의 울음을 말
리는 여자의 몸짓이다. 그렇다면 '내'가 받아 적은 노래는 아가의 노
래일 것이고, 그 노래는 "이 몹쓸 방언 우리를 부르는 노래 우울한
노래"이다. 그 노래는 또한 "죽은 자들이 밤마다 따라 부르는 후렴"
을 동반한다. 이 시 속에서 노래를 듣는 자, 노래를 받아 적는 자로서
의 '나'는 동시에, 노래를 따라 부르는 자이며, 나아가 노래를 선창하
는 자이다. '나'는 그 "몹쓸 방언"을 듣는 자이며, 동시에 발화하는
자이다. 이 시의 시적 주체는 몽롱한 잠에 취해 있다. 그래서 '나'가
체험하는 사건의 실재성을 믿기 힘들 뿐만 아니라, 여인과 아이의 존
재 역시 그 실체성을 믿기 어렵다. '나'와 '여인'의 관계 역시 모호하
다. 그리고 어쩌면 '여인'과 '아이'가 '나' 밖의 다른 존재인지, 아니
면, '나'의 다른 시간과 기억 속에 존재하는 '나'의 일부일 수 있다.
중요한 것은 '나'라는 존재의 '노래'와의 관계이다. '나'는 어떤 알 수
없는 공간으로부터 들려오는 노래의 기록자이며, 동시에 선창자이다.
이 시집 속의 노래하는 주체는 이런 맥락에서 현실의 시간 저편으로
부터 들려오는 노래를 기록하는 자이고, 동시에 '몹쓸 방언'을 먼저

부르는 자이다.

2. 꿈속의 꿈

#6

우르르 유령 시인들이 몰려와 여자의 종이를 찢어버립니다. 종이만
찢었을 뿐인데 여자의 가슴에서 피가 흐릅니다. 욕조 안에 핏물이 고
입니다. 유령 시인들은 종이에 대고 협박합니다. 자신의 시를 모방했
다고, 갖은 기교 범벅 비스킷 같다느니 뭐니 벽돌로 여자의 머리를 빗
어줍니다. 칭찬은 아닌 것 같은데 기분이 좋아집니다. 이상(李箱) 옆
에서 김수영이 사랑에 미쳐 날뛰는 날을 이야기합니다. 전 당신들을
닮을 생각도 없고 오마주도 모르는데요. 우리는 영원히 무한히 우리를
배신하여…… 입에서 두부만 한 핏덩이가 쏟아집니다. 가만히 보니
오래 묵은 자의식과 낭패감 따위가 묻어 있습니다. 초라한 절망으로는
충분히 가벼워지지 않은 근육들이 핏물에 자유롭게 꿈틀거립니다. 여
자는 잠에 빠지듯 혼몽합니다. 몸이 조금씩 빠져나갑니다. 스르르 욕
조 구멍에서 빠져나가 다른 세계로 흘러갑니다. 모든 수치와 장난, 인
연으로부터 먼 세계로 나아갑니다. 기고 있지만 날아가는 것 같고 유
령들과 한패가 된 듯도 하지만 동물들의 울음을 이해합니다. 용감무쌍
하지 않고 나약하지 않습니다. 아무래도 절반 죽은 것 같습니다.

　　　　　　　　　　　　　　　　　　　　　—「유령 시인들의 정원을 지나」 부분

시는 13개 장면으로 구성되어 있다. "늙지도 젊지도 않은 여자"가

정원에 나타난다. 그녀는 뒤뜰의 마른 욕조에 누워 시를 쓴다. 그곳은 '유령 시인'들의 정원이다. '유령 시인'들은 '나'를 협박한다. 물론 이 장면은 '시 쓰는 여자'의 오래 묵은 자의식과 낭패감이 드러나는 장면이다. '유령 시인'들에 대한 '여자'의 태도는 이중적이다. 그들의 협박과 비난에 대해 기분이 좋아지기도 하고, "유령들과 한패가 된 듯도 하지만 동물들의 울음을 이해"한다. '여자'의 이런 모호한 태도는 그녀가 혼몽한 상태에 있고, "아무래도 절반 죽은 것 같"은 상황에 처해 있기 때문이기도 하다. 그런 의미에서 그녀는 이미 반쯤 유령 시인이다. 다음 장면에서 "태생적으로 스스로에게 반한 여자는 유령들이 자신을 모방하는 것에 질렸습니다"라는 진술이 등장한다. 여자와 유령 시인들의 관계는 원전-모방의 관계로부터 역전된다. 스스로에게 반한 여자는 아마 '자신'을 모방할 것이다.

다음 장면에서 여자는 엄마로부터 버림받은 딸의 내면을 드러낸다. "버림받은 어린 딸이 엄마를 찾아가는 것은 별이 뜨는 이유와 같습니다. 그렇다면 시를 쓴다는 것은 무슨 까닭입니까?"라는 질문은 어쩌면 이 시집을 관통하는 시적 주체의 육성이다. "세상에 수많은 질문을 접고 쓰고 있는 것에 대한 기대를 덮었습니다. 그녀의 일생은 해결해야 할 그 무엇이 아니라 있는 그대로 존재하는 그 무엇 너머……솔직히 잘 모릅니다." 그러면, 여자가 시를 쓴다는 것은 '문제를 해결하는 것'이 아니라, '있는 그대로 존재하는 그 무엇 너머'에 대한 발언일 수 있다. 이 이상한 지점에서 여자의 시 쓰기—삶의 방식과 이유가 위치한다.

#13

모든 것은 변해가지만 아무것도 변하지 않은 날들입니다. 오히려 더욱 외롭고 춥게 더더욱 허무하게 손전등을 켜고 유령 놀이를 합니다. 텅 빈 광장에는 교활한 침묵뿐. 운이 좋아 들어온 고모라 같은 이곳에는 엇물리는 이상한 시간들이 있습니다. 포옹의 복도도 삼빡한 연애나 우정의 비상구도 없습니다. 매일 문장이 탈주한 자리엔 얼음이 깊어지고 매캐한 연기가 끊이지 않습니다. 하루 끼니를 겨우 해결한 우울한 바보 여자는 유령들의 정원을 내려다봅니다. 거미줄을 걷어보면 거울 안의 욕조에 심장의 묘비에 때가 많이 끼었습니다. 결국 그녀는 그 여자가 어디 있는지 못 찾습니다. 사실 여자라기엔 애매한 실존입니다. 둘 중 하나는 유령입니다.　　　　　──「유령 시인들의 정원을 지나」 부분

시의 마지막 장면은 일상적 시간으로의 귀환을 암시한다. 그 "변하지 않은 날들"의 시간 속에서 여자는 '유령 놀이'를 한다. 그 유령 놀이는 혼자 자신을 유령으로 만들어보는 놀이일 것이다. 그 "우울한 바보 여자는 유령들의 정원을 내려다"보는데, 그곳에는 깊은 시간이 이미 흐른 것처럼, 거미줄과 때가 낀 "심장의 묘비"가 있다. 문제는 그다음이다. "결국 그녀는 그 여자가 어디 있는지 못 찾습니다"라는 문장은 이 시 전체를 새로운 혼돈 속으로 몰고 간다. 3인칭 '여자'의 행위와 시점으로 서술되던 이 시에서, 갑자기 두 명의 여자가 등장한 것이다. 아마 독자들은 처음부터 시를 다시 읽으려고 할 것이다. 숨겨진 또 한 명의 여자를 찾기 위해서 말이다. 그러면 애초부터 이 시

의 장면들은 두 명의 여자 시점으로 구성되었던 것인가? 하지만 시의 본문에서 또 한 명의 여자를 다시 찾아내기는 쉽지 않다.

물론 하나의 분명한 단초가 있다. '#10'에서 "깊은 잠에서 깨어난 듯합니다. 관(棺)에서 일어나듯 욕조에서 나와 여자는 물을 뚝뚝 흘리며 전화를 겁니다"라는 문장이 그것이다. 이 문장은 그 이전의 모든 장면이 여자의 꿈속 장면이었다는 것을 암시한다. 그러니까 이전의 그녀는 여자가 꿈속에서 본 여자인 것이다. 그래서 이 시는 꿈의 장면과 꿈 이후의 장면에 대한 진술들로 구성되었다고 할 수 있다. 마지막 장면에서 유령들의 정원에서 찾는 것은 꿈속의 그녀일 것이다. 결국 이 시에는 꿈속의 그녀와 꿈 밖의 그녀라는, 두 사람의 여자가 존재하는 셈이다. 이 시의 마지막 문장은 그래서 의미심장하다. "사실 여자라기엔 애매한 실존입니다. 둘 중 하나는 유령입니다." 그녀들이 "여자라기엔 애매한 실존"인 이유는 '유령'일 가능성 때문이다. 그런데 시의 화자는 꿈속의 그녀를 유령이라고 말하지 않고, "둘 중 하나는 유령"이라고 말한다. 이 발언은 꿈속의 그녀, 혹은 꿈 밖의 그녀 모두 유령의 가능성을 갖고 있다는 의미이다. 꿈꾸는 그녀와 꿈속의 그녀는 모두 "절반 죽은" 상태이다. 꿈속과 꿈의 바같은 선명한 경계를 갖고 있지 않으며, 어느 한쪽이 살아 있는 시간이라고 말할 수 없다. 그것은 이 시 전체가 꿈에 대한 꿈, 꿈속의 꿈이라는 것을 암시한다.

몇 해 만에 기차를 탔습니다. 정하지 않은 목적지로 떠나보긴 참 오랜만이네요. 파파야 나무 숲 속을 걷고 있는데 파랗게 바다가 펼쳐졌습니다. 나는 만돌린을 안고 해변에 누워 있었습니다. 추워서 노란 모래 사자 입 안에 다리를 집어넣고 잠들었습니다.

　네, 깜빡 잠자는 꿈을 꾼 게지요. 놀라 눈을 떠 보니 내 머리는 낯
선 사람의 어깨 위에 놓여 있네요. 한 번도 만난 적 없는 사람의 구레
나룻에 닿은 머리칼. 누군가 우릴 보면 먼 데 도망하는 연인쯤으로 알
겠지요.

　어쩌죠? 후다닥 고개 들고 미안해요 말해야 하는데 이 언저리, 무릎
까지 빠지는 모래언덕에 내 이마를 대고 조금만 더 잠들지 몰라요. 당
황한 듯 굳어 있는 더운 베개가 이토록 설레는 꿈을 준다면.

—「레일 없는 기차」 부분

　'꿈속의 꿈'이라는 시적 상황은 김이듬 시집의 중요한 미적 프레임
을 만드는 것처럼 보인다. 기차를 타고 떠난 몇 해 만의 여행에서 시
의 화자는 해변에서 잠든다. 그다음 문장이 "네, 깜빡 잠자는 꿈을
꾼 게지요"라는 것을 보면, 앞의 장면이 꿈속의 장면이라는 것을 알
려주는 것처럼 보인다. 하지만 상황은 그보다 좀더 모호하다. "잠자
는 꿈"이라는 설명처럼, 앞의 장면이 꿈에서 잠자는 장면이라고 생각
할 수 있지만, 그 역으로도 생각할 수 있다. 그다음 시의 진행은 그
자리가 기차 안의 공간인지, 아니면 해변과 모래언덕의 자리인지 알
수 없이 뒤섞여 있다. 그리고 시의 마지막 연에는 "다시 눈을 떴을
때 나는 혼자 긴 등받이에 기대어 있길 바랍니다"라는 문장이 다시
등장한다. 그렇다면 이 시는 두 겹의 꿈으로 구성된 것이다. 이 시에
서 '꿈/현실'은 하나의 선명한 경계로 구별되지 않는다. '꿈/현실'은
'꿈(현실)-꿈(현실)'으로 재배치된다. 이 시의 제목이 '레일 없는 기
차'인 것은 그 '꿈(현실)-꿈(현실)'의 시간을 달리는 기차이기 때문일

것이다. 기차는 목적지가 없기 때문에, 꿈에서 현실로 돌아오지 않고, 하나의 꿈에서 다른 꿈으로 끊임없이 이동한다. 그리고 그 이동은 꿈꾸는 세이렌의 자기 이동이며 유령 놀이기도 하다.

> 뱅뱅 돌고 있어요
> 숲 속도 아니고 성벽이 있는 시가지도 아니죠
> 물론 걷기는 싫죠 그렇지만 걸어야 할지 몰라요
> 일렬로 줄을 서서 어딘가로 가려고 하는 가로등 불빛을 봐요
> 이들 중 불 꺼진 가로등의 양철 기둥과 나 입체적인 구름 둘
> 기둥을 잡고 맴돌지만 깊이 판다고 해서 가방을 찾을까요
> 편한 걸 제쳐놓고 목 길고 조이는 스웨터를 입었어요
> 털실의 운하를 따라 머리를 통과할 때마다 해, 괴한, 꿈을 꾸고
> 헬렐레하는 사이 춤을 추던 인형들은 시계 속에 갇혔죠
>
> ──「헬렐레할래」 부분

'나'는 지금 새벽길을 걷고 있다. 술을 먹고 가방을 택시에 두고 내렸기 때문에 열쇠도 없다. 공중전화를 찾았지만 아무 번호도 생각나지 않는다. 그래서 '나'는 중얼거린다. "내가 어디로 가고 있게요?" "뱅뱅 돌고 있어요"라고 중얼거릴 수밖에 없다. '나'는 지금 이 공간의 위치를 알 수 없으며, 어디로 가야 할지도 알지 못한다. "깊이 판다고 해서 가방을 찾을까요"라는 중얼거림처럼, '나'의 의식은 착란과 혼몽의 상태에 머문다. 그리고 이 장면에서 다시 '나'는 "해, 괴한 꿈"을 꾼다. 그 꿈이 이 장면에서 다시 꾸는 꿈인지, 아니면 이 장면 자체가 하나의 꿈인지 알 수 없다. 앞의 논의를 연장한다면, 이 역시

'꿈속의 꿈'일 것이고, 때문에 그 속에서 '나'는 "언제나 헬렐레한 리듬 속에서 불가시선을 느"낀다. 그런데 흥미로운 것은 '헬렐레할래'라는 의지형의 문장. '헬렐레'의 시간이 어떤 피할 수 없는 수동적인 상황이 아니라, 일종의 의지이거나, 선택이라는 것. '내'가 스스로 이 '헬렐레'의 리듬을 살고 있다는 것. '꿈속의 꿈'의 주체는 꿈속에서 다시 다른 꿈으로 진입하는 시적 주체라는 점이다.

3. 몽유의 에로스

벽난로 아궁이에서 얼굴만 내민 남자가 구두 좀 치워달라고 부탁한다 철썩거리는 파도 소리가 들리더니 사람 머리만 한 꽃들이 떠밀려온다 오렌지색 머리칼의 여자가 꽃다발을 높이 들고 숨을 헐떡이며 나의 왼쪽 옆자리로 기어오른다 역한 냄새가 나는 꽃이 내 코에 멧비둘기처럼 앉는다 양쪽에 위치한 여자와 남자는 나를 넘어서 대화를 시작하고 육구 형태로 포옹한다 나는 뭉개졌으며 개의 뱃속에서 조금씩 졸린다 누가 보낸 초대권이었는지 언제 연극이 시작될 것인지 아님 끝난 지 오래된 건지 생각하기조차 귀찮아진다　　　—「지정석」 부분

여기는 극장의 객석이다. 안내인이 손전등의 불빛으로 가리키는 지정석은 "웅크린 사냥개의 송곳니"이고, '나'는 개의 "방석만 한 혓바닥 위로 엉덩이를 밀어 넣"고 앉는다. 이렇게 해서 상황은 처음부터 몽환적인 환각 속으로 돌입한다. '나'를 사이에 둔 남녀의 '육구 형태'의 포옹이라는 기이한 장면에서, '나'는 뭉개진다. '뭉개진 나'는

이 지정석이 누가 보낸 초대권인지 연극의 시작과 끝을 알지 못한다. 다른 방식으로 말한다면, 이 상황 역시 전체가 하나의 환각, 어떤 섬 망(譫妄) 상태의 진술로 구성된다. 이 상태에서 이 상황의 실재성을 파악한다는 것은 불가능하거나, 혹은 '귀찮은' 일이다.

    삐죽삐죽 뻐드렁니가 튀어나온 안장 위에 다리를 벌리고 앉았다 손
잡이를 뿌리치고
    오르막길을 달려간다 페달을 돌리면서 살짝살짝 음핵을 비벼주는 게
자전거 타기의 묘미다
    쿠션 좋은 산악자전거 타고 바다 위를 날아가는 꿈은 꾼 적 없다
    철공소 골목 안 자전거 대여점의 낡고 더러운 자전거를 타고 신나게
    달리다가 사과 꽃잎이 달려드는 동사무소 화장실에 엉덩이를 까고
앉아
    젖은 신문의 펼쳐진 면을 거들떠보며 볼일을 봐야 하는 일이 생긴다
    그때보다 지금 여기서 오줌을 누는 게 멋지겠다고 생각한다
    싼다 정말이지 화장실이 급했다
    문 여는 시각에 맞춰 병원 가려면 한시라도 빨리 출발해야 한다
    지린내 나는 안장을 뺀다
    안장이 없는 자전거를 타고 골목을 지나 기차가 다니지 않는 철길과
종탑을 아슬아슬
    나는 폐수로 꽉 찬 구름의 상수관을 마구 달린다
                              ──「여드름투성이 안장(鞍裝)」

김이듬 시의 몽유와 착란의 장면들은 성적인 모티프를 동반한다.

그것은 대개 어떤 모욕, 어떤 고통, 어떤 기이한 쾌락을 수반한다. 내 자전거와 부딪친 승용차의 주인이 '나'의 건강을 확인하기 위해 들렀다가, "얼떨결에 심드렁한 개처럼 남자는 내 치마 아래로 기어들어 간다." 그다음 장면은 '나'는 "삐죽삐죽 삐뚤렁니가 튀어나온 안장 위에"서 자전거를 타고 있다. 이 자전거 타기의 끝에서 '나'는 오줌을 싼다. 물론 이 장면을 성적인 묘사로 읽어내는 것은 어렵지 않다. 그러나 중요한 것은 그 상상적 모험의 위치와 궤적이다. 그런 의미에서 "안장이 없는 자전거를 타고" "폐수로 꽉 찬 구름의 상수관을 마구 달"리는 마지막 이미지는 강렬하다. 남근적 상징으로서의 '안장'을 제거함으로써 여성적 육체의 모험은 다른 차원으로 열린다.

　　내 열쇠는 피를 흘립니다 내 사전도 피를 흘립니다 내 수염도 피를 흘리고 저절로 충치가 빠졌습니다 내 목소리는 굵어지고 주름도 굵어지고 책상 서랍의 쥐꼬리는 사라졌습니다 소문대로 난 일 년의 절반을 지하실과 지상에서 공평하게 떠돕니다

　　나의 눈에서 물이 흐릅니다 한쪽 눈알은 말라빠졌습니다 두 다리의 무릎까지만 털이 수북합니다 음부의 반쪽에선 피가 나오고 오른쪽 사타구니엔 정액이 흘러내립니다 백 년에 한 번 있는 일입니다만

　　하하하 농담 그냥 여자도 남자도 아니고 죽은 것도 산 것도 아니라는 말을 요즘 유행하는 환상적 어투로 지껄인 겁니다 말도 하기 귀찮다는 예 바로 그 말이죠　　　　　　　　—「푸른 수염의 마지막 여자」 부분

'나'는 "일 년의 절반을 지하실과 지상에서 공평하게 떠"도는 사람이다. 그런데 '나'는 성적으로 모호한 주체이다. "음부의 반쪽에선 피가 나오고 오른쪽 사타구니엔 정액이 흘러내"린다. '나'는 남성이거나 여성이 아니다. "여자도 남자도 아니고 죽은 것도 산 것도 아니라는 말"은 이 시적 주체의 성격을 명료하게 드러낸다. 이 여자는 자기에게 찾아오는 온갖 사람들과 놀아준다. 그 놀이는 죽음의 놀이다. 그래서 "지하실엔 매달 공간이 없"고 "정원에도 파묻을 자리가 없"다. 그녀는 놀아주는 여자이며, 시체를 처리하는 여자이다. 그녀는 다만 그 사람들을 "공평하게 대할 수밖에" 없었던 것이다. 그녀는 마녀인가? 그러나 이 마녀는 자신에 대해 확신을 가질 수 없다. "누가 봤을까요 나도 날 못 봤는데/그러나 나는 아름다워요"라는 마지막 문장을 보자. '여자도 남자도 아닌, 죽은 것도 산 것도 아닌' '마녀'는 '나도 보지 못한' 존재이다. '비존재'로서 존재하는 마녀는 그러나 '아름답다.' "그러나 나는 아름다워요"라는 선언은, 자기에게 매혹당한, 자기의 부재와 참혹에 매혹당한 존재로서의 시적 주체의 존재감을 새긴다. 그리고 이 정체성을 갖지 못한 아름다움, 그 몽유의 에로스의 한 끝에 다음과 같은 시는 뜨거운 에로스를 얼음의 에로스로 바꾸어놓는다.

나는 겨울 저수지 냉정하고
신중한 빙판 검게 얼어붙은 심연
날카로운 스케이트 날로 나를 지쳐줘
한복판으로 달려와 꽝꽝 두드리다가
끌로 송곳으로 큰 구멍을 뚫어봐
생각보다 수심이 깊지 않을 거야

미끼도 없는 낚싯대를 덥석 물고

퍼드덕거리며 솟아오르는 저 물고기 좀 봐

결빙을 풀고 나 너를 안을게   —「이제 불이 필요하지 않은 시각」전문

냉정한 겨울 저수지로서의 '나'는 큰 구멍과 얕은 수심으로 '너'를
받아들이는 존재, '결빙'을 풀고 '너'를 안는 존재이다. 그 존재를 단
지 여성적인 존재라고 말할 필요는 없다. 얼음이란 물이 결빙된 상
태. 얼어붙은 에로스의 시간일 것이다. 그래서 얼음은 의식과 무의식
의 경계에서 위치할 것이다. 그러나 여기서 얼음은 그 결빙의 시간
가운데 새로운 에로스의 시간을 스스로 준비한다. 그래서 얼음에게는
'불이 필요하지 않은' 것일까? 이때 얼음의 사랑은 자기 몸속의 수성
(水性)을 스스로 풀어내는 꿈을 꿀 수 있다.

김이듬 시에서 세이렌은 다만 여성 유혹자가 아니며, 유혹의 주체
로서의 자기동일성을 확보한 존재가 아니었다. 그녀는 '여자라기에는
애매한 실존'이거나, '여자도 남자도 아닌 존재'이고, 산 것인지 죽은
것인지 알 수 없는 '반쯤 죽은 존재'이다. 그녀는 꿈속에서 꿈꾸는 존
재이고, 몽유의 형식과 착란의 언어로서만 노래하는 존재이다. 그 섬
망과 혼몽의 상태에 처해 있는 세이렌은 그런 '헬렐레의 시간'을 통해
이 세계를 지탱하는 상징 질서를 교란하는 모험을 한다. 그 모험이
'유령 놀이'의 성격을 지니는 것은, 그것이 '가사(假死)'의 놀이이기
도 하기 때문이다.

시집의 제목에서 시인은 그 놀이에 '팜 파탈'의 이미지를 부여한다.
일반적인 의미의 '팜 파탈'은 남성을 유혹하여, 그를 죽음이나 고통
등의 치명적인 상황에 이르도록 하는 여성을 의미한다. 자신도 거부

할 수 없는 운명에 처해 있는 팜 파탈의 치명성은 그녀가 남성을 압도할 만큼의 매혹을 보유했기 때문이다. 그러면 김이듬의 세이렌은 팜 파탈인가? 그 노래가 어떤 치명적인 위험을 동반하고 있다는 측면에서 세이렌은 팜 파탈의 측면을 보유한다. 특히 성적인 모티프의 노출 역시 팜 파탈로서의 세이렌 존재를 수긍하게 한다. 그러나 대중문화 이미지로서의 팜 파탈은 이성애 가부장제의 상징 질서가 만들어낸 판타지이기도 하다. 팜 파탈의 표상은 남성 권력이 만들어낸 과도한 공포와 불안이 역설적으로 투사된 것이다. 그것은 팜 파탈의 매혹이 남성의 욕망이 만들어낸 매혹임을 의미한다. 팜 파탈은 남성들의 순수한 욕망의 대상이라기보다는, 그 욕망 자체를 욕망하게 만드는 표상이다.

그렇다면, 김이듬 시의 세이렌은 어떠한가? 그녀, 혹은 그녀들은 하나의 성적·실존적 정체성을 갖고 있지 않다. 이 시집에서 '세이렌-팜 파탈'은 상징 질서 내부의 주체화를 거부하는 혼종적 주체이다. 다시 한 번, 문제적인 것은 이 시집의 팜 파탈이 노래하는 세이렌으로서 등장한다는 점이다. 세이렌은 꿈속에서 꿈꾸는, 무의식에 대한 무의식의 기술이라는 방식으로, 상징 질서를 뒤흔들어놓은 시적 언어를 발설한다. 그 언어는 남자를 유혹하여 치명적인 위험에 빠뜨리는 언어가 아니라, '남성/여성' '현실/꿈' '삶/죽음'의 경계가 갖는 상징적 권위를 혼란으로 몰아가는 언어이다. 여기서 시적 주체로서의 의미 생성 과정과 관련된 역동적인 세미오틱 혹은 본능적 언어의 작동을 볼 수 있다. 김이듬의 시에서 팜 파탈은 이 세계의 상징 질서에 깊고 날카로운 틈을 파고드는 이상한 나라에서 온 세이렌의 움직이는 초상이다. 그 '팜 파탈-세이렌'의 '명랑'은, 그래서 그녀들의 우울, 강박,

히스테리, 분열증 너머의 시적 에너지를 암시한다. 그것은 그녀들의 정신적 외상의 번역이 아니다. 자기 몸의 깊은 구멍과 얼룩에서부터 고통을 다른 쾌락으로 만드는 시적 체위이다. 그리하여 세이렌이여, 그 한없는 몽유, 혼몽의 시간 속에서 명랑하라. 영원히 유령처럼 놀아라.

흐르는, 증발하는 그녀들의 환상통로
─ 신영배의 『기억이동장치』

　　때로 한 신인의 첫 시집은 새로운 연대의 예감이 되기도 한다. 한
국 현대시에서 '여성적 시 쓰기' 혹은 '여성-몸으로 시 쓰기'는 어떤
지점을 지나고 있을까? 신영배의 첫 시집은 그 상상적 지도에서 날카
로운 징후들을 머금고 있다. 한국 현대시의 미학적 전위가 '여성적
상상의 모험'이라는 전선을 따라 이동했다면, 2000년대의 젊은 여성
시인들은 그 시적 육체 속에서 불온한 다성성(多聲性)을 폭발시킨다.
신영배의 시는 '여자 혹은 소녀의 몸의 상상력'이 낯선 '물의 담화'와
'물의 드라마'를 생성한다. 먼저 신영배의 시에서 '소녀'와 '소녀의
몸'이 '물속'에서 등장하는 장면들을 보자.

　　　몸속에 소녀가 들어서는 때가 있다
　　　애 들어서듯이 내 몸에 입덧을 치는
　　　소녀가 있다 어둠 속에서
　　　그런 날은 암내도 없이 내 몸은 향기롭다

내 몸에 소녀가 들어서는 날을 어떻게 알고
아버지는 어김없이 나를 찾아온다
이십 년 전 죽은 젊은 얼굴을 하고
소녀를 찾아온다 그러고는 운다
소녀는 아버지의 눈물을 처음 본다
소녀도 운다 말간 몸뚱어리를 물처럼
서로의 몸에 끼얹어주는 풍경
눈물이 내 몸속에 양수처럼 차오른다.
내 몸에서 물이 빠져나가는 시간
소녀도 아버지도 빠져나가고 나면
내 몸은 누운 채로 뽀얗게 굳어 있다   ─「욕조」 전문1)

이 시의 발화 주체는 '내 몸'이다. '내 몸' 속에서 벌어지는 사건의
기록이다. 그 속에서 어떤 사건이 벌어진 것일까? 욕조 속에 누운
'내 몸' 속에서 소녀가 '들어선다.' '들어선다'라는 표현이 말해주는
것처럼, 그것은 하나의 몸 안에 다른 몸이 시작되는 사건이다. 이것
은 '나'의 소녀-되기와는 다르다. 존재론적 전환의 사건이 아니라,
몸이 다른 몸의 '방문'을 받는 일. 문제적인 것은 그 다음. '소녀가 내
몸에 찾아오는 날,' "아버지는 어김없이 나를 찾아온다." '아버지'의
방문과 '소녀'의 방문이 동시에 이루어지는 것은, 이 사건이 지금-이
곳과는 다른 시간의 틈입이라는 것을 암시한다. 아버지가 "이십 년
전 죽은 젊은 얼굴을 하고/소녀를 찾아온다"라는 문장을 주목할 수

---

1) 신영배, 『기억이동장치』, 열림원, 2006. 이하 인용된 시는 같은 시집에 실렸다.

있다. 아버지가 찾아오는 장소는 '소녀의 몸'이다. 그리고 아버지는 처음 '운다.' 아버지와 소녀의 울음은 이 장면을 "말간 몸뚱어리를 물처럼/서로의 몸에 끼얹어주는 풍경"으로 만든다. '소녀의 몸'과 '아버지의 몸'은 '눈물-물'을 매개로 섞인다. 왜 '눈물-물'인가? 여성의 몸은 흔히 물과 같은 존재로 규정된다. 그러나 물은 단순히 수동적인 존재가 아니다. 물은 '수행적인' 존재이다. 물은 하나의 형태로 규정되지 않는다. 물은 도처에 스며들어 있고, 순식간에 넘쳐나거나, 갑자기 증발한다. 물은 존재를 씻기고 또한 존재를 실어 나른다. 이 장면에서 물은 서로의 존재를 씻어주고 또한 접촉하고 뒤섞이게 한다. 물은 '나-몸'을 타자와 만나게 하고 타자에 스며들게 한다. 물은 심지어 아버지마저도 소녀의 몸처럼 부드럽게 만든다.

이 기이한 장면을 무엇이라고 부를까? 화해의 장면이라고 말할까? 아니면, '소녀와 아버지의 시간'의 귀환, 혹은 '억압된 것의 귀환'이라고 부를까? 그것은 '나'라는 초월적인 존재가 '소녀'와 '아버지'를 동일화하는 장면이 아니다. '내 몸'은 '소녀'와 '아버지'가 살았던 다른 시간, 다른 몸과의 접촉을 통해, 자기 몸 안에 타자를, 타자의 고통을 불러들이고 용해한다. 중요한 점은 이 장면이 '나-몸'이 말하는 사건이라는 것, 그리고 '나-몸' 속에서 이루어지는 사건이라는 것. 그리고 물을 매개로 벌어진 사건이라는 것. 그러나 그 사건은 지속되지 않는다. "내 몸에서 물이 빠져나가는 시간"은 "소녀도 아버지도 빠져나가"는 시간이다. 다른 시간의 방문은 지속되지 않고, '나-몸'은 또 다른 시간 속에서 놓인다. '물의 증발'은 다른 시간의 방문을 마감하게 한다. 물은 내 몸 속에 다른 몸이 들어와 섞이도록 만들었지만, 또한 그 상태에 머물지 않는다. 물은 증발이라는 방식으로 자

신의 존재성 혹은 수행성을 최후로 증거한다. 그러고는? 타자의 몸을
실어 날랐던, 그 물의 기억이 남는다. 그렇다면 이 시의 제목인 '욕
조'야말로, 한때 물을 담았고 어느 순간 그 물이 빠져나가는 공간으로
서의 '나-몸'이 아닐까? '욕조'는 어떤 몸도 물로써 감싸안을 수 있는
부재의 장소라는 맥락에서 여성적인 몸이다. 욕조란 그렇게 여성적
몸의 공간 하나를, 그 공간에서 벌어진 몸의 사건 하나를 보여준다.
몸이 물을 매개로 벌어지는 사건들은, 신영배 시의 하나의 원초적인
장면이다.

> 여자의 손톱 끝에 마른 피가 조금 남아 있다.
> 그녀는 간신히 한 남자의 기억을 손끝에
> 움켜쥐고 있다. 자라난 손톱을 시간이
> 다가와 바짝 잘라낸다. 마른 피가 툭툭
> 여자의 허벅지 위로 떨어진다. 밤새
> 여자의 손이 흰 치마에 묻은 마른 피를
> 찬물에 지우고 있다.
> 사랑했던 남자의 잘린 손목을 지우기 위해
> 얼마나 많은 물을 퍼올려야 할까.
> 물을 퍼올릴수록 몸속에는 더 깊은
> 사막이 내려앉는다. 얕은 물길을 따라
> 사막의 짐승들이 내 몸 밖으로 메마른
> 울음소리를 낸다. 볼 위로 흐른 눈물
> 속이 구부정한 사막의 짐승이 말라 있다.　　　—「마른 피」 부분

등단작인 「마른 피」에서도 이 원초적인 사건이 등장한다. "봄 햇볕이 피처럼 마른다"로 시작하는 이 시에서, 봄에 벌어지는 '황사'의 시간은 "내 몸이 사막"이 되는 시간이다. 첫번째 연에서 그 시간 속에는 "일사병에 걸린 소녀가 쓰러지"는 사건이나, "허연 나체의 여자들이/현기증처럼 몸속에서 피어났다가/순식간에 마르"는 사건이 벌어진다. 봄의 시간은 그렇게 여자의 몸 안에서, 여자들의 증발 사건을 야기한다. 그런데 이 시에서 그 물은 '피'의 이미지와 만난다. '피'는 몸속에 들어 있는 물의 구체적이고 직접적인 이미지다. 피는 물이 지닌 투명성과 유연성 대신에 좀더 강렬한 점액질의 육체적 내용을 지닌다. 두번째 연에서 여자의 손톱으로부터 떨어지는 피와 '남자의 기억'은, 이 시를 물의 사건이 아니라, 피의 사건으로 선명하게 각인시킨다. 여기서 '피/물'의 상상적 관계가 재문맥화된다. 어떻게? '찬물'은 '마른 피'를 지운다. 물은 '피-남자의 잘린 손목-남자의 기억'을 지우는 매개이다. '마른 피'의 기억을 지우기 위해 "물을 퍼올려야" 하고, 그 과정에서 "몸속에는 더 깊은 사막이 내려앉"고, 그 속에서 '사막의 짐승들이 마른다.' 앞의 시에서 물이 '다른 몸-시간'을 호출하는 매개였다면, 이 시에서 물은 '다른 몸-시간'의 흔적을 지우는 것이다. 하지만 역시, 물이 등장하는 시적 장면들은 '증발'로 귀결된다. 증발은 몸의 물, 혹은 물의 몸의 피할 수 없는 마지막 시간인 것처럼 보인다. 그 증발의 사건은 역설적으로 새로운 생명이 시작되는 '봄'에 벌어진다.

해가 머리 위로 움직인다
계단 위 물 한 칸이 마른다

계단 위 그림자 한 칸이 마른다
바람이 사람처럼 지나간다
다시 한 칸 물이 마른다
다시 한 칸 그림자가 오그라든다
뒤에서 문이 열렸다 닫힌다
소리 없이 그늘이 열렸다 닫힌다
마지막 한 칸 물이 마른다
마지막 한 칸 소녀가 지워진다   ―「정오」부분

물고기들이 여자의 종아리를 베고 흐른다
물의 방향을 따라 매끄럽게, 물을 거슬러
거칠게 무릎까지 튀어오르는 물고기들
예리한 물의 비늘, 아찔하게 눈을 감으면
촬촬, 물소리가 여자의 기억을 거슬러 오른다.
허연 살빛으로 길이 벗겨진다.
늙은 나무는 길처럼 기둥을 펼치고 있다.
그 길로 기어오르는 물고기를 잡아채고 있다.
저기 사내가 나타났다.
여자는 얼른 길 위의 물살을 걷어치운다.
물고기들이 사라진다 길 위에
붉은 여자의 종아리   ―「길 한 토막」부분

　물이 마르는 또 다른 시간대는 '정오'이다. 이 시에서 '화분 밑으로
흘러내린 물'은 계단을 젖게 하고, 소녀의 그림자 역시 흘러내린다.

그런데 "해가 머리 위로 움직"이는 정오의 시간대가 되면, 젖었던 계단 한 칸 한 칸의 물이 마르고, 그림자 역시 '오그라든다.' 물의 증발과 그림자의 축소의 상상적 관계, 그 한가운데에 소녀라는 존재가 있다. '소녀-그림자-물'은 서로 연결되어 있는 존재들이다. 「길 한 토막」에서 물은 다른 방식으로 등장한다. 여자는 아마도 길거리 좌판에서 생선을 팔고 있었던 것 같다. 여자가 처진 걸음으로 접어든 길은 어느 순간, 물고기들이 "여자의 종아리를 베고 흐"르는 공간이 된다. 물소리는 "여자의 기억을 거슬러 오른다." 그러나 '사내'가 나타나면, "여자는 얼른 길 위의 물살을 걷어치운다." 여기서 물의 증발은 '사내의 등장'이라는 외부적인 요인과 관련된다. 두 편의 시에서 여자, 혹은 소녀의 존재는 '흐르거나' '증발하는' 존재들의 사건의 중심에 있다. 이 원초적인 '물의 사건들'의 근저에 또 다른 무엇이 있을까?

숨죽이고 아이 하나가 태어나고 자라는 방, 피복에 싸인 전선처럼 아버지의 사지가 방 구석구석에 꼬여 있어요 벽의 콘센트에 꽂힌 아버지의 굵은 혈관, 어머니가 물 묻은 손으로 위태롭게 말을 걸죠 소녀는 아버지의 사지가 뻗지 않는 높은 곳에 눈알을 매달아요 수도 파이프 속을 흐르는 물소리가 항상 어머니를 따라다니고 사팔뜨기 소녀에겐 거울들이 달라붙죠 어머니는 오늘 물로 어떤 음식을 만들까요? 식탁은 어두워서 서로 얼굴을 보지 않고 식사를 해요   —「집과 소녀」 부분

의자에 앉아 있는 여자는 허벅지가 저리다.
사는 게 살을 도려내는 거라고
여자는 생각한다.

수면이 점점 내려가 바닥에 꿈틀대는
고양이 등이 내려앉는다.
물고기는 등이 서늘하다.
식당의 낮은 탁자 속에 두 다리를 집어넣고
늙은 여자가 잠을 잔다. 한쪽으로
몸을 웅크렸다 등에 칼이 꽂혀 있어
그녀는 바로 누울 수 없다
수족관을 다 빠져나온 물이 천천히
바닥을 기어 집 밖으로 나간다.　　　　　—「검은 수족관」 부분

　　그런데 여기에는 '갇힌 물'들이 있다. 「집과 소녀」에서 소녀가 태어
나고 자란 방에서 아버지의 굵은 혈관은 벽의 콘센트에 꽂혀 있고,
어머니의 노동은 언제나 물과 연관되어 있다. "수도 파이프 속을 흐
르는 물소리가 항상 어머니를 따라다니"고, 언제나 물로 음식을 만들
어야 하기 때문에, 어머니는 그 물의 노동으로부터 벗어나지 못한다.
그러나 시의 후반부, 그 어둠의 집을 뒤집는 장면에서 소녀는 '집 밖'
으로 나와 있다. 「검은 수족관」의 늙은 여자는 수족관 앞의 고단한
자기의 삶을 생각한다. 그 여자의 몸에는 "등에 칼이 꽂혀 있어/그녀
는 바로 누울 수 없다." 늙은 여자는 아마도 이 검은 수족관의 공간을
벗어날 수 없을지도 모른다. 그러나 수족관을 빠져나온 물은 "바닥을
기어 집 밖으로 나간다." 두 편의 시에서 여자의 고단한 노동은 물의
공간 속에 있다. 어쩌면 그 물은 여자의 삶과 몸을 가두는 것이다. 그
러나 물의 상상적 존재론은 여기에 한정되지 않는다. 물이 여자의 몸
과 생을 가두지만, 결국 물은 그 감금 사이로 빠져나가는 존재이다.

'갇힌 물'로부터 '흐르는 물'의 움직임이 시작된다. 어쩌면 물의 감금은 물의 탈주라는 사건이 벌어지는 존재론적 조건이 된다.

연애는 당신의 몸을 안는 것부터 시작합니다. 당신의 몸은 이미 상해서 조심스럽게 안아야 합니다. 봉분 속으로 들어가 당신이 누워 있는 관 속에 내 몸을 꽉 끼우고 당신을 안는 것이 꿈의 전부입니다. 내 몸도 많이 상했어요. 살짝 안아주세요. 당신의 사타구니에서 물이 줄줄 흐릅니다. 내 몸에서도 물이 줄줄 흐릅니다. 물과 함께 살이 줄줄 흘러내려 당신과 나는 살의 가죽을 모두 벗었습니다. 마지막 남은 눈물 한 방울이 텅 빈 심장 속으로 떨어집니다. 그 물소리에 꿈의 껍질이 살짝 벗겨집니다.　　　　　　　　—「죽은 남자 혹은 연애 1」 부분

바닥엔 검은 물이 팽팽했다. 나는 그의 옆에 두 손을 짚고 엎드렸다. 무릎을 타고 검은 물이 올라왔다. 나는 아래를 내려다보았다. 물속에는 내가 얽은 얼굴을 하고 나를 올려다보고 있었다. 그 옆에선 그의 허연 해골이 그를 올려다보고 있었다. 물결이 그의 가슴 쪽으로 휘말렸다가 다시 나의 가슴 쪽으로 휘말릴 때 우리는 서로의 물 그림자를 바꿔가졌다. 내가 물에 입술을 갖다 대자 딱딱한 해골이 거세게 이빨에 부딪혔다. 그가 물에 얼굴을 댔다가 떼었을 때 그의 얼굴은 검은 구멍이 숭숭 뚫려 있었다.　　　　　　　　—「죽은 남자 혹은 연애 3」 부분

'연애'라는 사건 역시, 기본적으로는 '물의 사건'이다. 그런데 그 연애는 죽은 남자와의 연애이다. 연애시적 화법을 빌린 이 연작시들에서 '당신' 혹은 '그'는 이미 죽은 혹은 죽어가는 존재이다. 그래서

"물과 함께 살이 줄줄 흘러내려 당신과 나는 살의 가죽을 모두 벗"게 되는 장면, 혹은 "물결이 그의 가슴 쪽으로 휘말렸다가 다시 나의 가슴 쪽으로 휘말릴 때 우리는 서로의 물 그림자를 바꿔가"지는 장면에서, 물은 죽은 존재를 대면하게 하는 매개이다. 죽은 남자와의 연애는 '꿈의 껍질'이 벗겨지는 일이며, 물속의 '얽은 내 얼굴'을 대면하는 일이다. 물은 이제 단순히 여성적인 이미지도 아니며, 정화의 매개도 아니다. 물은 죽음 속에서 사랑을 감각하게 만드는, 혹은 사랑 속에서 죽음을 감각하게 만드는 사물이다. 첫번째 시에서 물이 흘러내리는 몸의 소멸을 보여준다면, 두번째 시에서 '검은 물'은 '나'와 '그'의 죽음을 스스로 마주하게 하는 거울이다.

비가 내릴수록 강은 어둠으로 수면으로 올라갑니다.
아슬아슬 수면에 올라 서 있는 그림자
물에 떠내려간 몸뚱어리를 찾고 있는
반쯤 혼이 나간 그림자

물컥,
발이 빠집니다.
강가에는 자신의 그림자를 꺼내 덮고 누워 있는 사람들,
온몸을 고스란히 어둠으로 칠하고 물에 불은 사람들
기억은 검은 비닐을 떠들어
익사한 사람의 얼굴을 대하는 것만큼 차갑습니다.

그녀는 그냥 집으로 돌아옵니다.

손에 쥐어져 있던 손을 도로 유리창에 붙여둡니다.

혹, 비린내가 체취처럼 일고

여기저기 숨어 있던 지문들이 살아나는 새벽

──「기억이동장치 1」 부분

「기억이동장치 1」에서 그녀의 '이동'을 이끄는 것은 "유리창에서 불뚝불뚝 솟아난 손"이다. 그녀가 이동한 곳은 '강가.' 그녀의 그림자는 "자신보다 빨리 손을 따라간"다. 강에서 그녀가 대면하는 것은 "자신의 그림자를 꺼내 덮고 누워 있는 사람들"과 "온몸을 고스란히 어둠으로 칠하고 물에 붙은 사람들"이다. 그런데 여기에서 '기억'이라는 단어가 불쑥 등장한다. 어쩌면 그건 갑자기 등장한 것이 아니었다. "손은 이미 어제의 길을 알고 있습니다. 그녀는 이 손을 강가 어느 지점에 떼어버려야 한다는 것을 알고 있습니다"라는 문장에서 암시되는 것처럼, 그녀의 이동은 '기억'으로의 이동이다. 강가는 그 기억의 "검은 비닐을 떠들어/익사한 사람의 얼굴을 대하는" 장소이다. 그런데 그 장소는 역시 물로 채워져 있다. 그곳은 "물에 떠내려간 몸뚱어리를 찾고 있는/반쯤 혼이 나간 그림자"의 장소이다. 강은 그렇게 집에 머물러 있는 그녀로 하여금 '익사한 기억의 얼굴'을 대면하게 만드는 공간이다. 물은 시간을 거슬러 올라가는 그림자의 움직임, 몸을 빠져나가는 그림자의 동선이 찾아간 곳이다. 그러니까 기억의 이동을 가능하게 했던 유리창의 손은 "비린내"가 "체취처럼" 묻어 있는 손이고, 그것은 "여기저기 숨어 있던 지문들이 살아나는 새벽" 시간을 깨운다. 그녀를 원초적인 기억의 시간으로 이동시키는 것은 '손-물'이다.

베란다로 통하는 유리문엔
진물이 흐르고 엉킨 잔털들
내 뒤통수쯤
베개 위에 찍힌 발자국
그 위로 떨어지는 깃털
칼로 민 회색 눈썹 같은
가장 높고 어두운 곳의 붉은빛
흠칫 마주치는 눈동자
장롱 위에 앉은 비둘기

그 틈, 골반만큼 벌려놓고 장롱에서 창문으로 날개의 동선을 그려
비둘기 붉은 눈앞에서 양팔을 벌리고 자 따라해 퍼득퍼득 하늘 나는
시늉을 해 자 이렇게 창문 밖으로 날아 다시 장롱에서 창문까지 날아
이렇게 내 몸이 붕 떠오르네 내가 내 골반을 빠져나가는 이야기

머리 위에 비둘기가 앉은 오후
나는 새끼손가락으로 근지러운 귓속을 파고 있어
밖에서 누군가 문을 따는 소리
장롱 위로 오르자   ─「환상통로」 부분

그녀들의 상상적 모험은 일상적 공간에서 기이한 환상과 만난다.
시는 비둘기의 흔적을 발견하는 장면에서부터 시작된다. "문을 따고
들어선" 집 안에는 비둘기가 들어온 흔적들이 흩어져 있고, 급기야

"장롱 위에 앉은 비둘기"의 눈과 마주친다. '나'는 비둘기를 다시 창문 밖으로 보내기 위해, 비둘기의 "날개의 동선을 그려" 나는 시늉을 해 보인다. 그런데 이 상상적 장면들은 여기에서 그치지 않는다. '나'는 어느 순간 비둘기가 된다. "밖에서 누군가 문을 따는 소리"에 나는 "장롱 위로 오르자"라고 혼잣말을 한다. '나-비둘기'는 어떻게 서로 연결된 존재가 된 것일까? 내가 비둘기의 흔적을 발견하고 비둘기의 눈과 마주쳤기 때문에? 혹은 '나' 역시 비둘기처럼 집 안을 잘못 날아 들어온 존재이기 때문에? 이를테면 시의 초반부에 나오는 "내 사타구니쯤/변기 속엔 붉은 핏물/욕실 슬리퍼를 끌면/들러붙는 덩어리 피" 같은 이미지들은 단순히 비둘기의 흔적이 아니다. 그녀는 혹시 월경을 겪는 중일까? 혹시 비둘기의 이미지는 그녀의 환상일까? 중요한 것은 비둘기는 '그녀-여성적 육체'가 마주한 이미지이고, 그 이미지는 "내가 내 골반을 빠져나가는 이야기"라는 것. 그것은 월경이자, 출산이며, 몸이 다른 몸을 생성하는 장면이기도 하다. 다른 방식으로 말하면 '내'가 '나'를 낳아 '내 몸' 밖으로 내보내는 시적 서사라는 것. 실재와 비실재의 경계, '나'와 '타자'의 경계를 탈경계화하는 그녀-몸의 '환상통로.'

이 글처럼, 신영배의 시를 '여성적 몸'과 '물'의 상상적 모험만으로 읽는 것은 편협한 오독이다. 신영배 시의 상상적 공간은 그것보다 미끄럽거나 풍요로울 것이다. 그러나 그 오독은 역설적으로 그녀의 시들이 '물'과 '여성성'의 상징 체계를 넘어서고 있다는 것을 발견하게 한다. 물이 지닌 여성 원리는 신영배의 시들에서 결코 단수의 상징 체계로 수렴되지 않는다. '소녀의 시간'을 호출하는 물로부터 '죽은 남자와의 사랑'을 매개하는 물에 이르기까지, 물은 끝없이 흘러다니며 편재한다. 물은 편재(偏在)하지 않고, 편재(遍在)한다. 투명한 물에서 검은 물로, 갇힌 물에서 넘쳐나는 물과 증발하는 물로, 끊임없이 움직인다. 물은 단지 비유의 대상이 아니라, 언술의 방식 그 자체가 된다.

그래서 신영배의 그녀들은 '이동 중'이다. 마치 물의 움직임처럼 그녀들은 흘러넘치거나, 다른 공간으로 흐르거나, 혹은 증발한다. 그 물의 동선을 따라 그녀들은 다른 존재, 다른 시간과 만난다. 그녀들은 남자, 아버지, 짐승과 만나기도 하고, 소녀의 시간을 되살리며 검은 기억의 수면 아래를 들여다보기도 한다. 그녀는 살아 있는 존재들보다는 죽은 존재들에 이끌린다. 그녀는 죽은 남자와 연애를 하고, 죽은 아버지를 호출하며, 익사한 자들의 강가를 서성인다. 살아 있는 실재의 사물들을 호명하기보다는, 흐릿하고 불분명한 환상과 기억의 공간을 배회한다. 그래서 그녀들은 지상에 발을 딛지 못하고 공중에 떠 있는 존재이기도 하다. 일상적 공간에서 공중으로 떠 있는 그녀들(「환상통로」「오후 두 시」「테이블과 우는 여자」)이 있는 것이다. 공중에 떠 있는 그녀들은 고통스러운 현실의 지상으로부터 내쫓긴 것일 수도 있다. 그러나 그 공중으로의 유영을 통해 그녀들은 다른 시간, 다른 존재와 접촉한다.

그녀들은 '여성이라는 질병'을 앓고 있는 존재들이다. 그래서 그녀들에 대한 시적 언술은 '물의 담화'처럼 명확한 의미론의 세계를 비껴서 흐른다. 의미의 중심을 세우지 않고, 그녀의 몸에서 흘러내린 점액질의 언술들을 중얼거린다. 그 언술들은 그래서 여성이라는 질환의 증상이자 증후이며, 그것에 대한 주술이다. 그것은 여성적 몸의 상상적 모험이 체험하는 '환상통로'의 기록이다. 의식과 무의식의 틈, 실재와 비실재의 틈에서 그 틈을 탈경계화하는 여성적 언술의 장소. 현실 속의 주변화된 여성적 몸들이 유령처럼 출몰하는 자리. 그 주술은 제도적 문법의 층위에서 보면 과잉의 주술이거나 미달의 주술일 것이다. 그 주술은 여성적 시 쓰기의 다른 몸을 연다. 그 주술이 최후로 향하고 있는 것은 "사라지는 시" 혹은 "시만 남고 내가 사라지는 시"이다. 주술은 시의 '증발'을, 혹은 시적 주체의 증발을 향해 움직인다. 그러니 지금 고개를 갸우뚱거리는 당신, 사라지기 전에 이 시들을 읽어보시기를……

> 사라지는 시를 쓰고 싶다
> 눈길을 걷다가 돌아보면 사라진 발자국 같은
> 봄비에 발끝을 내려다보면 떠내려간 꽃잎 같은
> 전복되는 차 속에서 붕 떠오른 시인의 말 같은
> 그런 시
> 사라지는 시
> 쓰다가 내가 사라지는 시
> 쓰다가 시만 남고 내가 사라지는 시   —「시인의 말」 부분

초연성(超然性)의 시 쓰기

— 하재연의 『라디오 데이즈』

  이상하게 마감되는 생의 순간들이 있는 것처럼, '장난처럼' 끝나는 시들도 있다. 끝날 것 같지 않은 순간에, 알 수 없는 단절을 경험하게 만든다. 그걸 무엇이라고 말해야 할까? '서정' 혹은 '서사'의 형식을 포함한, 모든 재래적인 미학의 중심에는 유기적인 통일성과 완결성이라는 가치가 있다. 그 가치를 넘어서, 그 가치의 틈새에서, 시란 어떻게 끝날 수 있는가를 상상할 때, 시는 이렇게 끝나기도 한다.

> 내 몸의 빨간 피를 하나하나 응고시키면
> 이파리의 물관들처럼 싱싱한 지도가 생기겠지요
> 당신은 그냥 나를 지켜봐도 좋습니다
> 하나, 둘, 셋 하다가 나는 잠이 들 것입니다
> 당신은 마치 거기서 달리려는 것처럼   —「천국의 계단」 부분[1]

---

1) 하재연, 『라디오 데이즈』, 문학과지성사, 2006. 이하 인용된 시는 같은 시집에 실렸다.

네 손가락에 차갑게 얼어 있는 네 손마디에 기록되지 않는 귀청을 뚫고 지나가는 나는 싸구려 선술집의 주크박스에서 삼만 년째 돌고 있는 차가운 맥주 거품처럼 꺼져가는 너의 목소리는 지상의 만 분의 일 초도 흉내 내지 못하고 북극에서 차를 몰고 달려온 사내의 병 속에서 투명하고 아름다운 알약들이 꽃처럼 피어나고 흩어지고 죽음 같은 음도 고요한 칼날도 지각하지 못하는 네 손가락이 만지는 허공에

— 「네 얼굴은 불빛 아래」 부분

사건의 구체적인 개요를 알 수 없고, '나'와 '당신' 사이 그 관계의 내용을 알 수 없다. 시간은 아주 느리게 흘러가는 듯하고, 아주 오랜 시간의 지층들이 한꺼번에 들이닥치는 것 같기도 하다. 그 이상한 시간들 사이에서 '나'와 '너'는 그 실체를 드러내지 않고 떠돈다. 왜 시가 이렇게 이상한 방식으로 마감되어야 하는 것일까? 시간의 운행과 행위의 과정이 드러나지 않는, 서사적 요소가 전혀 개입되지 않는 순결한 서정시라고 하더라도 그 속에는 어떤 '시간'이 있을 것이다. 사건의 시간은 아니더라도, 적어도 '시를 써내려갔던 시간' 혹은 '시를 읽어가는 시간'이 있다. 그러니까 처음과 중간과 끝이 있다. 처음은 처음 같고, 끝은 끝 같을 것이다. 그런데 이렇게 끝이 '끝'처럼 보이지 않을 때, 시는 문득 다른 시간의 틈새를 드러낸다. 발화의 처음과 발화의 마지막은 시간의 논리 너머로 미끄러지며 뒤섞인다. 그래서 앞의 시에 나오는 "당신에게는 시간이 오래 머물러 있습니다"라는 문장과, 뒤의 시 "너의 목소리는 지상의 만 분의 일 초도 흉내 내지 못하고"라는 표현 속에서 시간은 잘게 분절되거나 점액질로 흘러내리지

만, 어떤 '선형성(線型性)'을 비껴간다. 하나의 선형적인 시간의 궤적을 인식하는 동일자로서의 서정적 주체는 희미해진다.

> 그녀는 책장을 넘기고 있었고
> 남자가 문 열린 차를 타고 벼랑으로 내달았고
> 고양이가 식탁 위의 커피잔을 건드렸고
> 양탄자가 약간 들썩거렸고
> 고장난 시계 초침이 열두 번을 돌았고
> 소년은 마라톤 결승 테이프를 끊었고
> 그녀는 행운을 빌었으나
> 양손이 쪼글쪼글해지고
> 머리칼이 가늘어지고
> 커피는 쏟아졌고 양탄자는 젖지 않았고
> 남자가 녹색 지붕 아래 비행하는 순간   ─「동시에」 전문

"~고"라는 연결어미의 반복으로 구성된 문장들은 이질적인 장면들을 병렬적으로 이어준다. 이 사소한 사건들 사이의 인과성과 연관성을 찾아내기는 힘들다. 앞에서 나왔던 '그녀' '남자' '커피'에 관련된 사건들이 되풀이해 등장한다고 하더라도, 그 사이의 의미 연쇄를 발견할 수 없다. '동시에'라는 제목이 암시하는 것처럼 여기에는 어떤 선형적인 시간의 궤적이 보이지 않는다. 모든 것은 동시다발적으로 일어나는 듯하다. 이런 형식은 일종의 '반(反)목적론적' 트임의 세계라고 할 수 있다. 선형적인 시간을 부정하는 '반(反)결말' '반(反)구조'의 형식은 서정적 시간의 처음과 끝의 구조를 무화시킨다. 시간의

순차적 운행을 기록하는 유기적인 형식은 날아가고, 낯선 순간의 문장들이 병치됨으로써 시적 시간을 다른 차원으로 옮겨놓는다. 은유적인 원리는 숨어버리고 환유적인 기술들만이 '무매개적'으로 펼쳐진다. 그런데 이 시 속에는 하나의 '동시적' 순간만이 존재하는 것이 아니라, 깊은 차원의 시간의 속도감이 숨어 있다. "그녀는 행운을 빌었으나/양손이 쪼글쪼글해지고/머리칼이 가늘어지"는 시간대는 결코 순간이 아닐 것이다. 그러니까 '동시에'는 그 안에 얼마나 많은 늙은 시간들을 숨기고 있는 것일까? 거기서 시간의 가볍고도 투명한 공허를 만날 수 있을까?

이런 형식은 이 시의 화자의 투명성과 익명성이라는 문제와 연관된다. 실존적인 구체성과 일관된 내면적 인격을 확보한 화자의 얼굴을 만날 수 없다. 인간적인 논평 없이 장면과 사건들은 단지 병치적으로 편집될 뿐이다. 시적 자아의 내적 존재감 자체를 가늠할 수가 없다. 파편화된 시간들이 어떤 질서도 없이 나열되는 것은, 그것을 통어하는 서정적 자아가 구축되어 있지 않기 때문이다.

그림자들이 여러 개의 색깔로 물든다
자전거의 은빛 바퀴들이 어둠 속으로 굴러간다

엄마가 아이의 이름을 길게 부른다
누가 벤치 옆에
작은 인형을 두고 갔다

시계탑 위로 후드득 날아오르는 비둘기,

공기가

짧게 흔들린다

벤치, 공원, 저녁과는 상관없이   ──「휘파람」 전문

이 시는 '벤치, 공원, 저녁'의 풍경들에 대한 짧은 소묘처럼 보인
다. 풍경을 묘사하는 시적 주체의 내면은 결코 드러나지 않고, 인물
과 사물들은 다만 순간적으로 그리고 즉물적으로 포착될 뿐이다. 풍
경을 내면화하는 인간적인 시점은 드러나지 않는다. 즉물적인 상황
포착이기 때문에, 장면들 사이의 은유적인 논리는 구축되지 못한다.
이미지들은 다만 같은 '공간-공원' '시간-저녁'이라는 공간적인 인접
성만으로 배열되어 있을 뿐, 그 배열의 필연적인 내적 논리를 찾기
힘들다. 화자는 풍경의 표면과 특정한 순간의 감각만을 포착하려는
것 이외에 다른 의도를 갖지 않는 것처럼 보인다.
    여기에서 두 가지 의문이 제기될 수 있다. 우선 하나는 '휘파람'이
라는 이 시의 제목이다. 시의 본문 속에는 '휘파람'과 연관된 어떤 정
보도 주어지지 않는다. 물론 '공원-저녁'의 시공간 안에서 휘파람 소
리가 들려온다는 암시로 읽을 수도 있다. 혹은 그 안의 각 장면을 일
종의 휘파람과 같은 신호로 비유된다는 해석을 추가할 수도 있겠다.
그러나 휘파람은 단지 휘파람일 뿐이고, 제목은 단지 제목일 뿐. 제
목과 본문의 어떤 유기적이고 은유적인 연관 자체를 이 시는 의도하
지 않았다고 볼 수 있다. 이런 맥락에서 "벤치, 공원, 저녁과는 상관
없이"라는 마지막 문장의 의문이 집중된다. 이 문장이 문제적인 것은
이것이 앞 이미지들의 은유적인 연관성을 '결정적'으로 무너뜨린다는

점이다. "굴러간다" "두고 갔다" "흔들린다"로 요약되는 앞의 세 가지 사건의 연관성을 통합해야 할 마지막 문장은 거꾸로, 그것을 해체해버린다. 그런 장면들은 "벤치, 공원, 저녁과는 상관없이" 벌어진 일들로 드러난다. 앞의 장면들을 이어주었던 유일한 매개인 '공간-시간'의 인접성마저 무너뜨리는 것이다. '상관없이'라는 표현은 하재연 시의 구성 원리를 함축적으로 드러낸다.

> 보폭을 유지하기 위해서는 그의 등을 잘 보아야 한다
> 다가서는 순간
> 등의 표정은 무너지고 만다
>
> 거리에서 나는 늘 추월당한다
> 지나쳐온 것들은 언제나 뒤에 남아 있기 때문이다
>
> 돼지의 여름과 무관하게
> 호랑나비의 여름과 무관하게
>
> 새가 아파트 103동과 105동 사이로
> 조용히 날아간다
> 하늘에는 새의 곡선이 남아 있지 않다   —「나비 효과」 부분

널리 알려진 대로 '나비 효과'라는 가상의 현상은 기존의 물리학으로는 설명할 수 없는 이른바 '초기 조건에의 민감한 의존성,' 즉 작은 변화가 결과적으로 엄청난 변화를 초래할 수 있는 경우를 말한다. 그

런데 이 시에서 '나비 효과'는 이상한 방식으로 시적 모티프를 얻고 있다. 시에는 "화면의 폭우"가 "미칠 듯이 계속되"는 정황과 "지붕 위에 올라간 돼지들"의 장면, 그리고 "당신은 술 취해 택시 기사와 멱살잡이를 하는" 혹은 "한 호랑나비 웃는 얼굴로 날갯짓"하는 상황들이 나열된다. 돼지들이 지붕 위에 올라가는 상황은 폭우로 인한 것이지만, 나비 효과의 이론에 따르면 그 폭우는 '호랑나비의 날갯짓'과 '민감한 의존성'을 가질 수도 있다. 그런데 이 시의 후반부는 다른 국면으로 전개된다. '무관하게'라는 표현이 반복되는 것처럼, 내가 거리에서 추월당하는 일과 "새가 아파트 103동과 105동 사이로/조용히 날아"가는 사건들 사이에서, '돼지의 여름'과 '호랑나비의 여름'은 매개되지 않는다. 사물들의 '민감함 의존성'은 '민감한 무관성'으로 전복된다. 사소한 사건과 큰 사건의 잠재적이고 심층적인 연관성을 말해주는 '나비 효과'는 여기서 시적으로 배반당한다. 그 사건들과 시간들은 단지 '무관'했던 것이 아닐까?

어려운 건 결심의 문제다 저 구름은 오 분간 한자리에 머물러 있기로 한 모양이다 오 분 후 구름은 쉬지 않고 내내 자세를 바꿀 수도 있을 것이다 중요한 것은 내가 보고 있는 오 분간이다 바람이 구름을 지나치는 순간, 구름의 모양은 흐트러진다 그것이 바람의 힘이었을까를 생각하는 것은 어리석은 일이다 그렇지 않은가? 그 역도 마찬가지다 구름의 힘이 바람을 불러들인 것은 아니다 저기 있는 구름을 결정한 것은 구름의 형태가 아니고, 내가 보는 구름은 오 분간 한 자리에 머물러 있는 구름이다 우리는 오 분간, 아주 약간, 옮겨진 건지도 모르지만

—「오 분간」 전문

'오 분간'이라는 시간은 어떤가? '오 분간'은 내가 구름을 보고 있는 오 분간이다. 그건 구름의 '오 분간'이 아니라, 구름을 보는 나의 '오 분간'이다. '오 분간'은 구름이 아닌 '나'의 주관적 시간에 속한다. 다음, 구름의 모양이 흐트러지는 것이 "바람의 힘이었을까를 생각하는 것은 어리석은 일이다"라는 진술이 따라온다. "구름의 힘이 바람을 불러들인 것은 아니다"라는 단호한 문장처럼, 구름과 바람은 단지 무관하다. 이 사물들의 무관함은 구름을 보는 '나'의 시선의 형식이기도 하다. '나'는 '구름'에 나의 인간적인 시점을 개입시키려고 하지도 않고, '구름'과 '바람'의 '상호 조응'을 주장하지도 않는다. 다만 중요한 것은 구름을 보는 '나의 오 분간'일 뿐. 그 '오 분간' '우리가' "아주 약간, 옮겨진 건지도 모르지만"이라는 유보조차도 '구름'에 대한 '나'의 동일성을 비껴간다. 이 투명하고도 심드렁한 시선은 '오 분간'의 시간을 서정적 시간으로 만들지 않고, 사물들의 무관성을 드러내는 자리로 만든다. 그걸 "시간의 틈새에 몸을 열어두는 일"이라고 하면 어떨까?

고요한 한낮을 기억할 수 없이 오랜 동안 건너왔다는 이야기를 하는 것은 아니다 시간의 틈새에 몸을 열어두는 일 그리고 낮과 밤의 기나긴 운행 뚫린 하늘로부터 내려앉는 살비듬들, 천장이 아득해진다

푸른 먼지 결 고운 곰팡이는 내 좋은 토양 몸 안의 무화과 이파리 줄기들 한없이 전화선 속으로 들어가 우주 건너편의 어떤 한낮, 누워 있는 여자의 눈꺼풀을 가만히 쓰다듬을 것이다 그 화사한 손길을 꿈꾸는

동안, 그리고 누구도 나를 방문하지 않는 동안   ―「오래된 침대」부분

  여기 아주 오랜 시간의 이미지가 등장한다. 그 시간의 아득함은 "몇백만 년 전" "기억할 수 없이 오랜 동안" "낮과 밤의 기나긴 운행" "우주 건너편의 어떤 한낮"과 같은 시어들을 꺼내놓는다. 이 아득한 시간들은 서정적 공간 안에서 '대과거'를 호출함으로써 '원형적 인간'으로서 '나'의 영원한 동일성을 꿈꾸는 방식이다. 그런데 아득한 시간의 상상력은 이 시에서는 '나의 영원한 동일성'을 보장해주지 않는다. 우선 "나를 지나간 지상의 숨결들 내리쬐던 환한 빛을 기억하려 할 때마다 옆구리가 아파왔다." 오랜 신화적 과거를 호출하는 것은 '나'의 실존적 기원을 확인하는 것이 아니라, 일종의 통증이다. 그건 단지 "시간의 틈새에 몸을 열어두는 일"의 일종이다. 깊은 시간을 상기anamnesis하는 일은 플라톤적인 의미에서 인간의 혼이 자신이 태어나기 이전의 이데아를 되돌아봄으로써 참된 인식에 도달하는 작업, 혹은 원형적 인간으로서 '나'의 영속성을 확인하는 작업이다. 그런데 이 시에서 그것은 일종의 질병의 기억 혹은 기억이라는 질병으로서의 기왕증(旣往症)이 된다. 그것은 몸의 질병이다. "푸른 먼지 결 고운 곰팡이"가 "내 좋은 토양 몸 안의 무화과 이파리 줄기들"과 연결되는 장면은 그 깊은 과거가 내 몸의 미래가 되기도 하는 상상적 공간을 연출한다. 그 공간에서 기억은 '나'의 원형적 영속성을 재구성하는 것이 아니라, '나'의 그 우주적 '유한성'과 시간의 틈새를 경험하는 자리이다. 그 미래적 공간이 "누구도 나를 방문하지 않는 동안"이라는 시간 속에서 구축되는 장면을 보자. '나'는 다만 아무도 찾아오지 않는 시간 속에서 그 틈새의 다른 상상적 시간을 본다.

우리는 달려간다 이상한 나라로 니나가 잡혀 있는 사차원의 세계는
언제나 방과 후였다 방과 이전과 방과 후의 세계는 나에게 두 가지뿐
이었다 영어 선생은 추한 여자였다 긴 화상 자국이 블라우스 아래 숨
겨져 있을 것 같았다

붉은 꽃을 보여준 건 주근깨였다 엄마는 어느 날 아침인가부터 울면
서 깨어나지 않았다 냇물아 흘러흘러 어디로 가니 따위 노래는 이제
아무도 부르지 않는다 은빛 바퀴는 어디론가 굴러갔다 나는 초록색 철
대문집 아이였다
                                              ──「라디오 데이즈」부분

어쩌면 이런 시에서는 시인의 실존적인 시간의 궤적이 잘 드러나
있다고 말할 수 있겠다. 장면들은 생생하게 구체적이고 과거형의 어
미가 채택된다. 그 장면들은 그러나 화사한 빛깔의 그리움으로 채색
되지 않는다. 우선 이 장면들 사이의 인과적 관계와 연속성을 발견하
기 쉽지 않다. 장면들은 파편화되어 있고, 어둡고도 불편한 기억의
조각들이 순서 없이 등장한다. 그 불편한 기억들 사이로 '이상한 나
라'의 '4차원 세계'는 '방과 후'로 이미지화된다. '방과 이전'과 '방과
후'의 두 시간대밖에 주어지지 않는 시간을 '나'는 어떤 불안하고 추
한 억압된 이미지로 떠올린다. 그 이미지들 속에서 "엄마는 어느 날
아침인가부터 울면서 깨어나지 않았다"라는 사건이 박혀 있지만, 자
전거의 "은빛 바퀴는 어디론가 굴러갔다." '나'는 그런 중요한 기억에
조차 짐짓 초연한 듯하다. "나는 초록색 철대문집 아이였다"라는
'나'에 관한 마지막 정보가 이 시에 등장하는 조각난 기억들을 통어

할 수 있을까? 이 시의 각 기억은 '나'의 실존적 동일성을 구체화하는 것이 아니라, 오히려 흩어놓는다. '나'는 점점 더 알 수 없는 존재가 되어 '초록색 철대문' 안에 숨는다. 그러니까 상상적 기억은 '나'를 만드는 작업이 아니라, '나'를 어둡고 불편한 시간 속으로 이동시키는 장치이다.

　　당신은 그 여자를 알고 있었는가? 떨림이나 울음 같은 것을 말하는 것은 아니다.
　　그 여자의 보이지 않는 둘레 안에 누군가 들어왔다 나갔다 하는 것을 둥그런 무늬가 일그러지거나 또 다른 고리를 만드는 것을
　　만약 당신이 선택하는 자라면 옆에 있거나 떠나거나 둘 중에 하나이다 그러나 당신은 그 여자를 알고 있었는가?
　　그 여자는 울거나 웃었거나가 아니라 다른 쪽을 향해 조금씩 움직였다는 것을
　　　　　　　　　　　　　　　　　　　　　　　　　　　　　—「이동」 전문

'이동'이라고 말했지만, 그 단어야말로 사물과 인간의 움직임을, 혹은 시간의 운행을 가장 심플하고 정확하게 지칭한다. 문제는 그 '이동'의 내용을 설명하려는 온갖 '인간적인' 시점들이다. 보자. '한 여자'를 안다는 것이 무엇인가? 그 여자의 모습을 보고 '떨림'이나 '울음'을 발견했다면, 그 여자를 아는 것일까? 혹은 그 '떨림'이나 '울음' 따위로 그 여자의 내면을 파악할 수 있는 것일까? 이 시의 화자는 너무도 담담하게 "그 여자는 울거나 웃었거나가 아니라 다른 쪽을 향해 조금씩 움직였다"고 진술한다. 한 여자는 다만 조금씩 움직이는 여자일 뿐, '떨림'과 '울음'이 그 여자를 알게 해주는 것은 아니

다. 단지 '당신'은 "옆에 있거나 떠나거나 둘 중에 하나"를 선택할 수 있을 뿐이다. 어쩌면 그 선택 역시 '당신'의 '이동'에 불과한 것이지만. 사물과 시간들이 그러한 것처럼, 인간은 조금씩 '이동'할 뿐이다.

> 당신이 나의 말을 이해할 수 없다면
> 그건 내 뜻이 아닙니다
> 그렇지 않은가요?
> 어느 날 당신은 누군가를 사랑하게 되고
> 거리에 불이 켜지면
> 나는 거리로 나갑니다
> 어느 날 가로등들이 꺼졌다 켜졌다 하듯이
> 당신은 누군가를 만나게 되고
> 나는 쏟아지는 불빛을 거리에서 맞습니다
> 나의 의지는 나만의 것이지만,   ―「나만의 인생」 부분

"나의 의지는 나만의 것"이라는 명제 역시 단순하고도 명료하다. 이 반박할 필요조차 없는 명제는 '관계'의 초연성에 대한 담화로 전환된다. "당신이 나의 말을 이해할 수 없다면/그건 내 뜻이 아닙니다" 혹은 "어느 날 가로등들이 꺼졌다 켜졌다 하듯이/당신은 누군가를 만나게 되고" 같은 표현들 속에서 '나'의 초연한 태도는, 이 시집을 관통하는 시적 화자의 '사물'과 '시간'에 대한 감각이기도 하다. 그걸 어떻게 받아들여야 할까?

서정시적 공간과 시간을 규정하는 시적 주체의 핵심적인 태도 중의 하나는 대상에 대한 내면적 '관심'이다. 그 '관심'은 대상과 '나'의 '관

련성'을 상상하고 재구성하는 시적 진술들을 만들어낸다. 이를테면 구름과 나무와 '당신'은 '나'와는 절대로 무관할 수 없는 존재들이며, '나'는 그것들과의 깊은 내적 관련성을 확인함으로써 어떤 '동일성'의 체험을 하게 된다. 서정적 공간이 그 안의 사물들 사이의 유기적인 풍경으로 짜여 있고, 서정적 시간이 그 순간들 사이의 내적 연속성과 인과성으로 구성되어 있는 것은 필연적이다. 그런데 만약 어떤 시가 대상에 대한 '나'의 무관성(無關性)을 노래한다면? 혹은 사물과 사물들의 무관성, 순간과 순간들의 무관성을 노래한다면? 그걸 서정시라고 부를 수 있을까?

하재연의 시는 적어도 외형적으로는 서정시의 일반적인 형태로부터 크게 벗어나 있지 않은 듯이 보인다. 화자가 절제된 음색으로 '풍경'과 '시간'을 압축적으로 표현하고 있으니까. 극단적으로 그로테스크한 환상이나 무차별적인 과잉의 언어들을 보여주는 것도 아니다. 그렇다고 하더라도 하재연의 시가 재래적인 서정시의 세계관을 답습하고 있다고 판단한다면, 그건 오류에 가까울 것이다. 하재연은 '순간과 압축성'이라는 서정시의 미적 자질을 재전유하여 그것의 세계관을 내파한다. 하재연의 시 속에 등장하는 장면들, 순간들은 서정적 주체의 연속성과 동일성을 보장하는 '충만하고 영원한 현재'가 아니다. 압축과 집중의 언어들 역시 대상의 내면화 혹은 내면 세계로의 집중을 의미한다기보다는, 대상의 내면성을 소거하는 미적 효과를 발휘한다. 서정적 감동과 파토스적인 감동을 모두 비껴가는 시적 화자의 초연한 시선은 그 시선의 주체성을 비워버린다.

그런데 말이다. 주체와 대상, 사물과 사물, 시간과 시간을 '무매개적'으로 파악하는 건조하고 심드렁한 화법에 대해 어떤 '냉소적 세계관'을 만나기보다는, 또 다른 시적 매혹을 경험하는 것은 왜일까? 하재연의 시에서는 현대시의 서정성이 더할 나위 없이 투명해져서, '삶의 깊이와 내면성'의 가치마저 투명하게 바라보게 한다. 하재연의 시는 흘러넘치는 과잉의 언어들을 비껴가면서도 서정성의 권위를 내파하고 그 현대성을 재구축한다. 이것이 하재연 시의 가능성을 '동시대'적인 맥락에서 읽게 만든다. 하재연은 현대시의 몸 안에서 다시 다른 시간의 몸을 연다. 새로운 시간의 몸은 투명하게 얇고, 때로 아무렇지도 않게 아프다. 시인이 "아무 일도 도모하지 않기 위해/다른 나라의 말을 하기 시작"(「피의 책」)하는 사람이라면, 그 최후의 전언은 "노래는 끝을 알 수 없이 희미해져/그대는 죽지 않고 나는 살아 있네"(「아마도 내일은」)일 뿐이다. 다만 나는 그 시인의 말이 "언젠가 피로써 번역되기를" 바랄 뿐.

바람은 어디에서든 잠깐, 불어왔을 뿐,
네게는 너의 현재가 읽히지 않을 것이다.
나는 아무 일도 도모하지 않기 위해
다른 나라의 말을 하기 시작했다.
그것이 언젠가 피로써 번역되기를 바라면서.   ─「피의 책」 부분

제5부 **풍경과 사건**

불우한 산책자들의 도시
─한국 현대문학과 도시의 모더니티

1. 도시라는 이름의 모더니티

한국 현대문학은 도시에서 태어났다. 한국 문학의 모더니티는 도시
화의 동력을 문학적으로 전유함으로써 형성되었다. 한국 현대사의 지
배적인 변동 요인이 산업화·자본주의화라면, 도시는 그 생활 공간의
정치경제학의 문제를 집약적으로 보여준다. 도시가 만들어지고 그 도
시에서 살아간다는 것의 문제는, 한국 문학 모더니티의 주요한 관심
내용을 구성한다. 한국 현대문학은 도시 속에서, 도시의 인간에 의
해, 그 현대적 미학을 만들어간 것이다. 도시는 다만 장소의 문제가
아니며, 도시적인 삶의 형성, 도시적 인간의 탄생이라는 더 근본적인
주제와 연관되어 있다. 도시적인 시간, 이미지, 스타일, 취향, 아비
투스 등 삶의 실천적·미학적 문제들이 여기에 포함된다.

모더니티의 문제를 중심으로 한국 문학 담론들을 사유하려는 노력
은 이제 상당한 이론적 진보와 실증적 축적을 이루었다. 하나의 균일

한 거대 담론으로서의 근대성이 아니라 작고 주변적인 모더니티의 문제를 사유해야 한다는 문제 제기 역시, 이제는 더 이상 새로운 주장이 아니다.[1] 풍속, 제도, 상품, 언어, 생활, 미디어 영역의 모더니티의 다양한 층위에 대한 풍부한 연구 성과 역시 지속되고 있다. 이 시점에서 다시 '도시'라는 키워드를 중심으로 한국 문학의 모더니티 문제를 제기할 수 있는 것은 다음의 이유에서이다.

모더니티의 문제를 이른바 '태도' '시선 체계' 혹은 '표상 공간'의 문제로 집중할 때, 도시적 공간에서 삶의 양식화라는 문제는 핵심적인 주제 중의 하나가 된다. 태도란 동시대의 현실에 관계되어 있는 어떤 양식, 사유하고 느끼는 방식을 의미한다.[2] 모더니티의 문제가 '근대적인 태도'와 관련된 것이라면, 이것은 근대적인 공간에 대한 근대적인 시선 체계의 문제와 연관 있다. 그리고 이것은 도시라는 공간을 심적으로 혹은 물리적으로 재현전화(再現前化)하는 문제이고, 표상을 표상으로 만들어주는 사회문화적 표현 코드 혹은 표상 시스템의 변동에 주목할 필요가 있다.[3] 도시에 대한 표상과 시선의 문제는 가시적인 것과 비가시적인 것을 구분하는 프레임 혹은 전시 방식의 체계와 그 안에 작동하는 권력과 그 사회·역사적 관계를 분석하는 시선의 정치학을 요구하게 된다.[4]

도시화 자체의 객관적·역사적 사실보다 중요한 것은, 도시 공간에 대한 태도와 시선의 체계, 그것을 표상하는 양식의 변화이다. 때문에

1) 졸고, 『미적 근대성과 한국문학사』, 민음사, 2001, pp. 6~7.
2) 미셸 푸코, 「계몽이란 무엇인가」, 김성기 편, 『모더니티란 무엇인가』, 민음사, 1994, pp. 351~52.
3) 이효덕, 박성관 옮김, 『표상 공간의 근대』, 소명출판, 2002, p. 19.
4) 졸고, 「시선과 관음증의 정치학」, 『이토록 사소한 정치성』, 문학과지성사, 2006, p. 31.

도시화의 문제는 근대 초기의 문제만이 아니라, 한국 문학 100년을 관통하고 지금 여기 삶의 문제까지를 성찰할 수 있는 현재적인 문제로 유효하다. 도시화의 동력은 완결된 역사적 사건이 아니라, 한국 자본주의 체제의 변동 과정과 함께 현재적으로 진행되고 있다. 그 도시화에 대한 시선 그리고 표상의 코드는 문학에서의 미학적 전유 방식의 변모와 깊게 연관되어 있다. 이 글은 한국 문학 100년 동안의 몇 가지 텍스트의 사례를 통해 도시라는 표상 공간을 형성하는 시선의 방식이 어떻게 변모했는가의 일부를 드러내려는 하나의 시론이다. 여기 몇 사람의 도시인이, 몇 사람의 도시 산책자가, 도시를 배회하는 몇 개의 시선이 있다. 그들이 어떻게 도시에 대한 시선을 획득하고, 그 시선을 무너뜨리고 있는가를 보자.

그들은 1930년대 경성의 거리로부터 2000년대 서울의 편의점에 이르기까지 배회하고 있지만, 그들의 산책은 언제나 불우하다. 도시가 단지 그들을 궁핍하게 만들고 소외시키고 고립시키기 때문이 아니다. 문학 텍스트 속의 그들은, 도시의 풍경과 도시적 시선과 도시적 삶에 대한 미적·성찰적 태도를 확보하려 하고, 그 노력은 개별화를 무너뜨리면서 역설적으로 개별화를 촉구하는 도시의 마력으로부터 자유롭지 못하다. 도시는 표준화, 평균화의 방식으로 개인성을 소모시키고 빼앗아가면서, 동시에 개인적인 것의 가치를 과장하도록 촉구한다.[5] 도시인이 혹은 도시의 산책자가 도시의 '감각의 과부하'와 균질화로부터 개인의 고유성을 확보하려는 투쟁—그 투쟁이야말로 현대적인 의미에서의 미적·문학적 투쟁이다—은 언제나 불우하다. 도

---

5) 게오르그 짐멜, 김덕영·윤미애 옮김, 『짐멜의 모더니티 읽기』, 새물결, 2005, p. 51.

시 공간과 군중에 대해 문학적 개인-산책자가 동일시의 입장을 취하든, 타자화의 대상으로 바라보든, 그것은 결국 시대와의 불화를 의미하기 때문이다. 그것은 마치 도시의 댄디들이 스타일의 자립성을 보존하려고 하면, 다시 그것이 도시적 스타일에 포획되는 아이러니와 같다. 미학적 문제의 핵심은 이 도시 공간에서 다른 삶의 가능성을 문학적으로 전유하는 것인데, 그곳으로 가는 도시의 길을 아무도 알려주지 않는다.

2. '경성' 거리를 바라보는 두 가지 근대적 시선

아스팔트 위에는
사월의 석양이 졸리고

잎사귀에 붙이지 아니한 가로수 밑에서는
오후가 손질한다.

소리 없는 고무바퀴를 신은 자동차의 아기들이
분주히 지나간 뒤

너의 마음은
우울한 해저
너의 가슴은
구름들의 피곤한 그림자들이 때때로 쉬려 오는 회색의 잔디밭.

바다를 꿈꾸는 바람의 탄식을 들으려 나오는 침묵한 행인들을 위하여
작은 아스팔트의 거리는
지평선의 흉내를 낸다.　　　　　　　　　　—「아스팔트」부분[6]

　현대 문명에 대한 적극적인 관심을 통해 1930년대의 모더니즘 운
동을 이끌었던 김기림의 시에는 도시 공간에 대한 시적 묘사가 등장
한다. 그의 모더니즘에 대한 가장 일반적인 비판은 문명의 외면적 징
후만을 표피적으로 다룸으로써 '문명 비판'의 기획에 다다르지 못했
다는 것이다. 물론 이런 비판은 충분한 비평적 근거를 가지고 있다.
하지만 문제적인 것은 김기림이 도시라는 공간을 묘사하는 방식, 그
시선의 운동 양식이다. 이 시에는 '아스팔트' '자동차' '가로수' '침
묵한 행인' 등의 도시적인 이미지들과 '해저' '구름' '지평선' '바다'
등의 자연적인 이미지들이 대비되어 있다. 그 대비적인 이미지의 조
합 사이로 '졸리고' '우울한' '피곤한' '탄식' 등의 권태로운 감상의
요소가 개입되어 있다. 이런 감상의 개입이 수행하는 문명 비판의 전
언만이 중요한 것은 아니다.
　1~3연이 도시의 아스팔트, 거리의 이미지와 스펙터클에 대한 묘
사라면, 4~6연은 그것으로부터 다른 공간을 호출한다. 물론 이러한
공간의 돌연한 확장과 이동은 몽타주적인 방식의 시선 이동으로 설명
될 수 있고, 그것은 김기림의 중요한 미학적 방법론이기도 하다. '해
저'와 '회색의 잔디밭'은 '너의 마음'과 '너의 가슴'에 대한 은유이지만,
그 은유는 도시의 공간적 감수성에 대한 비유적 이미지다. 그 비유적

6) 김기림, 『태양의 풍속』, 열린책들, 2004, pp. 158~59.

구조는 "작은 아스팔트의 거리는/지평선의 흉내를 낸다"라는 문장으로 압축된다. 거리의 권태와 우울은 지평선의 그것과 유비적 관계를 이룬다. 그 관계를 묘사하는 것은 문명에 대한 특정한 정서적 태도와 관련되어 있지만, 주목해야 할 것은 그 모든 것으로 조망하는 시선의 위치이다.

이 시에서 시선의 주체는 가로수와 자동차들을 볼 수 있는 거리의 한복판에 위치하고 있는 것처럼 보이지만, 그 시선은 '너의 마음'과 '너의 가슴'이라는 더 내면적인 공간을 향해서 움직인다. 이런 풍경의 이동은 유동적 시선이라는 근대적 시각 양식을 보여주는 것인데, 문제는 그 자연과 도시라는 두 공간적 표상을 유비적으로 대상화하는 시적 주체의 지위이다. 이 시에서 '침묵한 행인'으로 표현되는 도시 군중에 대한 시적 주체의 거리는, 도시 전체의 '기상도'를 내려다보는 시선의 위치를 규정한다. 그 시선의 위치야말로 '너의 마음'이라는 2인칭의 호명 방식으로 거리의 감수성을 정리하는 화자의 미적 태도를 설명해준다. 1930년대 경성의 거리로부터 우울과 권태의 감성을 추출하는 김기림의 태도는, 도시 공간에 대해 그가 외재적인 시선의 위치에서 문명의 피로를 발견한다는 것을 의미한다. 이 도시의 거리에서 '나'의 실존적 존재를 은폐하고 '너의 마음'을 대상화하고 '침묵한 행인'들을 타자화할 때, 김기림은 도시의 내재적 역동성과 매혹을 발견하기에는 너무나 먼 미적 거리와 높은 위치에 있었던 것이 아닐까?

이런 관점에서 이 시의 마지막 행에 '지평선'의 이미지가 등장하는 것은 의미심장하다. '지평선'의 이미지는 시각장의 중심으로서 소실점의 존재를 상기시키고, 이는 풍경을 통어하는 고정적이고 중심적인 시점을 여전히 유지하고 있음을 암시한다. 이 시 속의 이미지 전개가 풍경의 이동과 시선의 유동성을 보여주고 있다고 하더라도, 시선의 은폐된 주체는 가시적인 세계의 보이지 않는 중심에 위치하여 대상과 일정한 거리를 둔 채, 그것을 전체적으로 조망하면서 그 시각적 통어력을 행사한다.[7] 어쩌면 이런 은폐된 시선의 위치야말로 '고전적인 근대성'을 보유한 전형적인 시각 주체를 드러내는 것이라고 할 수 있지 않을까? 그렇다면 1930년대 경성의 또 다른 유력한 관찰자였던 박태원의 경우는 어떨까?

그러나 그 여자가 그자에게 쉽사리 미소를 보여주었다고 새삼스러이 여자의 값어치를 깎을 필요는 없었다. 남자는 여자의 육체를 즐기고, 여자는 남자의 황금을 소비하고, 그리고 두 사람은 충분히 행복할 수 있을 게다. 행복이란 주관적인 것이다⋯⋯.

어느 틈엔가 구보는 조선은행 앞에까지 와 있었다. 이제 이대로, 이대로 집으로 돌아갈 마음은 없었다. 그러면 어디로—. 구보가 또다시 고독과 피로를 느꼈을 때, 약칠해 신으시죠 구두에. 구보는 혐오의 눈을 가져 그 사내를, 남의 구두만 항상 살피며, 그곳에 무엇이든 결점을 잡아내고야 마는 그 사나이를 흘겨보고, 그리고 걸음을 옮겼다. 일면식도 없는 나의 구두를 비평할 권리가 그에게 있기라도 하단 말인가. 거리에서 그에게 온갖 종류의 불유쾌한 느낌을 주는, 온갖 종류의 사물을 저주하고 싶다. 생각하며, 그러나, 문득, 구보는 이러한 때, 이렇게 제 몸을 혼자 두어두는 것에 위험을 느낀다. 누구든 좋았다. 벗과, 벗과 같이 있을 때, 구보는 얼마쯤 명랑할 수 있었다. 혹은 명랑

---

7) 주은우, 『시각과 현대성』, 한나래, 2003, p. 396.

을 가장할 수 있었다.[8]

경성 거리를 '아무런 목적 없이' 대학노트를 들고 '산보'하는 탈계급적인 산책자의 하루 일과를 속도감 있게 그려낸 이 소설이 지니는 모더니즘적 위치는 확고하다. 이른바 '고현학'의 문학으로서 근대 도시에 대한 세밀한 관찰자적 시선을 보여준다. 이 소설이 문학적 개인-도시 산책가 유형을 전형적으로 보여주는 한국 문학이고, 이런 방식으로 도시의 일상성을 드러내는 유형의 작품들이 하나의 계보를 이룬 것을 보아도, 이 소설이 지니는 상징적 중요성은 재확인된다. 이 소설은 거리를 돌아다니는 구보의 동선과 시선을 따라가면서, 그 사이에 구보의 상념과 의식을 끊임없이 개입시킨다. 구보의 의식 세계에서 중심이 되는 것은 '고독' '행복'과 같은 삶의 관념적인 문제들과 '결혼' '돈'과 같은 현실적인 생활의 문제들이다. 그리고 이 도시에서 구보는 고독을 벗어나 진정한 행복에 도달하기 어려움을 자각한다. 소설의 마지막 부분에서 "이제는 거리를 다니지 않겠으며, 집에서 소설을 쓰겠다"라고 다짐하는 것 역시, 주인공이 거리에서 자신의 삶과 문학을 충만하게 하는 어떤 진실을 발견하지 못했다는 상징적인 결론으로 이해할 수 있다.

그런데 문제는 구보의 의식을 직설적으로 드러내는 독백적인 문장들이 아니라, 구보의 동선과 시선이 어떻게 소설의 서사적 층위를 구성하는가에 있다. 이 소설에서 몽타주적인 풍경의 이동과 파노라마적인 시선의 동선, 의식의 흐름을 드러내는 장치 등은 현대적 서사 기

---

8) 박태원, 『소설가 구보씨의 일일』, 문학과지성사, 2005, p. 120.

법으로 평가할 수 있다. 김기림의 은폐된 시선의 주체와는 달리, 이 소설의 주인공은 자신의 실존적 의식과 시선을 고스란히 드러낸다. 그렇기 때문에 이 소설 속 산책가의 시선은 풍경을 조망하고 통어하는 특권적 자리에 위치하지 않고, 대상과 이미지에 대한 어떤 통제력도 행사하지 못한다. 박태원의 산책자는 도시적 공간의 내부에서 실재하면서 스스로 움직이는 산만한 시선의 주체를 보여주고 있다. 이런 이유로 경성이라는 근대 도시의 복잡함과 운동성은 더욱 구체적으로 포착되고 채집된다. 산책자 역시 도시의 일부로서 자신의 사소한 위치를 가질 뿐이다. 심지어 산책자는 군중과의 시선 교차 속에서 어떤 공허와 불쾌감을 경험한다.

앞의 예문에서 도시의 거리와 군중을 향하는 구보의 시선은 '관음증'과 '혐오감'의 정서적 특징으로 요약된다. 관음증은 도시의 거리에서 우연히 보게 된 여자와 함께 있는 남자를 보면서, '문득 여자의 벌거숭이를 아무 거리낌 없이 애무할 그 남자의 야비한 웃음'을 떠올리게 한다. 그리고 그는 여자와 남자 간의 성적 관계가 '황금'에 의해 매개되어 있다고 짐작한다. 그 짐작의 발단은 물론 구보의 눈에 그 여자가 충분히 매혹적이었기 때문이다. 여성의 육체를 시각적으로 대상화하고, 다시 그 대상을 매춘부로 인식하는 것은, 교환 가치에 의해 매개되는 남녀 관계라는 도시의 생활에 대한 통찰을 포함하고 있다고 하더라도, 여성에 대한 매혹과 혐오를 동시에 드러내는 전형적인 남성 관음자의 시선을 보여준다. 구보가 도시의 스펙터클에서 시선을 집중하는 것은 카페 여급 등의 여성 육체이다. 여기에서 화폐로 살 수 있는 창녀의 이미지를 발견함으로써 그녀들은 거리에 전시된 일종의 도시적 상품으로 인식된다.

앞서 인용한 장면에서 '조선은행' 앞에서 구두닦이를 대하는 구보의 시선은 혐오감과 불쾌감으로 가득 차 있다. 그 혐오감의 핵심은 계급적인 것이 아니다. 구보 자신이 구두닦이를 훔쳐보는 것이 아니라, 구두닦이의 훔쳐보기 대상이 되었기 때문이다. 자신이 관음의 주체가 아니라, 관음의 대상이 되었을 때의 불쾌감은 극에 달한다. 그 불쾌감 때문에 그는 고독하고, 그래서 '벗'을 찾게 되지만, 벗과 같이 있을 때의 '명랑' 역시, '가장된 명랑'일 수 있다. 도시인은 친구 앞에서도 명랑을 연기한다. 그는 이 도시의 거리가 거대한 무대라는 것을 알고 있다. 박태원의 구보가 거리에서 느끼는 혐오감과 불쾌감은 압도적인 거리의 스펙터클 앞에서 소모되는 개인에 대한 저항이라고 볼 수 있다. 자본주의적 질서의 도래 앞에서 자기 보존에 대한 욕구는 지나가는 요소들에 대한 불신과 적대감을 만들어낸다. 외부적인 자극과 외부로부터 오는 감각의 압도적 우세에 맞서서 '개인적인 것'을 과장해야 하고 개성과 특성을 짜내야 하는 아이러니가 여기에 있다.[9] 박태원의 산책자는 이렇게 도시 공간 '안에서' 배회하는 유동적이고 파노라마적인 시선의 주체를 전형적으로 보여주지만, 여성의 육체 그리고 군중에 대한 '타자화'는 경성이라는 도시의 역동성을 자기 내부의 완강한 자의식 안에서 가두게 만든다. 이렇게 해서 근대의 도시 산책자는 그 내성적 주체화에 도달한다.

---

9) 게오르그 짐멜, 앞의 책, p. 51.

3. 관음증적 시선과 도시의 에로티시즘

1930년대의 경성이 보여주는 식민지 근대 도시의 혼종적 활력과 흥미롭게 대비되는 것은 1980년대 후반 이후의 서울이라는 대도시 공간이다. 1930년대의 경성이 식민지 근대화의 한 정점에 있었다면, 이 시기 서울의 새로운 모습은 문화 산업과 대중소비문화의 비약적인 발전이 이룩해낸 새로운 기호의 제국이다. 이 새로운 공간의 매혹에 대해 장정일과 유하만큼 적극적으로 문학적 관심을 드러낸 시인도 드물다. 이들의 시에서 도시는 매혹과 환멸, 관능과 죽음이 뒤섞인 공간이다. 장정일과 유하의 시에는 도시 공간의 스펙터클과 관능을 경험하는 시적 화자가 등장한다. 그는 도시적 공간 속에서 그 도시적 이미지들을 훔쳐보는 자이다. 그들은 일상적 시간의 경계에서 소요하는 도시 이미지의 소비자이다. 도시의 관능을 탐닉하고 거기에 매료되는 '훔쳐보는 산책자.'

바람 부는 날이면, 압구정동에 가야 한다 사과맛 버찌맛
온갖 야리꾸리한 맛, 무쓰 스프레이 웰라폼 향기 흩날리는 거리
웬디스의 소녀들, 부띠끄의 여인들, 까페 상류사회의 문을 나서는
구찌 핸드백을 든 다찌들 오예, 바람 불면 전면적으로 드러나는
저 흐벅진 허벅지들이여 시들지 않는 번뇌의 꽃들이여
하얀 다리들의 숲을 지나며 나는, 끝없이 이어진 내 번뇌의 구름다
리를
출렁출렁 바라본다 이 거추장스러운 관능의 육신과 마음에 연결된

동아줄 같은 다리를 끊는 한 소식 얻기 위하여, 바람 부는 날이면
한양쇼핑센터 현대백화점 네거리에 떡하니 결가부좌 틀고 앉아
　온갖 심혜진 최진실 강수지 같은 황홀한 종아리를 뚫어져라 바라보며
不淨觀이라고 해야 하리 옛날 부처가 수행하는 제자에게 며칠을 바
라보라 던져준
　구더기 끓는 절세미녀의 시체, 바람 부는 날이면 펄럭이는 스커트
밑의
　온갖 아름다움을, 심호흡 한번 하고, 부정해보리 내 눈은 뢴트겐처
럼 번쩍　　　　　　——「바람 부는 날이면 압구정동에 가야 한다 6」 부분10)

　유하는 '압구정동'이라는 도시적 스펙터클의 관능과 매혹을 드러낸
다. 압구정동 스펙터클을 이루는 것은 소비 사회의 물질적 기호들이
지만, 그 핵심에는 "흐벅진 허벅지들"이 자리 잡는다. 매혹당하는 시
선의 중심에 그 거리의 "허벅지들"과 "황홀한 종아리"들 "스커트 밑
의/온갖 아름다움"이 부각된다. 그 시선은 남성 관음자에 의해 대상
화된 여성의 파편화된 몸이라는 틀을 벗어나지 않는다. 관음의 대상
으로서 여성의 몸은 '다리'라는 특정한 신체 부위로만 물신화되어 있
다. 그러나 화자는 그 이미지들에 대한 매혹을 드러내는 데 멈추지
않는다. 화자는 그 매혹을 반성하고 부정할 수 있는 공간을 설정하려
고 애쓴다. 화자는 그 관능의 이미지들이 결국 '구더기 끓는 시체'일
뿐이라는 불교적 깨달음을 언급한다. 이 시의 함축적 화자는 거리의
관능에 매혹된 자이며, 동시에 그 매혹을 다시 반성하는 자이다. 이

10) 유하, 『바람 부는 날이면 압구정동에 가야 한다』, 1991, pp. 72~73.

시의 함축적인 시선은 관음자의 시선을 반성하는 또 다른 시선이다. 그러나 관음증에 대한 이런 반성적인 성찰에도 불구하고 여성의 몸을 '유혹'의 기호로 상정하는 거리의 남성 관음자의 시선은 근본적으로 전복되지 않으며, 그 매혹과 반성 사이에서 시는 오히려 어떤 활력을 유지한다.

1930년대 경성을 배회하던 산책자의 관음증적 시선과 비교할 때, 여기서 중요한 것은, 산책자가 소비하는 것이 여성의 육체 자체가 아니라 그 육체에 대한 소비문화적 기호라는 것이다. "구찌 핸드백"으로 상징되는 명품의 이미지와, "현대백화점 네거리"로 상징되는 스펙터클한 공간, "심혜진 최진실 강수지"로 기호화된 대중문화적 이미지들이 그것이다. 거리의 산책자는 그 기호화된 이미지들을 관음하고, 동시에 소비한다. 그는 단지 훔쳐보는 자가 아니라, 그 이미지들을 소비하고, 그 안에서 도시적인 매혹을 경험하는 자이다. 또 하나 주목할 수 있는 것은, 관음증적인 시선의 대상이 된 여성들 역시, 하나의 산책자이며 소비자로서 출현하고 있다는 점이다. 대중소비문화의 발전은 여성 산책자들을 소비의 주체로 가능하게 했고, 이들은 이미지 소비의 주체이자 대상이 되는 아이러니한 위치에 놓인다. '압구정동'이라는 새로운 도시 공간은 그렇게 관음증적 산책자로 하여금, 기호화된 이미지의 제국에 대한 새로운 매혹과 환멸을 경험하게 했다.

> 거대한 벌집을 연상케 한다. 그것은
> 여왕벌이 충실한 일벌을 거느리는 것같이
> 물론 천성에 의해서가 아니라
> 교육에 의해 훈련받는다는 그 점이 다르겠지만

어쨌든 백화점은 충실한 일벌을 거느린다.

하얀 와이셔츠와 멋있는 넥타이를 매고서

라면상자를 공중으로 던지고 맵시 있게 받아 재는 그들. 정오에서
세 시까지 네 사람씩 교대로

점심시간을 갖는 드러난 다리의 여점원들

여점원들에 대해서라면 몇 가지 부기할 것이 있다.

기사식당에서 나는 늘 그녀들의 일부를 만나곤 했지

마른 빵을 우겨넣으며 간단히 점심식사를 때우면

한가한 잡담도 없이 만화책과 주간지를 뒤적이며 나른한 옷주름을
펴던

백색의 처녀들.

선짓국밥 속에 숟가락을 묻은 채 나는

그녀들 중의 한 사람에게 얼마나 말을 걸고 싶어 했는가

왕국의 여자를 아는 것은 왕국을 아는 것이기에

아니, 내가 왕국을 정복할 수도 있는 일!　　──「백화점 왕국」 부분[11]

대도시 공간에서의 시각 양식을 전형적으로 구현하는 백화점은 그
런 이유로 도시 자체와 상동성을 갖는다.[12] 백화점은 상품 전시의 스
펙터클과 소비의 관계를 극적으로 보여주는 핵심적인 장소이다. 그곳
은 교환 가치의 거대하고 숭고한 신전이다. 압도적인 분량으로 전시
된 상품들에 대한 소비자─산책자의 시선은 전형적으로 파노라마적인
것이 된다. 장정일의 시는 백화점에 대한 정치경제학을 겨냥한다. 이

---

11) 장정일, 『햄버거에 대한 명상』, 민음사, 1987, pp. 94~95.
12) 이성욱, 『한국 근대문학과 도시문화』, 문화과학사, 2004, p. 193.

시에서 특징적인 것은 시의 주체가 소비자-산책자가 아니라, '생업' 과 관련하여 백화점을 드나드는 '중졸'의 화자라는 점이다. 그래서 그는 백화점의 매혹 대신에 그것에 대한 정치경제학의 비판적 관점을 드러낸다. 이를테면 "노동은 비인간적인 행위"이고, "다가올 할인 판매를 광고하고 잽싸게 뒤돌아서서 새로운 판매전략에 고심하는 이자가 바로 우리들의 등과 배를 간질이며 만들라! 만들라! 만들라! 강요하는 것"이고, 백화점은 "흑인과 백인 간의 한밤의 매질하기 놀이에 의한 다국적 사람 망치기 왕국"이고, "백화점을 다스리는 자가 필시 국방을 다스리게 되리라"는 것이다.[13] 백화점을 둘러싼 정치경제학적 통찰은, 노동의 소외, 자본의 은폐된 강요, 다국적 자본의 힘, 자본의 힘이 결국 군사력을 통제한다는 사실 등을 적시한다.

이와 같은 전언은 비판적 진실의 힘을 보유하는 것이지만, 더 흥미로운 국면은 백화점의 여점원을 향한 관음증적 시선이다. 백화점의 여점원은 여성 소비자들로 하여금 안전한 소비를 보장하는 장치이기도 하지만, 다른 한편으로 보면 이 여점원들 역시 백화점 스펙터클의 일부이다. "여성 점원은 백화점이라는 볼거리 가득한 무대에서 에로티시즘을 분무하는 한 명의 연기자가 되면서 동시에 그것을 통해 남성들의 시각 욕망을 충족시키는, 쇼윈도 기제의 살아 있는 마네킹이 되는 것이다." 여점원은 상품들과 함께 백화점의 관음증과 에로티시즘의 중요한 대상이 된다. 이들의 '감정 노동'은 이른바 '직업 여성'에 대한 관음증의 소비 대상이 된다. 이 시가 흥미로운 것은, 백화점의 여점원들을 시각 욕망의 대상으로 삼았다는 사실 자체가 아니라, 시

---

13) 이성욱, 앞의 책, p. 243.

선의 권력을 백화점의 정치경제학 관계 속에서 드러냈다는 점이다. 물론 이 시의 화자는 유하의 경우와는 달리 자신의 관음증적 시선을 정면으로 반성하지 않는다. 그러나 백화점 여점원에 대한 관음증적 시선 역시 정치경제학적 성찰의 대상이 될 수 있는 비판적 공간을 열어놓았다. 대도시의 에로티시즘에 대한 유하의 반성이 다분히 실존적 문제에 가깝다면, 장정일의 정치적 성찰은 그것의 사회적 차원을 더 명시적으로 문제화한다.

4. 시선의 탈주체화, 새로운 도시인의 탄생

도시 공간에서의 시선 문제에서, 남성 관음자의 욕망 코드를 벗어난 문학 텍스트는 가능한가? 1990년대 이후 여성 문학가들의 활발한 창작은 이 문제를 새로운 차원으로 견인하고 있다. 도시적 스펙터클의 일부로 대상화된 여성의 몸이라는 관음증의 메커니즘을 전복할 수 있는 새로운 '여성적 응시'는 가능할까? 도시 공간에서 여성의 몸이 남성 관음자에 의해 물신화된 대상이 아니라, 새로운 응시의 열린 주체가 될 수 있을까? 혹은 도시 공간에서 근대적 시선 체계와 권력 관계를 교란하는 '탈시선의 모험,' 그 미적 전유는 가능할까?

미궁의 유리문들이 점점 늘어난다. 길 위에 길이 세워지고, 물길 아래 물길이 세워진다. 너는 늘 떠나지만 멀리 가지 못하고 늘 제자리로 돌아온다. 새로운 길을 개척해보려 하지만, 늘 역시 그 자리로 돌아오고야 만다. 벙어리 네 그림자는 말하리라. 땅바닥에 누워 네 바짓가랑

이를 잡고 늘어져서 말하리라. 이 길로 가서는 안 돼요. 그림자 언제
나 길은 틀렸어요 말한다. 날마다 복선이 증가한다. 유리벽에 뭘 새길
수 있단 말인가. 그러나 너는 유리벽에 매달려 뭔가 새기려 하고 있구
나. 꿈속에 있으면서 꿈속에 전령을 보내려고, 헛되이 허공 중에 고운
얼굴을 새기고 있구나. 미로는 날마다 골목 끝에 유리문을 세운다. 이
몸을 깨뜨리고 어떻게 밖으로 나가지? 내 몸 밖에서 누가 나를 아직도
부르고 있는데……   —「서울」 부분[14]

1990년대의 김혜순은 여성적인 몸의 시학을 통해 안과 밖의 경계
가 없는 부풀린 도시 공간의 몸을 묘사한다. '서울'이라는 공간에 대
한 시적 묘사는 그로테스크한 죽음의 세계와 묵시록적 징후와 폭발적
인 관능의 세계가 뒤섞여 있다. 문제는 그 공간과 풍경을 탈주체화하
는 언술의 방식이다. 서울이라는 공간은 우선 유리문으로 구성된 미
궁의 공간으로 묘사된다. 유리는 투명함을 기본적 성격으로 하지만,
그것은 단절과 소외의 공간을 만들어내는 이미지이다. 서울이라는 대
도시를 수많은 유리벽으로 이루어진 미궁의 세계로 묘사하는 것은,
그 자체로 의미가 있다. 대도시는 그 공간의 압도적인 크기 내부에
수많은 유리벽을 내장함으로써 그 안에 있는 인간에게 시야와 전망을
허락하지 않는다. 그 안에 수많은 유리방을 가진 대도시는 '길 찾기'
가 봉쇄된 공간이다. 그곳으로부터의 탈출 역시 어려울 수밖에 없다.
미궁 안의 방들은 열려 있으면서 닫혀 있고, 입구가 출구이고 출구가
입구인 공간이다. 그 공간에 바깥은 존재하지 않는다. 출구가 없는

14) 김혜순, 『나의 우파니샤드, 서울』, 문학과지성사, 1994, p. 93.

공간 속의 사람들은 "설탕병에 빠진 개미" "실뭉치 속에 숨어든 파리"처럼 비대한 서울의 몸 안에 갇혀 있을 수밖에 없다.

그런데 이 시가 대도시의 미로 속에서 길을 잃은 도시 산책자의 이미지만을 드러냈다면, 그 상상적 동력은 제한적일 것이다. 김혜순에게 독특한 것은 '나'와 도시의 관계를 주관과 대상의 관계, 시선의 주체와 시선의 대상 관계로 설정하는 것이 아니라, '나'와 '너'라는 몸의 확장으로 도시 공간을 설정한다는 것이다. '욕망의 총체'인 서울의 현실을 유리문으로 이루어진 닫혀 있는 비대한 몸의 공간으로 표상한다. 그 미궁의 세계는 몸 안 세계의 확장일 뿐이다. 서울이라는 미로를 탈출할 수 없는 것은, 몸 밖으로 출구를 찾을 수 없는 것과 같다. 그래서 서울의 공간은 나와 너의 몸의 공간이며, 세계의 부정성은 그 몸의 부정성이다. 몸의 현실은 안과 밖, 나와 너, 주체와 대상, 꿈과 현실이 구별되지 않는 공간이다. 그곳은 차라리 꿈속의 꿈, 몸속의 몸의 공간이다. 그 몸의 상상적 동력은 "난자가 그녀의 집에 정자를 체포하는 것"과 같은 여성적 몸의 존재론으로부터 나온다. 미궁의 세계를 몸의 확장과 중첩이 만들어내는 세계로 보는 상상적 응시는, 근대적 산책자의 시선을 일거에 뛰어넘는다. 김혜순에 이르면, 도시 공간을 대상화하는 시선의 특권적 지위는 무너지고, 그 공간은 몸의 상상적 위상학으로 대체된다. 여성적 몸을 둘러싼 상상적 모험은 도시 인간의 시선을 탈주체화한다.

한 번도 휴일이 없었던 그곳에서 나는―나의 필요를 아는 척해주는 그곳에서 나는― 그러므로 누구도 만나지 않았고, 누구도 껴안지 않았다. 내가 편의점에 갔던 그사이, 나는 이별을 했고, 찾아갔고, 내가 누군가를 죽일 수도 있는 사람이라는 것을 깨달았다. 그러나 이 모든 것을 아무도 알지 못한다. 그 거대한 관대가 하도 낯설어 나는 어디를 봐야 할지 몰라 서성이고 있다. 당신이 만약 편의점에 간다면 주위를 잘 살펴라. 당신 옆의 한 여자가 편의점에서 물을 살 때, 그것은 손을 긋기 위함이며, 당신 앞의 소년이 휴지를 살 때, 그것은 병든 노모의 밑을 닦기 위함인지도 모른다는 것을. 당신은 이따금 상기해도 좋고 아니래도 좋다. 큐마트, 세븐일레븐, 패밀리마트는 모른다. 편의점의 관심은 내가 아니라 물이다, 휴지다, 면도날이다. 그리하여 나는 편의점에 간다. 많게는 하루에 몇 번, 적게는 일주일에 한 번 정도 나는 편의점에 간다. 그리고 이상하게도 그사이, 내겐 반드시 무언가 필요해진다.[15]

2000년대의 서울은 수많은 편의점과 함께 다시 태어난다. 편의점은 2000년대 도시의 라이프 스타일과 밀착된 공간이다. "사람들에게 습관이란 구원만큼 중요한 문제가 되었"기에, "24시간 편의점"은 "24시간" 도시인의 '편의'를 제공하는 공간으로 생활 속에 파고들어 순식간에 도시를 점령해버렸다. 도시인의 생활양식 변화에 신속하게 반응하여, 그곳에는 필수적인 다양한 물품들이 표준화된 방식으로 투명한 유리와 환한 조명 아래 구비되어 있다. 2000년대의 젊은 작가가 편의점의 공간을 중심으로 도시인의 일상적 삶의 방식을 그려낸 것은 그래서 필연적이다.

---

15) 김애란, 「나는 편의점에 간다」, 『달려라 아비』, 창비, 2005, p. 57.

김애란에게 이 공간은 무엇보다 도시적 삶의 패턴과 인간관계가 무엇인가를 집약적으로 보여주는 장소이다. 후기 산업사회의 도시적 삶이 소비의 생활화라는 방식으로 자기 존재를 실현하는 것이라면, 편의점은 그 일상적 소비의 장소로서 사회문화적 의미를 지닌다. "내가 편의점에 갈 때마다 어떤 안심이 드는 건, 편의점에 감으로써 물건이 아니라 일상을 구매하게 된다는 생각 때문인지도 모르겠다. 비닐봉지를 흔들며 귀가할 때 나는 궁핍한 자취생도, 적적한 독거녀도 무엇도 아닌 평범한 소비자이자 서울 시민이 된다."[16] 그곳에서 도시인은 일상 자체를 구매하고, 그 구매와 소비의 행위를 통해 서울 시민이라는 것을 입증한다. 이 소설의 사소한 에피소드들은 편의점을 매개로 한 인간관계가 무엇인가를 정확하게 드러내준다. 편의점에는 외상도 불가능하고 개인적인 부탁도 하기 힘들다. 철저히 표준화되고 투명한 화폐 교환의 관계 속에서만 사람들을 만날 수 있다. 점원들이 고객을 대하는 방식은 친절하지만 표준화, 패턴화되어 있다. '무관심한' 친절과 배려는 도시적 인간관계의 핵심적인 특징이다.

편의점에서 개인이 소비하는 물건들은 개인의 생활 내용을 알려주는 것이지만, 그 소비는 그러나 개인의 특성과 개성을 보장해주는 것도 아니다. 그 소비는 개인적이지만, 또한 익명적이며, 개인성의 내용을 보장해주지 않는다. 그러니까 이 지점에서 '나'와 '편의점,' 혹은 '편의점'의 당신들은 서로 구별되지 않는다. 이런 방식으로 '편의점'이라는 공간은 도시 공간에서의 시선 주체와 대상의 관계를 무화시켜 버린다. 도시 공간은 단지 '나'의 시선 대상이 아니라, '나는 편의점

---

16) 김애란, 앞의 책, p. 41.

에 간다'라는 소비 행위가 끊임없이 반복되는 장소이고, 중요한 것은 그 공간에서 '나'를 실현하는 방식으로서의 일상적 소비이다. '나는 편의점에 간다. 고로 존재한다'라는 서사적 명제 속에서, 시선의 특권적 주체는 없다. 공간의 스펙터클을 통해 시선의 주체와 대상의 관계를 확립했던 현대 도시는 이제, 그 시선의 위계를 무너뜨리는 투명한 소비와 무관심의 제국을 만들어낸 것이다. 그 제국에는 시선의 주인이 없다. 이 도시의 '거대한 관대'는 친절한 지옥처럼, 매혹적이고 또한 두렵다.

한국 현대시 100년, 그 이후

―풍경의 시와 사건의 시

　'현대시 100년'으로 설정하는, 문단 안팎의 이벤트가 줄을 잇고 있다. 이런 주장의 근거에는 최남선의 「해에게서 소년에게」(1908)가 '현대시'의 효시라는 전제가 뒷받침되어 있다. 그런데 기본적으로 질문해야 하는 문제는, 「해에게서 소년에게」가 정말 '현대시'의 시작이라고 할 수 있는가? 그리고 '현대시'란 도대체 무엇인가? 하는 것이다. 이 질문은 단순히 '현대시'의 기점에 관한 질문이 아니라, 이른바 '현대시 100년'의 내용을 이해하고, '현대시 100년 이후'를 예견하고 기획하는 데 필요한 의미 있는 질문이다.

　개화기로부터 1920년대의 본격적인 동인지 시대의 시들이 나타나기 전까지, 여러 가지 형식의 계몽적 시가들이 등장했었다는 것은 주지의 사실이다. 『독립신문』에 실려 있는 '애국가' 유형의 작품, 『대한매일신보』에 실린 '개화 가사' 유형의 작품에서부터, 『소년』 『청춘』 등에 발표된 '창가'와 '신체시'에 이르기까지 그 형식은 다채롭다. 그 중에서 특히 1908년에 발표된 '신체시'인 「해에게서 소년에게」를 '현대시'로 상정하는 근거는 무엇인가?

　처……ㄹ썩, 처……ㄹ썩, 척, 쏴……아
　저 세상 저 사람 모두 미우나
　그중에서 제일 똑 하나 사랑하는 일이 있으니,
　담 크고 순정한 소년배들이.
　재롱처럼, 귀엽게 나의 품에 와서 안김이로다.
　오너라 소년배 입맞춰주마.
　처……ㄹ썩, 처……ㄹ썩, 척, 튜르릉, 꽉.

—「해에게서 소년에게」 부분¹⁾

　만약 이 시가 이른바 '근대적 의식'을 고취시킨 시로서 역사적 가치
를 지닌다고 한다면, 굳이 「해에게서 소년에게」에만 특별한 것은 아
니다. '자주독립' '문명개화' 등의 계몽적 담론들은 개화기 시 모두에
해당되는 특징이기 때문이다. 두번째로 이 작품의 언어와 형식이 '근
대적' 혹은 '현대적'인 것을 담고 있는가 하는 점이다. '신체시'라는
형식이 정형시로부터 어느 정도의 '자유시'로 이행하는 것을 보여주
고 있다고 하더라도, 그것이 '정형성'으로부터 완전한 탈피를 보여주
는 것은 아니라고 할 수 있다. 그렇다면 이 작품에서 시인 혹은 시적
자아의 내적 의식에서 어떤 '근대적/현대적'인 것을 발견할 수 있는가
하는 점인데, 이것은 이 시에서 '1인칭'의 동일성이 어떻게 관철되고
있는가를 분석해야 하는 일이다. 이 시에서 1인칭 '나'는 '바다'라는

---

1) 최남선, 『소년』 1908년 11월호.

존재이며, '나-바다'는 '나의 짝될 이'로 "담 크고 순정한 소년배들"
을 호명함으로써, 계몽적 주제를 의식화한다. 그러니까 이 시에서
'나'는 개별적인 개인적 자아 혹은 내면으로서의 '나'가 아니다. 이런
점들을 종합해보면 「해에게서 소년에게」를 '현대시'의 시작으로 전제
하는 것은, 문학사를 둘러싼 일종의 '풍문'에 속한다.

　그 풍문을 넘어서 '현대시'란 무엇인가? 이 질문은 다른 방식으로
말하면 한국 시에서의 '현대성' 혹은 '현대적 수준'이란 무엇인가? 라
는 질문이기도 하다. 한국 문학사에서 '근대/현대'의 기준을 찾는다는
것은 매우 어려운 과정에 속한다. 근대문학이 국민국가nastionstate의
형성과 분리될 수 없다는 논리를 인정한다면, 식민 지배와 분단으로
그 과제를 실현하지 못한 20세기의 한국 근대문학은 결핍과 모순의
조건을 감당할 수밖에 없다. 이른바 '근대'에 대한 사회적 실현이 유
예됨으로써 문학은 그 근대성의 추구를 위해 어떤 효용성을 지녀야
한다는 명령의 과잉으로부터 자유롭지 못했다. 그래서 정치·경제적
인 의미의 근대가 실현된 바탕 위에서 그것에 대해 비판적 에너지를
보유한 미적 근대성의 성격이 설정될 수 있었던 서구와는 달리 그 사
회적 근대의 추구에 대해 문학이 스스로의 자율적 공간을 유보해야
했야만 했고, 미적인 영역에 대한 지향 역시 국가적·민족적인 보편
적 이념과 결합하는 양상을 보여주었던 것이다.[2] 한국 문학의 '근대/
현대'의 기준은 그래서 '미적 근대성'의 '은폐'라는 조건 속에서 논의
되었다.

　'한국 문학'이라는 규모에서가 아니라, '한국시'라는 수준에서 '현

---

2) 졸고, 「모순으로서의 근대문학사」, 『미적 근대성과 한국문학사』, 민음사, 2001.

대성'의 기준을 무엇이라고 할 수 있는가를 생각할 때, 가장 중요한 초점은 '장르'에 관한 의식의 문제일 것이다. '시'라는 장르를 어떻게 현대적으로 의식하고 그 언어와 형식에 관한 탐구를 구체화하고 있는가의 문제가 대두될 수밖에 없다. 다른 방식으로 말한다면, '장르'의 정체성과 자율성에 대한 의식이 '현대시'의 '현대성'을 구성하는 중심적인 요소일 수밖에 없다. 그렇다고 해서 모든 문제가 명확해지는 것은 아니다. '시 장르'의 동일성을 어떻게 설정하는가는 시인의 의식 문제일 뿐만 아니라, 구체적인 문학 텍스트에서의 언어 문제이다. 시인 의식만을 문제삼는다면, 정작 문학 텍스트가 '현대성'의 부차적인 참고 사항이 될 수 있다. 따라서 중요한 것은 이 장르의 정체성 문제를 시 텍스트 안에서 맥락화하는 작업이다.

산에는 꽃 피네
꽃이 피네
갈 봄 여름 없이
꽃이 피네

산에
산에
피는 꽃은
저만치 혼자서 피어 있네.　　　　　　　——「산유화」 부분[3]

---

3) 김소월, 『진달래꽃』, 태문사, 1925.

유리에 차고 슬픈 것이 어린거린다.

열 없이 붙어서서 입김을 흐리우니

길들은 양 언 날개를 파다거린다.

지우고 보고 지우고 보아도

새까만 밤이 밀려나가고 밀려와 부딪히고,

물먹은 별이, 반짝, 보석처럼 백힌다.　　　　—「유리창 1」 부분[4]

　김소월과 정지용의 시에서 분명하게 나타나는 것은 하나의 '풍경'을 구조화하는 시적 주체의 개별적 동일성이다. 숨은 1인칭 화자는 자신의 내적 의식 안에서 풍경을 포착하고, 그 풍경을 붙잡아둔다. 1인칭 자아의 내면이 구성하는 풍경은 하나의 일관된 인격적 동일성의 '시선'으로 포착된 것이다. 중요한 것은 '꽃이 저만치 피어 있다'라고 보는 시적 주체의 시선, '유리창'이라는 프레임으로 세계를 포착하는 시적 주체의 시선이다. '저만치'라는 부사어와 '유리창'이라는 시각적 틀은 시선의 주인으로서 1인칭의 지위에 의해 뒷받침되어 있다. 최남선의 「해에게서 소년에게」가 '바다-나-우리-소년배'라는 집단적 1인칭의 계몽 담론 구조 위에서 '나'와 '시선'과 '풍경'에 관한 시적 구조를 확립하고 있지 못하다면, 위의 두 시에서는 '시적 자아'가 거의 완전한 자기동일성을 구축하고 있다는 것을 확인할 수 있다. 이로써 1920년대의 한국시는 그 '현대시'로서 미학적 구조를 구성하고 있다고 할 수 있다. 현대시에서 '장르'의 정체성과 자율성은 '시적 자아'의 개별적인 자기동일성이라는 문제와 긴밀하게 연관되어 있다. 그

---

4) 정지용, 『조선지광』 1927년 3월호.

것이 현대시가 '개인'을 발견하는 방식이고 이 개인의 자기동일성은 '민족' 혹은 '국가'의 자기동일성과 상동적인 관계를 구성하는 것으로 볼 수 있다.

그러나 한국시의 '현대적' 동력은 시적 자아의 동일성이라는 맥락에서만 설명될 수 있는 것은 아니다. 한국시는 도시화가 진행된 1930년 이후부터 시적 자아의 동일성이라는 시적 구성 원리를 해체하는 작업을 동시에 출발시킨다. 이상이 가장 문제적인 경우라는 것을 우리는 알고 있다.

꽃이보이지않는다. 꽃이香기롭다. 香氣가滿開한다. 나는거기墓穴을판다. 墓穴도보이지않는다. 나는눕는다. 또꽃이香氣롭다. 꽃은보이지않는다. 香氣가滿開한다. 나는잊어버리고再처거기墓穴을판다. 墓穴은보이지않는다. 보이지않는墓穴로나는깜빡꽃을잃어버리고들어간다. 나는정말 눕는다. 아아. 꽃이香氣롭다. 보이지도않는꽃이 ─보이지도않는꽃이.

─「절벽」 부분5)

김소월의 '꽃'과 정지용의 '유리창'이 '보이는 것'으로서의 '대상'과 시적 자아의 관계를 구축했다면, 이상의 '꽃이보이지않는다'라는 문장은 일종의 선언적 의미로 읽힌다. 보이지 않는 꽃과 만개하는 향기, 그리고 내가 파는 '묘혈'이라는 구조에서 대상을 '시선'으로 포착하는 시적 자아의 인격적 동일성은 해체되어 있다. 1인칭 '나'는 대상을 볼 수 없고, 대상을 볼 수 없는 1인칭은 급격하게 익명화, 비인칭

---

5) 이상, 『조선일보』 1936년 10월 6일자.

화된다. 1930년대의 이상이 어떻게 이러한 비동일성의 시학에 이르게 되었는가는 한국 문학사의 놀라운 비밀 가운데 하나이다. 1920년대에 와서 구축된 동일성의 시학이 1930년대에 이미 비동일성의 시학을 탄생시키고 있다는 것이 한국 현대시사의 숨은 동력이 된다. 이러한 비동일성의 시학은 1920년대 시의 근대적 구축이 있었기 때문에 가능했으며, 이로써 두 가지 시적 동력이 이후의 한국 현대시를 관통했다는 가설이 성립된다. 이를테면 한때 1960년대 이후 한국시를 정리하는 풍문이었던 '순수시/참여시'의 이항대립 역시, 이 논리에서 보면 '가짜 대립'에 속한다. 이른바 '순수시'가 전위적인 미학적 파괴력을 갖는 경우도 있을 수 있고, 참여시가 보수적이고 전통적인 문법적 규율 속에 갇혀 있는 경우도 얼마든지 있을 수 있기 때문이다.

이 '동일성의 시/비동일성의 시'를 다른 방식으로, '풍경의 시'와 '사건의 시'라고 말할 수도 있다. 물론 이 분류 역시 물론 절대적이지는 않다. 이 글에서 제기하는 한국 현대시의 모순 동력들은 기존의 이분법적 틀 사이를 '횡단'하기 위한 전략적인 개념이지, 새롭고 절대적인 기준을 제시하는 것이 아니다. 표상 체계를 구축하기 위한 모든 이분법은 어느 정도는 '폭력적'인 것이다. 풍경을 말할 때, 그 풍경은 하나의 프레임 속에 들어와 있는 풍경이고, 그 프레임을 규정하는 주체의 시선이 전제된다. 모든 풍경은 주체의 시선에 의해 선택되고 구성된 풍경이다. 풍경은 언제나 풍경의 바깥, 풍경의 뒷면, 풍경의 다른 시간에 대한 배제 위에서 구축된다. 그것이 근대적인 의미에서 풍경의 미학적 구성 원리이다. 여기서 중요한 것은 풍경의 유기적 질서와 완결성, 혹은 그것을 선택하고 구성하는 주체의 동일성이다. 그런데 사건의 시가 있을 수 있다면, 그것은 단순히 풍경에 시간과 서사를 개입시킨다는 것을 의미하지는 않는다. 풍경에 시간과 서사를 개입시킨다고 해도, 그것은 풍경의 서사적 연속성과 인과성에 대한 확장일 뿐, 풍경 자체의 바깥으로 도주하는 것은 아니다. 이른바 서사성이 가미된 '민중시'가 대개의 경우, 여전히 '풍경의 시'에 속하는 이유도 이와 같다.

그렇다면 사건의 시는 어떻게 씌어지는가? 사건성이란 주체의 동일적인 시선으로 포획된 풍경의 바깥에 있는 존재의 가능성까지를 포함한다. 사건성에서 존재가 시간 속에 내재해 있다는 감각은, 존재가 서사적 인과성의 구조 위에서 주체화된다는 것을 의미하지는 않는다. 사건의 시, 혹은 사건으로서의 시는 풍경의 프레임에 갇혀 있지 않은 잠재적인 시간의 가능성을 개방한다. 실체에 대한 이미지를 구축하는 것이 아니라, 그것의 움직임을 의미화한다. 명사나 형용사가 아닌, 동사적인 맥락에서 존재의 사건성을 드러내는 작업. 그리하여 시간 속의 존재가 다른 시 – 공간 속의 존재로, 다른 삶의 가능성으로 열리는 순간을 징후화한다.[6] 여기 2000년대 시에서 「두 얼굴」이 있다.

얼굴로부터 넘친 얼굴
나는 당신이 모르는 표정을 짓지만

내 얼굴엔 무언가 빠진 게 있을 거야

코로부터 넘친 코, 코에서 코까지 앞만 보고 달려가면 결국 코가

---

6) 졸고, 「익명적 사랑, 비인칭의 복화술」, 이 책에 인용, p. 293 참조.

없고

　귀로부터 넘친 귀, 귀에서 귀까지 귀를 막고 뛰어가면 세상은 온통 귓속 같고

　입을 꽉 다물럼 이빨은 자라지 않고, 편도선은 부풀지 않는가. 거품은 일지 않는가.

　사진 속의 파도처럼 내 혀는 꼬부라져 있네.

　얼굴을 침실처럼 꾸미고, 커튼을 내리고, 나는 혀를 달래서 눕히네, 나는 사탕 같은 어둠을 깔고

　나는 당신이 모르는 표정을 짓지만

　내 얼굴엔 무언가 남아도는 게 있을 거야.　　──「해변의 얼굴」 부분[7]

　축제의 행렬이 지나가는 공동묘지,

　울퉁불퉁을 열 잔 마시고 티격태격을 스무 잔 삼킨 아이들

　쓰러뜨림이 목적인 것처럼

　그녀의 얼굴은 싸움터이다

　그녀는 금방 사랑받고 금방 잊혀진다

　어둠 속, 한 여자가 울고 두번째 여자가 울고 세번째 여자가 뛰쳐나간다

---

7) 김행숙, 『이별의 능력』, 문학과지성사, 2007.

기침 끝없는 기침처럼 거울을 사이에 두고 두 여자가 서로의 얼굴을
향해 침을 뱉었다　　　　　　　　—「그녀의 얼굴은 싸움터이다」 부분[8]

'얼굴'이란 무엇인가? '얼굴'은 자아의 대표성과 동일성을 표상하
는 이미지다. '풍경의 시'를 다른 방식으로 말하면, '얼굴의 시'가 될
것이다. 얼굴이 하나의 인격적 동일성을 대표하고, 그 얼굴의 주인인
'시선'이 포착한 '풍경'을 드러내는 시라고 설명할 수 있다. 얼굴을
통해 그 사람의 내면을 들여다볼 수 있다는, 얼굴이 그 사람의 영혼
을 비춘다는 인식은, 그래서 얼굴을 자아의 인격적 동일성의 상징으
로 만든다. 얼굴이란, 이렇게 신체의 특권적인 지위를 차지하고 있으
며, 이목구비의 짜임새는 영토화된 자아의 상징이다.

　김행숙의 시에서 흥미로운 것은, 해변이라는 공간 속의 얼굴 이미
지의 관계성이 아니라, 얼굴의 '해변-되기'이다. 얼굴은 단지 해변의
풍경 속에서 유기적으로 연결된 이미지이기보다는, 그 얼굴의 존재론
적 가능성을 한없이 과잉으로 실현하려는 얼굴, '파도같이, 차양같이,
베란다같이, 해변같이, 모래알같이' 되어버리는 얼굴이다. "얼굴로부
터 넘친 얼굴"이란, 얼굴이 신체의 유기적 질서로부터 풀려나와 하나
의 개체로서 넘쳐나는 사건이다. 그 얼굴을 구성하는 코와 귀와 입은
얼굴의 전체적인 질서 속에서 구속되지 않고, 코의 동일성, 귀의 동
일성, 입의 동일성으로부터 다른 방향으로 '넘쳐난다.' "얼굴로부터
넘친 얼굴"에서 "코로부터 넘친 코" "귀로부터 넘친 귀"가 다시 스스

---

8) 황병승, 『트랙과 들판의 별』, 문학과지성사, 2007.

로를 생성하고, 그래서 '얼굴'은 "무언가 빠진 게 있"거나, "무언가 남아도는 게" 있다. '내' 표정을 '당신'이 모르는 것은 필연적이며, '나' 역시 잉여와 범람으로서의 '내' 얼굴을 장악할 수 없다.

황병승의 얼굴은 '싸움터'이다. '싸움터'는 하나의 인격이 아니라, 여러 개의 인격이 투쟁하는 자리. 유기적인 어울림을 통해 하나의 실존적인 이미지를 구성하는 얼굴이 아니라, 싸움터로서의 얼굴은 '주체화'로부터 풀려난다. 이런 이유로 "그녀는 금방 사랑받고 금방 잊혀진다." 당연하지 않은가? '얼굴'은 그렇게 시간적 동일성을 확보할 수 없다. 그리고 그 얼굴은 "한 여자가 울고, 두번째 여자가 울고 세번째 여자가 뛰쳐나"가는 장소이다. 얼굴이란 "분침이 시침을 덮치는 순간처럼" 불안정한 시간성 위에서, "끝없는 기침처럼" 그렇게 다중적으로 존재한다. "거울을 사이에 두고 두 여자가 서로의 얼굴을 향해 침을 뱉"을 때, '얼굴'의 재현성은 두 번 내던져진다. 자아의 거울로서 얼굴과, 얼굴의 재현으로서 거울은 동시에 산산히 부서진다.

이런 사건들 안에서 얼굴의 인칭성은 해체된다. 그 얼굴이 누구의 얼굴인지 알 수 없으며, 그 얼굴을 지배하는 인격적인 동일성을 확인할 수 없다. 얼굴은 실존적 주체성의 족쇄로부터 풀려나와 어떤 상상적 움직임 속에서 다른 존재의 가능성이 된다. 그렇다면 이 얼굴들은 단 하나의 기이한 얼굴인가? 이 얼굴은 진정성의 족쇄로부터 풀려난 익명의 얼굴이지만, 상투적인 일반성으로 사라지는 얼굴이 아니다. 이 얼굴은 얼굴의 독자성과 차이성을 최대치로 밀고 나가는 얼굴, 다른 존재의 가능성을 열어놓는 사건으로서의 얼굴이다. 이런 징후적인 사건 속에서 목소리는 하나의 풍경을 구획짓는 실체적인 인칭의 육성이 아니라, 열린 익명성으로 전이되는 비인칭의 담화가 된다. 목소리로부터 넘쳐나는 목소리가 됨으로써 목소리는 '사건'이 된다. 그 사건은 자아의 감옥에 갇힌 얼굴과 입으로 말하지 않는, 복화술의 사건이다.

'한국 현대시 100년'이 하나의 '풍문'이라고 하더라도, 그 안에서 시적 동력의 역사적 '모순성'을 사유하는 것은 의미 있는 일이다. '동일성의 시/비동일성의 시' '풍경의 시/사건의 시' 혹은 '얼굴의 시/(탈)얼굴의 시'는 적대적인 모순의 관계가 아니다. 서로의 존재 근거가 되어주는 두 요소 사이의 비적대적인 모순의 관계 속에서 한국 현대시는 자기의 몸을 바꾸어왔다. '100년 이후'의 한국 현대시를 예견하는 것은 불가능한 일이지만, '비동일성의 시' '사건의 시' '(탈)얼굴의 시'가 더욱 활성화된 에너지를 얻을 수 있다는 가설은 가능하다. 더 나아가 한국 현대시는 이런 모든 이분법적 관념을 '횡단'하고 '돌파'하는 혁명적인 언어들을 발견해나갈 것이다. 그리고 그것은 지난 100년 동안 언표되지 못했던 '여성시'의 미학적 가능성과도 깊게 관련되어 있다. 한국 현대시는 지난 100년을 모순의 동력으로 살아낸 것처럼, '다른' 100년도 언어와 현실 사이의 어긋남을 투철하게 살아낼 것이다.

인문학적 비평의 두 열림

─김치수와 김주연 비평의 현재성

1. 이 시대의 인문학적 사유

비평은 지난 시대에 대한 추도사가 아니라, 동시대의 정신적 심층에 대한 질문의 방식이다. 비평이 당대에 대해 비관적인 경우라고 하더라도, 그것은 한 시대에 대한 '사후 애도'를 넘어서 그 안에서 다른 정신의 기획을 사유한다. 이런 의미에서 비평은 언제나 늙지 않는다. '인문학의 위기'에 관한 담론들이 여기저기서 터져나오는 시점에서, 인문학적 비평의 살아 있는 목소리를 만나는 것은 의미 있는 일이다. 김치수의 『문학의 목소리』 그리고 김주연의 『인간을 향하여 인간을 넘어서』와 『독일 비평사』는 이 시대의 인문학적 사유의 한 전범을 보여준다. 이 말은 이 비평적 저작들의 위의(威儀)와 수준에 관련된 문제만이 아니다. 이 저작들은 인문학적 비평의 완성을 의미한다기보는, 그것의 새로운 시작을 촉구하는 상징이다. 올해로 정년을 맞이한 이 두 비평가에게서 발견할 수 있는 것은 자기 비평 세계의 반복적

재생산이 아니라, 자신의 비평적 편력을 지금의 삶과 문화에 대한 비판적 통찰의 근원으로 삼는 정지하지 않는 비평적 사유이다. 그것을 4·19 세대 비평의 움직이는 현재성으로 부를 수 있다.

김치수는 '문학사회학'과 '구조주의'와 '누보로망'의 이론적 틀을 소개하면서 한국 문학 텍스트의 깊이 속에서 따뜻한 공감의 비평을 일구어내는 비평가이다. 김주연은 독일 이상주의적 전통을 참고하면서 한국 문학의 샤머니즘적 체질을 비판하고 초월성의 문학에 대한 예리한 탐구를 지속해왔다. 이 두 비평가에게 지금의 사회·문화적 상황은 문학을 포함한 인문학적 성찰 자체를 어렵게 만드는 부정적 상황이다. 이 상황은 4·19세대가 투쟁했던 1960~1970년대 사회의 억압성과 문화적 후진성과는 다른 차원의 위기이다. 그런데 이 두 비평가는 이런 새로운 위기 앞에서 오히려, 인문학적 사유의 새로운 출발을 처방한다. 인문학적 사유의 영향력이 점점 약화되는 시점에서 인문정신의 새로운 가능성을 전망하는 것은 일종의 비평적 역설이다. 이것은 '문학과 지성'의 상호 연관성에 바탕한 인문학적 성찰을 통해 당대의 사회·문화적 현실에 대한 비평적 개입을 실천한 4·19세대의 비평이 갖는 현재성을 '역설적'으로 증거한다. 이 두 비평가의 현재적 작업을 점검하는 것은 한국 문학비평의 '과거'를 돌아보는 일이 아니라, 그 '미래'의 기획을 탐문하는 일이다.

2. 김치수——소설의 욕망과 생태주의 인문학

김치수의 비평집 『문학의 목소리』는 세계화, 디지털화, 정보화 등의 새로운 문명적 현실의 도래 앞에서 문학과 인문학의 위상과 역할에 대한 문제의식을 바탕으로 한다. 이 문제의식은 괴롭고도 절박한 것이다. "인문학이나 문학은 천천히 생각하고 천천히 반성하는 본래의 속성 때문에 속도에 모든 가치를 부여하고 있는 새로운 문명의 대열에서 밀려날 수밖에 없"[1]으므로 괴롭고 불행하며, "정보화나 과학화, 기업화나 세계화가 인간화에 대한 물음이 없을 때 그것은 재앙의 물결로 돌아올 수 있기 때문"(p. 9)에 절박하다. 상황이 엄혹함에도 불구하고 인문학적 처방과 치유의 길은 더딜 수밖에 없어서 그 불행은 가중되며, 그럼에도 불구하고 그에 대한 논의를 포기할 수 없다는 절박한 역설이 존재한다.

이와 같은 인문학적 사유와 문학은 어떤 방식으로 현대 세계의 지배적인 세속적 가치들로부터 벗어나 '인간에 대한 물음'을 가다듬을 수 있을까? 문학은 어떤 계기를 통해 현실의 지배적 가치들에 대한 항체로서 존재할 수 있는 것일까? 이와 같은 질문에 대해 이 비평집은 소설을 둘러싼 정신분석의 관점을 통해 섬세한 응답을 들려준다. 소설에 관한 금지와 욕망의 문제와 인문학적 가치 사이의 관계에 대한 김치수의 사유는 '옛날 이야기를 좋아하면 가난하게 산다'라는 옛말의 심층적인 해석에서 구체화된다.

다른 사람의 이야기를 좋아한다는 것은 다른 사람의 삶을 이해하고 고려하게 된다는 것을 의미합니다. 그것은 다른 사람의 삶은 생각하지 않고 자신의 삶과 이익만 생각하는 이기주의를 벗어나게 한다는 것입

---

1) 김치수, 『문학의 목소리』, 문학과지성사, 2006, p. 8. 이하 동일 작품의 해당 면수만을 본문에 표기한다.

니다. 〔……〕 그렇기 때문에 옛날 이야기나 소설을 좋아하면 가난하게 산다는 고정관념이 어른들의 사유를 지배하고 있었고 그래서 어린 아이들에게 옛날 이야기와 소설을 절제시키거나 금지시켰던 것으로 보입니다. 〔……〕 그래서 어른들은 옛날 이야기나 소설 대신에 '공부'를 하라는 권고나 명령을 내립니다. 여기에서 '공부'란 남보다 많은 지식을 소유하는 것, 남보다 많은 정보를 소유하는 것, 남보다 많은 재화를 소유하는 것, 남보다 많은 권력을 소유하는 것을 의미합니다. 그것은 소유라는 하나의 가치만을 목표로 하고 출세의 수단으로 전락하게 됩니다. 그래서 공부는 하나의 정답만을 찾아내는 것이 됩니다. 문학은 삶에 대한 정답이 하나가 아니라는 다원주의적 가치와, 개개의 삶에 대한 가치를 부여하고 자유의 확장을 가능하게 하는 인문주의적 가치를 실현하는 우리의 상상력을 무한대로 키워주는 것입니다(pp. 14~15).

김치수는 옛날 이야기에 관련된 욕망과 금지의 문제를 통해 소설 읽기의 욕망에 내재하는 인문주의적 가치를 드러낸다. 그 가치란 타인의 삶을 이해함으로써 개개인 삶의 다양성이 갖는 가치를 인정하고 '자유의 확장'을 도모하는 것이다. 소설 읽기라는 구체적인 사례를 통해 인문학적 사유와 문학의 상상력은 인간의 이해와 자유의 신장이라는 보편적인 가치로 연결된다. 김치수는 이 '자유의 확장'이 갖는 사회적 의미에 대해 좀더 구체적인 내용을 이끌어낸다. 소설은 "윤리적, 법률적, 제도적으로 금지된 행위를 하는 작중 인물들을 우리에게 제시하여 그들을 비난하고 규탄하기 위한 것이 아니라 그들의 형편과 처지를 이해하게 하고 그들과 함께 살아야 삶의 모순을 깨닫게 함으로써 세상은 자신이 좋아하는 사람만 함께 사는 것이 아니라 싫어하고 미워하는 사람과도 함께 살아야 하는 지혜를 터득하게 한다"(p. 123). 이 지혜는 더불어 사는 삶의 윤리적 강령을 넘어서 당대 사회의 제도적 억압에 대한 비판적 질문을 가능하게 한다. "소설에서 범법자나 패륜아, 살인자나 도박꾼, 강도나 간통 행위를 다루는 것은 그것을 금지하고 있는 법률이나 도덕이나 제도가 얼마나 정당한가를 알아보고 그것의 부당성이 있는지 생각해보는 데 중요한 계기를 제공한다. 뿐만 아니라 그러한 인물이나 사건을 낳게 한 사회에는 어떠한 구조적인 문제가 있으며 그런 기준으로 선악을 구별하는 것이 과연 옳은지 반성하게 한다"(p. 125). 이런 관점에서 소설 읽기를 둘러싼 금지에는 그 사회의 제도적 권력과 지배적 가치에 대한 비판적인 질문을 봉쇄하려는 억압이 자리 잡고 있다. 타인의 삶을 이해한다는 것은 이렇게 개개인의 삶을 규정짓는 제도적 힘들에 대한 비판적 성찰을 의미한다.

그렇다면 소설 쓰기 자체의 욕망 속에는 어떤 인문주의적 가치가 스며들어 있는 것일까? 김치수는 프로이트와 마르트 로베르의 이론을 참고하여 자서전 혹은 소설 쓰기의 욕망이 갖는 내적 의미를 밝혀준다. "자신이 살고 있는 삶에 대해서, 자신이 처해 있는 현실에 대해 만족하지 못할 때 사람들이 소설을 쓴다는 것이다. 그것은 현실에서 자신의 한계를 느낀 사람이 그 한계를 극복하고자 하는 하나의 방법이다. 자신의 욕망과 희망을 표현하고자 사람들은 소설을 쓴다. 그것은 있는 그대로의 자신이 아니라 되고자 하는 자신이다. 그것은 자신의 욕망의 표현이며 희망의 그림이다"(pp. 127~28). 만족할 수 없는 현실을 바꾸어보고자 하는 작가 자신의 욕망이 반영된 소설 쓰기의 욕망은 그래서 '불온'한 것이다. 이 불온한 욕망은 작가의 욕망이면서, 동시에 그 불온함을 읽어내는 독자의 욕망이다. "불온한 생각은 감춤의 대상이다. 문학은 우리 모두가 감추고 있는 욕망의 표현이다. 그것은 침묵의 언어이다. 따라서 그것을 읽는다는 것은 겉으로 드러내지 않은 것을 겉으로 드러내게 하는 것이다. 언어의 침묵을 밝혀냄으로써 침묵을 언어화하는 것이 문학이다"(p. 129). 날카로운 문장으로 표현된 바와 같이, 소설 읽기의 욕망과 소설 쓰기의 욕망은 '언어의 침묵을 밝히는 일'과 '침묵을 언어화하는 일'로 설명되며, 그것은 문학이 인간의 삶을 이해하는 방식이다. 개인의 불온한 꿈을 둘러싼 침묵을 밝히고 언어화하기 때문에, 문학은 인간에 대한 이해를 깊게 하고 자유의 가능성을 확대한다.

이를테면 박완서의 소설집 『저문 날의 삽화』에 대한 실제비평에서 김치수는 이 소설들을 노령 인구의 증가라는 새로운 사회적 문제에 직면한 문학적 대응으로 이해한다. "삶의 보편적인 문제의 새로운 제기이면서, 동시에 젊은 세대와 늙은 세대가 조화롭게 공존하는 방법의 모색이고, 아름다운 작별을 가능하게 하는 늙음의 철학적 수용"(p. 189)으로 그것을 읽어낸다. "그것을 통해 우리의 삶 전체를 돌아보게 한다. 그것은 우리에게 아픔을 주기도 하고 즐거움을 주기도 하며 삶의 살 만한 가치를 확인하게 해준다"(p. 190). 죽음에 직면한 인물들에 대한 박완서 문학의 각별한 관심은 타인의 삶과 인간에 대한 이해를 확대하는 소설의 인문학적 가능성과 일치한다.

여기서 인문학의 가치와 영향력이 약화된 시대에 문학의 위상과 역할을 다시 생각해볼 수 있다. 김치수는 '민주화'와 '인간화'라는 오랜 싸움 뒤에 따라온 한국 문학의 새로운 위기를 진단한다. "문학은 따라서 스스로 추구해야 할 가치를 사회적 자아에서 찾지 못하고, 그렇다고 해서 심층적 자아에서 찾을 수 없을 만큼 내면적 가치를 발견하지도 못한다. 오랫동안 권위주의 사회에서 그것과 맞서 싸워온 한국 문학은 싸움의 대상이 무너지자 전혀 달라진 새로운 세계에서 방황하게 된다"(p. 44). 이러한 새로운 세계에서 등장하는 새로운 문학들이 영상 문화의 영향을 받고 있지만, 이것이 문학 자체의 기능과 무관한 것은 아니다. "디지털 문화의 영향으로 소설의 문체가 단순화되고 거기에서 다루어지는 주제가 가벼워지는 것은 사실이지만 소설이 가지고 있는 이야기로서의 기능은 여전히 유효하기 때문이다. 이러한 문학적 변화는 그 상황의 변화에 따른 문학적 조건이나 문체와 같은 형태의 변화를 가져올 수는 있지만, 문학 자체의 본질적인 변화를 가져올 수는 없을 것 같다"(pp. 45~46)는 것이다. 이런 이유로 디지털 문화의 보급에도 불구하고 '문학의 죽음'이 도래하는 것은 아니며, 문학의 고유한 기능과 가치는 보존될 수밖에 없다.

문학이 디지털 문화의 시대에서 존속할 수 있는 이유와 가치가 분명하다면, 문학비평 역시 그러하다. 문학비평은 문학의 역할을 밝혀주고 보존해주는 인문학적 기능을 담당하기 때문이다. "문학비평은 아날로그 문화로서의 문학의 역할과 기능을 파악하고 해석하며 문학 고유의 미학이 존재할 수 있는 가능성을 모색해야 할 것입니다. 문학이 존재하는 한 문학비평은 존재한다고 확신합니다. 그 경우 문학비평은 디지털 시대에서 아날로그 문화의 존재 이유와 가능성을 찾아야 할 것입니다"(p. 27). 문학비평이 아날로그 문화의 가치에 대해 새로운 비평적 전망을 갖는 것은 동시대의 인문학적 기획의 가능성과 연결된다. 새로운 시대의 인문학에 대해 김치수는 '생태주의 인문학'을 제시한다.

그는 인문학의 위기에 대해 "제도로서의 인문학이 위기에 처할 수밖에 없는 것은 그것이 과학의 범주에 들어갈 수 없음에도 불구하고 대학에서 전문화된 지식을 전제로 가설을 내세우고 그것을 입증하는 과정에서 전체적인 통찰력을 잃어버렸다는 데 있다"(p. 57)고 진단하고 '전체를 보는 인문학의 역할'이 축소된 상황을 타개하는 기획을 제안한다. 그것은 전통적인 인문학에 대한 비판적 성찰과 지금의 문명적 상황에 대한 위기의식에 기초한 생태주의 인문학이다.

전통적인 인문학은 인간과 자연을 구분하고 정신의 소유주인 인간이 자연을 지배하는 특권을 가졌다는 관념에 기초해 있다.

그러나 오늘날의 인문학이 처한 위기 조건에 비추어볼 때 새로운 인문학은 인간이 자연의 정복자나 지배자가 아니라 하나의 생명체로서 자연의 일부라는 것을 전제로 생명 친화적이고 자연 친화적인 인문학이어야 한다. 인간은 자연 속에서 살고 있는 생명체로서 생태계를 형성하고 있는 하나의 구성원이다. 그런 점에서 새로운 인문학은 현대 문명으로부터 여러 가지 위협에 직면해 있는 인간을 살리고 자연을 살리고 나아가 생태계를 살리는 길을 적극적으로, 필연적으로 모색해야 한다(p. 60).

이 생태주의 인문학과 문학은 어떤 연관성이 있는 것일까? 가령 과학만능주의가 낳은 생명공학의 무분별한 발전은 인류를 파멸로 몰아넣는 재앙이 될 수도 있다. 과학이 인류의 파멸에 이르지 않기 위해 필요한 것은 생태주의적 비전을 가진 인문학이다. "과학적 텍스트가 객관적 현상을 표상하는 데 반하여 인문학적 텍스트는 인간의 지적·

도덕적·미학적 내용을 표상한다. 따라서 과학적 텍스트를 통해 알 수 있는 것이 객체로서의 세계라면 인문학적 텍스트를 통해 알 수 있는 것은 주체로서의 인간이다. 그렇기 때문에 인문학 교육은〔······〕여러 인간적 드라마의 기록과 표현을 접함으로써 지적·도덕적·미학적 감수성을 높이고 세련되게 하고 그러한 감성을 바탕으로 좀더 반성하고 그만큼 비판적으로 다양한 문제에 대처하는 능력을 길러준다"(p. 62). 인간중심주의와 과학만능주의가 가져오는 인간의 위기를 돌파하기 위해 제시되는 생태주의 인문학의 전망은 이렇게 심미적이고 문학적인 언어를 통해 인간을 깊게 이해하는 작업과 밀접하게 관련된다.

김치수는 최윤의 소설집 『첫 만남』에 대한 비평에서 '떠돌면서 움직이지 않고, 말하면서 침묵하는' 최윤 문학의 개성을 분석한다. "그의 주인공들은 "나른한 의식을 가지고 있으면서도 새로운 생명의 탄생에는 비범한 열정과 정성을 기울인다. 그의 작중 인물들이 서로 소통하지 못하는 외로움 속에서도 생명에 대한 외경심을 버리지 못하는 것은 작가 자신이 거기에서 가장 큰 가치를, 해볼 만한 모험을 발견하기 때문인 것 같다. 그의 작품에 목소리를 높인 주장이 없어서 침묵으로 말하는 것 같지만 생명에 대한 외경심은 그의 작품의 웅변에 해당한다"라고 간파한다(p. 341). 시니컬한 시각의 소유자인 주인공들의 무의미하고 공허한 일상의 공간에 숨은 생명의 드라마와 생명에 대한 작가의 문학적 표현을 읽어내는 것이다. 김치수는 이와 같은 실제비평을 통해 문학과 문학비평이 어떻게 생태주의 인문학의 비전과 만나는가를 섬세하게 보여준다. 이제 김치수의 문학적 여정은 텍스트의 숨은 욕망에 대한 심층적인 공감의 비평으로부터 당대의 문화적 현실에 대응하는 새로운 인문학적 비평을 생성해내는 데 이르고 있다.

3. 김주연—문화적 생존과 통합의 사유

김주연의 산문집『인간을 향하여 인간을 넘어서』는 40여 년 동안 한국 문학에 대한 예리한 비평적 작업을 보여준 비평가의 동시대 한국 사회와 문화에 대한 비판적 성찰을 담고 있다. 현재의 문화적 현실에 대한 김주연의 성찰은 단호한 비판적 진술들을 획득한다. 김주연이 오늘날의 사회적 현실 속에서 비판적으로 제기하는 문제는 '문화 거부 현상'과 같은 척박한 풍토이다.

우리는 생존만으로 만족할 수 없으며, 적어도 '문화적 생존'을 지향한다.
숱한 개념의 시도들에도 불구하고 문화의 본질은 여전히 '섬세'와 '세련'에 있다. 생존에는 왕도가 없다. 그러나 문화적 생존에는 갖추어야 할 원칙이 있다. 먹고살기 위해서는 물질적 실존, 육체적 실존에 머무를 수밖에 없을 때가 많지만 문화는 그 이상이어야 한다. 어떻게 사는 일이 인간적인 삶, 바람직한 삶, 올바르고 멋진 삶인가에 대한 끊임없는 성찰의 자세와 훈련이 곧 문화다.
그러므로 문화는 거칠고 야생적인 것, 날 것, 원시적인 것, 소박한 것의 극복으로부터 고안되고 산출되는 그 어떤 것들, 그러니까 세련되고 섬세한 것들의 총칭이다. 단순 소박한 야생은 그 자체로 원시적인 힘이지만, 아직 분화되지 않은 자연일 뿐이다. 문화는 그 미분화된 세

계를 분석하고 종합하기를 거듭하면서 인간들만이 이룰 수 있는 미세한 정신을 창출한다.[2]

문화가 거부당하는 시대에 대한 비판은 '문화적 생존'이라는 보편적인 가치를 호출한다. 인간적인 삶에 대한 훈련이 곧 문화라면, 그 문화는 '섬세'와 '세련'의 본질을 갖는다. 물론 여기서의 '섬세'와 '세련'은 단지 인위적인 것, 고급스런 것만을 의미하지는 않는다. 그것은 인간다운 생존에 대한 기본적인 원칙에 해당한다. 그 원칙은 인간이 야만이 되지 않기 위한 최소한의 기준이다. 김주연은 이러한 문화의 본질에 대한 인식을 정치판과 인터넷 대중문화에서 나타나는 언어들의 폭력성에 대한 비판으로 확대한다. "학문과 예술을 존중하고, 그 핵심인 점잖은 말의 운용을 실천하는 일은 그 분야만의 그럴싸한 멋을 위한 것이 아니다. 이제는 우리 삶이 좀 점잖아져야 하기 때문이다. 거친 말들로 정의를 외치는 목소리들은 온유한 문화의 체를 통해 나타날 때, 보다 깊은 울림으로 사람의 가슴을 적시고 문화를 움직인다"(p. 16). 이 문화적인 생존과 문화적인 언어에 대한 관점은 인문학적 사유의 핵심이기도 하다. 인문학이 인간다운 삶과 문화에 대한 탐구를 기본으로 한다면, '야만'으로서의 정치 현실과 대중문화의 척박한 언어에 대한 비판은 정당한 것이다.

문화적 삶에 대한 강조는 문화의 본질을 인간 정신의 문제로 바라보는 관점과 연계되어 있다. 정신문화는 문화의 핵심이다. "정신문화란 생활문화라는 말로 확대된 '문화'의 기본, 그 본질에 대한 이름인

---

2) 김주연, 『인간을 향하여 인간을 넘어서』, 문이당, 2006, pp. 14~15. 이하 동일 작품의 해당 면수만을 본문에 표기한다.

데, 그것은 곧 정신의 중요성에 대한 인식이다. 〔……〕 그리하여 물질이 아무리 풍족하더라도 인간은 '삶은 무엇인가' '참다운 삶은 무엇인가'와 같은 형이상학적인 질문에서 도망갈 수 없는 존재이다. 정신문화의 본질을 형성하는 이 같은 비판 정신은 세상의 온갖 문명 이데올로기, 제도와 물질 문제를 제기할 뿐 아니라, 비판적인 그 자신에게도 부단히 주어진다"(pp. 125~26). 김주연은 문화적 삶을 가능하게 하는 핵심적인 영역으로서 '정신문화'의 문제를 제기한다. 정신문화란 인간의 삶에 대한 근원적인 질문을 그 내용으로 한다. 이런 질문은 인간다운 삶을 불가능하게 하는 것들에 대한 비판으로 나아간다. 이 비판적인 물음은 인문학적 사유와 비평적 사유의 연결 고리를 만들어낸다.

'참다운 삶은 무엇인가?'라는 인문학의 핵심적인 질문은 당대 사회가 살 만한 사회인가에 대한 비판적인 물음을 의미하기도 하다. '야만의 정치판'과 '지식인 죽이기'의 풍토와 '샤머니즘의 발호'를 냉철한 시선으로 비판하는 이유 역시 여기에 있다. 인간다운 삶을 추구하는 인문학적 사유의 입장에서 볼 때, 전통적인 지식인의 비판적인 역할이 축소되고 실용적인 지식을 중시하는 풍토와 '기복의 신비주의'를 통해 합리적 사유를 황폐화시키는 샤머니즘은 문화적 생존의 후퇴를 의미한다. 이런 야만과 미개로의 퇴행에 대해 냉철한 비판적 관점을 견지하는 것은 이 시대의 비판적 사유의 임무이다. 그렇다면 김주연은 이러한 인문학적 사유와 문학의 존재 방식의 관계를 어떻게 연결 짓는가?

　　〔……〕 문학은 개개인의 인격적 완성을 지향하며, 그 개개인들 사

이의 조화와 화음을 만들어낸다는 것이다. 이러한 기능과 목적은 얼핏 보아 현실적이지 않아 보인다. 그러나 이 비현실성이야말로 가장 현실적인 것이다. 우리는 인격적 완성이 도모되지 않은 개인과 그 개인들이 조화를 이루지 못한 사회 위에서 어떤 정치적 이념도 경제적 부도 올바르게 성취되지 못함을 알고 있다. 이러한 기능을 가리켜 우리는 인문학의 원리라고 할 수 있는데 그것은 모든 학문의 기본을 이룬다.

인문학은 사회과학이나 자연과학이 사회현상이나 자연현상의 원리를 분석하고 연구하는 것과 달리 인간존재 자체를 살피면서 올바른 인간성을 추구한다. 따라서 이에 속하는 문학은 학문 가운데 학문이라고 할 수 있다. 그렇기 때문에 실제의 현실적 이해관계를 초월한다. 따라서 문학을 공부하면 문학자, 시인, 작가 등의 직업을 자기의 것으로 할 수 있는 일 이외에, 모든 사람들이 기초적인 인간 이해의 수준을 높이면서, 그러한 사람들이 구성하는 사회는 인문학적 원리를 지배 원리로 하는 아름다운 세상으로 나아갈 수 있는 것이다(p. 200).

위의 글에서 명료하게 표현되고 있는 것처럼, 인문학과 문학은 개인의 인격적 완성을 도모하고 올바른 인간성을 추구한다는 측면에서 하나이다. 인간존재 자체를 성찰하는 학문이라는 입장에서 문학은 인문학의 핵심적인 영역이다. 이 시대에 이러한 인문학-문학의 효용성은 역설적인 것이다. 현실적인 효용성이 없다는 측면에서 시장에서 밀려나는 것이 인문학 위기의 한 요인이라면, 김주연은 이런 상황을 인문학-문학의 역설적인 효용성을 보여주는 조건으로 이해한다. '비현실적인 것이야말로 가장 현실적인 것이다'라는 역설의 문장에서 인문학-문학의 비현실성 자체가 그 생존의 중요한 이유가 된다. 그것은 효용성만을 추구하는 실용적인 지식들이 결여하고 있는 인간존재 자체에 대한 성찰을 밀고 나감으로써 야만과 맹목, 재앙으로 치닫는 문명을 비판적으로 성찰하고 '아름다운 세상'의 가능성을 타진할 수 있게 한다.

인문학-문학의 역할에 대한 김주연의 성찰에서 또 하나 주목할 만한 것은 '통합적 사유'에 대한 관심이다. 김주연의 비평을 이원론적 관점에서 설명하려는 시도도 있었지만, 깊은 의미에서 김주연 비평이 다다르는 곳은 이원론의 극복이거나 모순된 것들을 통합하는 정신적 비전이다. 가령 "문학에서 추구되는 최상의 가치는 '새로움'이다. 그러나 이 새로움은 단순한 신기(新奇)아닌, 사물을 바라보는 시각의 독창성이며 자기 쇄신의 몸짓이다. 그것은 치열한 자기비판이라고 할 수 있다. 그러나 그것은 기성 질서나 가치관에 대한 무조건적인 거부나 파괴를 의미하지는 않는다. 비판은 새로움을 낳고, 그 새로움은 옛것의 옆자리에서 신구의 대비를 통해 도전을 꿈꾼다"(pp. 34~35)와 같은 논리에서, 새것과 낡은 것의 대립은 새로운 통합적 전망 속에 녹아든다. "무엇이든 하나씩 축적되어갈 때, 시간과 더불어 선별이 가능해지고 참다운 쇄신 진보가 이루어지리라"(p. 36). 축적을 통해 쇄신이 이루어진다는 이 진보의 변증법은 문학사의 변전과 관련된 기본 원리이기도 하다.

이 통합적 사유는 동시대의 정치 현실을 비판하는 논리적 기제가 되기도 한다. "독선을 비난하고 화해와 양보를 주장하는 정치인들일수록 상대방에게 배타적이다. 그들은 불의하기 때문이라는 것이 그 변이다. 통일과 통합을 말하려면, 타자의 이념이나 색깔, 과거나 취향을 가리거나 따져서는 아무것도 이루어지지 않는다"(pp. 49~50).

진정한 통합은 타인의 입장을 이해하는 것으로부터 출발한다. 주체의 우위에서 일방적으로 선언되는 통합이란, 대개 통합의 수사를 빌린 타인에 대한 억압이기 쉽다. 김주연은 여기서 더 나아가 "통일이나 통합이 정치적 시도로서는 한계를 지닌다는 사실을 우리는 깊이 인식할 필요가 있다"(pp. 50~51)고 지적한다. '통합이라는 이름 아래 소멸되지 않는 독자성의 알리바이'가 남아 있다는 것이다. 통합될 수 없는 잉여를 인정하는 토대 위에서 '타자와의 평화적 공존'이 중요하며 일방적인 입장에서의 통합 이데올로기는 진정한 의미에서 통합이 아니기 때문이다.

　김주연의 통합적인 인식이 가장 날카로운 비평적 개성을 얻고 있는 부분은 문학과 종교를 대립적인 관점에서 바라보는 타성적인 이해를 극복하는 비평적 입장이다. "문학은 귀납적인 방법 위에 있게 마련이지만, 종교는 그 유일성의 원리로 인하여 환원론적인 인상을 주기 쉽고, 이 때문에 둘을 관념적으로 맺어주면 때로 어색하고 그 논리도 부자연스러울 수 있다. 따라서 내가 관심을 갖는 것은, 인간을 통하여 일하시는 신의 역사가 나타나는 현장, 즉 우리 인생의 살아가는 모습 자체이다. 우리 인생에서 인간은 주체이면서 동시에 대상이라는 이 통합적 인식을 정직하게 바라보는 일이다"(p. 260). 인간을 주체이자 대상으로 바라보는 초월성의 관점으로 재래적인 인문학의 인간 중심주의가 갖는 억압적 요소는 극복되며 "겸손하게 자연으로서의 인간의 본질에 다시 눈을 돌리"(p. 182)게 된다.

　김주연의 역작『독일 비평사』는 독일 비평의 역사적 지형을 드러내주면서, 유럽의 정신사에 대한 충실한 길잡이 역할을 해준다. 이 책에서 김주연은 독일 문학의 빛깔을 '회색'으로 비유하고, 독일 문학의 특징을 '어두운 충동'으로부터 밝은 빛을 지향하는 열망으로 설명한다. 독일 비평이란 그 어두움을 넘어서고자 하는 열망의 '직접적인 몸부림'[3]으로 이해된다. 이런 관점에서 괴테의 경우 "격정적인 성격의 그가 바이마르의 수련 시대를 거쳐 이탈리아 여행에서 절제와 조화, 종합의 감각을 터득하고 헬레니즘과 헤브라이즘 문화유산의 세례를 받으면서 성장한 작가적 도정은, 질풍노도기와 낭만주의 및 고전주의를 거쳐 독일 민족 고유의 신비주의와 기독교 문화를 통합시켜간 18세기 후반에서 19세기 초의 독일 정신과 그대로 대응한다"(pp. 103~104). 괴테의 문학비평이 "고전주의 문학관을 이루어가면서도, 여기에 그치지 않고 낭만주의 문학관까지 아우를 수 있었던 것은 이러한 배경을 고려할 때 그 이해가 가능하다. 즉 기독교와 신비주의를 종합적으로 수용함으로써 고전주의와 낭만주의를 종합적으로 수용할 수 있었던 것이며 여기서 그의 독자적인 문학비평이 성립할 수 있었던 것이다"(p. 130). 괴테의 이러한 포괄적인 종합성을 유도하는 사유의 세계는 독일 문학의 빛나는 역사 가운데 있는 것이기도 하지만, 김주연 비평의 통합적 사유의 궤적과 일치하는 부분이기도 하다.

『독일 비평사』에서 김주연은 각 문학가의 비평 세계를 조망할 때, 그 내부의 복합성에 주목한다. 그 복합성이 그들 비평의 오류가 아니라 그것이 문학적 성숙을 가져왔으며, 오히려 종합에 대한 사유로 그들이 깊은 문학적 인식에 도달했다는 것이다. 예를 들어 마르크시즘과 신학적 모티프가 접목된 발터 벤야민의 경우 "비의성에서 출발하여 마르크시즘의 논리성으로 변모해온 것이 사실이다. 그것이 발전인

---

3) 김주연, 『독일 비평사』, 문학과지성사, 2006, pp. 14~15. 이하 동일 작품의 해당 면수만을 본문에 표기한다.

지 진화인지의 판단은 유용해 보이지 않는다. 그러나 이 단계에서 확실하게 해두어야 할 것은, 20세기 전반부 유럽의 문학비평이 이 같은 대립과 갈등의 복합이었다는 점이다. 그 어느 쪽의 노선이었든 단선적으로 비평가를 사로잡은 경우는 오히려 드물며, 복합이 비평과 비평가를 성숙시켰다는 사실이다"(p. 414). 벤야민의 비평에 해당되는 이 설명은 20세기 유럽 비평에 해당되는 문제이며, 동시에 비평가 김주연의 비평적 진화를 떠올리게 한다. "총체적인 인간학인 문학의 보다 높은 원리를 갈구하던"[4] 비평가가 기독교와의 만남을 통해 신성과 초월성의 개념을 도입하고 "세속적인 평면성에 안주하던 비평 논리는 입체적인 탄력을 얻게 되"[5]는 과정은, 모순된 것들을 복합적으로 사유하고 종합하는 정신을 통해 더 성숙한 문학적 인식에 도달하게 되는 비평적 궤적이다.

4. 비평의 역설, 비평의 두 열림

  김치수와 김주연의 '현재적인' 비평 작업은 인문학의 위기와 인간 존재의 위기라는 절박한 문제의식을 공유한다. 문학과 인문학의 깊은 내적 관련성이라는 관점에서 문학이 인문학의 핵심적인 영역이라는 점을 강조한다. 인문학적 사유와 문학의 관련성은 이 두 비평가에게서 날카롭고도 풍부한 설명을 얻고 있다. 인문학과 문학이 점점 쓸모없는 것으로 치부되는 시대에 그것의 역설적인 가능성을 사유한다는

4) 김주연, 『인간을 향하여 인간을 넘어서』, 문이당, 2006, p. 259.
5) 김주연, 위의 책, 같은 곳.

데서도 일치된 관점 위에 서 있다. 인문학과 문학의 비효용성이 오히려 시장의 가치가 지배하는 황폐한 세계를 비판적으로 성찰할 수 있는 가능성을 열어놓는다는 이 역설은, 바로 이들 비평의 역설이기도 하다. 문학비평의 지위가 흔들리는 시대에 이러한 비평의 역설, 혹은 역설로서의 비평은 존중되어야 할 가치이다.

물론 인문학-문학의 새로운 기획과 관련하여 두 사람은 조금 다른 입각점을 보여준다. 김치수가 생태주의 인문학이라는 관점에서 인문학의 혁신을 도모한다면, 김주연은 초월성에 대한 탐구를 바탕으로 한 통합적 사유를 제시한다. 하지만 이러한 비평적 기획들은 인간중심주의적 근대 인문학의 폐해를 극복하고자 하는 관점에서 제기되었다는 점에서 공통된다. 가령 김주연이 '자연으로서의 인간 본질'을 사유하는 것은, 그 자체로 초월적인 비전과 생태주의 비전의 접점을 보여주는 것이며, '통합적 사유'의 관점 역시 타자의 승인이라는 관점에서 소설 읽기의 욕망과 생태주의적 삶의 가치와 무관하지 않다. 이렇게 이 두 비평가의 새로운 인문학적 기획은 대화적으로 공존한다.

이런 인문학적 기획의 갱신은 닫힌 제도로서의 인문학을 넘어서 인문학의 새로운 열림을 도모한다. 이들은 근대적 이데올로기 혹은 그것의 제도화된 형태로서의 인문주의를 넘어서 인문학을 더 유연한 문학적 사유로 풀어놓는다. 나는 두 사람의 인문학적 기획이 넓은 의미에서 '근대'에 대한 깊은 비판을 포함하고 있다고 생각한다. 인문학의 위기를 낳은 여러 문명적 양상은 '근대' 기획들의 연장 속에 있다. 이들이 인간중심주의의 폐해를 극복할 새로운 패러다임의 인문학에 치열한 관심을 갖는 것은 필연적이다. 이것은 개발독재적인 근대화와 문화적인 후진성을 비판하면서 한국 문학과 문화의 현대성을 구성하려고 한 4·19세대 비평의 진화에 해당할 것이다.

그렇다면 근대의 기획들 자체를 근본적으로 해체하려는 탈근대 혹은 탈현대적인 기획들 역시 넓은 의미에서 인문학의 자기 갱신의 일부로 볼 수 없을까? 또한 인간존재의 주체성과 동일성이라는 근거 자체를 부정하는 새로운 세대의 문학적 탈주 역시 인간에 대한 근원적인 물음으로 이해할 수 없을까? 탈인간적인 상상력은 인간존재에 대한 문학적 관심의 극단적인 형태이다. 이런 이유로 이들의 인문학적 기획은 2000년대의 문학 공간에서 활동하는 새로운 문학적 움직임에 대해서도 열린 비평적 가능성을 포함한다. 새로운 인문학적 비평은 과거를 준거로 하여 현재에 대해 닫혀 있는 비평이 아니라, 현재에 대한 비판적 질문을 통해 미래로 열린 사유이다. 열린 인문학은 제도로서의 인문학을 근원적으로 비판하는 과정에서 스스로를 바꿀 수 있다. 이런 열림을 통해 이 시대의 인문학적 비평은 미래의 척도가 된다.